是我。我有個好消息想告訴你……

>Author : nahuse >Illustration : gin >Illustration of the world : yish >Mechanic design : cell

世界

Rebuild World 3

上 地下遺跡

U0073870

ustration 吟

Illustration of the world わいっしゅ Mechanic design cell

Contents

Kadokawa Fantastic Novels

第70話 地下遺跡

為了脫離貧民窟生活並出人頭地，阿基拉決心成為獵人，前往崩原街遺跡時與阿爾法邂逅。由於他接受了阿爾法的委託，阿爾法便成為他的協助者，從此與他同行。

而後，在曲折離奇的獵人工作淬鍊下，阿基拉的實力以異常的速度向上攀升。

阿爾法提供輔助作為部分的預付報酬，其功效超乎想像，令貧民窟的平凡孩童在短時間內成為了足以讓久我間山都市指名委任的獵人。

藉著這份成果，阿基拉得到了過去在貧民窟生活時夢想的一切。身穿骯髒的衣物；食物欠缺安全性，無異於人體實驗；於巷弄裡就寢，在睡夢中被殺也一點都不值得訝異——在這般生活中懷抱的夢想，已然實現。

想穿上像樣的衣物，食用正常的食品，睡在安全的房間內。如此單純，但在貧民窟的巷弄當中可說是無法奢求的夢想。

雖然是戰鬥服，他確實有了像樣的服裝；品嚐過讓人心神蕩漾的美食；租到新手獵人沒資格租借的大房子。

脫離了貧民窟的生活，實現了往日的心願。

然而儘管夢想實現，阿基拉的心靈依舊留在貧民窟的暗巷中。受周遭的人輕蔑，不知何為互信，與人廝殺。遵照暗巷的法則待人接物。

但是這樣的心靈也在當獵人的過程中漸漸起了變化。看到某些人為了他人毫不躊躇地挺身面對死亡，阿基拉發現世上其實也有這樣的人。

特別是某件事對阿基拉造成非常強烈的衝擊。只是因為聽見了一句話，出自名為由米娜的少女之口。

「當然是小偷不對啊！」

如果這句話是其他人在其他狀況下說出口，不會對阿基拉造成那麼強烈的衝擊。換作是其他人聽見同樣一句話，也不會受到和阿基拉同樣的衝擊。

但是對阿基拉來說，那是意義重大的一句話。

那一天，一直以來都蹲坐在巷弄深處的阿基拉的精神朝著外界踏出了小小一步。

憑著這雙腳，阿基拉不停前進，繼續他的獵人工作。為了遵守與阿爾法的約定，為了終有一天達成她的委託。

同時也是為了實現他甚至沒有自覺的心願，為了有朝一日能得到無意識間希冀的事物。

為了實現阿基拉與阿爾法各自的願望，兩人的獵人工作還有一段漫漫長路。

◆

阿基拉在崩原街遺跡擊破了遺物強盜的主謀後，將戰鬥經歷變賣給久我間山都市，藉此得到了1億6000萬歐拉姆的收入。

然而他已經花了1億5000萬歐拉姆。戰鬥後他被送進醫院接受治療，治療費要價6000萬歐拉姆；為了買回他失去的整套裝備，又花費8000萬歐拉姆；高性能回復藥則是1000萬歐拉姆。

因為長年來在貧民窟經歷嚴苛的生活，再加上頻繁遭遇生死交關的戰鬥，阿基拉的身體已是千瘡百孔。不過現在因為接受了昂貴高水準的治療，健康狀況無異於在防壁內側過著富裕生活的居民。

為了在獵人這一行繼續累積更多成果，他無論如何都需要更強力的槍枝和強化服，但是裝備的性能越高，價格自然也更昂貴。

高效能的回復藥在製造上需要高等技術，因此價格也非常昂貴。然而在戰場上，光是動作因負傷而稍有遲緩，死亡的機率就會飛躍般上昇。因此能當場迅速治癒傷勢的回復藥，其價值更在高昂的價格之上。

每一項對阿基拉而言都不可或缺，其中沒有任何1歐拉姆算得上浪費。

儘管如此，由於接連支付超乎常識的龐大金額，理所當然般破壞了阿基拉的金錢觀。過去的阿基拉只是拿到20萬歐拉姆就變得形跡可疑，那樣的他如今已不見蹤影。

阿基拉日前委託了靜香代購全套裝備。自從阿基拉投身獵人行業，在購買裝備這方面一直受到靜香的照顧，對她的信賴甚至讓阿基拉二話不說就直接預付8000萬歐拉姆的預算。

現在阿基拉接到靜香的通知，告訴他整套新裝備已經送到店裡。阿基拉立刻為了領取期盼已久的裝備，前往靜香的店。

移動途中，阿爾法看著阿基拉雀躍的模樣，便輕微苦笑。

『心情還真好。真的那麼期待新裝備？』

『當然啊。寫在估價單上的整套裝備，妳也曉得吧？好期待啊。』

阿基拉理所當然般回答時，為了避免變成興奮過頭而對著空無一物之處講話的可疑人物，他比平常更加留意地走進靜香的店。

靜香過人的美貌使得有些獵人單純為了見她，

成為店內常客。她美麗的臉龐浮現面對友人的親切笑容，迎接阿基拉。

「歡迎光臨，阿基拉。這邊。」

她說完便從櫃檯站起身，向阿基拉招手後，帶著阿基拉到店後方的倉庫。

這時阿基拉突然想到。

「靜香小姐，櫃臺這邊沒人顧著沒關係嗎？」

「沒問題啊。我這家店的生意沒有興隆到老闆稍微離開櫃臺，顧客就會大排長龍。我也很遺憾就是了。」

靜香稍微開玩笑般笑著說道。聽了這番話，阿基拉回以不置可否的表情與話語。

「是、是喔……」

那就不用擔心了吧——阿基拉憑自己笨拙的溝通能力也知道這樣回答似乎不太對。不過他也想不到風趣的答覆，只能模糊地應聲後，說出他原本的疑問。

「不是，我只是想說這段時間內，擺在那邊的槍萬一被偷走就糟糕了。」

只要稍有鬆懈，東西轉瞬間就會被偷走——思考將之視為理所當然，使得阿基拉突然萌生這般擔憂。

靜香注意到這一點，察覺是阿基拉的生活使這種想法深植於他心底，讓她不禁感到哀憐。不過她為了避免對阿基拉產生不必要的憐憫，若無其事般笑道：

「喔，你是擔心這個？別擔心，為了防盜，擺出來展示的商品都固定在架子上，也設置了監視攝影機。此外，我也買了與民營警備公司合作的保險，沒問題的。」

假如真有強盜趁隙奪走店內金錢，損失也會由保險補償，對店家的損傷會降到最低。

而與保險公司簽訂合作契約的民營警備公司將賭上公司的威信捉拿強盜，之後則會為了回收費用而採取行動。

至於強盜最後是否能平安脫身，端看能不能支付以諸多名目請款的損害金額。如果無法賠償，持有物、身體與往後的人生將透過各種手段徹底轉換為金錢，落得與惡行相符的下場。

那最終會以沒收財產了事、被迫參加嚴苛的勞動，又或者是成為新藥跟新技術的白老鼠，一切視自己製造的損害金額而定。

不過警備公司派員逮捕時，基本上前提就是不論死活。警備公司為了維持自身的信用，與其手下留情讓盜賊逃走，乾脆殺掉還比較好。

因此，強盜能繳清損害金額並倖存的可能性只限於成功活捉的情況。

儘管靜香對阿基拉如此說明，他還是顯得有些放不下心。這時靜香決定改變話題的方向。

「假設真的因為櫃臺暫時沒人，使得店裡稍微蒙受損失，哎，這部分就算是一種經營決策。」

「經營決策……？」

阿基拉搞不懂這字眼的意思，露出難以理解的表情，靜香就對他半開玩笑地回答：

「對。因為你之後很可能成為在本店創造高利潤的常客。既然我為了接待你不惜暫時離開櫃臺，也得請你為本店的利潤有所貢獻，才能回饋我的特別待遇嘛。所以說，這位貴賓，請往這邊走。」

感受到靜香的體恤，阿基拉也決定不再介意。他擺出有些誇張的笑容，回答：

「我明白了。我們走吧。」

隨後阿基拉跟著靜香的帶領，同時不禁心想：

（很可能成為常客啊。我在這裡買了不少裝備，應該已經付了不少錢，也為了補給彈藥來好幾次了，但在靜香小姐眼中，我還不算常客嗎……）

阿基拉為此感到幾分遺憾。就在他思考著該怎麼做的時候，靜香對他說道：

「是說，你願意對本店的營業額有所貢獻，我也覺得非常感謝，不過如果可以，希望你以購買店內商品來貢獻。強化服之類的裝備其實有一部分近似於代客訂貨，坦白說，利潤不怎麼高。」

突然聽靜香這麼說，語塞的阿基拉視線四處游移。

「啊～～這個嘛，那個，希望妳可以期待今後的發展。」

「我會期待。但是你不可以逞強喔。」

靜香露出的微笑像是在叮嚀小孩子，但也充滿了對阿基拉的關心。阿基拉也率直地回答：

「我知道。」

「很好。」

為了成為靜香心目中的常客，也許該不惜稍微逞強也要增加來店的機會以及每次的消費金額——這樣的念頭在阿基拉心中才剛萌芽，就被兩人之間簡單的對話打斷，念頭在成形之前便消散。

店裡倉庫也被當作商品卸貨口使用，重型槍枝與彈藥等商品都存放在架子上。阿基拉看著雜亂擺放的商品時，身旁的靜香指向倉庫的鐵捲門。

「那麼，你訂的商品，你的整套新裝備，就在那邊。」

阿基拉看到靜置於該處的物品，又驚又喜。

「……靜香小姐，雖然我來之前就看過估價單了，我的整套新裝備真的連同這個都算在內？」

雖然事先接到通知所以知情，當阿基拉親眼見到實物時，還是感到有些困惑。

靜香得意地笑著回答：

「那當然。全部都在預算內。」

那裡停放著一輛荒野用車輛。車身全長約五公尺，散發的威迫感與只能在都市行走的小型車截然不同。

就荒野用車輛而言並非多罕見的款式，阿基拉也曾經向租車業者租借過類似的車輛。儘管如此，體認到這是屬於自己的車，還是讓他感慨萬分。

奔馳於荒野上的獵人不可缺少移動手段。阿基拉與遺物強盜犯交戰時失去了摩托車，現在新的移動手段就在眼前。

「接下來要清點商品是否全部到齊，你也和我一起檢查吧。」

靜香取出估價單，也給阿基拉一份副本。隨後她一一用指尖指出清單上的品項名稱及實物，與阿基拉一起確定各品項確實到齊，同時為他解說：

「多津森重工製荒野規格四輪傳動車TELOS97式一輛。雖然是中古車，但保養十分完善，也搭載了附有搜敵功能的控制裝置。」

所謂的荒野用車輛，除了在細碎瓦礫凌亂散落的荒地上同樣能輕易奔馳的行走能力外，考慮到荒野中特有的問題，也就是在遭遇怪物這方面，有多種獨特設計。

TELOS97式採用沒有車頂的敞篷式車身。因為獵人常以強化服自行攜帶重型槍枝，其威力時常高於一般的車載裝備，沒有車頂更方便獵人在車上直接使用這些武器。

車身底盤相當高，偌大的輪胎也是以非常耐用的材料製成，面對散落在荒野中的無數小型障礙，都能視若無睹。

同時車身還加裝了人稱裝甲貼片的物體。

裝甲貼片是將會與衝擊起反應並產生力場裝甲（Force Field Armor）的主要材料加工為片狀而成，有的厚重如鐵板，有的則薄如貼紙。

基本上是貼在其他物體上使用。受到衝擊時會產生力場裝甲，隨後強度會急遽降低，設計上大多會自然剝落。

此外，也有些車輛會直接裝載力場裝甲產生裝置，但只適合付得起昂貴能源費用的高等級獵人，在荒野用車輛中只有最高端的產品才會搭載。現在的阿基拉不可能買得起。

「CWH反器材突擊槍一挺，DVTS迷你砲一挺。兩者都已經安裝在車上的設置台上，這樣不須強化服也能使用。」

車輛後半部的露天載貨台上設有兩具槍座，上面各裝了一把槍。

槍座的位置不在車輛前方，是因為在荒野中與怪物戰鬥時，情境大多不是一面逼近目標一面射擊，而是與對方保持一定距離，或是在逃離對方的同時開火。

「當然也能拆下來攜帶行動。不過DVTS迷你砲的彈藥消耗速度非常劇烈，自己要注意喔。目前已經加裝了增加裝彈量的擴充零件，基本上要使用對應的擴充彈匣，但也能使用普通子彈，儘管放心。」

穩固的槍座支撐著DVTS迷你砲，槍本身的外觀看起來沉重得無法攜帶使用。

自槍身伸出的彈鍊連接到裝在後方的彈匣。因為那是非攜帶用的大型彈匣，如果只是在車輛上掃射，沒有擴充彈匣也不成問題，遭遇怪物群也能掃射驅逐。

「AAH突擊槍和A2D突擊槍的擴充零件就在那個箱子裡。兩把槍都能通用，之後你再按照自己的喜好組裝。」

阿基拉之前訂購整套裝備時買了這兩把槍，目前還是沒穿強化服也能使用的未改造狀態。當然面對亞拉達蠍這種偏硬的怪物時，效用也較低。

為了保險起見，其中一把打算維持未改造狀態，另一把則預定以穿著強化服使用為前提，改造成可射擊強裝彈等等。

「多津森技研的荒野規格資訊終端機Ference兩台。特色就是牢固，上頭還貼了裝甲貼片，兩台都已經與TELOS97式完成連動設定，可遠距遙控車輛行駛。哎，畢竟是要在荒野中使用，牢固一點比較好吧。」

車子的副駕駛座上擺著兩台資訊終端機。外觀講得好聽點是粗獷，講得難聽就是注重耐用而捨棄了美觀。

終端機上附有保護蓋，可在不使用時保護顯示面。不過那形狀乍看下就像直接把裝甲貼片貼在終端機上，單就足以承受在荒野環境使用這點而言，確實是適合獵人的用品。

「最後，ＥＲＰＳ綜合情報收集機器統合型強化服，商品名稱無聲動力，一件。包含整套配件，都裝在那邊的收納箱裡。可連動的瞄準鏡也是配件的一部分，同樣裝在那裡面，要用的話之後再裝上去。」

車輛的後座擺著一個勉強能塞進車廂內的大型收納箱。

如果沒有強化服，就無法徹底接受阿爾法的輔助，這對現在的阿基拉是最重要的裝備。如果將這次的整套裝備分成強化服跟其他所有裝備，讓他二選一，他會毫不猶豫選擇強化服。對阿基拉而言就是這麼重要。

為了仔細檢查重要度最高的新裝備，阿基拉握住箱子的把手，想把箱子拖出車廂。然而重量超乎預料，箱子一動也不動。

於是他用雙手穩穩抓住把手並使力，但箱子依舊文風不動。既然如此，他便將一隻腳使勁踩在車身側面，使出全力拖拉。就算這樣，最多也只能一點一點慢慢拉動箱子。

見到阿基拉苦苦奮戰，靜香站到他身旁，一隻手握住把手，拉動收納箱。於是剛才阿基拉那樣拚命想拉動的箱子就好像材質突然變成保麗龍，輕易地開始移動。

吃驚的阿基拉連忙鬆手放開箱子。靜香就這麼獨力把箱子拖到車外，擺在地上。

「喔～～」

當阿基拉輕微發出感嘆聲，之前臉上一直擺著親切笑容的靜香在笑臉中添了幾分魄力，叮嚀般對阿基拉說：

「這是強化服的力氣，明白嗎？」

「咦？啊，嗯。我明白。」

靜香在衣服底下穿著質地十分輕薄的強化服，人稱強化襯衣。阿基拉因為靜香這句話，回想起了這件事，同時有些慌張地掩飾般說道。

為什麼靜香要這樣強調？阿基拉萌生疑問，搞不懂理由。

他抽回思緒，打開了收納箱。裡頭擺著折疊狀態的黑色強化服，以及應是強化服配件的數具小型機器。

阿基拉想將強化服從箱中取出看看外觀時，靜香拿起強化服攤開，讓阿基拉看個仔細。

強化服乍看之下質地堅硬，但基本材料是人工纖維織成的布料，柔軟到能折疊的程度。沒有外骨骼般的零件，而是材料像硬質橡膠的細長薄片有如安全束帶附著在身體表面。

手背與腳背等部位也是以硬質橡膠似的材料製成，這些地方設有看起來能與電子機器連接的部位。其他硬質部分也設有類似的連接口。

阿基拉納悶地看著這些地方，靜香對他簡單說明：

「這些部位是用來裝設配件中的小型情報收集機器。我剛才說這是綜合情報收集機器統合型強化服，對吧？這商品的設計概念就是將情報收集機器與強化服整合起來。」

緊接著，阿基拉取出裝在收納箱內的配件。

情報收集機器的小型終端機外觀有如將正多面體對半切開，一個小型終端機就兼具攝影機、集音器、動態偵測器、振動感測器等多種機能。

不過每一項性能也因此偏低，藉著同時裝備多具機器，彼此互相補足以提升整體性能。

阿基拉發現了之前的強化服沒有的配件，投出充滿好奇的視線。

「這叫統合型啊？不過一定比普通的強化服要貴吧？」

「那當然。性能越高而且功能越多的強化服，價格也越貴。」

「我想也是。而且這一定是包含情報收集機器的價格吧……還買了車，那筆預算居然夠用啊。」

整套裝備合計８０００萬歐拉姆，是一筆鉅款沒錯，但是考慮到購得的裝備，阿基拉覺得原本預算恐怕還差了一大截。他這麼想的時候，靜香對他補充說明：

「這套無聲動力有些隱情，所以比行情價便宜許多。」

「隱情？」

「是啊，別擔心，這真的是新品，性能也比同價位的製品還要高出一階。只是，因為一些緣故，這商品沒什麼人氣。哎，就是所謂的清倉價。」

靜香身為老闆，為了消除大客戶臉上浮現的擔憂，開始仔細說明：所謂的隱情也有許多不同種類，這是足以信賴的商品。

就算是單純的性能與性價比都優良的高品質製品，也不一定能熱銷，除此之外的要素會大幅影響銷售量。風評口碑與性能也不一定成比例，與商品本身無關的宣傳與風評時常影響對商品的評價。

即便是獵人工作的相關商品也不例外。而無聲動力就是明顯遭受負面影響的製品。

在剛發售不久的時期，裝備了無聲動力的獵人就在大型委託中出了嚴重的漏子。獵人痛斥強化服設計不良，把出漏子的原因推給強化服。

而且該獵人還是頗有知名度的老練獵人，再加上更換其他強化服後，參加其他委託時留下了偌大的功績。無聲動力的負面評價頓時不脛而走，最後銷售成績十分慘澹。

至於該獵人指出的強化服控制裝置設計不良之處是否真的存在，就算真的存在，那是否就是出漏子的原因，早已變成沒有結果的爭論。

然而就算指責本身有誤，就算設計不良之處已經修正，一度被貼上的劣等標籤也無法因此剝除。

靜香平常也不會推薦口碑不良的商品。不過因為其批評幾乎是誤會，既然現在已經沒有問題，那就另當別論。

關於這套強化服，因為幾乎同型而只是更換名稱的其他製品拿出了好成績，業界人士也普遍認為至少設計和性能上沒有問題。不過此時無聲動力也已經不再是最新款式，並未回到知名業者的商品架上。

就新穎的統合型強化服而言，設計方面雖然有其偏門之處，性能本身相當優異，卻無法拂拭一度沾染的惡評，如此身世不幸的製品，這就是無聲動力的來歷。

阿基拉聽了靜香這番說明，得知這套強化服不幸地受到不正當的低評價。他本身雖然沒有自覺，卻莫名覺得彼此同樣運氣不好，湧現了親切感。

阿爾法以念話的形式讀取了這樣淡薄的感想，便插嘴補充：

『阿基拉，不用擔心。就算強化服的系統真的有異狀，這些部分我會全面改寫，因此沒有任何問題喔。』

『是嗎？那就放心了。』

『放心交給我。』

阿爾法語畢，面露得意又滿意的笑容。阿基拉見狀，也完全不再介意強化服的莫名惡評。

在這之後，在靜香的幫助下，他穿上強化服並啟動。強韌的人工纖維配合阿基拉的身體伸縮，與肌膚貼合。毫無不適感，稍微讓身體動作，感覺十分順暢。

收納箱中還裝有其他強化服的配件，是以裝甲貼片等補強再使用的簡易護具。強化服會隨著體型與身體動作伸縮，貼片難以直接貼在強化服上，因此額外穿戴輔助器具以貼附裝甲貼片。

阿基拉隨便找個位置裝上情報收集機器的小型終端機後，穿戴護具，接著又戴上外形類似護目鏡的頭部穿戴型顯示裝置，最後再把ＡＡＨ突擊槍與Ａ２Ｄ突擊槍重新揹在身上。

靜香看著穿上全套新裝備的阿基拉，像在告訴他十分合適般笑了笑，並輕輕點頭。阿基拉的表情顯得有些害羞。

「那麼，阿基拉的整套新裝備就確實點收了。不知是否能滿足顧客的期望。」

「是的，真的非常謝謝妳。」

「那真是太好了，日後還請多多光顧本店。」

靜香說完，待客用的笑容有些改變，靠近阿基拉後溫柔地抱住他。

「……你大概很快就會再次回到獵人工作，但一定要小心謹慎喔，知道了嗎？」

「知道。」

阿基拉有些開心地笑著點頭。

把行李放到車上，阿基拉做好了直接從倉庫離開的準備後，坐在駕駛座上對靜香點頭打過招呼，隨即驅車離開。

靜香面露淺笑，輕輕揮手向阿基拉告別。阿基拉的身影從視野中消失後，她輕吐一口氣並苦笑。

「……不妙啊，放太多私人感情了。我的個性原本應該更能清楚劃分界線，是我錯估了嗎？」

這次阿基拉向她訂購整套新裝備，是一筆８０００萬歐拉姆的大生意，大幅提升了店鋪的營收，但就利潤來說其實結果並不理想。

並沒有虧損，確實有利潤，不過利潤數字實在少得無法想像來自８０００萬歐拉姆的生意，就連平常秉持良心行商的靜香都覺得金額十分微薄。

然而那終究是靜香為了盡可能提升阿基拉的裝備水準才主動這麼做。就算要視之為抓住優良顧客的前期投資，預算額度還是非常吃緊，甚至連各方面都很遲鈍的阿基拉也不禁納悶。

靜香轉換心情般輕笑道：

「阿基拉，我已經盡量湊出最好的裝備了。希望你以後要對本店的營收有長期貢獻，拜託嘍。」

靜香回到櫃臺的同時，心中期望阿基拉日後還會繼續光顧，不要被荒野吞噬，平安歸來。

◆

在靜香的店裡領取整套裝備的三天後，阿基拉乘著自己的車在荒野前進。

重新投入獵人工作所需的準備，在這三天內完成了。

強化服、資訊終端機、車輛的控制裝置已經全在阿爾法的掌控之下；強化服以及與之統合的情報收集機器的使用手感，也在都市近郊的荒野簡單巡邏中實際體驗過了。

改造零件已經裝在A2D突擊槍上，瞄準鏡也和其他槍一起更換，並且試射過了。

要重啟獵人工作已經沒有任何不安，再加上持有自家車輛這項條件也達成了，阿基拉馬上就打算尋找先前的未發現遺跡。

目的地是之前在找里昂茲提爾公司的終端機設置場所時，標示設置位置的箭頭指向地底的地點。

該處只是大量瓦礫凌亂散落的場所，但如果相信箭頭的位置，地底下有可能存在類似崩原街遺跡的地下街那樣的遺跡。

如果未發現的遺跡中仍有大量遺物遺留，就能大撈一筆。懷抱著這樣的夢想，無數獵人奔馳於荒野，推動了東部的調查。

而實現夢想的一小部分人一夜致富。為了追隨他們的腳步，無數人爭先恐後趕赴荒野，但是絕大多數都遭遇挫折，夢想破滅，被荒野吞噬而消失。

未發現的遺跡沒那麼容易找到。就算運氣好發現了，遺跡內的危險理所當然也是未知數，有時也會遭到未知的成群怪物襲擊而喪命。

再者，也無法保證遺跡當中仍留有遺物，只是可能性比較高，白費功夫的機率其實也不低。

儘管如此，那確實是值得賭一把的行為。加上自己擁有阿爾法的輔助，想必值得期待才對。阿基拉意氣飛揚，在荒野中前進。

「話說回來，沒想到居然能這麼快就擁有自己的車。阿爾法，只要用自己的車子移動，就算找到未發現的遺跡，也不會馬上被其他獵人知道吧？」

為了回收車輛等目的，租借車輛基本上都會自動記錄位置資訊與移動路線。

當然業者能夠閱覽這些紀錄，因此如果駕駛租借車輛尋找遺跡，就算真的找到未發現的遺跡，好不容易發現的遺跡位置也有可能曝光。

因此阿基拉與阿爾法在擁有自己的車輛之前停止尋找未發現的遺跡。

副駕駛座上的阿爾法笑著點頭。

『是啊，至少因為租借車輛而曝光的可能性消失了。』

「好耶。那就快點趕到，仔細找吧。」

這時阿基拉重新打量阿爾法的模樣，露出有點傻眼的表情。

「……話說回來，欸，阿爾法，妳這身打扮難道就不能換一下？」

阿爾法坐在荒野用車輛的副駕駛座上，身穿一襲與周遭光景格格不入的純白禮服。

在阿爾法堪稱女神下凡的姣好身軀上，綻放優雅光澤的白色布料層層重疊。那鮮明炫目的白色，甚至讓人感覺到幾分聖潔。

精緻刺繡妝點整體的純白頭紗隨風擺盪般舞動，加上透過頭紗可見的長髮，一起形成令人驚嘆的光采波浪。

如果是實體，這身服裝的布料會勾到車上的各個部位，恐怕就連乘車都很困難，但阿爾法穿著這身禮服，理所當然般坐在車內。這是因為她的身影只存在於阿基拉的視野中。

那副模樣與揹著槍又穿著強化服的阿基拉大相徑庭。阿爾法面露配合那身打扮的笑容。

『哎呀，你不中意？是不是不合你的嗜好？』

「不是這樣，只是妳的打扮簡直就是跑錯地

方，會讓我分心。我正在開車，很危險吧？」

『我正在暗中確實輔助，就算你駕駛出了岔也不會發生事故。儘管放心，開你的車就對了。』

「也許是這樣沒錯啦。」

阿基拉不置可否般皺起臉，阿爾法笑著對他說明：

『我之前也講過，這打扮的用意是一旦遇見能認知我的人，可以讓對方確實有所反應。』

「喔，之前說的那個喔。哎，看到妳這身打扮，應該是會有反應啦。」

由於純白禮服的使用範圍相當侷限，不知情的人如果在荒野中看到，想必會產生「做這身打扮究竟想上哪去？」的混亂與驚訝。阿基拉這麼想著，稍微理解了，但他自己也受到這打扮的影響，因此仍舊板著臉。

『你就當成是維持專注力的訓練，努力集中精神，別因為旁邊有個打扮奇怪的女性就分心。』

「真的不能換成以前穿過的女僕裝嗎？那個還比較像樣一點。」

『不行，也許女僕裝是女性獵人穿來荒野也不奇怪的服裝啊。』

「拜託，這怎麼可能？」

『真的嗎？你應該看過好幾次了吧？』

在崩原街遺跡的地下街，身穿女僕裝的獵人吸引了眾人目光。而後在久我間山都市的低等區域瞧見時，身穿女僕裝的女性增加為兩人。也許以後還會繼續增加，終有一日變成隨處可見的尋常打扮。

因為已經有許多人見過身穿女僕裝的女性，就算有人看到穿女僕裝的阿爾法，反應也可能僅止於「又來了」的程度，而這種可能性已經高得無法忽視。阿爾法指出這一點。

『也許有一天不只是女性獵人，只要是獵人，不分男女都穿著女僕裝也不值得訝異。』

「再、再怎麼說也不至於變成那樣吧？」

聽了似乎正動搖自身常識的話語，阿基拉浮現一副似乎掩不住厭惡的表情。

阿爾法戲弄般笑著回答：

『這很難說喔。大眾的服裝品味其實遠比你想的還要容易改變喔。』

舉個例子——阿爾法說了這樣的開場白，開始解釋她口中或許會發生的假想狀況。

舊世界的衣物在當時雖然是日常穿著，但有些服裝堅韌得等同於現代的防護服，即使是女僕裝也不例外。

那麼，假設現代人在遺跡中發現了數量龐大的女僕裝，或者是幾乎能無限制製造女僕裝的生產裝置。

不管性能多麼高水準，只要同樣的品項供給量抵達過剩的程度，價格就會下降。一旦價格降低到突破一定的門檻，女僕裝就會被視作設計上有些不方便的高性能防護服。

一旦這種狀況成真，沒錢的新手獵人就會人人都穿上女僕裝，因為總是勝過穿普通服裝與怪物戰鬥而送命。

當這種獵人超過一定數量，眾人就會習以為常。最後每個人都毫不在乎地穿上女僕裝，女僕裝成為眾多獵人的基本裝備。

聽完這番話，阿基拉臉上寫滿了疑惑。

「真的……會這樣嗎？」

『會啊，當然前提是要有成真的條件。要舉出實例的話，你還記得舊世界製的戰鬥服吧？看在你眼中一定覺得設計很莫名其妙吧？』

「喔喔，就是妳之前穿的那種吧。」

『那種俗稱舊世界風格的戰鬥服，換作是最前線那一帶的獵人，就能面不改色地穿上身。起初的理由想必是性能之高讓人不去計較設計風格，但最後還是習以為常了吧。』

「……原來如此。所以妳說的女僕裝的假設，其實也有可能成真吧……」

阿基拉接受這番說明，面露有點複雜的表情。隨後他不由得想像獵人全都穿上女僕裝的情景。

無論是貧民窟的落魄獵人、搭上都市巡邏委託的卡車的獵人們、在地下街攻擊阿基拉的遺物強盜們，所有人都穿上了女僕裝，而阿基拉自己也置身其中，同樣穿著女僕裝。

而且沒有一個人對眼前光景抱持疑問，因為那已經變成常識了。

阿基拉不禁伸手扶額，打斷更進一步的想像。

「……該怎麼說，每次聽到舊世界的事情，我腦中的常識好像就會跟著瓦解。」

『所謂的常識，本來就是日新月異。』

持續著有些牛頭不對馬嘴的對話，阿基拉與阿爾法驅車奔馳於荒野。

阿基拉抵達目的地瓦礫地帶，首先將車子停放在瓦礫堆後面，並蓋上迷彩布。

雖然不是光學迷彩那種高度的迷彩，光是顏色與周遭相似，在遠距離要以肉眼尋找就會有困難。就算經過附近，只要沒有特別注意也容易疏忽，可發揮這般程度的效果。

但是阿基拉看著蓋上迷彩布的車子，面露擔憂的表情。

「……沒問題嗎？」

在靜香店內一度顯露的不安——持有物只要短暫離開自己的視野，也許馬上就會被找到並失竊，這樣的恐懼讓阿基拉在這時同樣揪起眉心。

『擔心到沒辦法離開車子的話，可就本末倒置了喔。既然好好蓋上迷彩布了，不用擔心。你就這樣想，盡量別放在心上。』

「……說得也是。」

阿基拉切換心態，開始尋找未發現的遺跡。

地面被沙土與瓦礫徹底掩埋，放眼掃視周遭也無法發現疑似遺跡的東西。於是阿基拉決定用情報收集機器調查地底狀態，尋找有沒有疑似入口的空間埋在地下。

他將裝設在強化服上的小型情報收集機器的位置移到腳部，提升對下方的情報收集精密度。

同時在阿基拉的視野中可看到箭頭顯示在地底下，該處就是里昂茲提爾公司的終端機設置場所。阿基拉以那裡為中心，漸次擴展圓圈範圍般調查周遭。

情報收集範圍內的調查是由阿爾法分析資料，

但阿基拉自己進行調查工作，當作操縱情報收集機器的訓練。他變更各種設定，持續探索地面下的狀態。

不過顯示在擴增視野中的調查結果顯示，埋在腳底下的只有瓦礫與砂土，再往更深處偵測，機器便回傳代表精密度極限的整團雜訊。

「話說，阿爾法，新情報收集機器的性能怎麼樣？和之前的相比，提升很多嗎？」

『不，沒有太大的差異。』

「是喔？可是靜香小姐說性能方面高一階。」

『那是就強化服而言的整體性能吧。況且之前向艾蕾娜買的情報收集機器性能也相當高，儘管在強化服這方面的性能確實大幅提升，作為情報收集機器來說，性能差異並不大。』

阿爾法接著補充：艾蕾娜把那個機器當成放在家裡積灰塵的二手貨，開出了非常低廉的價格，所以你才買得起，否則就當時的收入來看，照理講絕對買不起。

「原來是這樣啊……」

阿基拉面露有些訝異的表情，再次感謝艾蕾娜，同時發誓一定會回報這份恩情。

阿基拉與阿爾法開始調查周邊狀況後經過了三小時，依舊沒發現當初的目的。

雖然他也曾發現地底下的空間，看起來只要撤除瓦礫就能設法進入，因此動手挖掘，但是那裡是大樓的內部，而且內部崩塌非常嚴重，並非他想找的地下街。

如果該處是倉庫等場所，也算得上中大獎，卻只是像停車場那樣徒具寬敞空間的地方之類。對尋求遺物者而言遺憾的結果接連發生。

阿基拉繼續進行調查。現在他距離調查範圍中心——指向地底的箭頭有好一段距離了，告知阿基拉有不小的範圍已經調查過了。

「找不到啊……乾脆朝著箭頭的位置，從地面上往正下方挖掘看看？」

『不行。真要這麼做，需要進行大規模的工程。不只要租借大型工程機具，也要注意避免發生崩塌等事故，會非常耗費時間。』

「用這種方法就算發現遺跡，也會非常醒目，只會讓許多人發現遺跡的位置吧？」

『就是這樣。』

儘管事與願違，阿基拉還是持續一成不變的調查作業。已調查的圓形範圍越來越大，卻依舊找不到通往地下街的出入口。

「阿爾法，假設這底下真的有類似崩原街遺跡地下街的地下遺跡，也有很多出入口，但妳卻想找也找不到，妳能想到哪些理由？」

『這個嘛，我們現在認為是地面的部分，在當時也許是三樓的高度，大概是這一類吧。』

從周遭的瓦礫量來推測，此處在過去矗立著無數高樓大廈或巨大建築物。這些建築物倒塌之後，大量瓦礫徹底掩埋了當時的地面。

經過漫長的歲月，砂土又在這些瓦礫上逐漸堆積，最終將通往地下街的出入口掩埋在地底深處。

聽阿爾法說明這種狀況也很有可能發生，阿基拉短暫思考。

「……這樣的話，反倒不該在這一帶，而是在瓦礫地帶的外圍地區找會比較好？在那一帶，應該堆積得沒這麼厚，距離當初的地面比較近。也許用情報收集機器較容易發現。」

『好，就這樣試試看吧。』

阿基拉兩人改變調查方向。之後又經過了大約一小時，終於找到夢寐以求的目的地。

阿爾法指向地面，在阿基拉的視野中擴增顯示地底下的狀況。隔著一層較薄的瓦礫層，下方出現了通往地底的階梯。好不容易有所成果，阿基拉喜形於色。

「終於找到了！雖然距離箭頭的位置很遠，不過看起來很像入口，就算沒有通往箭頭那邊，只要連接到遺跡就沒差了！」

『既然連接到那麼深的位置，應該就不是通往大樓地下室的入口。不過裡面的狀況還是得調查過才知道，為此就早點請擋路的瓦礫讓開吧。』

「好！就來動手吧！」

靠著效能比過去裝備提升數階的新強化服，阿基拉抓起附近的瓦礫。人工纖維發揮作為人造肌肉的功能，飛躍性提升穿著者的身體能力，將瓦礫有如小石子般輕易舉起。

阿基拉意氣飛揚地將瓦礫拋向一旁。

五層樓高的大樓大半崩塌之後只留下側面。在那有如立牌般單薄的廢墟附近，倒著一塊東西形似扭曲的告示牌。

上頭以非常模糊的文字寫著「予野塚車站往崩原方向南門Ａ２７」。那是剛才阿基拉扔飛的瓦礫的一部分。

在阿基拉面前，長年來遭到掩埋的出入口內，通往地底的階梯因為擋路的瓦礫被挪開，沐浴在闊別已久的陽光下。

阿基拉探頭看向階梯的深處，但是階梯深不見底，在途中被黑暗吞噬，在視野裡中斷。那道分界線好似在警告他一旦跨越界線，鐵定沒命。

只要從未發現的遺跡帶回大量遺物，就能得到超乎想像的鉅款。發現被掩埋的出入口而喜悅，意氣飛揚地挪開擋路的瓦礫。當他探頭看向自己發掘的階梯至深之處，方才那股興奮已然消失無蹤。

取而代之的感受是當初只帶一把手槍就進入崩原街遺跡時的緊張。因為是未知的遺跡，危險度當然也是未知數。阿基拉頓時有種錯覺，彷彿自己正主動投身於巨大怪物的血盆大口，令他遲疑不決。

（……冷靜下來，沒問題的。只要慎重前進就好。還有阿爾法的輔助。一旦發現危險，只要馬上回頭就好。）

阿基拉這麼告訴自己，做了一次深呼吸以提振鬥志。

「好，阿爾法，我們走。」

『稍等一下。』

「幹嘛啦？」

鬥志被潑了冷水，令阿基拉露出幾分不滿的臉色。不過他看到阿爾法嚴肅的表情，有些震懾。

『阿基拉，在進入遺跡之後，如果突然看不見我，無論如何都要馬上全力往回走，知道嗎？』

「喔、好。」

『絕對要做到喔。如果你無法認知我的存在，就表示你和我的連結中斷了。如果遭遇這種狀況，不要慌張也不要大呼小叫，要將與我恢復連結當作第一要務並採取行動，懂了嗎？』

阿基拉愣了一瞬間，然後有些僵硬地皺起臉，反問：

「……等一下。如果往遺跡深處前進，和妳的連結有可能切斷？」

『沒錯。之前我也說明過吧？在其他遺跡或地底下，我的搜敵精密度會下降。一部分的原因就是當你進入那種場所時，與我的通訊狀況會變差。如果到了其他遺跡，而且還是地底下，通訊搞不好會完全斷絕。』

阿基拉啞口無言，阿爾法對他補充說明：

『當然了，實際發生的可能性不高，但已經是最好事先提醒你的程度。所以真的發生時，你一定要小心行動喔。』

阿基拉再度探頭看向階梯深處。他也能感覺到自己裹足不前。

置身一片漆黑的地底，在遭遇強力怪物攻擊的狀況下，與阿爾法的通訊突然全部斷絕，失去所有輔助。這究竟有多致命，阿基拉也很明白。

因為理解了視線前方的地點暗藏這種危險性，阿基拉深感不安與驚惶。

見到他的反應，阿爾法溫柔地說：

『還是要打消主意？那也無所謂。就算不親自探索未發現遺跡，也還有販賣這地點的情報這個手段，並沒有白跑一趟。』

聽她這麼說，阿基拉的表情更加凝重了。然而那股凝重也從他臉上抹去了膽怯。

「……阿爾法，妳會這樣說來阻止我，是因為我真的那麼害怕，還是因為真的那麼危險？」

阿爾法故意笑著回答：

『兩者皆是。真要說的話是前者。在害怕得失去平常心的狀態下探索遺跡，非常危險。』

「是喔。」

於是阿基拉也笑著回答：

「那麼，我不放棄。意志和覺悟由我來負責，對吧？」

不管是將意志注入畏縮的雙腿，鞭策使之向前邁步；或是以覺悟掩蓋恐懼，就算只是虛張聲勢也要向前進，這一切都屬於自己的管轄。

只要做好覺悟就能辦到的事情，就非得做好覺悟實行不可。既然都要阿爾法提供輔助以補足自己那根本不夠的實力，除此之外的部分就應該靠自己補足。

意志、幹勁、覺悟由我來提供。為了讓過去他對阿爾法宣告的這句話不會成為謊言，阿基拉重新做好覺悟。

他當初對阿爾法宣告的記憶以念話的形式無意識間傳向阿爾法，阿爾法對往事感到懷念般笑了。

『的確是這樣。我明白了，我們走吧。』

阿基拉與阿爾法一同走下通往地底的階梯。

隨後又走上階梯，回到地面上。

『阿基拉？』

「還是把那個也帶去好了。」

阿基拉回到停放在附近的車輛旁，把ＤＶＴＳ迷你砲自槍座上卸下。緊接著他拆下連接至普通子彈彈匣的彈鏈，改為擴充彈匣，將重型槍枝改裝成攜帶型，帶在身上。他原本覺得這武器不適合在室內使用，但他改變了想法。

ＡＡＨ突擊槍、Ａ２Ｄ突擊槍，再加上ＣＷＨ

反器材突擊槍與DVTS迷你砲，全副武裝的阿基拉再度回到階梯前方。他身旁的阿爾法欲言又止般微笑。

「……是怎樣啦。」

阿基拉露出有些尷尬的表情。他自己也知道，剛才他一度勇猛果敢地要進入地下，卻馬上就折返回到地面。

而阿爾法用表情表達了她想說的話。

『沒什麼啊，小心謹慎是好事喔。』

阿基拉重新整裝後，這回終於走下階梯，進入遺跡內部。

阿基拉發現了似乎存在於地下的未發現遺跡的出入口，以照明照亮彷彿通往地底深處的陰暗階梯，一步一步往下走。

階梯寬度大約四公尺，頂端也很高，沒有崩塌等狀況，寬敞得連重武裝的阿基拉也能輕易通過。

腳下階梯和牆壁都沒有明顯的裂縫，也沒受到植物等的侵蝕。通往地底的階段維持著不像歷經長時間掩埋的狀態。

阿基拉挪開了堵塞出入口的瓦礫進入，但他並未移除所有瓦礫，因此照進階梯的光線相當少。儘管如此，只要回頭確認，射入黑暗的光芒就在視野中閃耀。

將照明的光投向反方向，光線的前端被地底的黑暗吞噬而消失。階梯依舊深不見底，最深處一片黑暗。

在這狀況下，阿爾法指示：

『阿基拉，關掉照明。』

阿基拉稍微躊躇，但他按照指示關掉照明。失去光源後，黑暗立刻包圍周遭，伸手不見五指。

儘管如此，阿爾法的身影看起來清晰得一如往常。在黑暗中散發銀白光芒的阿爾法舉起右手。

於是，以阿基拉為中心的周遭景色像是受到強力照明照亮，擁有了色彩。那甚至能讓他清楚分辨附近牆面的細微裂縫或變色等等。

看到好像只有自己身旁變成白天般的景象，阿基拉驚嘆道：

「真厲害。」

『我在情報收集機器取得的數據加上了修正處理，擴增顯示在你的視野中。這樣就看得很清楚了吧？』

阿爾法神氣地微笑，阿基拉也笑著回答：

「是啊，完全沒問題……話說，遠處看起來特別暗，是情報收集機器精密度的問題嗎？」

在阿基拉眼中，周遭的光景就像是自己變成光源般，越靠近自己就越明亮鮮明，越遠就黯淡且模糊，最遠則依然是一片漆黑。

『除了精密度之外，數據分析的優先度也有影響。』

「這樣的話，如果怪物在那個較暗的位置，就算發現了也很難用槍瞄準嗎？」

『遇到這種狀況，我會只針對那個部分提升分析的精密度，不用擔心。你試著用槍的瞄準鏡看過去。』

阿基拉按照她說的，舉起Ａ２Ｄ突擊槍瞄準遠方。透過瞄準鏡看見的景色，就和自己身邊一樣明亮清晰。那是以肉眼無法認知的夜視用微光照向瞄準鏡能看見的狹小範圍，再由阿爾法分析所得的影像，最後有此結果。

阿基拉再度發出輕微的驚嘆。

「喔～～所以要對暗處狙擊也完全沒問題啊。真是太周到了。」

『這可是我的輔助啊，當然的吧。』

阿基拉放下槍，看見洋洋得意地笑著的阿爾法，自己也回以淺笑，同時在心中提高警覺。

一旦與阿爾法的連結斷線，阿基拉就會失去這些輔助。為了萬一遭遇這種狀況時能夠不慌不忙、不大呼小叫、冷靜地折返地面，他維持適度的緊張感，繼續向前進。

從階梯的斜度和前進的距離估算，阿基拉來到大約地下四樓的深度。在阿基拉這麼想的時候，終於抵達階梯底部，來到一條長長的通道上。

這時阿基拉先是吐出一口氣，隨後確實觀察自己的視野。確認阿爾法的身影依舊在身旁，便暫且放心。

「阿爾法，好像來到滿深的地方了，通訊沒問題嗎？」

『不用擔心，一點問題都沒有。』

看到阿爾法回答時臉上掛著的笑容，阿基拉放心地把注意力轉移至探索遺跡上。

通道的狀態相當乾淨，地上沒有瓦礫等東西，沒有化為白骨的屍體，也找不到機械類怪物的殘骸或生物類怪物的屍體，只是積了一層薄薄的塵埃。

如果地面一塵不染，反倒需要提高戒心。這種狀況下，舊世界時代的清掃裝置至今仍維持運作的機率相當高。這代表人稱機械類怪物的警備裝置等等也還在運作的危險性也會升高。

不過積在地上的塵埃否定了這一點。同時未受擾動的塵埃也顯示，生物類怪物之類的危險存在已經很長一段時間沒有在這附近活動。光是知道這一點，這座遺跡的危險性就已大幅下降。

而地面找不到腳印之類的痕跡，所以其他獵人已經從其他出入口進入這座遺跡的機率也很低，這裡真的是未發現遺跡的可能性大幅提高。

自阿爾法口中聽見這些說明，阿基拉滿足地點頭。

「既沒有怪物也沒有人進來過的遺跡啊。接下來只要找到一大堆遺物，一切就無從挑剔了。」

『這附近似乎只是單純的通道。想要一大堆遺物，就期待裡頭有商店或倉庫之類的吧。』

「很好，我們走吧。」

阿基拉在通道上前進，發現了類似展示櫥窗的東西。他期待裡面會有遺物而小跑步靠近，往玻璃般的牆壁內側看過去。

下一瞬間，阿基拉驚訝得稍微愣住了。他不禁猛然將手按在牆上。隨後他睜大雙眼，興奮歡呼：

「有耶！阿爾法！有遺物耶！而且還是看起來很厲害又很值錢的東西！」

衣物的布料以複雜的立體結構層層重疊，就設計上來看絕對不可能只用一片布料製成，但是上頭找不到任何裁縫痕跡。

疑似資訊終端機的六角形薄片將某些文字般的符號投映至半空中。

像是室內擺設的半透明正多面體外表浮現幾何圖形。

除此之外，還有許多遺物映入阿基拉的眼簾。每種遺物的材質與製法都不明，連用途都難以想像的東西也很多，不過這些確實都是憑著舊世界的高等技術製作，在阿基拉眼中有非常高的價值。

阿基拉立刻想進入店內取出遺物，尋找應該就在附近的商店入口，但是他遲遲找不到類似的出入口，周圍只有牆壁。

「……入口呢？入口在哪裡？沒有門耶，為什麼？」

無論是阻隔自己與遺物的那道玻璃般的牆壁，或是裡側的牆面，都找不到出入口或取物口之類的地方。這些遺物究竟是怎麼放進櫥窗內的，阿基拉簡直無法理解。

不過對阿基拉而言，重要的不是如何放進去，而是如何取出。於是他想到了極其原始的手段。

沒辦法了，用力打破吧。循著這個念頭，阿基拉握起拳頭。

這時阿爾法插嘴說道：

『阿基拉，你先冷靜下來。』

「……果然是因為打破櫥窗取出東西，可能會驚動警報器之類，造成危險嗎？」

等同於廢墟的遺跡還另當別論，既然保存狀態如此良好，警備系統同樣可能在休眠狀態下遺留至今。

如果輕率做出打破櫥窗等可能驚動遺跡警備系統的行為，原本幸好停止運作的警備系統確實有可能因此重新啟動。

但是阿基拉看到費盡功夫才找到的遺物，不願因為顧慮危險就白白放棄。

況且要論危險，朝遺跡更深處前進一樣危險。既然目的是收集遺物，總是會遇到必須承擔危險出手拿走遺物的狀況。

而且這地點距離地面也近，就算真的因為拿走遺物使得警備系統重啟，也能馬上逃到外頭。至少應該勝過在遺跡更深處冒同樣的危險。

雖然受到自身的欲望引誘，阿基拉還是向阿爾法解釋了他想到的理由。

但是阿爾法搖頭。阿基拉露出了有些不滿的表情。

「……真的那麼危險？還是說先看過更深的地方再決定比較好？」

『阿基拉，和這些都沒有關係。你不可能在現實中拿走這些遺物。』

「咦？」

『為了讓你也能輕易分辨，我會改變顯示，你保持鎮定仔細看喔。』

阿基拉不由得擺出百思不解的表情，阿爾法在他前方面露苦笑，調整他的視野。

於是阿基拉原本以為是展示櫥窗的內部，隔著玻璃所看到的景象，這些頓時都失去了立體感。

「……咦？」

『我調高了地形資訊的優先度，讓模擬立體的視覺效果無效化。』

阿基拉的眼睛依舊能看見遺物，但那些遺物只是畫在平滑的平面上。於是阿基拉從自己的知識中找出了與之相符的物體名稱。

「海報？」

『應該是當時的廣告吧。』

阿基拉剛才以為是展示櫥窗的物體，其實只是覆蓋了整面牆壁的海報。因為足以令人誤以為物品存在於現實中的精緻視覺效果，讓他誤會真的有實物存在。

阿基拉猛然嘆息。

「……只是空歡喜一場啊。」

『這是你第一次進入未發現遺跡，發生這種事也不稀奇。你就把這樣的經驗當作獵人工作的醍醐味吧。』

「……說的也是。」

受到阿爾法的鼓勵，阿基拉繼續往通道更深處前進。

在遺跡內部前進好一段距離後，阿基拉在通道側面發現了無人的商店。

店鋪牆面透明如玻璃，從通道就能清楚看見裡面。稍微觀察內部，寬敞的店內擺放著複數的陳列架，上頭有許多應是遺物的東西，稱得上大豐收。

但是阿基拉因為剛才的經驗而保持疑心，在歡天喜地之前先向阿爾法投出確認的視線。

阿爾法回以苦笑。

『放心。這次是真的。』

「好耶！」

阿基拉笑著點頭。

店鋪的出入口是自動門，不過機能已經停止，站在門前也不會開啟。阿基拉用手勾住門板邊緣，憑著強化服的身體能力硬是慢慢拉開。

門板非常緊，儘管強化服的力氣大得足以拋擲瓦礫，還是只能一點一點慢慢拉開。而且門受到若是普通玻璃肯定會輕易碎裂的壓力，卻沒裂開也沒彎折，承受著強化服的力量。

即使硬是拉開門，警報之類也沒有因此大作，讓阿基拉放心，走進店內。

貨架上陳列著形形色色的商品，不過保存狀態有好有壞，有的隨著時光流逝變成一團塵埃。然而裝在透明袋子中的其他東西仍舊保持著堪稱詭異的全新狀態。

「雖然有不少東西已經壞了，也有很多東西完整保留啊……不過好像沒有剛才那個海報上畫的那些看似很高級的遺物。」

『這裡應該只是量販店，不販售高級品吧。即使如此，同樣是舊世界製品，而且警報也沒響，就大方取走吧。』

「說的也是。現在有車子也有強化服，就盡可能搬走吧。」

過去尚未取得強化服的時候，阿基拉曾有一次將大量遺物塞進大型背包，直到自己身體的負荷極限。那重量使他不由得腳步踉蹌，雙腿痛得難以忍受，因此忍不住說出喪氣話。

現在拜強化服所賜，已經不需要擔心這些問題。阿基拉下定決心，一定要裝到背包的容量全滿，盡可能帶回去。

阿基拉打開帶來的背包，從中取出其他數個折疊壓平的背包。他打開所有背包後，拖著這些收集遺物用的背包，在店內開始收集遺物。

阿基拉無法分辨遺物的價值高低，只要保存狀態良好，不管三七二十一全部裝進背包裡。

架子上還有用途不明的小型電子機器與計算機般的裝置、類似書寫用品的道具、完全沒變色而讓人覺得不自然的筆記本。總之全部都裝進背包。

菜刀之類的刀具與調理器材也有些完好留存。不過刀具只是非常銳利，無法像過去找到的短刀那樣使用。聽阿爾法這麼說，阿基拉有些遺憾，但還是決定帶走變賣。

同時也找到了像真空包裝那樣被壓平的上衣、裙子、內衣褲、手帕等等。

不過在經過壓縮的狀態下，看在阿基拉眼中只是薄板狀的布料。有一部分袋子並非透明，頂多知道是屬於衣物類的遺物，設計款式完全不明。

當時也是像這樣，在無法分辨內容物的狀態下販售嗎？這樣真的賣得出去嗎？阿基拉湧現這樣的疑問，阿爾法為他說明：當時能透過擴增實境來確認內容物，只是這功能現在失效了。

如果為了檢查內容物而開封，有可能會降低變賣價格，因此阿基拉只是在心中想像著：「內容物會不會也是舊世界風格的前衛設計？」並直接放進背包。

店內也有裝著某些液體的瓶子，以及裝有藥錠的盒子。向阿爾法詢問是何種藥物，阿爾法回答瓶身的標籤與盒子的表面已經磨損，無法辨識。阿基拉不打算自己使用，但還是決定帶走。

此外也找到了飾品類與玩具。他一面想著：「沒有護身符嗎？」把那些也裝進背包。

在店面挑選了一遍，帶來的每個背包就都裝滿了。

再拿更多遺物也無法帶走，阿基拉決定告一段落，準備回程。

他拖著背包回到通道。複數的背包拖過地面，推開堆在地上的灰塵，留下一道長長的痕跡。

「只是調查遺跡一小部分就拿到這麼多遺物，這就是未發現的遺跡啊。難怪獵人一窩蜂想找。」

得到出乎預期的收穫，阿基拉心滿意足。阿爾法也表示同意般微笑。

『辛辛苦苦找到也算有了回報。與你的通訊也沒問題，可說是最理想的遺跡。』

「是啊，真的是這樣。幸好剛才沒有放棄進入地下。」

不屈服於恐懼，憑著覺悟做出的選擇所帶來的結果擺在眼前，讓阿基拉重新體認到自己的想法正確。

阿基拉爬上漫長的樓梯回到地表後，還有一樁工作等著他，就是再度掩埋遺跡的出入口。

他在挖掘出入口的時候已經特別注意過搬開瓦礫時的堆積方式，以降低其他人注意到的可能性。進入時只打開勉強夠讓阿基拉通過的隙縫，回程時也只額外擴大到能讓背包通過。

儘管如此，已經被挖掘的狀態和被掩埋時的狀態，兩者曝光的難度天差地別。為了避免其他人發現遺跡的存在，阿基拉將他自己搬開的瓦礫堆回原處。

在最後的作業結束時，已經日落了。阿基拉也難免感到疲憊，便深深地吐了氣。他重新打量自己掩埋的痕跡，呢喃道：

「……沒問題嗎？」

由於一度發掘出土，最近有人挖掘的痕跡無論如何都無法抹消。因為知道在這底下就有遺跡的出入口，在阿基拉眼中，那痕跡顯得不太自然。

『既然已經設法掩飾，剩下就是運氣問題了。』

就期待不會有其他人發現吧。』

「……說的也是。」

我的運氣比別人差啊——阿基拉心中這麼想，但也沒有其他改善的手段，於是切換心情，返回都市。

◆

阿基拉泡在自家的浴缸裡，消除累積了一整天的疲勞。

平常他總是沒三兩下就屈服於入浴的快感，任憑意識溶解在洗澡水中，但今天因為帶回了豐碩的成果，還保留了這方面的思考能力。

他對著一如往常與他一起泡澡的阿爾法，高興地問道：

「那些遺物能賣到多少錢啊？狀態不錯的東西也不少，數量有那麼多，換到好價錢也不奇怪吧？妳怎麼想？」

阿爾法一如往常，讓一絲不掛的姣好裸體泡在熱水中。透過水波搖曳的水面，隱約可看見下方美豔的裸身隨著波光搖擺。

之後她為了更加吸引阿基拉的注意，坐到浴缸邊緣。裸體離開水面而一覽無遺，水滴沿著身軀滑落，光澤飽滿的肌膚與水滴的亮光互相輝映，散發高雅的性感魅力。

不過阿爾法的身軀並非實際存在，身上滑落的水珠也是。只是憑著阿爾法龐大的演算能力進行繪圖處理，反映於阿基拉的視野中。

即使如此，一般來說面對這般美色，多少有些反應也不奇怪，但阿基拉的反應依舊異常遲鈍，今天他同樣白白浪費了保養眼睛的絕佳機會。

『不要抱持太大的期待。就算保存狀態優良，數量也多，也無法因此樂觀看待。』

「是喔？可是數量有那麼多耶。」

『在崩原街遺跡收集遺物的時候，是我憑著我的眼光挑選了遺跡深處的遺物，才讓你帶回來，所以不能用同樣的標準判斷。』

「……哎，也對。」

『此外，視遺物的種類與需求，收購價格也會大幅改變。要是期待過頭，之後有可能會大失所望喔。』

「嗯～～對喔。哎，到明天就曉得了吧。」

『還有，要賣給葛城的時候先分一小批出來賣吧。一次帶大量遺物過去，他也會好奇你是從哪裡找來的，萬一被他看穿遺跡的位置，那也很令人傷腦筋。』

「……說得也是。就這樣吧。」

阿基拉心中不知不覺膨脹的念頭，像是一次販

賣大量遺物時對方會顯露的反應，以及可能因此得到的鉅款，這些期盼都在與阿爾法的交談當中漸漸歸於平靜。

於是無意識間的興奮也跟著消失，無法支撐阿基拉的意識。他的意識漸漸溶於浴缸裡，朦朧的腦袋突然想到：

「……欸，阿爾法，今天找到的那座遺跡，要怎麼稱呼才好……？」

『這個嘛，就叫予野塚車站遺跡吧。』

「予野塚車站遺跡啊……知道了……」

在口中反芻自己找到的遺跡的名字後，阿基拉的意識一如往常溶解在浴缸中。

◆

葛城是個生意人，靠著他兼具移動商店功能的

大型拖車販售獵人用的商品、武器與彈藥等。

最近他的主要顧客都是承接崩原街遺跡的臨時基地營建相關任務的獵人，因此時常待在那附近。不過今天他將店鋪開設在久我間山都市，因為阿基拉聯絡他，告知有遺物想變賣。

葛城與阿基拉談好了交易條件，阿基拉會將遺物賣給葛城，葛城則會支援在貧民窟掌管弱小幫派的謝麗爾。

葛城也知道，因為在崩原街遺跡發生的騷動，阿基拉的遺物收集工作暫且中斷了。但在阿基拉重啟獵人工作後，會不會真的按照約定來找他變賣遺物，其實他也沒有把握。

因為心懷這份不安，當葛城見到阿基拉現身時揹著塞滿遺物到容量極限的大背包時，表情頓時放鬆了。

結束對遺物的估價後，他隱藏心中的評價，對阿基拉擺出「就這樣喔？」的表情。

「我出２２０萬歐拉姆。」

聽見葛城對裝滿一整個大背包的遺物提出的收購價碼，阿基拉臉上露出有些不滿的表情。

葛城非常謹慎地觀察阿基拉的態度，試圖捉摸他的內心想法，同時擺出一如往常的商人的笑容，慎重地選擇言詞。

「你的表情看起來對收購價有些不滿啊。但也勉強還算可以接受，不至於像上次那樣，馬上就說要拿去獵人辦公室的收購處，是吧？」

「……是沒錯。」

因為阿基拉昨天和阿爾法簡單討論過遺物的收購價，對葛城提出的價碼雖然不滿，卻也認為：

「也許就這個程度吧？」

葛城看穿了阿基拉的想法。

這不是無法點頭答應的價碼，但是留有不滿。

一旦不滿日積月累，阿基拉將遺物賣給其他人的機率就會上升。

為了事先避免，葛城估測阿基拉不滿的程度，表面上的口吻只是談些無關緊要的小事，同時小心翼翼地將話題導向對自身有利的方向。

「哎，我也沒打算故意開低價來占你的便宜。要是因為這樣讓你把遺物拿去賣給別人，那我就虧大了。」

「真是這樣就好了。」

「我是說真的啦。我打算日後繼續和你密切往來，證據就是我一直遵守和你的約定，也有好好關照謝麗爾喔。」

葛城誇張地說完，露出有些苦惱的表情。

「不過，哎，該怎麼說，支援謝麗爾也是要花錢。所以啦，坦白講，我確實稍微調低收購價，把這部分轉為我的利益。這種心情也不是沒有。」

葛城沒有說謊，不過對「想占多少便宜」這部分含糊帶過，繼續說道：

「但是，就像我剛才說過的，如果因為這樣開出你無法接受的價格，也只會讓彼此都蒙受損失。所以，你看起來好像欠缺變賣遺物的竅門，我來給你一些指點吧。」

語畢，他擺出了洞悉對方的狀況般別有用意的表情。

「我沒猜錯的話，你平常主要都在討伐怪物，不常收集遺物吧？因為如果你習慣變賣遺物，也有很多遺物不會拿到我這邊賣。」

「隨便你想像。」

「哎，就算我猜錯了，你也姑且聽我說，聽了沒壞處喔。舊世界遺物的收購價會隨著你找上的變賣對象有很大的差距。剛才的遺物收購價會讓你不滿意，其中一個理由就是不少遺物在我這邊無法出高價收購。」

語畢，他改用勾起對方興趣的口吻，親切地笑道：

「所以啦，如果你覺得我估價太便宜，就先聽我詳細解釋理由再接受我的開價，好嗎？」

爭取對方諒解後，要加入多少對自己有利的內容呢？葛城拿捏程度，開始解釋變賣遺物的知識。

有很多獵人從遺跡帶回遺物後，不管三七二十一便拿到獵人辦公室的收購處。不過如果想盡可能賣得好價錢，也可以在變賣時多花一些功夫。

遺物也有需求與供給的概念。將適合的品項賣給適合的對象，光是這樣就能拿到更好的價格。這方面的過濾與選擇，複雜得足以成立代替獵人變賣遺物的行業。

正因如此，有些獵人會嫌麻煩而全部交給業者處理；也有人會寧可接受低一些的收購價，只求能稍微提升獵人等級，因此全部帶到獵人辦公室的收購處。

「只要你開口，我也可以代替你變賣所有遺物喔。你怎麼看？」

「以後再說吧。」

「這樣啊。哎，你就考慮看看吧。」

獵人辦公室是統企聯管轄的組織，對其母公司大企業渴求的遺物會出高價，也就是能用於分析舊世界高等技術的材料。

這些遺物透過獵人辦公室的收購處，自東部全域收集後運輸至企業直屬的研究設施，由眾多才華洋溢的科學家與技術員進行分析，藉此支持東部的技術發展。

當然了，在技術方面越是貴重且重要的遺物，越容易流向大企業，因此遲遲無法縮短大企業與中小企業之間的技術差距。

若要顛覆彼此的技術差距，中小企業只能循其他管道取得遺物。換言之，就是透過葛城這種個人業者收購。

葛城從阿基拉帶來的遺物中取出了看起來像某種電子機器的東西。

「因為這些理由，這類遺物拿來賣給我這類商人就是正確解答。因為這種遺物可以賣到好價錢，我也願意開出好價格收購。懂吧？」

「懂是懂。」

「之後要是找到類似的東西，拜託盡量賣給我。我很期待喔。」

就算是就分析技術的角度而言價值低的遺物，只要有需求就能賣到好價錢。比方說靠現代技術也能製造同等的物品，但是費用方面划不來，或是因為來自舊世界而有品牌附加價值的東西。

這些遺物會被轉手賣給專門的業者，經過品質確認與精美包裝，有時則是被加工成其他物品，最後變成市面上流通的商品。

葛城從估價完的遺物中取出菜刀與調理器具。

「這類遺物拿到我這邊，也不算找錯人。因為我已經有販賣管道了，也願意用不差的價碼收購。雖然不是什麼特別的東西，只要說是舊世界製，這類物品的價格就會高一些。就方便轉賣給其他業者這點來說，倒也不差。」

隨後葛城拿起了被包得扁扁的衣物類，面有難色。

「所以啦，從這一點來看，這個就有點問題。不好意思，這類遺物我沒有轉手的管道。」

緊接著，他對那些衣物投以疑惑的目光。

「還有，衣物類的遺物有時候很難處理。因為是按照當時的審美觀設計，有些衣服就現代的品味來看很俗氣，有時無法發揮舊世界製的品牌效果。你懂吧？」

「呃，哎，這我懂。」

「況且衣物本來就有流行興廢，我對這方面的時尚眼光也不算有自信。換作是大企業，也許能夠先買下來堆在倉庫裡，等到流行來臨，但是我辦不到。」

葛城以歉疚的表情說道：

「所以說，不好意思。如果你一定要我收購，看在我們的交情上，我還是會買，不過我只會出等同於回收廢品的價格，一般就是這樣。」

他維持同樣的表情，打量阿基拉的反應。

（……是不是有點太露骨了？不，看起來沒問題。）

葛城確認過後，轉移話題般拿起其他遺物，結束有關衣物類遺物的話題。

「接下來是這類遺物。這種東西拿來我這邊，就找錯人了。」

葛城這麼說著，手裡握著飾品類的雜物以及尚未拆封的撲克牌。

獵人從遺跡帶回形形色色的遺物想換成金錢，其中也有收購方難以處置的東西。反正是在遺跡找到的，總該有些價值吧——出自這樣的個人判斷，獵人們把這些東西帶到店鋪。

以前靜香送給阿基拉的護身符，也是因為類似的理由而來到靜香的店。

不過這種品項在非常罕見的狀況下也可能以高價賣出。視為某種古代藝術品，這類物品的收藏家之類有時願意開出超乎常識的價格。

正因為有這種可能性，獵人才會把乍看之下只是垃圾的東西帶回來，與收購業者因為收購與否起爭執。

葛城也有類似的經驗，回憶起往事讓他輕聲嘆息。

「這種東西能用很高的價格賣給行家的可能性並不是零，但是要我期待這種可能性出錢，我也很為難。就和品評藝術品的眼光一樣，這我不在行。不過，畢竟我們也認識，我可以免費收下。」

「收下之後要幹嘛？不是賣不出去嗎？」

「隨便塞進倉庫，遇到商人夥伴中自認有眼光的傢伙或是收藏家的代理人，就拿出來給他們看。如果有人想要，至少可以用來建立人脈。累積到一定程度就拿去荒野扔掉，之後就不關我的事了。」

「……呃，那樣沒問題嗎？」

「當然我也會注意丟棄的場所，不過至今從來沒人抱怨過。丟在貧民窟的外圍地區，不到一個月就會自動消失。大概是貧民窟的居民撿走了吧。」

貧民窟的攤販就陳列著這類物品。既然是人家丟掉的東西，不會有任何人說三道四，而賣剩的品項會再度被棄置於荒野。

「就算丟在荒野，同樣會不知不覺間消失。這現象的原因眾說紛紜，有人說是舊世界的清掃機器至今仍在運作，偷偷清掃垃圾；也有人說是怪物吃掉了。我支持後者的說法就是了。荒野中甚至有會吃戰車的怪物，沒什麼不可思議的。」

不需要的東西自都市送往荒野。等同於垃圾的遺物、貧民窟的屍體，或是還活著的人。

而需要的東西從荒野送到都市，像是貴重的遺物，以及彰顯實力者。

這正是東部簡略的縮影。

葛城說完，再度觀察阿基拉的反應。

「我因為這些，身為商人能開的價格也有限。就算你有不滿，２２０萬歐拉姆就是極限，沒辦法出更多錢。」

見阿基拉以充滿興趣的態度聽他說完這番話，他認為似乎有成效。

「不過我也不希望因為出低價買了你努力帶回來的遺物，結果搞壞和你的關係。所以啦，這次我只買適合帶到我這邊變賣的遺物，怎麼樣？」

對方接受了自己的說詞，既然如此，對這個提議應該不會抱持疑心。葛城如此判斷。

「我不買的那些東西，你可以隨便處置。要賣給其他店家也可以，暫且放著不賣也行。怎麼樣？我覺得這是個彼此都能接受的好提案就是了。」

就現況而言，所有提議都對阿基拉有利，所以應該不至於引來無謂的猜疑。葛城這麼認定，充滿自信地笑著。

阿基拉短暫思考後回答：

「知道了。就這麼辦吧。」

「很好，那就成交了。」

葛城從阿基拉手上收購符合條件的遺物，完成轉帳付款。最後他對打算離開的阿基拉輕描淡寫地說道：

「啊，對了，阿基拉，雖然我說剩下的遺物可以隨便處置，我倒是建議你一段時間別賣掉，暫且先放著。」

「為什麼？」

「我也在努力開拓新的販賣管道。這次沒辦法收購的東西，也許在不久之後就能出高價買下了。反正你暫時也不缺錢吧？等待能高價賣出的機會，先放著吧。這也是變賣遺物的訣竅喔，記得放在心上。」

「哦～～知道了。我走啦。」

阿基拉不經意地回答後離開了。

葛城目送阿基拉離去，在他的身影自視野消失時，露出了不能讓客人看見的生意人的笑臉。隨後他為了得到更多利益，連忙聯絡他認識的業者。

◆

從葛城的店回到自家後，阿基拉將沒變賣而帶回來的遺物排在地上，苦苦思索。

地上擺著衣物類、飾品類、玩具類，以及其他不知如何分類的遺物。阿基拉必須思考該怎麼處理這些遺物。

阿爾法也說可以按照他的想法去做。一樁獵人工作要到將遺物換為金錢才算大功告成，不過現在也沒必要立刻換成錢。雖然日後還會購買更高性能的裝備，最近才剛買齊一整套，還不急。

阿基拉一直思考著該怎麼辦，突然想到——

「阿爾法，剛才葛城講的那些，妳怎麼看？」

『這個嘛，他並沒有說謊。』

「哦～～那麼暫且別賣掉，放著等候時機比較好嗎？」

阿基拉如此問道，阿爾法對他面露意味深長的微笑。

『我可沒說他是個老實人喔。』

阿基拉也輕笑著回答：

「這我也曉得，不過他幫忙照顧謝麗爾是事實。因為葛城幫忙做麻煩事，我也會對他的經商手段睜一隻眼閉一隻眼。然而要是太過分，我也得考慮一下就是了。」

葛城是生意人，和獵人往來自然少不了一些算計吧。阿基拉這麼想，覺得這方面的應對也是身為獵人的實力的一部分，因此故意靜觀葛城的做法。

阿爾法面露有些意外的表情。

『現在你也會講這種話了啊。心態上越來越從容了嗎？』

「有嗎？也許吧。」

阿基拉隨口回應，無自覺地笑了笑。

這時，剛才提到的謝麗爾的通話要求傳到阿基拉的資訊終端機。接聽之後，謝麗爾開朗的說話聲與藏不住的緊張氣氛同時傳來。

『我是謝麗爾，現在有空嗎？』

「有。怎麼了？」

『不，其實沒什麼事。只是如果你剛好有空，希望能麻煩你來據點一趟。』

因為謝麗爾從葛城那邊聽說阿基拉去找他變賣遺物時穿著整套新裝備，便希望阿基拉到據點展示那套新的裝備。這就是謝麗爾的請求。

謝麗爾的幫派基本上是靠阿基拉這個強力的獵人當後盾，才能維持安全。

過去謝麗爾等人只被視作一群小孩的集團時，有個實力不差、腦袋不太正常的獵人庇護就足以確保安全無虞。

但是近來謝麗爾的幫派人數增加，藉著販賣熱三明治等手段，也有了賺錢能力，成長到其他幫派開始虎視眈眈也不值得訝異的狀態。

這時阿基拉穿戴強力裝備出現在據點，可對其他幫派發揮牽制力。光是對周遭的人展現新裝備就很有意義了，希望阿基拉盡可能到據點一趟。謝麗爾如此拜託阿基拉。

「知道了，我這就過去。」

『真的可以嗎？非常謝謝你。我會等你。』

謝麗爾的聲音透出安心，通話就此結束。就在阿基拉打算準備出門時，他看到了依舊擺在地上的遺物，回想起過去冒出的念頭，便將衣物類與飾品塞進背包。

『怎麼了？要順便拿去賣嗎？』

「不，只是覺得剛好可以當作伴手禮。」

阿基拉做好外出的準備後拿著背包前往車庫。

露西亞與娜夏拖著屍體向前進。雖然耶利歐也在場，但他沒有出手幫忙。

死者身上的財物已經全被取走，只穿著簡樸的衣物，而且衣物也破破爛爛，為屍體穿衣的理由只是套上部分衣物比較方便拖行搬運。

屍體原本被棄置在幫派的地盤內。清掃地盤是貧民窟幫派心照不宣的義務，露西亞等人正在將屍體搬到荒野拋棄的路上，這也是清掃工作的一環。

露西亞與好友一人抓著屍體的一隻腳，拖著屍體行走，因為其重量而煩悶地嘆息。

「欸，娜夏，這星期是第幾個人了？」

「我記得是第六個。」

「太多了吧～～地盤又不怎麼大，屍體可以再少一些吧？」

露西亞厭惡地皺起臉，娜夏關心她而面露苦笑回以開朗的說話聲。

「我也覺得這是麻煩又討厭的工作。不過，只要幫派還需要我們做這些工作，這段期間就不用擔心。妳就這樣想吧。」

「這我也知道啦……」

露西亞再度嘆息。得到好友的關懷，讓她覺得心情輕鬆了些，但還是無法像娜夏那樣開朗地面露笑容，彷彿已然接受現況。

為了維持幫派的地盤，清理地盤也是重要的工作。話雖如此，當然沒有人喜歡把屍體拖到荒野拋棄的工作，因此大多會推給幫派中地位較低的成

第72話 探索遺跡的伴手禮

員，他們只能不情不願地執行。

在謝麗爾的幫派也不例外，基本上是由新入幫的成員輪替進行。而露西亞也是新人，屬於逼不得已執行這類工作的立場。

但是露西亞兩人的狀況異於平常。這種工作一般採取輪替制，然而在露西亞加入幫派之後，這工作一直被強加在她身上。

而且娜夏在幫派中算是比較資深的成員，風評也不差，一直到不久前還受到儲備幹部般的待遇，不過現在卻和露西亞一起每天搬運屍體。

原因就在於露西亞。露西亞過去靠行竊維生，但運氣不好挑上了阿基拉，偷走了他的錢包。

而這件事被阿基拉發現，險些被殺，歷經一波三折後，她一度逃離了阿基拉的追蹤。但是，因為她不曉得謝麗爾的幫派後盾就是阿基拉，打算加入謝麗爾的幫派時，被恰巧在場的阿基拉逮個正著。

而現在露西亞也不曉得自己為何仍保住小命，在謝麗爾的幫派中以新進成員的身分工作。

回憶起這些事，連累了好友的罪惡感湧現露西亞的心頭，令她皺起臉。

「……娜夏，對不起。都是因為我……」

雖說娜夏事先不知情，但她曾想利用從阿基拉身上偷來的錢當作仲介費，讓露西亞加入幫派。這件事也是個問題，不過只要她堅稱不知情，她也只會受到輕度的懲罰。

然而娜夏沒有搬出這種藉口，反倒是為露西亞求情，懇求謝麗爾留她一命。也因此，她原本在幫派中的地位直逼幹部，現在卻過著搬運屍體的每一天。

不過娜夏開朗地笑著回答：

「露西亞，妳已經講好幾次，我都聽膩了。如果妳還打算繼續嘮叨下去，能不能偶爾換個講法？

比方說把對不起改成謝謝妳之類。」

好友表示自己並不在意般回嘴，露西亞感受到這份關懷，也露出一點點笑容。

「……謝謝妳。」

「不客氣。雖然發生過很多事，現在後悔也太遲了。我和妳都還活著，盡可能向前看吧。」

撇開這是拖行屍體途中的對話這點不談，這確實是在貧民窟的嚴苛生活中仍舊不忘笑容，與朋友互相確認彼此羈絆的溫馨場面。

這時耶利歐沒多想便插嘴說道：

「呃，妳叫露西亞是吧？我是不曉得詳情，不過妳真的偷過阿基拉先生的錢包？為什麼偏偏挑上阿基拉先生？」

聽到他針對自己不想提起的部分提問，露西亞稍微皺起眉頭。不過他是幫派的幹部，也負責監視她們兩人。面對這種對象提出的問題，她以有些畏懼的口吻回答：

「……我之前不曉得他是這個幫派的後盾。」

「呃，就算事先不知道……」

露西亞感覺到自己受到責備，便更加膽怯，表情跟語氣也變得沉重。娜夏見狀，介入兩人之間，讓耶利歐的注意力轉向她。

「對不起。我知道你對露西亞的所作所為看不過去，但是邀情露西亞加入幫派的人是我，她也願意反省，每天像這樣搬運屍體。如果你還有話沒說完，之後我願意聽你說，可以暫且饒過她嗎？」

娜夏說著，低頭致歉。耶利歐見狀，有些慌張地搖頭。

「啊，不是啦。我不是想責備她，只是覺得有點好奇。就算要偷人家的錢包，一般也會挑一下對象吧？為什麼妳選上阿基拉先生？」

耶利歐只是單純說出心中疑問，但露西亞現在精神有些耗弱，聽在她耳中就像是責備她為何如此愚蠢又不中用。飽受打擊的她以虛弱的表情與聲音回答：

「……我、我不知道……他是……那麼厲害的獵人……對不起……」

「那個，耶利歐先生，拜託就到此為止……」

「啊～不是啦。我真的不是在罵妳……」

自己的問法不對。耶利歐這麼想著，為了讓兩人相信自己真的不是在責備，決定稍微提起自己的過去。

「其實我之前也對阿基拉先生幹過不好的事，所以覺得有點好奇。」

耶利歐露出苦笑，對露西亞兩人說明自己過去犯下的過失。

初次遇見阿基拉的時候，他看不出阿基拉的實力而找他麻煩。從背後揮拳毆向他，結果輕易反遭擊敗，差點就丟了性命。

之後他在近距離目睹阿基拉的實力，理解了自己究竟有多麼魯莽，為自己過去的愚蠢程度感到震驚。

耶利歐把這些往事說得好像無所謂的笑話，告訴露西亞兩人。

「哎，總之就是發生過這些事，所以我想說露西亞大概和我一樣錯估了阿基拉先生的實力吧。」

露西亞聽了這番話後感到訝異，但也減輕了莫名的畏懼，看起來恢復鎮定了。耶利歐見狀，便再度問道：

「所以，實際上是怎樣？妳當時也覺得『啊，這傢伙很容易得手』嗎？對了，妳們跟我講話不用畢恭畢敬的。妳們的心情我懂，但這樣反而感覺很奇怪。」

露西亞有些猶豫，但從耶利歐的態度感覺到體貼，便決定老實說。

「……啊，嗯。那個，我當時判斷他很容易得手。看起來雖然是獵人，但大概是剛買齊裝備的新人，我想說這樣應該很簡單……」

「是喔～～果然阿基拉先生莫名有種氛圍，容易被初次見面的人看扁吧～～？老大指示我要跟新人好好提醒這一點，不過坦白說有些傢伙再怎麼講也不懂啊。」

耶利歐如此怨嘆後，隨口問道：

「欸，我可以跟那些傢伙講妳的這些事嗎？那些傢伙要是鬧出亂子，到時候責任會算在我頭上，我想增加一些說服的例子。」

「啊，嗯。可以是可以……」

「不好意思，謝啦。」

對話至此短暫中斷。隨後耶利歐顯得有些害臊地說：

「哎，那個，該怎麼說，我也曾經差點被阿基拉先生殺掉，但那樣的我現在待遇像是幫派幹部，所以不用太擔心啦。」

「……嗯。謝謝你。」

耶利歐這番話讓露西亞覺得輕鬆了些，因此提起了幾分精神，比平常稍微開朗地笑了笑。

「要是有什麼事，總之就來找我或艾莉西亞，好歹可以聽妳講。」

曾對阿基拉犯下過錯。三人知道彼此擁有這樣的共通點，氣氛隨之和緩，繼續朝著荒野前進。

露西亞等人在荒野拋棄屍體後，在貧民窟外圍地區休息。

娜夏壓低聲音不讓露西亞聽見，對耶利歐說：

「謝謝你為露西亞打氣……如果只是我胡思亂想，我先道歉。剛才那些話，應該沒有什麼奇怪的用意吧？」

耶利歐先是露出有些納悶的表情，隨後他浮現「也許是想太多了」的念頭，為防萬一便回答：

「話先說在前頭，我只喜歡艾莉西亞。」

「是嗎？那就太好了。」

這時，耶利歐與娜夏短暫沉默，整理彼此的發言。

「……妳會找我講這種話，就表示有傢伙懷著奇怪的用意找妳們說些有的沒的？」

「是有幾個人。」

「要是太過頭，來找我或艾莉西亞報告。警告他們不要想做蠢事，這種程度我還能幫上忙。」

「真是謝謝你。想要回報的話來找我，我可以奉陪。」

「我說了，我只喜歡艾莉西亞。」

「是喔。」

再度出現整理對話的沉默。之後耶利歐輕嘆一口氣。

「我想妳應該也知道，老大同時命令我監視妳們兩個。她還說如果妳們逃走了，就要殺掉。」

耶利歐會與娜夏兩人同行，就是這個原因。為了安全起見，一般將屍體搬到荒野拋棄的人會領到槍，但是幫派沒有把槍發給娜夏兩人。

「我也不想開槍打同伴，艾莉西亞也會傷心。所以，要是因為有蠢貨做蠢事逼得妳們不得不逃，我也會很為難。為了艾莉西亞，我會盡量防止這種事發生。這是最主要的理由，這樣可以接受嗎？」

耶利歐特地補充理由後，娜夏也收起戒心。

「……抱歉，是我疑心太重了。耶利歐，謝謝你。拜託也幫我跟艾莉西亞說聲謝謝。」

娜夏發自內心道謝並展露微笑，耶利歐也以輕笑回應。

隨後娜夏擺出嚴肅的表情問道：

「老實告訴我，關於露西亞的處置，你真的覺得不用擔心嗎？」

「……我猜的啦。還是得看阿基拉先生的想法就是了。」

「這樣能說是沒問題嗎？對方是那個阿基拉先生耶。」

「這樣講也許有點那個，但如果他真的想殺，早就動手了。既然現在還活著，就表示他沒有殺意了吧。至於他心裡怎麼想，我也不曉得就是了。」

娜夏放鬆表情。

「……也對。懷疑也不能改變任何事，現在就先當成這樣吧。」

「哎，總之妳們別做傻事就好。」

「我知道。我自己不會，也不會讓露西亞去做。就這樣說好了。」

這時露西亞注意到兩人正在交談。

「娜夏，你們在聊什麼？」

「嗯？討論怎麼改善現況。妳也不願意永遠負責拖屍體吧？」

「是沒錯……」

娜夏試著轉移話題，耶利歐也配合說道：

「休息時間結束了。回去吧。」

「啊，嗯。」

耶利歐三人朝著貧民窟的據點開始前進。這時有輛荒野用車輛從一行人背後靠近。三人認為大概是自荒野回來的獵人，為了避免擋路便移動到路旁，不過車子在耶利歐等人身旁停下。

「果然是耶利歐啊。」

聽見自車輛發出的說話聲，耶利歐三人顯露不同的反應。耶利歐有些吃驚，娜夏表情僵硬，露西亞則面露懼色，躲到娜夏背後。

對三人搭話的人，正是阿基拉。

◆

謝麗爾為了迎接阿基拉，特地來到據點外頭。

請阿基拉過來據點這件事也包含了謝麗爾自身的欲求，不過這次她更重視的是對幫派內外示威。

因此她擺出了稍嫌誇張的陣仗，讓幫派中擔任武力的成員穿戴上自葛城那邊買到的裝備，在她背後一字排開，一同迎接阿基拉。

雖然只是避免手槍子彈貫穿的廉價防護服與廉價版ＡＡＨ突擊槍，威嚇力已經勝過只有普通衣物和手槍類武器的人。

儘管如此，武力成員的人數還不到二位數，不過就貧民窟的弱小幫派而言，已經稱得上充分的戰力，也發揮了最起碼的抑止力。

在一段距離之外，也能看見其他幫派的成員。因為謝麗爾事先放出了風聲，其他幫派便派人前來確認阿基拉的狀況。

這時阿基拉駕車現身，周遭眾人的視線同時集中。

看起來牢固又粗獷的荒野用車輛，與在安全的都市內作為代步工具的小型車截然不同，光是外觀就令人自然而然想像荒野的嚴酷環境，以及在那裡謀生的獵人工作有多麼危險。

設置在車輛後半部的槍座上的ＣＷＨ反器材突擊槍與ＤＶＴＳ迷你砲，看起來顯然有別於貧民窟的小衝突中使用的槍枝。要是用在幫派間的鬥爭，毫無疑問會造成慘劇。

坐在駕駛座上的阿基拉身上那套強化服，看起來也不是隨處可見的便宜貨。那只是因為口碑不佳而致命性地滯銷，原本是為了高等獵人所設計的產品。看在不知道口碑的人們眼中，那只是出拳就能轟飛牆壁，隨手就能擊碎人頭的強力裝備。

光是這些武裝，就是值得多加提防的後盾了。而且那個獵人本身還是在尚未取得這些裝備之前就殺害了敵對幫派的手下，還拖著屍體闖進敵人的據點。

那個幫派的後盾顯然人格異常——這樣的風聲放大了與之為敵時可能衍生的危險性。

謝麗爾的幫派實力還很弱小，不過聽說近來出手闊綽。雖說有棘手的後盾，也並非常駐於據點。

既然如此，雖然不免有些危險，只要對謝麗爾的幫派施壓，也許還是能拿到合乎風險的錢吧？原本懷著這種想法的其他幫派，一見到阿基拉便打消了念頭。

至此為止，謝麗爾還能因為自己的計畫順利生效而開心。但是謝麗爾迎接阿基拉時，不禁浮現了有點僵硬的笑容。

（為、為什麼露西亞他們也一起在車上？）

阿基拉坐在駕駛座上，耶利歐坐在副駕駛座，露西亞與娜夏則坐在後座。這幅情景看在不知情的人眼中，也許會對這四人的關係產生莫名的臆測或猜疑。

謝麗爾至今仍為露西亞兩人的待遇苦惱，被迫採取彆扭的應對手段。

因為她偷了阿基拉的錢包，就算有能力也不能重用。但也不能草率待之，嚴禁刻意使之死亡的冷漠對待，因為阿基拉要求謝麗爾對兩人採取適切的處置。

再加上現在幫派內外的視線都集中於此，阿基拉在這種狀況下讓露西亞兩人坐在後座。這瞬間，對露西亞兩人的處置變得更加複雜。

這時，阿基拉把車子停在謝麗爾面前，對她問道：

「謝麗爾，這裡有停車位嗎？還是說為了展示我的裝備，直接停在這裡就好？」

「好、好的，那麼，請直接停放在這裡。」

接待阿基拉是第一要務。阿基拉開口的瞬間，謝麗爾立刻如此判斷，不再將思考能力分配在如何處置露西亞兩人上。

之後她要求部下們看守阿基拉的車子，嚴格命令不准擅自觸碰，隨後與阿基拉一同進入據點。

晚了半拍，自緊張中得到解脫的露西亞兩人猛然吐氣。

謝麗爾帶著阿基拉來到自己的房間後，以輕鬆的態度詢問他與露西亞等人一起過來的經過。聽到「只是途中剛好遇到」這樣無所謂的理由後，她也放心了。

「這樣啊，給你添麻煩了。」

「嗯？哎，反正也順路。」

謝麗爾從阿基拉的反應判斷，他很可能已經失去對露西亞兩人的興趣。

再觀察一段時間，只要確定阿基拉覺得無所謂了，將露西亞兩人的待遇改成等同於一般人也沒問題。阿基拉丟出的燙手山芋「適當處理露西亞」所造成的煩惱也會跟著減少。她對此樂觀看待。

之後她為了討好阿基拉，就說些無關緊要的讚美。

「話說，那就是新裝備嗎？該怎麼說，感覺很厲害呢。不只很帥氣，好像也很強。」

「是啊。我是不太懂，但似乎是不錯的裝備。聽說這製品因為某些問題而不怎麼受歡迎，也因此價格特別便宜。哎，我直接訂了一整套，所以人家給我折扣價也是原因之一吧。」

靜香為阿基拉規劃的裝備受到稱讚，阿基拉的心情頓時好得出乎謝麗爾的預料。

這時謝麗爾為了進一步討好阿基拉，試圖開心地聊得更熱絡。

「以便宜價格取得了啊，那真是太好了。請問大概是多少錢？」

語畢，謝麗爾拿起桌上的杯子，為了潤喉以營造更好的談話，她輕啜一口。

「大概8000萬歐拉姆。」

緊接著聽見出乎意料的價格，她憑著毅力忍住才沒有噴出口中的液體，但終究無法連微笑都維持住。

「怎麼了？」

「……沒事，沒什麼。那個，8000萬歐拉姆，算便宜嗎？」

「嗯？算吧。」

車是二手車，強化服是清倉價。兩者都是靜香為了盡可能便宜取得優良製品而為他努力的成果，肯定比直接購買同水準的裝備要便宜許多吧。阿基拉這麼認為，並回答謝麗爾。

不過謝麗爾聽了這番話認定：對阿基拉而言8000萬歐拉姆只是小錢；至少就他的金錢觀算是便宜。她隱藏心中訝異，同時有些畏縮地問：

「……你之前花了1000萬歐拉姆買回復藥，對吧？還買了其他什麼東西，或是付了什麼款項嗎？」

「有是有。」

「我可以問一下你大概花了多少錢嗎？啊，只是有點好奇，不想回答的話我也不會追問。」

想得知正確的數字，但是心情上也許不太想知道。這樣的矛盾顯露在謝麗爾的話語中。

阿基拉原本打算直接回答，但又突然改變想

法，有些曖昧地回答：

「啊～～這之外還花了6000萬歐拉姆。」

為了支付治療費，報酬先被扣除了6000萬歐拉姆。他原本想這樣說。

不過他首先想到，為何需要這麼昂貴的治療，這部分可能牴觸與都市之間的守密義務。

再加上他回想起之前謝麗爾要求過，不要提起有關他可能會死的話題。於是阿基拉對具體用途模糊帶過，只說出支付的金額。

聽了這數字，謝麗爾的表情僵了一會。

「是、是喔。」

合計1億5000萬歐拉姆。阿基拉已經成為短時間內就能支付這筆金額的獵人。對這種人交付區區100萬或200萬的小錢，又有什麼意義？這樣的認知對謝麗爾的心靈造成打擊。

為了讓對話不只是單純對話，而是能拉近兩人關係的歡談，謝麗爾總會積極提出話題，引導對話的方向，但是她因為打擊而陷入沉默，使得對話出現短暫的空檔。

阿基拉對此感到納悶的同時，突然回想起自己帶來的伴手禮。

「啊，對了。我去收集遺物時順便帶了這個給妳。」

阿基拉從背包中取出予野塚車站遺跡的遺物，被壓縮成板狀的舊世界製衣物類，以及同樣是舊世界製的飾品類。

「因為是在遺跡找到的東西，算是舊世界製。妳選個喜歡的吧。」

謝麗爾回過神來，看著擺在桌上的品項而感到吃驚。

「呃……我是非常開心，不過，真的好嗎？舊世界製的東西很貴吧？拿去收購應該比較……」

「喔，不用擔心。這些我都拿去給葛城看過了，他跟我說了一堆這種東西他不收、沒辦法出好價錢之類的話，我才帶回來的。」

「是這樣啊。那我就不客氣地收下了。」

收到禮物雖然開心，但東西太貴還是會令人心虛。而且在東部，舊世界製就是高級品的代名詞。

謝麗爾目前能回饋阿基拉的好處壓倒性不足，就算阿基拉送舊世界製的東西，心虛還是勝過其他情緒。

不過在得知這是葛城拒絕收購的品項後，她也放心了，喜形於色地開始挑選。

「哎，雖然便宜，好歹也是舊世界製，應該能證明妳和獵人關係良好吧。拿去好好活用吧。」

「……的確如此。我會好好活用的。」

那並非為了贈與心儀女性以博得歡心，而是協助幫派經營的物證。謝麗爾雖然有些遺憾，但並未顯露在臉上。

◆

目送阿基拉離去後，謝麗爾回到自己房間。她整個人倒向床鋪般躺到床上，吐出嘆息。

阿基拉把伴手禮交給謝麗爾之後，立刻說還有其他事情要辦就離開了。謝麗爾也無法強硬挽留，她將心中的強烈遺憾表現在臉上，與阿基拉告別。

因為謝麗爾原本打算找些理由長時間抱著他不放，或是再次一起泡澡，甚至希望他能留在這裡住一晚。由於阿基拉似乎閒得能答應她突然的請求過來一趟，更讓她感到可惜。

（……哎，就當成他在百忙之中還願意盡可能挪出時間來見我一面吧。）

她盡量朝正面解釋以取回平靜，但是一次也沒有抱住阿基拉的不滿並未消除。她鬧彆扭般好一段時間躺在床上。

這時她不經意看向側邊，一直擺在桌上的阿基拉的伴手禮映入眼簾。她坐起身子，從禮品中取出墜飾，垂掛在右手指尖上打量。

鍊子與墜飾以銀一般的素材製成，複雜地反射室內的光線，凸顯精細的造型。墜飾鑲著高折射率的透明結晶，內部浮現藝術般的紋路。

如果沒有任何知識，乍看之下會覺得值錢，但是類似品項憑著現代技術也能製造，技術上的價值很低。

再加上獵人們因為看起來值錢而時常從遺跡帶回，要當成舊世界製的物品販賣也顯得數量過剩，更是降低了價值。

雖然偶爾會找到現代技術辦不到的材料與工藝製成的飾品，被標上非常昂貴的價格，不過絕大多數都是在市面上廉價流通的物品。

謝麗爾看了好半晌，將另一個墜飾掛在左手上，兩者互相比較。那是以前阿基拉給她的東西，陳列在貧民窟路邊攤的便宜貨，和右手的項鍊比較之下，造型自然相形見絀。

不過在謝麗爾眼中，是左手的墜飾更有價值。當然這單純是謝麗爾心目中的價值，正常來說任何人都會選右邊。只對謝麗爾有意義的附加價值提升了左邊看起來廉價的墜飾的價值。

（……大概是因為選的人不一樣吧。）

右邊的墜飾是謝麗爾選的；左邊的則是阿基拉煩惱到最後選的。雖然在當時只是無關緊要的小事，對現在的謝麗爾已經變成相當重要的大事。

無法順利紓解鬱悶，謝麗爾的視線轉向其他贈禮。衣物類的遺物也有幾項是她自己選的，在選之前阿基拉也曾事先提醒：

我自己也不知道我拿來的是什麼衣服，所以有可能非常土氣。萬一穿起來很奇怪，畢竟是妳自己選的，可不要抱怨。哎，我也不會逼妳穿就是了。

回想起阿基拉那忙著找藉口似的態度，謝麗爾有些愉快地笑了。隨後她決定實際試穿看看。

她覺得假使設計真的非常土氣，乾脆實際看過自己穿起來的模樣，笑一笑來排解煩悶。

衣物類遺物呈現壓縮過的狀態，密封包裝。當然一定要拆封才能穿，但只要一拆封，包裝就會喪失保存功能，作為遺物的價值也會隨之降低。謝麗爾短暫躊躇後拆封。

於是，拆封前外觀與觸感就像一塊堅硬薄板的物體，體積驟然增加，恢復原本的柔軟。膨脹的物體自包裝袋口冒出，變成一件很大的衣服，大得讓人不禁懷疑：「原本到底是怎麼裝進去的？」另一個袋子則裝著成套的內衣褲。

謝麗爾脫光衣物，首先穿上了舊世界製的內衣褲，站到鏡子前方。

穿著者的體型差異只要不至於太誇張，內衣褲似乎都能自動調整尺寸以迎合身材，穿起來感覺十分貼身。

觸感也無從挑剔，輕盈的感受亦十分舒適，沒有任何束縛的感覺。和謝麗爾過去穿的貼身衣物有著雲泥之別。

「嗯～～該說不愧是舊世界製吧？這個真的是便宜貨嗎……？」

在經濟能力足以輕易支付１億５０００萬歐拉姆的獵人的觀念中，或者是以這種人會變賣的遺物來說，也許價格不高。一想到這種可能性，謝麗爾不禁有些不安。

為了掩蓋這種情緒，她不再繼續鑑賞內衣褲。

她穿上同樣是舊世界製的衣物，再度站在鏡子前。

「嗯～～感覺雖然不差，但是……」

上衣與裙子沒有內衣褲那種配合明顯的體格差距自動調整尺寸的功能。身材較嬌小的謝麗爾穿上這套顯然是成人用的衣物，渾身都顯得不太自然。

再加上設計風格從現代的角度來看，似乎有些不合時宜。雖然不至於評為十分土氣，就當下的流行品味來看，的確有些怪異。

也許在舊世界的時代曾經流行過，不過的確是有點難接受。謝麗爾看著映於鏡中的自身模樣，這麼想著。

同時她也心想：儘管如此，這依然是舊世界的製品。若在有眼光的人面前穿著這套衣服，理應能佯裝比貧民窟弱小幫派老大還高的身分。

阿基拉作為獵人正以驚人的速度出人頭地。謝麗爾為了拿出充分的利益以回饋阿基拉的恩情，也為了不被阿基拉捨棄與切割，她認為自己必須設法追趕不停往高處攀登的阿基拉。

謝麗爾自然而然這麼想，著手籌劃讓幫派更加發展的下一個計畫。

這時耶利歐出現了。他這次記得先敲門並徵求同意後才入室。他覺得應該仔細說明他們與阿基拉一起回來的經過，便代替露西亞兩人前來解釋。

這時謝麗爾突然想到。

「耶利歐，你覺得這套衣服如何？」

耶利歐瞥了一眼就回答：

「如何喔？嗯～～感覺不怎麼樣……」

「順便告訴你，這是阿基拉送我的東西喔。」

「我覺得很漂亮！」

見到耶利歐連忙收回前言，謝麗爾有些愉快地笑了。阿基拉的禮物——這項附加價值果然意義重大。她這麼想著，面露開心的微笑。

◆

艾蕾娜兩人原本是為了補充彈藥之類來到靜香的店，因為靜香看起來很閒，便與她閒話家常。

老闆靜香把招待熟客當作藉口，陪她們閒聊。

「是喔，所以艾蕾娜妳們在崩原街遺跡的工作結束了啊。好像滿久的？還是沒那麼久？阿基拉似乎馬上就結束了。」

阿基拉於途中脫離了亞拉達蠍巢穴驅除作業，不過艾蕾娜與莎拉的委託一直持續到地下街的作業告一段落。

都市方大略殲滅了巢穴，在該處發現的遺物大致收集完畢，警備裝置的裝設工作也已經完成，到最後只需要少數留守人員就足以占據地下街，而這已經是最近的事了。

莎拉回憶起這段日子，露出幾分疲憊的表情。

「別看我們這樣，也算是受到重用，所以委託人也想挽留我們。艾蕾娜又一直續約，所以工作期間不斷延長。」

艾蕾娜毫不介意地笑著說道：

「因為僱用條件也很優渥啊。我負責隊伍的對外交涉，當然會選擇續約。況且身為情報收集人員，詳細調查遺跡內部就能拿到更多報酬，這種工作太划算了。」

莎拉不滿地抱怨：

「妳好歹也聽一下火力人員的意見吧？」

「委託到了後半，怪物大多數都已經被掃蕩殆盡，火力人員也很輕鬆，不是很好嗎？是因為妳抱怨，我才提早結束，不然我認為再多做幾天也沒關係喔。」

「我才不要。」

莎拉的態度與表情顯得真的很不滿，讓靜香感到納悶。

「莎拉，聽起來最後只是沒有怪物的輕鬆工作，到底是什麼事讓妳這麼不滿？啊，如果是想用手上的裝備狂轟濫射一番卻完全找不到機會，為了本店的營收，我會贊成妳的意見。」

靜香半開玩笑地說完，艾蕾娜笑著搖頭。

「不是啦，莎拉是因為討厭找到的遺物全被都市拿走。」

根據契約內容，委託中發現的遺物全部歸都市所有。

不管找到看起來多麼值錢的遺物，也只能強忍著欲望視而不見。心中想著偏偏在這種時候找到，莎拉好幾次依依不捨地離開遺物的發現地點。

艾蕾娜笑著如此說明，靜香輕易就能想像那情景，面露淺笑。

莎拉有些不開心。

「艾蕾娜不是也這樣抱怨過？」

「我當然也在忍耐啊。我從來就沒說過不覺得惋惜吧？」

艾蕾娜看起來莫名愉快地說道，莎拉便稍微鬧起彆扭。

恰巧就在這時，阿基拉走進店內。

阿基拉走進靜香的店，看到了艾蕾娜與莎拉的身影。他心想自己來得正是時候，便決定立刻把伴手禮交給眾人。

於是他從背包取出了飾品類與壓縮成板狀的布料類遺物，告訴三人這是探索遺跡的伴手禮。

靜香三人充滿興趣地打量擺在櫃檯上的諸多品項。包含靜香在內，她們都時常有機會接觸遺物，因此比阿基拉更有估價眼光。而她們的眼光認為這些不是會當作伴手禮輕易送人的遺物。

靜香先向他確認：

「阿基拉，這些看起來還滿值錢的喔，真的可以收下？這些飾品類另當別論，這個，大概是衣物吧？衣物類的遺物我店裡也能收購，所以你可以賣給我喔。」

「靜香小姐這間店也兼做遺物收購嗎？」

「我不是專門業者，所以不是什麼都能收購就是了。我因為在叫貨方面的人脈，有一些管道轉手衣物類的遺物。不過並不是我直接在做買賣，所以需要一點時間才能換成錢。話說，你怎麼打算？」

「不了，我拿來本來就是想當伴手禮，所以就送給各位。況且我平常就受到各位的照顧，只是一點小禮物，就請各位當成偶爾一次的謝禮。」

阿基拉發自內心道謝後，為了讓靜香等人不要太過介意，便多補上這段話：

「哎，只是拿去其他地方變賣時人家不收的便宜貨。就當成一點小心意吧。」

「是嗎？既然這樣，我就收下嘍。謝謝你，阿基拉。」

靜香三人認為要拒收禮物很失禮，也對阿基拉的體恤感到開心，便笑著回答。

見到她們的笑容，阿基拉也覺得帶伴手禮來有了意義。這時他想起了某件事。

「啊，那裡面裝什麼我也不曉得。就在這裡當場拆開，要是有適合的東西再送給大家吧。畢竟是送禮，要是送了設計很古怪的東西，我也會有點尷尬嘛。」

語畢，阿基拉拆開包裝。如果是怪東西，之後再塞給謝麗爾吧。在能穿的衣服都匱乏的貧民窟，就算款式有些奇怪應該也不成問題。他這麼想著，隨便選了個袋子，取出內容物。

從袋子中出現的是女性用的內衣褲。

現場氣氛變得有些尷尬。阿基拉像是為了掩飾，將已拆封的袋子與內容物推到一旁，打開另一個袋子。

又是女性用內衣褲。

到底是怎樣？阿基拉這麼想著，焦急地打開別的袋子。第三件從中現身。這下阿基拉的手也不禁停住了，他實在沒有勇氣取出第四件。

『每個人都有一件了。』

『妳閉嘴。』

聽見阿爾法的提醒，阿基拉不禁狠狠地回嘴，恢復了暫時停止運作的思考。他緩緩抬起臉，把視線從手邊往前方挪動，發現靜香神色害臊，微笑顯得有些僵硬。

「呃～～阿基拉，那個，別太介意。」

阿基拉連忙找藉口。

「不是啦，這是誤會！我原本以為是衣服或手帕之類的！真的！」

「啊～～嗯，我明白。話說，這該怎麼辦？」

撇開究竟是故意或過失的問題不談，實物就擺在眼前。就算阿基拉說「不嫌棄的話請收下」，靜香也難以開口說「那我就不客氣了」。阿基拉與靜香都不知該如何是好。

艾蕾娜愉快地觀察兩人的反應。作為獵人，前去遺跡收集遺物而帶回女性用內衣褲的經驗並不罕見。只要單純視之為遺物，就能從容不迫地笑著觀察阿基拉與靜香手足無措的反應。

這時莎拉選擇了更加積極的行動。

「靜香，如果妳在猶豫要不要收下，可以給我嗎？」

「咦？哎，我是無所謂啦……阿基拉覺得這樣沒關係嗎？」

「咦？啊，可以啊。靜香小姐同意的話，我沒意見。」

「謝啦，那我就收下了。」

莎拉把櫃檯上的內衣褲全部取走，連艾蕾娜的份也一起，態度好像連問都不用問，理所當然般當作自己的東西，有些貪心地收下。

看到莎拉的行徑，阿基拉面露有些意外的表情。艾蕾娜注意到他的反應，苦笑道：

「阿基拉，對不起喔。莎拉最近對內衣褲有點飢渴，你就別追究了。」

「喔、喔……」

莎拉臉上浮現幾分不滿。

「什麼飢渴……艾蕾娜，話不用講得那麼難聽吧？」

不過她立刻就對阿基拉露出充滿好奇的笑容。

「話說阿基拉，這些伴手禮是在哪裡找到的？實羽園街遺跡的市區地帶？感覺還有剩嗎？」

「這個嘛……」

看到阿基拉欲言又止，艾蕾娜稍微正色糾正。

「莎拉，不要這樣隨隨便便問人家找到遺物的場所。就算要談這種事，阿基拉和我們都是獵人，要談至少要以出錢買情報為前提。」

「我知道啦。」

莎拉輕笑，接受了艾蕾娜的指責，把充滿期待的臉龐靠向阿基拉。

「所以呢，怎麼樣？可以告訴我嗎？當然我也願意付情報費，要付現金也可以，用我們知道的有關遺物的情報來交換也行。」

當作伴手禮的遺物是在予野塚車站遺跡找到的。阿基拉之所以欲言又止，只因為他在迷惘到底能不能說。

不過因為救命恩人對自己擺出期待的表情，阿基拉便乾脆地做出「也無妨吧」的結論。

「可以啊，我也不收情報費，畢竟平常受到莎拉小姐和艾蕾娜小姐的照顧。」

「是喔？那就不客氣嘍……這樣回答，艾蕾娜大概會生氣。下次我們一起去那個地方收集遺物，到時候我們用勞力補償你，這樣如何？」

莎拉這麼說著，對艾蕾娜投出確認的視線。

情報的價碼十分模糊。比起直接付現金，這種回饋方式也合理吧？艾蕾娜這麼想著，輕輕點頭後，阿基拉也對她微微點了頭。

「好吧，那到時候就麻煩兩位了。找到這些遺物的地點，是予野塚車站遺跡的某個商店廢墟。」

艾蕾娜兩人聽見陌生的遺跡名稱，稍微歪過頭。艾蕾娜推測道：

「阿基拉，你是不是和其他遺跡的名字搞混了？我也不會強求你記得附近的每個遺跡，但是探索過的遺跡名稱還是記住比較好喔。對收購方說明找到的地點，有時也能提高收購價。」

「啊，不好意思。這是最近發現的遺跡，我暫且這樣稱呼……」

「阿基拉，暫停。」

艾蕾娜打斷阿基拉的話，隨後表情嚴肅地仔細掃視店內每個角落。莎拉也檢查店內有沒有其他獵人。確認結束後，兩人同時放心地吐出一口氣。

她們的態度讓阿基拉慌張失措，最後艾蕾娜強裝鎮定，以視線對靜香傳達她的意圖。

「靜香，今天我們就先回去了。」

靜香理解了用意，也輕輕點頭回答：

「嗯。要對阿基拉好好解釋喔。」

「阿基拉，剩下的事情就到我們家談吧。你之後有空嗎？」

「咦？啊，嗯，有空。」

「那就出發吧。靜香，改天見。」

艾蕾娜與莎拉有些強硬地把阿基拉帶出店面，但因為靜香笑著目送他離開，他也乖乖讓艾蕾娜兩人把他帶回家。

阿基拉被艾蕾娜兩人帶回她們的住處後，在客廳等待兩人。

上次來到這裡時，阿基拉還沒有自己的家，與住在旅館生活的自己兩相比較，生活環境的差異令他驚訝。

現在自己已經有了家，大概不會像上次那樣吃驚吧。阿基拉原本這麼認為，但重新比較之後，生活水準的差距依舊十分明顯，讓他體會到自己還有待成長。

這時換好衣服的艾蕾娜兩人回到客廳。莎拉坐在阿基拉的對面，艾蕾娜則是先端出飲料後，在打算就座的同時，雖然心想講也沒用，還是對莎拉的打扮嘮叨了兩句。

「莎拉，我不是說過要把衣服穿好嗎？」

莎拉的打扮像是只在內衣褲上多加一件襯衫。而那件襯衫的前排鈕釦也沒全部扣上，彷彿要大方展現肌膚與胸前深溝般敞開。

「有什麼關係？反正是在家裡，我想穿得輕鬆一點。無妨啦，就算被看一下，我也不介意。」

就缺乏羞恥心這一層意義而言，也可說是邋遢而有損魅力。不過當誘人身材大方外露，已經足以蓋過羞赧不足的缺點。

「會介意的不是妳，而是阿基拉。」

「是嗎？阿基拉，有這麼看不下去嗎？」

「……之前兩位也說過適時放鬆心情很重要，而且這裡是莎拉小姐妳們的家，穿著打扮只要妳們喜歡就好，我不會介意。」

因為阿爾法也時常打扮成類似的模樣，只要自己別太介意就沒問題吧。要是顯露多餘的反應，反而會被捉弄。阿基拉這麼認為，嘗試催眠自己不去在意。

雖然只是表面上，阿基拉的視線確實不曾游移。看到阿基拉似乎真的不介意的態度，莎拉臉上意外的神情參雜著幾分掃興。

艾蕾娜輕笑著，坐到莎拉身旁。隨後她斂起輕鬆的態度，擺出嚴肅的表情，切入正題。

「那就繼續談剛才在靜香店裡那件事的後續。你剛才說的予野塚車站遺跡，是至今從未被人發現的遺跡，對吧？」

「是的。」

艾蕾娜刻意猛嘆一口氣，隨後直視著阿基拉，對他告誡：

「阿基拉，這種話不可以隨便說出口。」

「……剛才是在靜香小姐的店裡，現場又只有艾蕾娜小姐兩位，所以我想說沒問題。真的有那麼糟糕嗎？」

「不管對方是誰就輕易說出這種情報，光是這樣就很危險了。你不曉得沒人探索過的遺跡多麼有價值嗎？」

艾蕾娜指出他思慮不周之處，但他認真反駁：

「我並不是不分對象就隨便說出口，我確實挑過對象了。」

「是、是嗎？」

艾蕾娜與莎拉兩人有些受到震懾，面面相覷。她們原本以為阿基拉輕視這項情報的價值，才會脫口說出祕密，但是發現他其實理解那份價值，而且判斷告訴她們也沒關係，讓兩人有些不知所措，也覺得欣喜。

這時，平常負責代表隊伍對外交涉的經驗讓艾蕾娜先恢復鎮定。

「阿基拉，聽你這樣說我們也很開心。即使真是這樣，開口時還是該看場合。你大概是以為靜香的店不用擔心，但那裡終究是公共場所，不該在那裡輕率提起這種事。」

「在靜香小姐的店裡也一樣？」

「對。當然靜香本人值得信任，但是店鋪後方可能有運輸業者在，也許有客人正在貨架後面。至少在你提起這件事之前，應該先向靜香確認一下是否可以聊這種話題。」

「啊～～的確是這樣，是我太輕率了。謝謝妳那時候阻止我。」

真是好險。阿基拉這麼說著，正色低下頭。

「別介意。身為獵人這行的前輩，這點程度的建議也是應該的。對吧，莎拉？」

「是啊，就是這樣。」

艾蕾娜兩人為了平復情緒的起伏，對彼此簡單搭話，比平常喝了更多飲料，吐出一口氣。

下次一起前往阿基拉發現伴手禮的遺跡收集遺物。剛才與阿基拉如此約定時，艾蕾娜兩人還不知道阿基拉口中的予野塚車站遺跡是至今未發現的遺跡。

雖說阿基拉已經一度進到裡頭，因為遺跡中絕大多數區域都未經探索，不確實做好準備會有危險。艾蕾娜她們如此判斷，向阿基拉詢問探索遺跡時的狀況。

於是出乎意料的情報讓莎拉充滿期待。

「不只沒有怪物，短時間探索就找到這麼多遺物？真是中大獎了。如果更深處還留有更多女性用內衣褲就更沒話說了……」

阿基拉看到莎拉對內衣褲如此執著，感到不可思議，但他姑且提議：

「衣服類的遺物我還有一些留在家裡沒賣，真的那麼需要的話，我去拿過來吧？也許剩下的遺物裡面還有。」

「可以嗎？」

「可以，不過我也不知道是不是真的還有。」

「既然這樣……」

這時艾蕾娜插嘴：

「莎拉，阿基拉都答應要帶我們去那個沒人探索過的遺跡了，妳就先去那邊自己找找看吧。妳連我和靜香的份都拿走了，最近應該沒問題吧？」

聽她這麼說，莎拉也笑了笑，反擊般回嘴：

「有什麼關係，我又不是叫他免費送我，我會用正常的行情價買。這樣一來，對阿基拉來說，不只能拿到高於別的收購處的價錢，也能降低未發現遺跡的情報走漏的可能性，對彼此都有益吧？」

「妳忘了把獵人等級考慮進去了。賣給我們也沒辦法提升獵人等級吧？」

「沒辦法提升等級這部分，就多花點錢來補償嘛。真要說的話，之後要陪阿基拉提升等級也沒問題。阿基拉，你覺得怎麼樣？」

兩人說到這邊，看向阿基拉。不過見阿基拉似乎無法理解，便決定從必需的知識開始解釋。

莎拉是奈米機械類的身體強化擴張者，體型會隨著奈米機械的殘餘量或使用狀況而變化。特別是用來儲存預備奈米機械的胸部，變化幅度非常大。

因此，伸縮性普通的一般內衣褲，有時候上半身會強烈壓迫胸部到深深陷入肌膚的程度，下半身則會寬鬆得幾乎要往下滑落。

再加上身體強化擴張者的身體能力，以及內衣褲與奈米機械或防護服之間的契合度，一般內衣太過脆弱，很快就會不堪使用。

簡而言之，莎拉的內衣褲在伸縮性方面必須配合明顯的體型變化，而且要承受身體強化擴張者的運動，以及與防護服的強韌素材之間的摩擦。莎拉需要足以承受這些的強韌內衣褲。

而舊世界製的內衣褲有許多品項能輕易滿足這些彷彿故意苛求內衣褲製造廠商的要求。這就是莎拉渴求舊世界製內衣褲的原因。

不過高性能也導致高售價。不只是就貼身衣物來說品質很高，再加上舊世界製這個品牌效果，就連防壁內側的富裕階層也願意購買，使得一般民眾難以取得。

其實現代製的某些內衣褲也能滿足這類要求，但需要的材料與技術都等同於舊世界的水準，自然價格不菲。

這時如果還要求穿著感受與外觀設計，價格就會更高，而且種類與數量都十分有限。再者販賣方也沒把握能否從中獲利，因此作為替代品並不太普及。

出自以上原因，莎拉在遺跡中發現女用貼身衣物時，都盡量不拿去收購處，而是自己使用。

類似莎拉的女性獵人其實人數眾多，因為比在市場上購買便宜許多。莎拉也為了避免備用內衣褲耗盡，姑且有慢慢地囤貨，預留了不少內衣褲。

但是最近接受都市的委託，完全沒有機會進入遺跡，再加上時常徒步移動，遭遇怪物的戰鬥次數也多，貼身衣物的消耗速度明顯上升，因此剩餘的件數已經到達危險區。

脆弱的一般內衣褲馬上就會破損，無法當作替代品，這樣下去會落入沒得穿的窘境。莎拉會渴求舊世界的內衣褲，背後有這樣的原因。

阿基拉原本充滿興趣地聽著莎拉的貼身衣物問題，視線不經意轉向好奇心的目標，也就是莎拉身上那件內衣。

莎拉注意到他的視線，愉快地笑著。

「我馬上就拿來穿了。謝了。」

阿基拉因此注意到莎拉穿著他送的內衣，刻意不去注意她的打扮的心態被擾亂了。

「……咦？啊，嗯。」

見阿基拉有點慌張，莎拉開心地笑道：

「沒關係，要仔細看也無妨。畢竟拿到了好東西，可以給你福利喔。」

阿基拉默默自莎拉身上挪開視線，隨後要求視線前方的艾蕾娜接著說下去。

「艾蕾娜小姐，剛才說賣給莎拉小姐能抑止未發現遺跡的消息傳開，這又是什麼意思？」

艾蕾娜苦笑著開始說明。

獵人們會從遺跡帶回形形色色的遺物，然後帶到收購處換成金錢。當這些紀錄累積起來，就能大致分析在哪種遺跡可以找到哪種遺物。

於是，如果在任何遺跡都未曾發現的遺物大量出現在收購處，就會有人依據那份紀錄進行調查。因為那些遺物來自遺跡的未調查區域或是未發現遺跡的可能性也較高。

不過，只要不將整批稀有遺物直接帶到收購處就不會那麼容易曝光。如果不帶去收購處，而是賣給莎拉，就能讓較低的機率降得更低。就只是這樣而已。

儘管如此，也有人決定在遺跡的存在曝光前將所有遺物換成金錢，駕駛大型運輸車前去，裝載遺物到搬運極限，隨後就直接駛向收購處。

一旦做出這種行徑，遺跡的存在自然會曝光。但是要在危險的遺跡中畏懼喪命的可能性，又無法對任何人透露遺跡的存在，所以也無法尋求協助，只能獨自一人分好幾次將遺物慢慢從遺跡搬出來。大多數獵人都無法承受到底，最後會忍不住做出寧可曝光的行動。

其他還有因為各種失誤使得原本想隱瞞的遺跡曝光，這類案例層出不窮。一般人就算偶然找到了未發現遺跡，能隱瞞到底的機率也很低。

就算暗地裡找到未發現遺跡，大多在經過一定時間後就會被其他人發現。聽兩人這麼說，阿基拉稍微板起臉。

阿基拉本來就不認為能永遠隱瞞下去。不過他已經把遺物賣給葛城，也把伴手禮送給謝麗爾了。他覺得自己也許太過輕率了。

他告訴艾蕾娜兩人這件事，兩人則告訴他，會曝光的時候總是避無可避，別太在意比較好。於是阿基拉便不再介意。

艾蕾娜兩人與阿基拉討論前往予野塚車站遺跡收集遺物的計畫時，注意到阿基拉視線的些微動靜。他無意識地比較兩人的穿著。

莎拉一身只穿內衣褲與襯衫的大膽打扮，或者該說是邋遢。相較之下，艾蕾娜的打扮顯得穩重且牢靠。

閉攏的前襟遮蔽胸口，袖管長到手腕，裙子下襬則蓋住腳踝。她選的衣物能隱藏身軀輪廓，隱約散發著端莊的氛圍。

艾蕾娜與莎拉都沒有因為阿基拉的視線而感到不快，她們自認自身的打扮被阿基拉看見也沒關係，阿基拉也不是為了品頭論足才直盯著瞧。

不過打扮風格天差地別的好友就在身旁，一想到阿基拉在比較兩人的穿著，便對他的感想有些好奇，這也是事實。

艾蕾娜這麼想著，再度看向比較對象莎拉的打扮後，開始檢討自己的打扮。

（……這樣穿是不是顯得戒心太重了些？）

艾蕾娜的打扮像是徹底遮蔽頸部以下的肌膚，選擇了絕不凸顯身材曲線的衣服，完全不會給人邋遢的印象，但同時也可能讓人覺得她太在意異性的目光。

艾蕾娜的強化服是人稱強化襯衣的單薄款式，雖然遮蔽了肌膚，但是會強烈凸顯身材曲線，令人聯想到裸體。

這件強化服的高性能讓艾蕾娜願意容忍這種外觀，此外又多加一件防護大衣遮蓋，所以沒問題。她以這樣的理由說服自己穿上這件強化服。

不過阿基拉之前就知道艾蕾娜在底下穿著那種強化襯衣，所以艾蕾娜像是要趁這個機會證明自己平常穿的是正常的衣服，無意識間選擇了較保守的款式。

然而和莎拉的打扮相比，她又覺得自己的打扮彷彿在對異性表示強烈的警戒，看起來太過介意他人眼光。她認為這打扮就像在告訴阿基拉：自己和莎拉不一樣，對阿基拉有所提防。

話雖如此，事到如今她也不能鬆開胸口或是換穿其他比較休閒的衣服，因為之後鐵定會被莎拉捉弄。

莎拉也和艾蕾娜一樣，看到好友的打扮後反省自己的模樣。

（……我這樣穿是不是太隨便了？）

在徹底遮蔽肌膚，一身打扮甚至給人清純印象的好友身旁，儘管自己大方展露肌膚，給人的印象恐怕是隨便大過性感。

也許阿基拉心裡正感到傻眼。這麼隨便而不用心，魅力也會跟著打折吧。她不禁這麼想。

不過事到如今，她既不能閉攏前襟，也不能把衣服穿整齊，因為之後鐵定會被艾蕾娜說教。

總之下次要好好考慮穿著。艾蕾娜與莎拉看過彼此的模樣，得到同樣的結論。

阿基拉與艾蕾娜兩人討論有關探索予野塚車站遺跡的準備工作，他注意到她們在途中氛圍有細微變化，但實在猜不到理由。

對自身打扮產生疑問的人沒有機會換衣服，阿基拉三人的作戰會議就這麼持續到當天夜裡。

◆

發現予野塚車站遺跡的一星期後，完成了第二次探索遺跡的準備，阿基拉將車輛停在遠離都市的荒野，等待艾蕾娜與莎拉抵達。

四周毫無人影，放眼望去地形十分開闊，就算被人跟蹤也能輕易發現。

艾蕾娜提議，為防萬一，要在不同時間離開都市，之後再於荒野會合。而且事先說好了，萬一發現明顯有人跟蹤的跡象，就要取消探索予野塚車站遺跡的計畫。

目前為止，阿基拉身旁沒有這種跡象。

『應該沒問題吧。是我多慮了嗎？』

自予野塚車站遺跡帶回都市的遺物已經有一部分變賣給葛城，也給了謝麗爾數件當禮物。他原本擔心會有直覺特別靈敏的人從這些線索察覺遺跡的存在，但是這一星期內完全沒有這類跡象，讓阿基拉鬆了口氣。

阿爾法仍舊一身與荒野格格不入的打扮，坐在副駕駛座上調侃般笑道：

『你的霉運沒在這時發揮，真是幸運啊。』

『是啊。』

阿基拉一點也不介意地笑著回答。阿爾法看到他從容不迫的態度，稍微改變笑容的種類，略帶挑釁地笑了。

『這先放一旁，和艾蕾娜她們會合的時間也快到了，我們這邊也差不多能開始了。在那之前我再確認一次，真的沒問題嗎？』

阿基拉這次探索予野塚車站遺跡將設定在連結斷絕的情境下進行，也就是沒有阿爾法的輔助。

這是阿爾法提議的，表面上是為了訓練阿基拉應付突然失去阿爾法輔助的狀況。只要實際明白自己沒有輔助也能發揮充分的戰力，就能預防在緊急時刻陷入致命的混亂。阿爾法如此告知阿基拉訓練的意圖。

不過同時也包含其他用意。因為阿基拉至今仍對自身實力半信半疑，藉由這次訓練讓他理解自己的能耐，藉此壓抑不必要的自卑。

前些日子因為露西亞的問題與克也等人發生衝突時，極端低估自身實力的阿基拉憑著源於自卑的憎恨，無視與對方的戰力差距，險些選擇與對方廝殺。

阿爾法判斷那是弱者身上常見的急躁所造成的自暴自棄，於是決定讓阿基拉稍微增加自信。

就算沒有阿爾法的輔助，自己的實力也已經成長到足以得到艾蕾娜與莎拉的認同。只要阿基拉認知到這一點，下次就算遭遇類似的事態，應對手段也不會那麼激進。阿爾法這麼認為。

阿基拉不知道她的這些用意，但他也樂於事先測試自身實力。

再加上這次探索中如果因為推進到比上次更深的地方，突然與阿爾法失去連線，也能得到艾蕾娜兩人的協助，這種情境正好可以用於訓練——他也接受了阿爾法這樣的說明。

由於這些原因，阿基拉滿懷鬥志準備第二次探索予野塚車站遺跡。

『喔，沒問題。可以開始了。』

『知道了。那就開始吧，要加油喔。』

語畢，阿爾法溫柔地微笑。隨後她露出淘氣的表情，別有用意似的笑著。

『……幹嘛啦。』

『要是覺得非常寂寞，也可以途中放棄，呼叫我喔。』

『快點開始啦。』

因為受到戲弄，阿基拉不開心地皺起臉。阿爾法在他面前愉快地笑著，並且抹消身影。

同時阿基拉感受到強化服的異狀。動作似乎稍微變遲緩，又好像稍微變重了。他已經失去阿爾法的輔助。

當然搜敵也必須全部靠自己。阿基拉將原本戴在額頭的護目罩型顯示器確實拉到眼前，用情報收集機器開始調查周遭狀況。

雖然車輛也搭載了搜敵裝置，但因為那是車輛用，設定上專門防範從遠處接近的怪物。簡單說就是調查範圍廣但精密度粗略的裝置。若要仔細調查身旁的狀況，還是用隨身攜帶的情報收集機器比較合適。

再加上情報收集機器也能與車輛的搜敵裝置連動。在戴著護目鏡的狀態下，只要注視車輛的機器捕捉到的反應，與強化服統合的情報收集機器就會朝著該方向提升情報收集的精密度，同時會在護目鏡的視野中放大顯示周遭景物。

這些功能雖然方便，但是與阿爾法的輔助相較之下水準差了一大截，這也是事實。阿基拉馬上就實際體會到阿爾法的輔助帶給他的恩惠。

機器捕捉到的反應就是正在駛近的艾蕾娜與莎拉的車輛。阿基拉稍微揮手，發現艾蕾娜兩人也在擴增顯示的視野中對他揮手。

『還真準時。我為防萬一提早很多抵達這裡，不過在荒野會遭遇怪物，能在預定時間準時抵達會合地點，也是獵人實力的一部分吧？阿爾法妳覺得怎樣？』

沒有回應。

「……我都忘了。」

平常在視野中擴增顯示的身影以及透過念話聽見的聲音，在與阿爾法的連結斷絕時，都不可能接收到，因此在訓練中自然也不可能有。

自從與阿爾法相遇後理所當然般常伴身邊的聲音沒有回答自己，阿基拉感受到出乎預料的空虛，為此面露苦笑。

「唉～～真是的～～啊～～」

阿基拉隨便發出話語和聲音，掩蓋突然湧現的寂寞。

◆

阿基拉一行人抵達進入予野塚車站遺跡的出入口附近，乍看之下只有瓦礫堆積的荒野。這時必須先做的就是重新挖開出入口。之前阿基拉一度發掘後，又重新以瓦礫掩埋遮蔽的出入口。

阿基拉與莎拉身為隊伍的火力人員，活用身體能力，接連把瓦礫扔向一旁，開始挖掘出入口。

艾蕾娜則用情報收集機器監視周遭狀況。完全沒有怪物與其他獵人的蹤影，挖掘作業順利進行。

看著工作的狀況以及周遭的情景，艾蕾娜心生疑問。

（阿基拉到底是怎麼找到予野塚車站遺跡的？他說是偶然找到的，但實在說不通啊。）

偶然這理由也絕非萬能。因為就算真的是偶然發現，最少也要先有路過此處的必要性。

然而這附近沒有其他遺跡，也不在通往附近遺跡的路徑上，正常來說獵人沒有理由路過這一帶。

再者，偶然間發現埋藏在地下的出入口，這點也說不通。就算是怪物從地下遺跡湧現，推開原本堵塞出入口的瓦礫；就算偶然遭遇這樣的狀況，現場也絕對會留下相關痕跡。

但是艾蕾娜找不到這類跡象。再加上阿基拉說過遺跡內沒有怪物的蹤跡，這種偶然也無從發生。

艾蕾娜原本以為只要抵達現場，也許就能搞懂阿基拉發現予野塚車站遺跡的理由，但是實際上抵達現場，調查附近狀況後，只有不斷累積「不可能偶然發現」的證據。

（雖然搞不太懂，第六感突然告訴我在這裡！他這樣說我還比較能相信。）

艾蕾娜這麼想，面露苦笑。隨後因為自己的這個想法而有所聯想。

（第六感啊……）

阿基拉過去在崩原街遺跡的地下街識破了亞拉達蠍擬態為瓦礫堵塞通道的陷阱。當時他回答判斷出自第六感。

艾蕾娜不認為那是第六感。雖然有明確的根據，但是無法說明——他只是為了掩飾這一點，才會回答第六感。

至於真正的理由為何，艾蕾娜心裡有數。

（阿基拉大概是……舊領域連結者吧。）

人稱舊領域連結者的某些人能以某些方法連結上俗稱舊領域的網際網路，也就是構築於舊世界時代的資訊網。而遺跡也同樣來自舊時代，彼此有關連性。

（假設舊領域連結者能夠找出未發現遺跡？）

實際上阿基拉的確發現了予野塚車站遺跡，這點已經得到實證，至少比第六感或偶然之類的理由更能說服艾蕾娜。

艾蕾娜無意識間把視線轉向阿基拉。如果自己的假設正確，阿基拉的價值大得無可想像。此外他本人對這一點恐怕沒什麼自覺，甚至有可能以為那真的是第六感。

也許能利用。艾蕾娜忍不住這麼想。

腦袋有某處正吶喊著立刻中止這種思考，但是冷酷的那部分不予理會，繼續思索。

（舊領域連結者應該比較多疑，有困難吧？但是憑我們的關係……）

幸好阿基拉目前非常信任自己與莎拉，而且在獵人工作這方面還有許多不足之處。只要順利哄騙，也許就能輕易套出情報吧？她不禁這麼想。

（一旦成功，能換到多少錢？）

若成功自未發現遺跡帶回大量遺物，確實能得到鉅款。不過光是販售未發現遺跡的情報，只要交涉得宜，同樣能拿到龐大的金錢。

（只要有錢，就能治好莎拉的身體……）

莎拉過去受難治之症所苦，原本只能坐以待斃，但藉由植入奈米機械的治療成了身體強化擴張者，藉此度過生死關頭。

然而嚴格來說病症並未治癒，只是靠著奈米機械硬是補強瀕臨死亡的身體，強迫維持在無異於常人的狀態而已。莎拉雖然接受治療而免於死亡，但也因此被迫過著持續補充奈米機械的生活。

當然，只要能支付昂貴的治療費用，治本性質的治療並非不可能，要徹底治癒，在技術上也沒有任何問題。不過那需要難以想像的鉅款，憑艾蕾娜與莎拉現在的收入，維持現狀已經是極限。

如果在獵人這一行出人頭地，也許有朝一日就能輕易賺到那筆治療費用。艾蕾娜與莎拉懷抱期望，投身獵人工作至今。

不過獵人工作必須賭命，也時常遭遇危險的狀況，好幾次差點丟了性命。要是為了不讓莎拉死去而前往荒野，卻因此讓她死了，那就本末倒置了。而且，自己和莎拉真的有本事在死去之前，爬上能賺到那麼多錢的階級嗎？她也曾為此感到不安。

現在，也許能換得超乎想像的鉅款的手段就擺在艾蕾娜眼前。身為隊伍的對外交涉窗口，她對阿基拉投出了冷靜評估各方面利害的目光。

（有姑且一試的價值……？）

期待值有多高？值得下賭注嗎？阿基拉是兩人的恩人，艾蕾娜也希望日後與他長久維持友誼。能得到的利益真的高到值得自己主動踐踏這份信賴嗎？艾蕾娜無意識間如此思索，陷入迷惘。

但是艾蕾娜也知道，如果問題是阿基拉或莎拉二選一，自己會選擇莎拉。

艾蕾娜的表情稍微變嚴肅。就在心中的迷惘即將衍生出扭曲與偏頗時，她聽見莎拉的呼喚聲。

「艾蕾娜！找到入口了！」

這聲呼喚讓艾蕾娜回過神。

「妳從剛才就好像心事重重，怎麼了？」

聽到好友對自己投以關心的話語，又看到恩人少年的表情透露幾分擔憂，艾蕾娜輕笑回答：

「沒什麼。雖然阿基拉進去過一次，畢竟是等同於未調查遺跡，有很多事情要思考。」
「是喔？哎，遺跡裡頭一片黑，這種地方只能靠艾蕾娜的搜敵，就麻煩妳多動腦了。」
「知道啦，放心交給我。就是因為這樣，阿基拉在遺跡裡頭也要聽我的指示喔。」
「好的，我知道了。」
看到阿基拉笑著點頭，艾蕾娜也欣喜地以笑容回應。
（真是的，我剛才到底在想什麼。我也沒必要逼自己去做那種二選一。自己把自己逼入那種窘境，又有什麼意義呢？）
從那一天起，兩人的獵人工作蒸蒸日上，不需要這樣擔憂。她這麼告訴自己，洗刷了萌生這種迷惘的不安。
（我也不想被阿基拉討厭，更不想因為背叛恩人而被莎拉狠狠修理。怎麼可以只是缺了點錢就毀了我們自己的人生。）
一起度過快樂的人生，這才是兩人最大的目的。背叛恩人的人生沒有什麼樂趣可言。艾蕾娜在心中如此斷言後，把剛才的想法視作一時的無謂邪念，就這麼從心中捨棄。

◆

阿基拉與艾蕾娜她們湊在予野塚車站遺跡的入口前，朝著入口深處凝望。通往地下的階梯和過去一樣，底部好像浸在無底的黑暗中。
雖然有艾蕾娜兩人陪伴同行，這次要在沒有阿爾法輔助的狀態下，在幾乎未知的遺跡中探索。阿基拉為此感到幾分緊張，但他為了讓自己鎮定下來，刻意一次又一次深呼吸。
在他身旁，艾蕾娜朝著階梯深處舉槍，扣下扳機。槍的榴彈發射器射出了小型物體，消失在黑暗之中。

「艾蕾娜小姐，那個是什麼？」

「我射出了輔助終端機，也就是情報收集機器的子機。」

這種輔助終端機能以黏性外殼沾粘在命中位置，並且將周遭的狀況傳送到母機。雖然情報收集範圍相當狹窄，精密度也低，但這樣一來就能安全取得遠處的情報。

就算一射出去就與子機通訊斷絕，也能得知該處有某些理由，比如有非常濃的無色霧累積，諸如此類有益的情報。艾蕾娜如此簡單說明。

「雖然很方便，就拋棄式的用品而言，價格實在不低，所以平常我不會用，這次是因為來到未調查的遺跡，才會特別小心，還有就是期待還沒人取走的遺物。」

艾蕾娜說完，對附近的牆壁也射出一顆，是為了在遺跡內部取得出入口附近的情報。

如此一來，阿基拉一行人進入遺跡後，要是有怪物闖進遺跡也能察覺，同時能當作標示出入口位置的無線標記。

現在阿基拉一行人的情報收集機器已經設定好以互相連動，自階梯深處與腳邊子機傳來的情報也顯示在阿基拉的護目鏡上。看來附近沒有怪物的蹤跡。

阿基拉覺得這道具便利，但也想到費用肯定不便宜，再度理解到自己在這些方面多仰賴阿爾法。

「那麼為了能回收成本，我們好好努力吧。」

阿基拉這麼說著，面露笑容拋開對於虧本的不安。艾蕾娜她們也回以笑容。於是三人都進入了予野塚車站遺跡。

阿基拉一行人以照明照亮遺跡內部前進，從階梯進入通道，來到整面牆都貼著海報的場所。

雖然用照明投出強烈的光線，攜帶照明的光量還是稍嫌黯淡。在亮光之中，阿基拉再度仔細打量遺物的立體圖像，和上次一樣彷彿真的存在於此。

莎拉見狀，眼神閃閃發亮。

「艾蕾娜！這裡有很稀有的遺物耶！」

艾蕾娜也喜形於色，但她立刻就斂起了喜色。

「看起來的確很值錢……啊，莎拉，很可惜，妳還是打消帶走這個的念頭吧。」

莎拉不滿地皺起臉。

「為什麼啊？難得找到了，就帶回去嘛。這種程度的櫥窗一定能打破啦。憑蠻力取出也許會觸發警報，但總有一天還是會被其他人拿走，還是由我們帶走吧。」

「我不是在擔心這個。那只是看起來很立體的圖像，不是真的。」

「咦！」

莎拉吃驚地將雙手貼在牆面上，想仔細打量玻璃牆後面的遺物，把臉貼到牆面前方。她身旁的艾蕾娜稍微調整了投向牆面的照明角度。如此一來，照明的光與遺物的陰影兩者不一致，不自然之處立刻讓立體圖像失去真實感。

「不會吧～～」

艾蕾娜面露苦笑，一旁的莎拉微微垂下頭。阿基拉見到那模樣，噗哧輕笑。莎拉對阿基拉擺出鬧彆扭般的表情。

「阿基拉，你剛才笑了吧？」

「不、不好意思。因為我上次看到這個的時候，反應和妳一模一樣，一時忍不住。」

阿基拉態度歉疚但同時忍著笑意，如此道歉。因為他說自己的反應一樣，莎拉也恢復了好心情。

「艾蕾娜，就是這麼回事。我的反應只是人之常情。」

「知道了啦。」

艾蕾娜輕笑回答，結束這個話題。

同時她萌生了一個疑問。阿基拉說他的反應與莎拉一樣，那麼就像艾蕾娜告訴莎拉那是圖像，必須要有某個人告訴阿基拉事實。

艾蕾娜推測那會是誰，不動聲色地問道：

「阿基拉，你覺得這座遺跡活著嗎？」

「咦？嗯～～看起來一片黑，大概死了吧。」

阿基拉附加說明：上次從更前方的商店廢墟取回了遺物，不過自動門已停止運作，而且強硬闖入商店也沒有觸動警報。

「這樣啊，那應該不用提防警備裝置。莎拉一發現內衣褲就打破櫥櫃也無妨，我放心了。」

「艾蕾娜……我好歹也會先確認一下。」

「是喔？真是這樣就好。」

艾蕾娜輕笑著結束話題後，領著阿基拉與莎拉沿著通道繼續深入遺跡。隨後她告訴自己只是想太多，不再多加思索剛才的疑問。

艾蕾娜懷疑告訴阿基拉牆上遺物只是立體影像的，也許是遺跡的擴增現實功能。或許就是唯獨舊領域連結者才能認知的嚮導員告訴他事實。

這種狀況下，這座遺跡只是乍看機能已經停止，很可能實際上還在運作。這就代表警備系統有可能喚來擔任警備的機械類怪物。

因此她為了保險起見而詢問，但是從阿基拉的反應判斷只是自己多慮了。那只是自己不禁想太多，遺跡已經停止運作，就當作是這樣。

艾蕾娜不再繼續推測，以免誤觸地雷。

◆

在艾蕾娜的指揮下，予野塚車站遺跡的探索順利進行。

遺跡內部沒有崩塌的部位，也沒有凌亂的瓦礫，而且完全沒有怪物的蹤跡。將昔日的模樣完好保存至今的地下設施，除了沒有光源，是個完全稱得上安全的場所。

因此，艾蕾娜得以製作相當廣範圍的予野塚車站遺跡地圖。因為前來探索未發現遺跡，艾蕾娜原本攜帶了相當多的小型終端機——情報收集機器的子機等器材，但是遺跡規模大得讓她把這些器材全部用完了。

在小型終端機也用完的同時，艾蕾娜判斷若繼續往更深處前進，距離出入口太遠會導致危險。她如此告訴阿基拉與莎拉，決定探索行動就此告一段落，折返回最初的商店遺跡。

阿基拉一行人回程時的氣氛也比剛才探索時放鬆幾分。途中，艾蕾娜擺出五味雜陳的表情，說出對遺跡的感想。

「話說回來，阿基拉，講這種話也許有點怪，不過你找到了一座很棘手的遺跡喔。」

聽見出乎意料的評語，阿基拉面露頗為訝異的表情。

「咦？是喔？還有遺物殘留，而且到處都沒有怪物，我覺得是很理想的遺跡啊。」

「的確是很理想的遺跡，不過，就我們目前調查的結果，未免太理想了。這座遺跡的存在一旦曝光，引發一兩樁大騷動也不值得訝異。」

見阿基拉似乎還無法理解，艾蕾娜補充說明。

目前予野塚車站遺跡除了陰暗，沒有其他妨礙收集遺物的狀態。再加上很可能有大量舊世界遺物尚未被發現而沉眠於此，而且沒有怪物，簡直湊齊了所有理想的條件。

但是一個人能運出的遺物分量終究有限。而花越多時間，其他人發現遺跡存在的機率也會增加。

既然如此，因為急著在曝光前快點搬出遺物，肯定會有人動員大量人力。只要動用大量人力，遺跡的存在就更容易曝光，使更多人聚集到遺跡。

在這種狀態下，若是普通的遺跡，由於不想在棲息於內部的怪物種類與數量都還不明朗的狀況遭受襲擊，有些人會選擇觀望，直到大致湊齊這方面的情報。

就算是未發現遺跡，怪物的危險性會抑制數量極端的獵人蜂擁而來。

但是予野塚車站遺跡內沒有怪物，於是包含實力不佳的新手獵人，大量的獵人將趨之若鶩。

接下來會發生的就是獵人之間為了爭奪遺物，互相殘殺。在荒野這種環境，一群手持槍枝又稱不上善良的人們不需要經過太長的時間，就會為了奪取遺物，選擇殺害他人。

這樣的騷動恐怕會持續到遺跡中的遺物被搜括殆盡，或是遺跡被屍體掩埋為止。艾蕾娜做出這樣的結論。

聽完這番話，阿基拉的表情有些僵硬。

「……真的會鬧得那麼大？」

「這是一種可能性，不過也無法斷言不會發生吧？」

「哎，是沒錯。」

「發生的機率高得有需要特別注意。我是這麼認為。」

也許就是自己點燃了引發騷動的導火線。阿基拉想到這裡，表情顯得有些複雜。

這時莎拉語氣開朗地對他說：

「就算真的發生了，你也沒必要介意。反正遲早會有人發現，事情也遲早會發生。只是那個遲早就在最近，而發現的人恰巧就是你。就只是這樣而已。」

「……或許吧。」

阿基拉感受到莎拉的關心，也認為這種想法合理，便放鬆了表情。

「反正都會發生的話，乾脆就由你動手吧。頭一個招集人手的人會拿到最大的利益。既然最初找到這座遺跡的人是你，不覺得嚐到這點甜頭也是應該的嗎？」

「啊～～我會考慮看看。哎，總之今天就我們三個盡量多搬一點吧。」

莎拉愉快地笑了。

「就這麼辦吧。一想到回程時車上裝滿遺物，就不由得興奮起來啊。」

既然投身獵人的行列，就無法當個聖人君子。阿基拉等人拋開多餘的擔憂，心中充滿了對今天成果的期待。

◆

阿基拉等人自遺跡搬出遺物後，再度掩埋予野塚車站遺跡的出入口。

歷經兩次發掘與兩次掩埋，痕跡已經變得相當醒目。不過應該還不至於讓不知情的人純粹出自好奇動手挖掘——阿基拉還感到放心。

「艾蕾娜小姐！結束了！」

「好～～！那就帶著成果回去吧。」

阿基拉三人讓拖曳式載貨台裝滿了這次的成果，自予野塚車站遺跡出發。現在天色已經轉暗，一行人使用車輛的通訊器，一邊閒聊一邊繞了一大圈遠路，朝都市前進。

「話說回來，我真沒想到會連貨架都帶回來。那些貨架也是舊世界製，算是遺物沒錯啦……」

艾蕾娜他們為了搬運遺物而準備的折疊式載貨台展開至極限後，尺寸有如小型運輸卡車的載貨台。現在那載貨台被車輛拖行，上頭堆了許多阿基拉上次收集遺物的店鋪廢墟中的貨架。

「該不會這種東西其實能賣到好價錢？」

「對啊，舊世界的商品架有時附有高水準的品質維持功能。這種東西在現代也派得上用場，能賣個好價錢。你記得嗎？有架子擺了很多食品吧。」

「有是有，不過那些東西不只是腐敗，都變成一團灰了吧？就算架子本身有品質保持功能，也已經壞掉了吧……？」

「也許只是能源耗盡而停止運作而已。就算稍微故障，也可能還能修理，就算完全壞了，也能當作技術分析用的材料，不至於賣不出去。」

當然，也有一定的機率只是尋常無奇的架子。不過他們沒有在現場正確鑑定的技術，這方面只能靠運氣、第六感和經驗。艾蕾娜如此補充說明。

阿基拉恍然大悟，發出敬佩的感嘆聲。艾蕾娜笑著對他繼續補充：

「除此之外，你大概覺得很不可思議，明明還有很多遺物，為什麼專挑貨架帶回來。其實背後也有用意。」

阿基拉暗忖「被看穿了啊」，表情變得有些僵硬。

獵人們在遺跡中發現了擺滿遺物的貨架，大多會像阿基拉一樣，只把架子上的遺物帶走，少有人會連貨架一起帶回來。

所以就算是探索已相當徹底的遺跡，還是常常有貨架遺留。因此，如果從未發現遺跡帶回大量貨架，在他人眼中就容易看作是在附近的遺跡沒找到值錢的遺物，自暴自棄而乾脆把貨架帶回來。

換言之，這次艾蕾娜從予野塚車站遺跡刻意只帶回貨架，就是為了誘人誤會：發現了未探索遺跡的人不可能只帶著空貨架回來。

「哎，也許只是安慰自己罷了。予野塚車站遺跡被其他人發現之前的空檔應該稍微延長了。」

「原來是這樣啊。謝謝妳。」

阿基拉充滿興趣地聽著艾蕾娜解釋，自認沒辦法想得這麼周全，讓他體認到自己知識不足。

◆

在距離久我間山都市還有一大段距離的荒野，阿基拉把載貨台從自己的車子卸下，改掛在艾蕾娜兩人的車輛後方。

在這之後，艾蕾娜兩人將繞遠路前往都市，途中也會暫時在其他遺跡停車，稍微隱蔽遺物來源。之後她們還會去變賣裝在載貨台上的貨架。

在一般獵人的觀念中，這是非常輕率的行為。因為對方有可能帶著遺物遠走高飛或是謊報售價。艾蕾娜兩人也事先提醒了阿基拉，並且得到他的同意。

不過阿基拉二話不說就答應。他沒有適合變賣貨架的管道，帶去給葛城也只會招惹懷疑，或是為交涉價格衍生麻煩事。他這麼認為，決定全部依靠艾蕾娜兩人處理。

艾蕾娜與莎拉則因為阿基拉深切信賴而感到欣喜，與他約好會負起責任變賣遺物。之後阿基拉想與她們約下次再一起到予野塚車站遺跡收集遺物，但她們已有其他行程，因此決定日後再討論。

艾蕾娜兩人告訴阿基拉，他下次探索遺跡可以等她們行程有空檔，或是在這段時間逕自行動也無妨。頻繁前往遺跡自然容易吸引他人注意，但是在其他人發現之前取走遺物也很重要。這方面的判斷就全部交給予野塚車站遺跡的發現者阿基拉定奪。

目送艾蕾娜兩人的車輛漸行漸遠，今天的獵人工作也告一段落。阿基拉在駕駛座上吐出一口氣。雖然是用通訊器，因為直到剛才都和艾蕾娜與莎拉交談，頓時覺得四周變得安靜。

他看向空無一人的副駕駛座。

「阿爾法。」

『怎麼啦？』

阿爾法在回應的同時現身。她別有用意般愉快地笑著。

「……既然我叫妳就真的出來，表示訓練結束了？」

『都和艾蕾娜她們分頭了，也沒必要嚴格規定獵人工作直到回家才算結束吧。你也是這麼認為，才會叫我吧？』

「是沒錯。那就回家吧。」

阿基拉驅車奔馳，試圖掩飾般閉口不語。一旁的阿爾法開心得眉開眼笑，但他刻意不理會，只管繼續開車。

『寂寞嗎？』

「……對啦！」

因為與阿爾法之間有交易，也有累積至今的信賴之情，令阿基拉不願意說謊。於是他拉高音量，想以氣勢蒙混過去。隨後他擺出不高興的表情，讓車子加速。

在他身旁，阿爾法心情愉快地笑著。

結束了第二次在予野塚車站遺跡收集遺物後，阿基拉好一陣子接了泛用討伐委託，在荒野四處巡邏度日。

在這同時，他也著手嘗試偽裝。

他將第一次在予野塚車站遺跡收集遺物時取得的一部分遺物塞進背包，藏在車子裡不起眼的角落後出發。

來到荒野後，他把遺物改放在車上醒目的位置，執行泛用討伐委託打發時間，營造這些遺物是他今天從其他遺跡帶回來的假象，回到都市之後再拿去收購處。

此外遭遇怪物時，他就宛如為了收集遺物而歷經一番激戰，消耗大量子彈來擊破怪物。

這也是為了訓練自己估算在沒有阿爾法的輔助下，打倒敵人需要多少子彈，因此他故意在較近的距離戰鬥，以ＤＶＴＳ迷你砲一陣濫射，把小規模的怪物群化為絞肉。

這些偽裝實際上有多少功效，阿基拉自己也說不準，但他認為至少勝過什麼都不做，也比躲在家裡練習控制體感時間要好，於是持續這樣不時前往荒野的日子。

就這樣的日子當中，有一天謝麗爾拜託阿基拉陪她去購物。阿基拉猶豫了一下，然而在艾蕾娜她們有空之前，他也閒著沒事，因此決定奉陪。

◆

久我間山都市基本上越靠近都市中心，治安就越好且經濟發展水準也高。換言之，在都市低階區域中，防壁周邊就是最佳地段。

貧民窟的小孩要是在這種地方閒蕩，當然會立刻被警備人員揪出去。態度柔和地勸離已經是最好的待遇，要是嘗試抵抗說不定會落得變成屍體再被扔出去的下場。

不過久我間大樓附近則是例外。外觀有些骯髒的人就算進到此處，只要不做出明顯可疑的行徑就不會遭到排除。

都市最大獵人辦公室就設在久我間大樓中。自荒野歸來的獵人、剛脫離貧民窟生活的新手獵人都會來這裡辦事，沒辦法因為外表稍微骯髒就把人攆出去。

在這棟久我間大樓旁邊，謝麗爾他們正在等候阿基拉。

謝麗爾穿著阿基拉送給她的舊世界製衣物。因為尺寸不合，直接穿上身會顯得怪異，她便折起袖子，以細繩和腰帶束起腰部，用這些穿衣技術設法遮掩。

耶利歐則穿著向葛城借來的防護服。外觀像是新手獵人花費極少預算湊出的裝備，給旁人的第一印象就是這類人物。

艾莉西亞則穿著以貧民窟的標準來看相當高級的衣服。雖然仔細一看，還是有汙漬、破口等損傷，不過已確實洗淨並修補，因此並不顯眼。就這角度而言算得上乾淨的正常衣物。

耶利歐與艾莉西亞目睹了與巨大防壁一體化的久我間大樓，以及周圍的獵人與警備人員的存在，受到了震懾，輕微的緊張讓兩人顯得心神不寧。

不過謝麗爾則是一副神色自若的態度，自然地站在這裡。耶利歐兩人看到她那樣的身影，感到敬佩：不愧能當上幫派的老大。

實際上謝麗爾也覺得緊張，但是與耶利歐兩人不同，她懂得不顯露在外的技巧。

阿基拉在約好碰面的時間之前就現身了。今天他也穿著強化服，單純是因為他根本沒有外出服。他自認很早就抵達，卻發現謝麗爾等人已經在該處等候，令他有些吃驚。

「奇怪？不是說好下午一點碰面嗎？是我記錯了？」

謝麗爾面露燦爛的喜悅笑容，迎接阿基拉。

「沒有錯，只是我們也早到了，比你稍微早一點點而已。」

「這樣啊。」

事實上，謝麗爾認為他們等阿基拉沒關係，但絕對不能讓阿基拉等他們，因此早在一小時前就在這裡等他了。

因為阿基拉來了，雖然服裝有水準差異，但也形成了兩組獵人裝扮的少年與其女性同伴。謝麗爾立刻伸手挽住阿基拉的手臂。

「那麼我們就出發吧。我想到處逛逛，再決定要進哪間店，可以嗎？」

「可以啊。」

謝麗爾帶著阿基拉邁開步伐，同時以視線示意耶利歐兩人跟上來。耶利歐與艾莉西亞雖然遲疑，還是跟了上去。

謝麗爾一行人走在都市低階區域的商店街。因為地段靠近防壁，林立於此的店家有不少高級店，四周也有警備人員隨時監視。

謝麗爾在與阿基拉談笑的同時，屢次發現有警備人員在猶豫是否該要求他們離開。

每當謝麗爾注意到有警備人員要對耶利歐兩人搭話，她就會態度親暱地招呼兩人，表明那兩人是自己的同伴。

於是警備人員就打消念頭，並未對耶利歐兩人開口，轉身離去。謝麗爾見那反應，判斷他們現在還配不上這一代的店鋪。

今天是因為隨行的阿基拉身上穿著一套看起來很昂貴的強化服，他們才沒被趕走。然而也不能每次都請阿基拉陪同，謝麗爾需要一間不會抗拒他們去，且盡可能高級一點的店家。

她一面與阿基拉談笑一面尋找可能滿足條件的店。最後她選上一間外觀雅致的服飾店。

「阿基拉，就選這間。」

阿基拉看見洋溢高級氣氛的店面，心想換作是過去的自己想必會裹足不前。

「好啊。就進去吧。」

不過，阿基拉已經體驗過位於久我間大樓的高樓層，將防壁內的富裕階層設定為主要客群的高級餐廳修特利亞娜的氣氛。這種程度的外觀已經嚇不倒他，他反倒是若無其事地推開店門。

謝麗爾見到阿基拉的態度，認為他的收入果然已經到達對這等級的店面也泰然自若的水準。為了扮演夠格站在他身旁的人物，她隱藏心中的緊張，強作鎮定，提振精神。

拉凡朵拉——服飾店的招牌上這麼寫著。

◆

服飾店拉凡朵拉坐落於久我間山都市的低階區域中算得上高級店鋪並排的地段。

在拉凡朵拉的店內，女老闆卡謝亞正為了不理想的營業額嘆息。

這間店並沒有虧本，確實賺到了讓店鋪存續所需的利益，但是她也認為自己費盡心血打造的這間店應該值得更有錢的貴賓，生意應該更興隆才對，令她為此感到不滿。

卡謝亞天天付出努力。她身上那套品味優秀的服裝，正是出自店裡的裁縫師——她妹妹之手，而她的努力也不愧對那套服裝。

不過她還是沒有得到足以停止嘆息的成果。

這時，告知訪客到來的鈴聲響起。看向店門口，四名少年少女走進店內。如果他們不符合她為自豪的服飾店設定的客群，就要及早送客。卡謝亞這麼想著，視線轉為尖銳。

獵人打扮的少年身上那套強化服應該很貴。沒問題。

少年身旁的少女那身衣服設計有點奇怪，恐怕是穿著尺寸不合的衣物，靠著一些技巧掩飾，不過只要仔細觀察布料質地就能發現絕非便宜貨。雖然鞋子是便宜貨，不過整體而言算得上沒問題。

穿著廉價的荒野用服裝的少年，以及身穿廉價衣物的少女，這兩人都有問題。

客人是四人一組，無法只趕走其中兩人。卡謝亞如此判斷後，經過短暫猶豫，做出了結論。她來到阿基拉等人面前，主要對著阿基拉投以親切的微笑。

「非常感謝各位光臨本店。請問您今天來是要找什麼呢？」

「呃～～我們是來挑她要穿的鞋子之類……這樣沒錯吧？」

阿基拉把話題拋向謝麗爾，謝麗爾面對卡謝亞，面露毫不畏縮的笑容。

「是的。我還有其他東西想看，不過就從鞋子開始吧。」

卡謝亞再度看向謝麗爾的鞋子。她一眼就看出鞋子的品質完全配不上衣服。

「我明白了，我這就去準備。請問其他客人有什麼需要嗎？」

「我們會自己到處看看，請先幫她挑鞋子。」

「好的。」

卡謝亞領著謝麗爾來到店內配置的桌子旁，建議阿基拉等人先看看店內的其他商品。

有問題的那兩人恐怕身上也沒錢，算不上客人，不過剩下的兩人應該沒問題。既然都放行讓不成顧客的人一起進來了，只能希望算得上顧客的兩人出手闊綽些。卡謝亞這麼想著，前去準備要推薦給謝麗爾的鞋子。

◆

看著排在桌上的鞋子，謝麗爾面露非常認真的表情，煩惱不已。

（……好貴。我是不是太執著於不會拒絕我們的高級店了？是不是應該選更平價的店？）

見謝麗爾以面有難色表達對價格的不滿，卡謝亞將桌上的鞋子依序換成更便宜的款式。儘管如此，那些鞋子依然昂貴得在謝麗爾的價值觀中簡直莫名其妙。

（又不像強化服那樣能提升身體能力，為什麼會這麼貴？還是說為了配得上這套衣服，無論如何都需要這麼多錢？）

為了幫派的發展，謝麗爾認為自己將來會與許多人交涉。這時外表給人的印象，特別是服裝，會對交涉的成果有很大的影響，這一點她很清楚。

她希望下次交涉時能穿著阿基拉給她的衣服上場。儘管阿基拉說是便宜貨，而且尺寸也不合身，但終究是舊世界製的衣物，要用來嚇唬人想必很有用。不過為了徹底發揮效果，她必須準備一雙配得上衣服的鞋子。

衣服是交情深厚的獵人贈送之物，因此尺寸問題還能設法蒙混過去，不過鞋子就沒辦法了。如果只有鞋子還停留在貧民窟的水準，虛張聲勢馬上就會被識破。

如果她真的與獵人的感情深厚，獵人甚至不惜贈送她舊世界製的衣物，那麼看到她腳穿寒酸的鞋子，理應會加贈一雙配得上衣服的鞋子。對方肯定會這樣懷疑。

但是她也沒辦法開口向阿基拉索求一雙舊世界的鞋子。於是她決定只有鞋子必須自己出錢購買，就算多花一些預算，也要買一雙配得上衣服的鞋子。這也是今天來這裡購物的目的。

為了避免被交涉對象看輕，謝麗爾認真煩惱。她已經準備了預算，那是原本預定要給阿基拉的200萬歐拉姆的一部分。考慮到幫派的經營問題，就連1歐拉姆都不能亂花。

阿基拉之前拜託謝麗爾給貧民窟的小孩子像樣的食物，以及教導閱讀寫字。過去她一直沒有手段能回報阿基拉的恩情，因為阿基拉提出請求才終於有了方向。在那方面她也全力以赴。

不過這些實在非常花錢，再加上現在沒有從中獲利的計畫，因此稱不上是投資。而且得知謝麗爾提供那種環境，許多人想加入幫派，因此增添了必須經費。

但是謝麗爾無法收手，因為這是現在的謝麗爾唯一能回報阿基拉的方法。

在無論如何都需要更多錢的狀況下，眼前這雙鞋子究竟值不值得投注寶貴的預算？謝麗爾認真地煩惱著。

在不斷煩惱的謝麗爾面前，推薦的鞋子一次又一次被換成更便宜的品項。

◆

阿基拉和阿爾法一起在店內逛，視線投向當作範本身穿店內商品的假人，露出難掩困惑的表情。

『阿基拉，怎麼了嗎？』

『沒有啦，這裡算是高級店，所以擺出來的這些也是滿不錯的衣服吧？』

『應該是吧。』

『所以，該怎麼說，哎，當然我也看得出來和貧民窟的衣服不同啦……但感覺也不怎麼樣……』

『你的意思是，明明是高級店的商品，卻看不出與常見衣物的明顯差異？』

『對，就是這種感覺。這是為什麼呢？是因為我沒有穿著品味？還是因為那是假人？』

『既然你這樣說，我來試穿看看吧。』

阿爾法把自己的服裝改為與假人同樣的款式。她憑著模特兒本身的水準，那超凡入聖的美貌與勻稱的身材，提升了同款服飾的評價。儘管如此，那身服裝還是無法打動阿基拉的心。

『我還是沒什麼感覺。和在修特利亞娜吃飯的時候不一樣。』

『修特利亞娜畢竟是在久我間大樓高樓層，用防壁內的標準來看也是一流餐廳喔。要和那邊相比，未免太嚴格了。』

『也許是這樣沒錯啦。』

阿基拉看向商品價格，第一印象是很貴，除此之外沒有其他感想。

雖然修特利亞娜的料理也很貴，但是品嚐時確實有合乎價格的感動。然而這間店的服裝並未給他這種感覺。

當然阿基拉也知道料理與服裝無法直接比較，不過既然標價牌上的數字比隨處可見的服裝多出幾個零，他認為應該要有某些要素足以分辨兩者的差距才合理。

這時阿爾法換了另一套服裝。

『阿基拉，那你覺得這套怎麼樣？』

這套服裝在阿基拉眼中乍看之下相當昂貴，設計混合了禮服與軍裝的要素，布料的藍色十分醒目，開衩的三層裙襬洋溢著高雅的性感。

『感覺還不錯吧？如果在遺跡找到這樣的遺物，應該可以賣個很不錯的價錢。』

對服裝的評價參雜了遺物估價的標準，阿基拉還沒注意到自己其實是站在獵人的角度思考。

『看到這套還只有這種程度的感想的話，表示你已經習慣了吧。』

『習慣？習慣什麼？』

『習慣了舊世界製的高價服裝啊。』

阿爾法在阿基拉面前穿過形形色色的服裝，那些服裝就算在當時也都是最高級的製品，而且因為是並非實際存在的影像，可以完全忽視材料費用等等，變更為最豪奢的款式。

因此純論外觀的話，阿爾法的服裝更凌駕於過去實際存在的衣物。

因為阿基拉與穿著這類服裝的阿爾法長時間相處，已經習慣了那種高級的感覺。也因此，看到只是價格偏高的衣物，也不會有特別的感想。

再加上他習慣了阿爾法的穿著，也就是舊世界製的服裝，對服裝的審美觀隨之偏向舊世界，對現代的打扮風格變得比較遲鈍。

阿基拉聽了阿爾法這些說明後固然能夠接受，還是露出了有些複雜的表情。

『……說穿了，就是我的服裝品味有些異於常人吧。』

也許自己的感性以後還會不知不覺更傾向舊世界吧？完全習慣了在胸部和大腿根部開洞以秀出內衣褲的款式之後，會不會反倒覺得沒有這種特色的服裝很土？阿基拉想到這裡，覺得有些不安。

這時，剛才一直忙著接待謝麗爾的卡謝亞來到他面前。

「這位客人，可以借用一點時間嗎？」

「可以啊。有什麼事？」

「請恕我失禮，可以向您請教這次的預算嗎？那個，您的同伴似乎非常在意鞋子的價格。」

謝麗爾並沒有實際表明她要更便宜的鞋子，但當老闆的卡謝亞當然能看穿她的反應。

「就本店的立場來說，若您可以給一個大概的預算範圍，本店也能推薦更適合的商品。」

選鞋子的人是謝麗爾，但實際上付帳的人是阿基拉——卡謝亞這麼想，認定當下的情境是收入優渥的獵人帶著親密的女性來店購物。

阿基拉也立刻明白對方的用意，隨後透過阿爾法的輔助提供的擴增視野，稍微觀察謝麗爾的神色。只見謝麗爾煩惱過頭而露出非常嚴肅的表情凝視著桌上的鞋子，臉上寫滿了內心深深的揪葛。

要解開老闆的誤會也是可以，不過這時阿基拉突然心生一念，想了一下之後回答：

「如果感覺會超過１００萬歐拉姆，請知會我一聲。」

聽見金額以及這數字還不是預算極限的言下之意，卡謝亞一瞬間愣住了。

「……您剛才說，１００萬歐拉姆嗎？」

「對，用獵人證支付。如果只收現金，我再去領錢吧。」

「不需勞煩您，本店也接受以獵人證付款。為了確認，可以暫時借用您的獵人證嗎？」

遺失獵人證或是在荒野戰鬥使之破損的獵人也不少，因此有些店家會事先要求出示獵人證。

但是卡謝亞是為了確認阿基拉的支付能力才提出要求，也沒有另外找藉口掩飾這個用意。

如果顧客從負面方向解讀，認定卡謝亞在質疑「你真的有錢付帳嗎？」也一點都不奇怪，若是個性暴躁的人，甚至有可能當場動怒。

平常的卡謝亞不會犯下這種失誤，這代表了她當下的震驚。儘管如此，她還是立刻在臉上掛起一張親切的笑容，盡可能佯裝平靜。

見阿基拉態度平常地對她遞出獵人證，她在心中鬆了一口氣，接過卡片以店內的終端機讀取。確認結果後，卡謝亞將卡片交還給阿基拉，盡量堆起滿臉的笑意。

「不好意思麻煩您了。本店會考慮您願意為友人付出的預算，盡可能提供最優質的商品。如果還有什麼需要，請儘管吩咐。」

卡謝亞說完便彬彬有禮地低下頭，離開阿基拉身旁。

阿爾法對阿基拉面露納悶的表情。

『阿基拉，你剛才為什麼會那樣說？』

『嗯？也沒什麼。』

自己的服裝品味以及對昂貴服飾的感想；舊世界製服裝的行情價還有作為遺物販賣的價位觀念。藉這次機會確認，認清自己目前的狀態，在往後的獵人工作中肯定也不會是白費功夫吧。阿基拉這麼認為，為了這小小的念頭，決定多付一點錢。

只是，在阿基拉現在那不管是好是壞，金額位數都有所增長的金錢觀當中，「一點錢」的位數也稍微變多了。

◆

卡謝亞離開阿基拉身旁後，直接走進店後面的員工用房間。她收起面對客人的微笑，改成當老闆的笑臉，發出幹勁十足的吆喝。

「瑟蓮！妳在睡覺嗎？」

卡謝亞的妹妹瑟蓮自休息處悠悠坐起身，對姊姊擺出不滿的表情。

「姊姊，不要大吼大叫啦。妳明明知道我昨晚熬夜沒睡吧？」

但是卡謝亞毫不介意，只管催促瑟蓮。

「不要抱怨了，總之妳快點換好衣服整理儀容，也出來店面。」

「這個時段是姊姊負責顧店吧？讓我睡啦，我很睏。」

「少說廢話，動作快！還有我說過在店裡要叫我店長，忘了嗎！」

「……煩耶～～」

瑟蓮一副嫌麻煩的臉，但仍開始換上接待顧客的服裝。卡謝亞見她開始動作，馬上就回到店面。

◆

謝麗爾表情凝重地思考到最後，終於要做出決定了。

每當對方拿出其他建議品項，陳列在桌上的鞋子就跟著被漸漸換成便宜一些的商品，但是這樣的更換作業已經停止好一段時間了。

這恐怕代表眼前這些鞋子大概就是店內最低廉的價位，這裡就是最底限。在這間店，已經沒有更便宜的鞋子了。謝麗爾如此判斷。

（……沒辦法！只能做出決定了！）

桌上還剩三雙鞋。在謝麗爾的金錢觀當中，每一雙都很貴。

（……就買其中一雙！以預算來看這也是極限了！哪一雙才是正確解答？……這雙嗎！）

謝麗爾把視線轉向她選的鞋子，就在這瞬間，那雙鞋子被卡謝亞的手從桌面上拿起，剔除在選項之外。

謝麗爾不由得面露困惑時，其他鞋子也接連從桌上消失，換成一批新的鞋子陳列在她眼前。

謝麗爾原以為還有更便宜的選項，看向這批新推薦的鞋子。緊接著她浮現訝異的表情，因為這批鞋子都是價位明顯不同於剛才的高級品。

「那、那個，不好意思，雖然很感謝妳為我推薦這麼優質的商品……」

謝麗爾想找些藉口讓她把剛才那批鞋子放回桌上。然而卡謝亞打斷她的話，歉疚似的微笑。

「這位客人，我從剛才就不斷推薦配不上您的商品，真的非常不好意思。」

卡謝亞對著不知所措的謝麗爾，託詞般繼續說道：

「雖然我自己也覺得是多管閒事，但為了推薦您更合適的商品，我擅自向您的友人詢問了大概的預算水準。」

謝麗爾也馬上就明白卡謝亞詢問的對象是阿基拉，但是無法理解這和卡謝亞的舉動有什麼關聯，困惑反倒越來越深。

「本店只能提供遠低於預算水準的商品，實在令人汗顏，儘管如此，這些都是本店能秉持自信向您推薦的最佳選擇。其他品項我也會馬上拿過來，請稍後。」

卡謝亞說完便對謝麗爾面露燦爛的笑容離開。為了換上高級品供謝麗爾挑選，她取走了就這間店的價位而言屬於便宜的鞋子。

被留在原處的謝麗爾不明就裡，啞口無言地愣了好半晌。但她回過神，馬上就在店裡找阿基拉想問清楚狀況。

阿基拉在店裡發現了男性用的貼身衣物，拿到手上打量。畢竟是擺在高級服飾店的用品，光是包裝就能明顯看出與平常使用的便宜貨不一樣，讓他有些讚嘆。

『我是不是也準備幾件內衣褲比較好？』

阿爾法姑且提醒：

『我不會阻止你，但是不建議你穿在強化服底下。因為那不是為獵人設計的強韌產品，恐怕很快就會變得破破爛爛。』

『……還是算了吧。』

與其在這裡買休閒時穿的高級品，不如用這筆預算來改善平常在荒野穿的便宜內衣褲的品質。阿基拉這麼想著，把商品放回架上。

這時謝麗爾神情有些慌張地來到他面前。

「謝麗爾，怎麼了嗎？」

「呃，那邊發生了一點事……不好意思，可以請你和我一起過去嗎？」

支付過程發生了問題嗎？阿基拉臉上流露幾分不解，和謝麗爾一起走向仍陳列著豪華鞋子的桌子旁。

從阿基拉口中得知事情經過，謝麗爾的表情變得有些五味雜陳。

卡謝亞誤以為付錢的人並非謝麗爾，而是阿基拉。而阿基拉不只是順水推舟，還認為若提出較低的預算，店家就只會推薦便宜貨，因此提出了較高的預算。到這邊為止謝麗爾都還能輕易理解。

但是阿基拉接下來又說，其實他可以先代墊費用；接著又說有需要的話由他來付帳也沒問題；甚至還說就算現在幫她付錢，之後也不會跟她討或催她還錢。

「……那個，我非常感謝你的好意，但是真的可以嗎？」

謝麗爾謹慎地確認意願，相較之下阿基拉的態度並不當一回事。

「是啊。我是不太知道理由，不過今天妳來買東西也是為了經營幫派吧？既然這樣，這點小事我也能幫忙。況且我已經把麻煩事推給妳了，妳就當作應得的吧。」

謝麗爾短暫迷惘後，下定決心。她做好覺悟，對阿基拉盡可能擺出笑容。

「……我明白了。那麼今天我就依靠你的好意吧。」

他的用意完全不包含送禮給情人，這部分讓謝麗爾感到遺憾，但她刻意以正面看待，認為阿基拉願意積極投資幫派。

欠阿基拉的人情債早已經債台高築。為了有朝一日能連本帶利徹底清償，初期投資的成本當然是多多益善。

而且投資金額越高，阿基拉也肯定會更期待回報。那樣的心理會強化彼此之間的聯繫，日後阿基拉也會更難以輕言要拋棄他們才對。

謝麗爾這麼想著，無論是何種關係都好，只求與阿基拉之間的聯繫不要斷絕，於是接受了更多的負債。

瑟蓮完成了待客的裝扮後，與她的親姊姊兼老闆——卡謝亞一起拿著店內的高價位商品來到謝麗爾與阿基拉面前。

姊姊殷勤推薦那些商品；謝麗爾認真審視每雙鞋子；阿基拉身上穿著應該很貴的強化服——瑟蓮見狀，用她仍然有些迷濛的腦袋思考：

（嗯～～不過是看到了好像滿有錢的獵人，姊姊的態度未免也太露骨了吧？）

獵人這行業只要運氣夠好，靠著收集遺物一舉致富並非痴人說夢。就算不至於一夜就成為富翁，也有不少人因為突然拿到不符自身金錢觀的鉅款，導致金錢觀念失衡。

此外有人因為耗費鉅額金錢購買裝備，對金額位數的概念變得模糊不清；有些人以揮霍金錢來消解頻繁與死亡擦身而過的壓力；也有人為了提升自身價值而虛擲大量金錢，沉醉在那份快感之中。

當然這種人對生意人來說，就是至上的重要顧客，不過也難以將這些人變為店裡的固定客戶或常客。他們從事獵人這一行，有可能在明天就死了。

假設為了讓付錢大方的獵人成為常客，便不惜投注勞力，認為些許虧損可以靠著之後的利益輕易彌補——

然而就算努力真的獲得回報，成功讓獵人成為常客，到了明天還是有可能因為獵人死亡，使得一切努力付諸流水。

若是平常就與獵人打交道的武器商人，他們都懂得這方面投資的拿捏，但一般店家就很難掌握這方面的平衡。

由於這些原因，與獵人這一行沒有直接關聯的店家對獵人能給的特別待遇，大多傾向於只限當場可行的程度，而且不指望後續發展。

瑟蓮也明白這些，所以不認為卡謝亞的待客態度有多不自然。

畢竟卡謝亞特地叫她來店面，想必是有特別的理由，卡謝亞也因此接待顧客時比平常更起勁吧。她如此心想。因為服飾店的經營全都交給當老闆的姊姊掌管，她便不怎麼介意。

這時她漸漸清醒的腦袋將注意力放到謝麗爾的服裝上，頓時發現：

（……嗯？那件衣服是舊世界製的？尺寸好像不合耶。）

靠著穿衣技巧來掩飾服裝與體格的不一致。以負面角度來看，因為硬是穿上身，扭曲了原本的設計。她這麼想著，不由得稍微板起臉。

瑟蓮也從事服裝設計，而且她的個性對這些問題難以視而不見。最後她因為介意到了極點，便擺出待客用的表情向謝麗爾提議：

「這位客人，如果您願意，在挑選商品的這段期間，我可以為您提供尺寸調整與改造服務。請問您意下如何？」

這時先開口詢問的是阿基拉。

「沒問題嗎？」

出資者一提出疑問，卡謝亞馬上就回應，露出充滿自信的笑容。

「瑟蓮的修改技術值得信賴。我身為老闆，也能秉持自信向您毛遂自薦，修改成果肯定能讓您滿意。」

瑟蓮輕嘆一口氣，從其他角度回答：

「您的同伴的服裝是舊世界製品，換言之是舊世界的遺物吧？就算只是調整尺寸，一旦經過加工就會被當作現代製品，作為遺物的價值可能降低。」

如果改造再加上調整尺寸，那就更不用說了。如果您將這件衣服視為資產，那我並不推薦。」

卡謝亞笑容變得有些僵硬，將視線投向瑟蓮。

（喂，妳都自己提議了，幹嘛還講這種潑冷水的話？）

接收到以視線傳達的疑問，瑟蓮也看向姊姊。

（如果不先說明就改造，到時候人家要求賠償損失該怎麼辦啊？反倒是當店長的姊姊應該先提醒人家吧？）

（這、這樣的話，基本上這個提議也該事先交給我來判斷！）

（那妳幹嘛特地叫我起來，還要我出來接待客人啊！）

卡謝亞與瑟蓮面帶微笑，互使眼神，憑著長年來的相處進行心有靈犀的溝通。

謝麗爾也萌生了其他擔憂。阿基拉也是獵人，雖然是已經送人的禮物，要是受贈的對象降低禮物作為遺物的價值，也許會影響他的心情。她這麼認為，先向阿基拉確認：

「你怎麼想？」

「先不提就遺物而言的價值，那是妳的衣服，妳來決定就好。不過要改造的話，這段時間妳要穿什麼？修改衣服應該要很久吧？」

阿基拉口中的「沒問題嗎」還包含了「改造衣服的費用大概是多少」等各種意思，不過基本上也就只是這樣而已。

謝麗爾晚了半拍才發現其他問題。如果修改需要花上好幾天，她就必須之後再來店裡取回。

但是到時候謝麗爾沒有能穿來店裡的衣服。穿著貧民窟等級的衣物，有可能在抵達店門口之前就被趕走。雖然可以拜託阿基拉陪同，但就必須再勞煩阿基拉幫忙，謝麗爾想盡可能避免。

瑟蓮看到阿基拉兩人的反應，判斷他們在意的問題大概不是修改衣物會使價值降低，她便再度提議：

「如果您擔心更換用的衣物，整個改造工作從測量尺寸開始，到傍晚應該就能完成。這段時間您就先試穿店內的服裝，不知您意下如何？」

謝麗爾稍微煩惱後，拜託阿基拉陪她到傍晚。因為阿基拉也同意了，於是謝麗爾決定委託瑟蓮改造衣服。

由於是要改造舊世界製的衣服，瑟蓮表示要先仔細調查這件衣服以估價，因此改造費用仍未定。

◆

瑟蓮帶著謝麗爾來到位於店後頭的裁縫工作室，測量尺寸後，將接待顧客的工作交給卡謝亞，請謝麗爾回到店面。

接下來她重新打量要改造的衣服。謝麗爾脫下這套服裝後，卡謝亞提供了一套衣物給她暫時穿著，那同時也是期待謝麗爾買下的最高級商品，不過價值是否相符還很難說。

設計上確實不符合現代的審美觀，不過布料的精細造型等等，包含材料在內都需要高等技術，可說是當時極高水準的裁縫技術的結晶。

品質的確足以讓瑟蓮理解這件衣服確實是舊世界的製品。

一想到接下來自己就要改造這件衣服，瑟蓮感到有些興奮的同時，開始苦惱修改方向。

反正只要經過裁縫師加工變更尺寸，作為遺物的價值就會降低，那麼乾脆包含設計修改，進行整體的改造。這是顧客的提議。

一旦動了剪刀就無法反悔。她仔細思索改造的方向性以及應當的收費。

在得到一定的結論後，瑟蓮還是無法擺脫煩惱。她苦苦思索，左思右想，煩惱到了最後，伸手拿了店內的終端機聯絡卡謝亞。

◆

謝麗爾回到店面，卡謝亞向她推薦各式各樣的衣物，但目前她尚未對服飾店的收益有所貢獻。理由並非價格這類現實的問題，而是阿基拉的反應相當淡薄。

按照卡謝亞的推薦試穿後，確認眾人的反應。不管穿什麼，耶利歐兩人都會有正面的反應。

這裡畢竟是高級店，每套服裝都是優質商品，再加上卡謝亞優先推薦高級品，貧民窟的小孩會萌生的感想始終無法脫離「總之就是很漂亮」。

不過，阿基拉表現的反應就非常平淡，這讓謝麗爾不會決定購買，而是接連催促卡謝亞拿出其他選項。

謝麗爾也懷有得到阿基拉稱讚的欲求。不過現在更重要的是，在交涉談判的場合靠穿著使對方心生感嘆，藉此讓自己占上風。

並非單純買昂貴的衣物就好。阿基拉也說只要需要就願意代墊費用，預算幾乎沒有了上限，不過這並非預算多寡的問題。

為了與形形色色的人物打交道，在門外漢眼中要有淺顯易懂的高級感，在早已習慣高級服飾的行家眼中也必須有其獨到之處。她需要這樣的一套服裝。

謝麗爾也不認為自己的穿著品味優秀得足以滿足這些條件，畢竟要購買價格遠比平常昂貴的服裝，她將其他人的反應視作必要。

不過耶利歐與艾莉西亞的反應沒有參考價值。受到貧民窟孩子的審美觀讚賞，對她沒有意義。

卡謝亞的反應也無法照單全收，其中一定含有接待顧客的殷勤與店內收益的考量。如果完全聽信她的場面話，也許會因此買下只是價格特別高的衣服。

於是謝麗爾特別重視阿基拉的反應。

阿基拉原本也和謝麗爾等人一樣，是貧民窟出身。然而他現在已經闖出一番事業，讓他二話不說就支付1億5000萬歐拉姆的鉅款。過去他不管看到哪種服裝都顯得興致缺缺，非常可能是因為他的審美觀已經習慣了高價服裝。

正因如此，她希望至少能稍微挑起阿基拉的反應，不然花大錢購買交涉用服裝的意義就沒了。謝麗爾這麼認為，一套接一套試穿。

這時卡謝亞察覺了謝麗爾的想法，心生一計，向阿基拉提議：

「這位客人，如果您願意，要不要代替我為您的友人挑選呢？」

「我來選……？」

阿基拉顯得有些意外，卡謝亞面露親切的笑容：

「是的。雖然我盡可能推薦了優良的服飾，但您的友人似乎並不滿足。很遺憾，這樣下去恐怕只會讓您的友人疲於試穿。為了轉換您友人的心情，要不要試看看？」

如果是基於阿基拉的反應做選擇，那麼她恐怕無法輕言拒絕阿基拉建議的衣服。即便是便宜貨，只要一度成功讓她花錢，就更方便營造之後的趨勢。卡謝亞這麼認為而如此提議。

「雖然妳這樣說……」

不過阿基拉面有難色，因為他對自己的服裝品味完全沒自信，而且他認為謝麗爾自己挑選的結果會比較好。他原本想這樣告訴她。

但是見謝麗爾對他投以期待的眼神，他便不由得把話吞回去。

對謝麗爾來說，如果是阿基拉選的衣服，就算最後買下不適合用於交涉的服裝，某種程度上還是能接受。此外，就算他真的選了明顯很怪的衣服，只要別買就好了。

再者，能請阿基拉幫她選衣服這件事也讓她十分開心。這些思緒明顯表現在謝麗爾的態度上。

謝麗爾、耶利歐和艾莉西亞都投出充滿興趣的視線，阿基拉有種無處可逃的感覺。這時阿爾法出言相助：

『阿基拉，我來幫你選吧？』

『可以嗎？那就拜託……等等，妳打算選什麼衣服？』

因為阿爾法時常穿著所謂舊世界風格的服裝，阿基拉擔心讓她來選搞不好會偏向舊世界的審美觀，得到非常誇張的結果。阿爾法像是要除去阿基拉的不安，笑著回答：

『你放心，我是從這間店的商品裡面選喔。這裡的架子上，打從一開始就沒有設計會讓你擔心的衣服。』

『……這倒也是。知道了，那就拜託妳了。』

『放心交給我。』

見阿爾法充滿自信地微笑，阿基拉也安心了。

「那麼就由我來選，謝麗爾妳稍等一下。」

「真的很謝謝你。那就拜託你了。」

雖然實際上選擇的是阿爾法，不知情的謝麗爾還是眉開眼笑。

在這之後，阿基拉在店面繞了一圈，為謝麗爾選了從上到下的全套穿搭。

乍看之下，他只是走馬看花般看過架上商品就隨手選取。卡謝亞原本跟在一旁以便在他需要時提供建議，而這令她不禁大吃一驚。

就算是欠缺穿著品味的人，一看到大量服裝陳列在眼前，也不免會感到迷惘。然而從阿基拉流暢的行動完全感覺不到猶豫。

謝麗爾開心地接下衣服，立刻就想去試衣間換上。不過這時阿基拉露出有些遲疑的表情，說出讓謝麗爾感到意外的話。

「……有需要的話，我可以幫忙妳換上，怎麼樣？」

「那就拜託了！」

突如其來的提議讓謝麗爾嚇一跳，但提議內容讓她非常開心。她趕在阿基拉打消主意之前，立刻笑著回答。

阿基拉的表情變得有些僵硬，隨後輕聲嘆息。他擺出幾分「既然妳不拒絕，那就沒辦法了」的態度，跟著謝麗爾一起進試衣間。

協助更衣原本應該是卡謝亞的工作，但因為阿基拉代勞，她便和耶利歐兩人在外頭等候。

不久，阿基拉先走出試衣間，隨後是換好衣服的謝麗爾跟著出來。

「看、看起來怎麼樣？」

謝麗爾身上的服裝風格並非配合她的年紀強調可愛與嬌憐，而是方向性不同的整潔服裝，清純的氛圍蘊含著幾分含苞待放的性感。

從那套服裝甚至能感受到一些高雅的俐落，更襯托了謝麗爾端正的容貌。同時，表情有些羞澀而發紅的臉頰，讓旁人感受到理應與服裝相反的可愛與嬌憐。

卡謝亞以不含奉承的真心話回答：

「真的非常適合您。」

同時她壓抑著內心的訝異。

（雖然是我自己店裡的商品，但那樣隨手揀選居然能發揮這種潛力，到底是怎麼回事？）

隨後她因為自己無法想出這樣的穿搭，身為服飾店拉凡朵拉老闆的自傲稍微受創，但還是在心中稱讚阿基拉：「還滿有一手的嘛。」

耶利歐與艾莉西亞的態度也明顯對這套服裝表示更高一階的讚賞。

而阿基拉看到謝麗爾穿上這套表面上由他親自挑選的衣服，也確實顯露出有些感嘆的反應。

「嗯，還不錯吧？我這樣覺得。謝麗爾呢？」

「是的，我也非常中意。我真的很高興。」

「是嗎？那就好。」

「我才該這麼說，真的非常謝謝你為我選了這麼好看的衣服。」

謝麗爾轉頭看向卡謝亞。

「那麼，我先買這一套。」

「咦？啊，好的！感謝您購買本店的商品。」

卡謝亞回過神來，立刻恢復待客的態度，掛起親切的笑容。她提起幹勁，告訴自己接下來就是重頭戲，繼續接待謝麗爾以追求更高的收益，但就在這時，她接到了瑟蓮的聯絡。

「那麼，我去裁縫師那邊看看狀況，馬上就會回來，請稍等。」

現在明明是大好時機啊。卡謝亞心中感到強烈不滿，不過這種心情完全沒有顯露在她臉上，她就這麼離開眾人身邊。

謝麗爾因為請阿基拉為她挑了一套衣服，而且穿上之後也得到稱讚，顯得有些雀躍。

看到她這麼開心，阿基拉自然也覺得不錯。阿爾法發現他的心情明顯變好，也得意地笑了。

『怎麼樣？我的服裝品味很棒吧？』

『的確很棒……不過我真沒想到，不只是挑選衣服，就連穿著方式都要特別指定，害我還得跟進去幫她穿。』

『穿衣技巧也是服裝品味的一部分。反正她也沒有反感，有什麼不好？』

『我會介意啊。』

『都一起泡過澡了，還介意什麼？』

阿基拉無法反駁，就此不再回話。這時他重新看向謝麗爾，發自內心覺得看起來真不錯。

雖然自己的服裝品味變得異常遲鈍，不過似乎還不至於嚴重扭曲。阿基拉為此稍微感到安心。

◆

卡謝亞回到瑟蓮的工作室後，發現她已經做好修改衣服的準備，但是尚未著手進行，而是等待卡謝亞。

卡謝亞以為瑟蓮早就開始作業了，因此稍微表示不滿。

「喂，妳突然叫我過來，我還以為妳在作業中遇到什麼問題了，但妳到現在還沒開始工作嗎？剛才店面那邊機會正好耶。」

「抱歉。遇到一點問題，希望店長來下決定。因為我覺得這超過了裁縫師的決定範圍，而是經營層面的問題。」

「經營層面的問題是什麼？」

「判斷是不是真的能動手改造。」

「咦？就快點動手啊。」

「妳先聽我說。如果妳聽完還是決定要改，我會照做。」

看到瑟蓮露出身為裁縫師的認真表情，卡謝亞也擺出了身為店長的認真表情。

「好吧，說來聽聽。」

「首先，光是調整尺寸就要花30萬歐拉姆。」

「30萬？就算整件衣服徹底改造也不用花這麼多錢吧？」

「因為是舊世界的製品，成本會比普通衣服高出許多。布料本身就很高級，光是要配合長度之類，都要用上相對的材料和技術。」

「是嗎？光是調整尺寸就要花這麼多錢，那確實需要考慮。不過人家不是也拜託妳改造嗎？不能靠這個來解決嗎？」

「如果要改造，要花１５０萬歐拉姆。」

「……啥？１５０萬？等等，瑟蓮，妳在說笑吧！」

「和裁縫有關的事情，我才不會說笑。」

看到妹妹露出不愉快的表情，卡謝亞也恢復了鎮定。

「好吧。抱歉，是我不好，妳先更仔細說明。因為整個改造太花錢了，要我勸客人打消主意，還是只調整尺寸就好？是這個意思嗎？」

「我個人最不推薦的就是調整尺寸。」

瑟蓮開始說明需要店長從經營層面來考慮的理由。

如果只是調整尺寸，確實能將衣服調整到適合謝麗爾的體型。但是從設計層面來看，將會光采盡失。

因為原本是成人穿的服裝，而且設計風格偏向舊世界的審美觀。如果只是單純改成少女用尺寸，會使得原本的設計嚴重走樣。

在尺寸不合身的狀態下憑著穿著技巧來設法遮掩時，還能靠謝麗爾在穿搭上的努力勉強彌補設計方面的漏洞。不過一旦調整了尺寸，就會連這些努力的餘地都沒有。

換言之，調整尺寸不只會讓這件衣服不再被視為舊世界遺物，降低作為遺物的價值，也會失去原本的設計概念，作為服裝的價值也將變低。特地花了金錢和時間，最後只會得到這樣的結果。

但瑟蓮也說如果店長要她動手，她就會照做，只是站在裁縫師的立場無法建議這麼做。

如果要修改款式，撇開設計風格不談，問題在於這件衣服原本的布料太過高級。

若要修改為現代風格的款式，就必須額外添加布料，但使用的材料水準必須高級得不輸原本的布料。再加上與高級材料相匹配的裁縫技術，瑟蓮不願意賤賣自己的手藝，價格也因此水漲船高。

瑟蓮建議修改款式，但不知道顧客是否願意支付這筆錢，於是她暫停作業。

「話說店長，有什麼打算？讓客人花了一大筆錢，只調整尺寸讓客人敗興而歸也不好，但要客人花１５０萬歐拉姆修改款式應該也有困難。我覺得跟客人道歉，把衣服還回去是最好的選擇喔。」

「他是說過若會超過１００萬歐拉姆就要知會他一聲，不過這真是個難題……」

「他這樣說過嗎？難怪妳會這麼積極，原來是這麼一回事。」

瑟蓮吃驚，卡謝亞猶豫，兩人沉默了一小段時間。

「……瑟蓮，妳想要怎麼做？」

「咦？如果可以讓我決定，我希望店長拜託客人拿出１５０萬歐拉姆就是了。」

「……我知道了。我就姑且問問看吧。」

「咦？妳是認真的？」

雖然接受了修改款式的工作，但心有餘而力不足。瑟蓮原以為她們兩個必須如此對客人解釋，一起低頭道歉，因此卡謝亞的判斷讓她露出感到意外的表情。

卡謝亞板起臉，神情認真。

「我呢，為了讓我的店生意更好，什麼都願意做，不過我也不會讓妳的裁縫技術無處發揮。」

瑟蓮聽了姊姊發自真心的話而感到吃驚，開心地笑了。

「姊姊，謝謝妳。」

卡謝亞掩飾害臊般露出嚴厲的表情。

「只是姑且問問看喔！要是人家拒絕，就要乖乖放棄！還有，在店裡要叫我店長！」

「遵命！店長！拜託嘍！」

妹妹開心地發出開朗的聲音，目送卡謝亞回阿基拉所在的店面。

◆

阿基拉從卡謝亞口中得知費用問題後，乾脆地答道：

「我知道了。除了剛才的１００萬歐拉姆預算，我再額外支付１５０萬歐拉姆。」

雖然卡謝亞剛才對妹妹那麼說，但她認為顧客實在不太可能接受１５０萬歐拉姆的改造費用。明知如此，她還是決定盡可能說服顧客。

卡謝亞做好心理準備後，決心與阿基拉開始交涉，然而阿基拉一口答應，讓她難掩驚訝與疑惑，明顯表現在臉上。

不過她立刻就堆起滿臉的親切笑容，按捺內心的驚慌，再度向阿基拉確認：

「非常謝謝您。因為要對貴重的舊世界製品進行加工，一旦開始剪裁，本店將拒絕取消與退費，而且必須事先付清全額，真的沒問題嗎？」

「沒問題。請收下。」

阿基拉二話不說就拿出獵人證。卡謝亞接過卡片，不顯露緊張，完成了支付處理。

「您願意如此評價本店的裁縫師，真的非常感謝……如果您願意，可以請教為何您會這麼乾脆就支付這筆現金嗎？坦白說，我原本以為至少需要經過一番討價還價。」

阿基拉簡單說明：

「既然裁縫專家說要花這麼多錢，儘管價格高了些，我想一定有合理之處。我覺得就類似於保養與修理裝備，萬一輕率殺價讓裝備不在最佳狀態，反而傷腦筋。所以我認為這種事要麼接受對方開出的價碼，不然就是取消交易。」

「原來是這樣啊……」

卡謝亞再度看了看阿基拉的強化服。卡謝亞做的是服飾生意，雖然強化服同樣是衣物，但她沒有評估強化服的眼光。然而就門外漢的角度來看，似乎相當昂貴。

阿基拉容貌看起來十分年輕，但他擁有的實力與經驗肯定足以讓他在這年紀就取得這種裝備，所以對服裝的看法也傾向於獵人的思考模式吧。卡謝亞如此思考，接著突然想到——

「您剛才說就類似保養裝備，可以請教客人您這件衣服的價格嗎？那個，雖然用途不同，還是讓做服裝買賣的我不禁有些好奇。」

「妳說這件嗎？呃～～我一次買齊整套裝備，只有強化服的話……是多少錢啊？」

見阿基拉為了回憶價格而皺起眉頭，卡謝亞笑著補充：

「這只是我個人好奇罷了，大概的數字或整套裝備的價格也沒關係。」

「這樣的話，整套裝備的價格是８０００萬歐拉姆。」

聽到阿基拉不當一回事般說出超乎想像的數字，她險些驚呼出聲，不過勉強忍住了。卡謝亞以店內負責接待客人的敬業精神硬是嚥下了驚愕，殷勤地笑道：

「……果然獵人的裝備十分昂貴啊，真是受教了。那麼，我得去告知裁縫師可以開始工作了，請容我暫且失陪。」

在客人面前絕不顯露醜態。卡謝亞如此告誡自己，在離開店面前無論是表情或舉止都泰然自若。

卡謝亞回到瑟蓮的工作室，吐出忍在喉嚨的話語。

「瑟蓮！１５０萬歐拉姆！客人答應了！」

姊姊的幹勁固然教人開心，但是應該沒指望吧——原本這麼認為的瑟蓮也不由得大叫：

「咦！騙人！」

「和店裡生意有關的事，我才不會說謊！」

「對喔！」

在這之後，姊妹兩人直到興奮平靜下來為止，對著彼此笑了好一段時間。

一直笑也會累。情緒先平復的是瑟蓮，她吐出一口氣。

「話說妳是怎麼說動客人的？」

自己的姊姊話術真的有那麼神通廣大嗎？瑟蓮不由得擔心卡謝亞有沒有接受某些奇怪的條件。

卡謝亞也恢復了平靜。

「我只是解釋了原委，他二話不說就答應了。我稍微問了那個獵人的裝備費用，他說８０００萬歐拉姆。和那筆費用相比，１５０萬歐拉姆的確只能算是誤差。」
「８０００萬歐拉姆。不愧是賺大錢的獵人，裝備費用也高得嚇人。店長，去誘惑他嘛。」
「別說蠢話了，快點開始工作。人家可是看得起妳，認為妳是值得付１５０萬歐拉姆的專家喔，好好工作拿出成果。拜託妳嘍。」
「不用妳說，我也會全力以赴。交給我吧。」
看到瑟蓮因為久違的重大工作充滿鬥志，卡謝亞也露出發自內心的笑容。

決定將阿基拉送的舊世界製衣服交給裁縫師修改款式後，謝麗爾等人仍繼續在服飾店拉凡朵拉購物。現在輪到耶利歐費盡心思為艾莉西亞選衣服。

耶利歐與艾莉西亞在謝麗爾的幫派中都被視為幹部，今後也有必要注重外觀儀容。不過目前兩人持有的服裝依舊無異於貧民窟的小孩。

耶利歐身為幫派的武力人員，可以向葛城借用裝備之類來蒙混過關，但艾莉西亞就行不通了。這次正好是個好機會，便決定在今天用幫派的預算購買。

就算以這間店的標準來看是便宜貨，在貧民窟也已經是十分昂貴的服裝。耶利歐為了情人的打扮絞盡腦汁，艾莉西亞則看著耶利歐的反應，喜上眉梢。

阿基拉與謝麗爾一起在桌邊一面閒聊一面看著那幅情景。不過這時阿爾法突然對阿基拉提議：

『阿基拉，在款式修改完成之前還有段時間，不覺得可以趁現在先補充彈藥嗎？』

『現在？』

『對，現在。』

『……預備的子彈還很多，接下來也不會馬上去荒野，晚一點也沒關係吧？』

『這種事不要拖，最好一想到就馬上做好。』

『不過不久前才去過靜香小姐那邊吧？這麼快就再去補充子彈，靜香小姐又會猜我是不是發生了什麼事才需要頻繁補充子彈，所以之後再說吧。還是有什麼一定要馬上補充子彈的理由嗎？』

因為是阿爾法的建議，阿基拉覺得只要有些理由，他也會照做。

不過阿爾法的回答否認了這一點。

『沒有啊。』

『……？那之後也沒關係吧？』

『我知道了。』

阿基拉覺得有點奇怪，不過沒有多介意。然而阿爾法馬上又提出其他提議。

『阿基拉，要不要把遺物拿去靜香的店賣掉？她之前說過她能收購衣物類的遺物對吧？把家裡剩下的拿去吧。』

『這也可以之後再辦吧？怎麼突然講這個？』

『因為買了昂貴的衣服，我認為賣掉同樣屬於衣物類的遺物來補充資金很不錯。我是不曉得你在想什麼而花了250萬歐拉姆，但不把遺物換成錢的話，手頭上的現金只會越來越少喔。』

阿基拉覺得她在指責自己太揮霍，於是找藉口般回答：

『……啊～～這個喔，其實也是有用意的啦。我只是想先確認我的審美觀究竟只是很遲鈍，還是有致命性的扭曲。在這方面先有自覺，以後在變賣舊世界製服裝時應該會有助益。哎，要說只是自我滿足，那也沒錯啦，不過這個程度應該還……』

『阿基拉，如果是這個理由，為了確認這一點，把衣物賣給靜香也是好選擇。』

『也對。下次補充彈藥的時候拿過去吧。』

『俗話說擇日不如撞日，撞日不如今日。』

『……等等，突然想到要去的人是妳，又不是我。況且妳會在意這種好兆頭之類的嗎？』

『不會啊。』

『對吧？所以下次再說吧。』

『知道了。』

阿基拉對阿爾法的反應漸漸感到狐疑，但是他搞不懂理由，除了狐疑也沒有進一步追問。

然而，這時阿爾法又對他提出其他建議。

『阿基拉。』

『阿爾法，妳從剛才到底是怎麼了？』

『為了增加變賣遺物的管道，要不要去問一下這間店願不願意收購衣物類的遺物？』

『……也對。就問問看吧。』

要一次又一次拒絕阿爾法的提議，阿基拉也覺得有些抗拒。而且他認為增加變賣遺物的管道也不錯，於是聽從建議。

他告訴謝麗爾要暫時離開後，前去正在協助耶利歐兩人挑選衣服的卡謝亞身旁，向她詢問有關衣物類遺物的變賣問題。

卡謝亞的回答是：無法視作遺物收購，但如果願意接受舊世界製衣物這樣的分類，那麼視品項而定，她也願意收購。

簡單說只是將舊世界製的衣物視為名牌古著收購，絲毫不會考慮其身為遺物的價值。當然交易紀錄不會記載於獵人辦公室的履歷上，獵人等級也不會提升。假使阿基拉願意接受這樣的條件，才可能成立。

阿基拉道謝後準備回到謝麗爾身旁，這時阿爾法再度提議。

『阿基拉，要不要賣看看？』

『妳的意思是，要我回家一趟再過來？』

『有什麼關係？反正你只是在等款式修改完，也沒事做吧？有時間就該有效利用。』

『……哎，可以是可以。』

阿基拉對於阿爾法這段時間的態度有些狐疑，但又不想逼問她的用意，於是決定聽從建議。

阿基拉向卡謝亞支付了目前所需的費用後，告訴她要去拿舊世界製的衣物過來。之後他回到謝麗爾身旁，跟她說明理由後離開店面。

阿基拉在店門口環顧四周，回想前往自家的路在哪個方向，這時阿爾法笑著開始帶路。

『阿基拉，這邊。』

『咦？是那邊嗎？』

阿基拉覺得根本不是那個方向，露出納悶的表情。但阿爾法笑得毫不介意。

『因為有人流之類的問題，這邊比較好。往這邊走吧。』

『……好。』

阿基拉跟在阿爾法身後，有些不解地回家。

◆

阿基拉暫時離開讓謝麗爾覺得可惜。雖然他說不會花太多時間，但難得能與他談天說笑，途中被打斷還是讓她不禁輕輕嘆息。

儘管如此，基本上心情還是不錯。她為了轉換心情，站到旁邊的鏡子前方，稍微挪動肢體擺出姿勢，面露微笑。

換作平常的謝麗爾，這只是為了與人交涉時占上風，事先檢查自己精心營造的外觀罷了，也是藉著觀察鏡中的自己，客觀理解自身的狀態。

但是，當她看到鏡中的自己穿著阿基拉為她選的服裝，原本刻意擺出的笑容也自然而然變成不帶演技的表情。

（……嗯，這樣的話日後的交涉應該也會順利吧。站姿好像還需要更用心一點？）

為了矇騙對方她是配得上這套服裝的權力階級；為了讓對方誤會她平常就過著富裕的生活；為了讓對方認不出她是貧民窟的小孩子，她一一嘗試各種舉手投足與表情。

不過這測試沒過多久就變成了單純在欣賞情人送的服裝。喜悅讓她的臉頰放鬆，表情漸趨陶醉而放蕩。

最後她在鏡中看到自己不及格的表情，頓時回過神來。

「不妙。」

謝麗爾將自己的表情拉回憑著日積月累的鑽研打造出的優雅微笑。

就在這時，告知訪客到來的鈴聲響起。謝麗爾期待阿基拉已經回來，面露笑容，無意識地將視線投向店門口。

但是，走進店門的是一名少年與兩名少女。

那正是克也一行人。

◆

克也與由米娜她們一起逛都市低階區域的店家，正確地說，是被兩人拉著到處逛。

他身上這套洋溢整潔感的輕型裝備是為獵人設計的製品，但氛圍不至於讓人聯想到暴力橫行的荒野，給人的第一印象只是偏向荒野風格的打扮。

由米娜與愛莉則穿著便服，散發著年輕少女用心打扮自己的陽光氣氛。

卡謝亞見到克也三人，判斷他們是沒有問題的顧客後，一如往常面露殷勤的笑容。

「歡迎光臨。請問各位今天有什麼需要呢？」

當她這樣搭話時，愛莉被店內氣氛影響而有些緊張，頓時顯得手足無措。

而由米娜雖然覺得這間店看起來滿高級，但是憑著她過人的膽識，不像愛莉那麼緊張。她代為回答：

「那個，我們想看看各種衣服，可以嗎？」

「當然可以。我就在這邊，一旦找到客人您中意的商品，隨時都可以跟我說。」

由米娜兩人立刻就想在店內物色衣服，一旁難掩疲憊的克也嘀咕：

「欸，由米娜，差不多該休息一下了吧？」

「才剛走進店裡，你在說什麼啦。還真是懶散耶。」

「什麼懶散，這可是第五間了喔。而且妳們只是走馬看花，根本什麼都沒買吧？」

「因為沒找到中意的衣服，我也沒辦法啊。別再碎碎唸了，拿出幹勁陪我們。為了上次欠的人情債，你答應要陪我們一整天吧？」

「是是是，我知道了。」

看到由米娜一面翻舊帳一面愉快地笑著，克也也覺得沒有其他辦法，只能笑著回答。

因為之前遇到露西亞時，無謂地觸怒了阿基拉，結果險些演變成當街廝殺。今天克也陪由米娜兩人出來逛街主要是為此賠罪。

克也本人也有自覺，要不是由米娜設法平息爭端，事態真的一度有危險，因此他今天也認為應該顧慮由米娜的心情。不過由米娜今天的幹勁讓他有些難以消受。

當然了，能與親近的異性外出約會，他也覺得開心。由米娜與愛莉一次又一次試穿，他不吝惜讚賞，陪兩人挑衣服和飾品也是愉快的體驗。

不過到了第五間店，疲勞也逐漸累積，他希望能稍微喘口氣。

「……早知道就該多考慮一下裝備。帶手槍就夠了吧？」

克也也認為外出與異性友人購物，要是穿著平常獵人工作時穿的那種擺明是荒野用的厚重強化服，未免也太誇張了。

不過他同時認為一旦有個萬一，要有最起碼的裝備才能保護由米娜兩人。於是他借了外觀不會對他人造成威嚇感的輕薄強化服，再額外披上外衣遮掩，武器也選了荒野用的強力槍枝。

然而現在並非在做獵人工作，能源包必須自費。於是他裝上了能源包，但為了避免無謂消耗能量，關閉了強化服的功能。

也因此，強化服穿起來有點重，陪由米娜兩人在低階區域開心地四處逛的同時，克也的體力也漸漸被消磨。他原先認為即使如此，只是逛街購物的話應該不礙事，便瞞著由米娜與愛莉。不過走進這間拉凡朵拉時，他已經明顯感到疲勞累積。

見克也格外疲憊的模樣，由米娜擔心地問道：

「克也，你怎麼了……抱歉，該不會你身體不舒服，我還硬拖著你出來？」

「啊～～這個嘛，哎……」

克也放棄掩飾，全盤托出。由米娜和愛莉顯得有些傻眼。

「克也，我說你啊……」

「在防壁附近的商店街，實在是不需要強化服。況且……這也不是約會時該穿的衣服。」

克也想笑著蒙混過去。由米娜兩人也面露笑容，不多深究，因為她們都注意到克也為何故意穿著較重的裝備。

「真拿你沒辦法。稍微休息一下吧。」

「不好意思。我在那邊的桌子旁邊坐一下，有事就叫我過去。」

語畢，克也正要離開兩人身旁時，由米娜叫住了他。

「克也。」

克也轉過頭，看到由米娜與愛莉臉上開心的笑容。

「你想保護我們兩個，我很開心。謝謝你。」

由米娜有些羞赧地如此說道，愛莉也同意般使勁點頭。

克也掩飾害羞似的稍微笑了笑，難為情地走向一旁的桌子。

◆

拉凡朵拉內設有兩張四人座的桌子。克也為了休息而來到桌旁，看向其中一張桌子。那張桌子旁邊坐著一對狀甚親暱的少年少女，是耶利歐與艾莉西亞。

兩人間親密的氣氛讓克也完全不打算坐到他們那張桌子旁。於是他走向另一張桌子，對已在桌旁的顧客簡單搭話：

「抱歉，我可以坐這邊嗎？」

「可以啊。」

先坐在那裡的謝麗爾如此說道，對克也露出豪門千金般高雅的微笑。

剎那間，克也的動作靜止在正要拉動椅子的那一刻，不由得看呆了。

謝麗爾與生俱來的美貌；持續至今鑽研所營造的充滿魅力的表情；使用雖是試用品但帶有些微回復效果的高價沐浴乳等，天天細心保養肌膚與髮絲；阿爾法挑選的絕佳穿搭。這一切條件相輔相成，撼動了他的心。

住在防壁內側的千金小姐出自好奇而造訪防壁

外側的店家。如果有人這樣說明，他也不會有一絲懷疑。

克也就這麼愣在桌邊時，謝麗爾一臉納悶地問道：

「……您不坐嗎？」

「咦？啊，沒有，我要坐。」

克也回過神來，以不自然的動作坐到椅子上。於是謝麗爾朝坐在她正對面的克也輕輕點頭行禮，投以微笑。克也有些緊張地同樣回以微笑。

謝麗爾在克也來到同一張桌子後，好幾次感覺到克也的視線。那並非讓人不愉快的視線，只要當成容貌相當俊俏的異性對身穿阿基拉選的衣服的自己抱持正面的評價，她也覺得不錯。

儘管如此，偷瞄般的視線不停飄來，還是教人在意。謝麗爾原本以為他會主動搭話而等了一會，但克也只是沉默不語。

謝麗爾沒辦法，決定主動說話製造契機。她對克也親切地笑道：

「今天您是與朋友一同來購物嗎？」

「……咦？」

「沒什麼，只是剛才看到您和其他同伴一起來到這家店。」

「啊，喔喔，嗯。和朋友一起。」

「這樣啊。您常常來這一帶嗎？」

「來、來這一帶？啊，算、算是還好吧？」

只不過是凝視對方並微笑，對方反應就大到甚至令人覺得有趣。謝麗爾看到這樣的克也，覺得有些愉快的同時，心裡想著其他事。

（阿基拉也有這麼大的反應就好了……真不懂我到底是哪裡做錯了……）

這時她突然想到。

（……等等，現在也許有機會？我之前欠缺的其實是衣服嗎？剛才阿基拉看到我穿這套衣服時，反應確實還不錯……）

謝麗爾萌生這樣的念頭，決定用眼前的少年測試。

「若您不嫌棄，可以稍微陪我講幾句話嗎？其實我是第一次來到這附近。」

為了確認自己現在的能耐，順便打發阿基拉回來前的這段時間，就來試試看自己到底能攻陷眼前的少年到什麼地步吧。謝麗爾起了這個念頭，把克也當成阿基拉，試圖誘惑般露出最燦爛的微笑。

「我叫謝麗爾。可以請教您尊姓大名嗎？」

「我、我叫……克也。」

「克也先生啊，真是個好名字。」

克也臉頰發紅，甚至顯得有些手足無措，害羞地笑了。謝麗爾見狀，愉快但不失優雅地微笑。

◆

由米娜與愛莉一起在店內到處看衣服。從商品架上取下衣物，攤開來確認款式，覺得很不錯，看了標價牌後，說出直截了當的感想：

「……好貴！」

於是將商品放回架上。

「這件是很不錯，但果然很貴啊。」

愛莉也點頭同意。

「這裡是高級店，貴也是正常的。不過在這種地方，一定能找到克也喜歡的款式。」

「問題就在這裡啊～～比這裡更高級的店，價格就大概高到沒辦法出手的程度了，再多找一下好了。」

由米娜與愛莉來到現在這間拉凡朵拉以前，已經逛了其他服飾店，但目前什麼都還沒買。原因是試穿後讓克也看，克也的反應也不怎麼好。

他會稱讚兩人穿起來很合適，但是不管穿上什麼衣服，他的讚美總是千篇一律，於是聽起來就像場面話。就算並非違心之論，讚賞也會變得沒那麼有價值。

兩人想買新衣服用心打扮，訴求的對象就是克也。因此就算貴一點，兩人還是想買能讓克也真心稱讚的新衣。

這種想法讓她們漸次提高店家的水準，最後來到擺明專賣高級品的拉凡朵拉，這下子兩人的預算也顯得吃緊了。

不過，只要當作犒賞平常努力從事獵人工作的自己，這價格還不到無法出手的程度。但是真要花錢買下，還是需要勇氣。

如果穿給克也看，得到不合適的評語，那衣服的價格有多高，自己的失望想必就會有多深。由米娜與愛莉都這麼認為。

買之前還是需要讓克也看過一次才行。她們這麼想，認為克也也該休息夠了，便等他過來會合，但遲遲等不到他現身。由米娜嘀咕：

「……還真慢。要休息也太久了吧？」

愛莉點頭。

「我去看看。」

「拜託了。」

愛莉離開去看克也的狀況，但她馬上就獨自一人回來了。

由米娜以為她會和克也一起回來，歪過頭問：

「克也呢？」

愛莉不是表情豐富的女孩，但這次她明顯流露出不滿。

「在搭訕。」

「……啥？」

愛莉的不滿傳染給了由米娜。

◆

克也在與謝麗爾談天說笑當中，驚覺到與人對話竟然可以這麼愉快。

「當時，我及時趕到救援對象所在的地方。當然那邊也有怪物，但是當時的我不知為何打起來非常順手，出乎意料地輕易打倒了怪物。結果成功救出所有人，真是太好了。」

「克也先生一個人就能辦到這種事，真是了不起。等待救援的每個人想必也歷經了一番苦難，稱得上是不幸中的大幸吧。在那樣的絕境中，恰巧有英雄及時趕到，一般是不可能發生的。對方一定覺得您非常帥氣。」

「……是嗎？」

「是的。至少我敢說，換作是我一定會非常高興。更重要的是，包含克也先生在內的所有人都平安歸來，真是太好了。要是雖然得救，但前來救援的人卻因此犧牲，這樣就無法真正為此感到開心了，所有人都平安是最好的。克也先生一定也這麼認為吧？」

「是啊，的確。」

對於克也自身的平安以及受救助者的平安，謝麗爾展現同等高興的態度，讓克也發自內心感到喜悅。

兩人談笑的過程中，主要說話的人是克也，謝麗爾則是擔任傾聽者，面帶笑容不時應聲或是說出感想。不過為話題方向掌舵的總是謝麗爾。

起初兩人聊的話題圍繞在附近這一帶，例如商店街和低階區域。但是在謝麗爾不著痕跡的催促下，克也不知不覺間開始提起自己的來歷。

自己是個獵人；目前隸屬於多蘭卡姆；在荒野與怪物戰鬥的經驗；在遺跡尋得遺物的經驗。

開心、愉快、難過、傷心。他陳述著從事獵人工作得到的各種經驗，交雜著當時的喜怒哀樂，有時喜悅，有時自豪，有時懷念，有時則是懊悔，平常不會說出口的心聲在這段過程中一點一點地吐露出來。

而謝麗爾對他吐露的一切都表現出心有戚戚焉的樣子。

當克也聊到在荒野遭遇怪物襲擊時，謝麗爾擺出擔心克也安危的緊張態度聽他描述；當他聊到自己擊退怪物時，她又為了他生還感到喜悅，稱讚他的活躍。

當克也聊到和夥伴一起在遺跡開心地尋找遺物時，謝麗爾的態度就好像無法一同前往而惋惜，同時愉快地聽他描述他找到的遺物。

對於克也感到憤怒的事情，她也同樣憤慨；當克也吐露不滿與怨言，她美好的容貌便出現陰霾，表示認同並讚賞他嘗試跨越困難的意志。

美得令克也不禁看呆的異性彷彿與他自己共享了價值觀，不時開心地笑，憤怒得鼓起臉頰，有時則安慰他的憂傷，既愉快又親切地聽他說話。

與謝麗爾之間的談話真的讓他非常開心。

克也沉溺在無限宜人的對話之中，詳實吐露自身的所有經歷。

◆

與克也的對話讓謝麗爾感到不對勁。

自己所做的事情只是單純的接待，只是讓對方樂於開口的對話技巧，謝麗爾對此有自覺。

她認為這項技巧的基本在於理解對方想要什麼。當對方想被理解時表現出理解；當對方想被認同時表示同意；當對方渴求稱讚就予以讚賞，將那樣的欲求變成可利用的破綻。

要刻意達成這般效果就必須明瞭對方的心願。如果稱讚的內容與當事人想要的不同，有時也會造成痛苦；如果心中渴望，痛斥與責備有時也會成為救贖。唯獨需求與供給兩者一致時，才能令人心滿意足。

然而，要正確理解對方想要什麼十分困難。人就連自己都難以理解，更別說是別人的心聲。

謝麗爾在貧民窟幫派的集團生活中，累積至今的經驗讓她能夠從對方的細微反應與下意識的回答捉摸對方的心聲與願望。應用這項技巧也讓她屢次受益。

與克也談笑也是這技巧的一部分。見對方愉快地說個不停，她起初以為理解得非常順利。

但是從中途開始，因為感覺簡直瞭若指掌，讓她感到有些不對勁。

（奇怪，能這麼清楚理解對方想要什麼，這還是第一次。簡直像是不說出口也沒顯露在態度上，卻在背地裡告訴我一切……）

對此感到納悶的同時，其他怪異的感受也讓她一頭霧水。

克也的外表十分俊俏，再加上單純從他的描述可以得知他在獵人工作中常常為了拯救夥伴而不顧危險，捨身奮戰。多蘭卡姆的幹部也十分看重他的實力。

因此謝麗爾認為克也是個實力優秀、長相出眾、個性善良的少年獵人，憑著印象與直覺給予他相當高的評價。

然而同時謝麗爾內在冰冷的另一面——從對方

那裡徹底搾取情報，利用情報攏絡或討好，藉此在交涉占上風的她，也從這個角度評斷克也。

然而這份評價與直覺得到的評價相比，顯然低了許多。

正確來說，謝麗爾對克也做出的評價中，源自直覺的評價太高了。和源自理性且現實的評價相比，直覺的評價明顯帶有她自己也無法理解的偏袒。兩種評價之間的落差讓謝麗爾感到疑惑。

她在心中為此感到納悶，但並未顯露於臉上，與克也繼續談笑。在這段時間內，她的直覺持續指示她提高對克也的評價。

於是她在不知不覺間開始思考。

趁現在和克也這樣有能力又有前途的獵人打好關係，也許會對幫派有益。

思考的過程消失，突兀地跳到結果。

為了加深彼此的關係，現在就邀克也去用餐，像情侶般挽著他的手前往餐廳。

那究竟是她自己的想像，或是外力強迫她如此想像，無法明確區別的情景浮現腦海。又或者是遠望著那想像中的情景。

謝麗爾與克也走在陌生的路上，兩人的關係狀甚親密，看起來非常幸福——謝麗爾事不關己般想著。

這時阿基拉在道路前方迎面走來，於是謝麗爾與阿基拉四目相對。

謝麗爾想像中的阿基拉表情文風不動，一語不發就轉身離去，就此斷絕與謝麗爾的一切關係。

謝麗爾頓時回過神來，不禁發出細微的驚叫。雖然只是短短一瞬間，她的身體因為恐懼而僵硬，臉頰緊繃。

但是她馬上理解到那是想像，而非現實，便安心地鬆了口氣。儘管如此，心悸遲遲沒有平息，她反覆深呼吸想讓自己恢復鎮定。

「謝麗爾，妳沒事吧？」

見克也擔心地向自己問道，謝麗爾發現剛才困擾她的怪異感受消失了。現在無論是直覺的評價或理性的評價，都單純把眼前的少年看作前景看好的獵人。

「……我沒事。不好意思，驚擾到您了。」

看到謝麗爾笑著說，克也也放心地笑了。

「是嗎？那就好。發生什麼事了嗎？」

「沒有，請別介意。只是遇過一些可怕的事，剛才突然想起來而已。」

因為你害我被想像中的阿基拉拋棄了。這種話謝麗爾當然說不出口，只能笑著帶過。

雖然只是在想像中，因為才剛體驗到劇烈的恐懼，以謝麗爾的本事，敷衍帶過的意圖太過露骨。這讓克也強烈擔心起謝麗爾是不是真的沒事。他猶豫了一瞬間，繼續說道：

「雖然不曉得妳遇過什麼事，不嫌棄的話，我也願意聽妳說……」

有些時候只是單純對人說出口，心情就會輕鬆許多。克也這麼認為而開口，但是稍帶惱怒的聲音打斷了他。

「克也，居然拋下我們，找其他女生搭訕，你膽子很大嘛。」

克也聽見背後傳來的人聲便回過頭，看到由米娜露出強悍的笑容。

◆

在距離拉凡朵拉不遠的餐廳內，克也正拚了命對由米娜與愛莉辯解。

「抱歉，是我不好。不過我剛才真的不是在搭

訕啦。」

由米娜認定他拋下兩人不管，只顧著搭訕謝麗爾，剛才對克也拋下一句話，隨即調頭直接走出店門。這次就連愛莉也不站在他這邊，一起離開了拉凡朵拉。

克也連忙跟謝麗爾道別後，追向由米娜她們，好不容易在附近的餐廳會合。之後他便不斷道歉。

鬧起彆扭的由米娜近乎洩憤般暴飲暴食，同時對克也投出不滿的視線。

「難道你想說是對方找你搭話，所以你沒責任嗎？」

愛莉也罕見地用視線對克也表示無言的責怪。

「我沒這樣講啊。真的很抱歉啦。只是剛好聊得熱絡，沒抓到抽身的時機。真的只是這樣。」

二對一，而且是自己有錯在先。克也自己也明白這一點，因此只是再三道歉。

由米娜明白自己心情煩躁的理由。

和克也的交情已經很久了，她也知道克也並非試圖蒙混或設法開脫，他的確自認有錯而道歉。而且他有時也少根筋，由米娜認為他並沒有惡意。

這點程度的小事，由米娜平常也只會說聲「真拿你沒辦法」就不加深究。兩人的交情的確就是這麼深厚。

但現在她卻辦不到。理由她有自覺。

（……那個女生還真漂亮，衣服也很有格調，看起來很貴……該不會是住在防壁內側的人？莫非那間店的顧客都是那種人，我們在那邊其實很格格不入？）

由米娜一面聽著克也辯解，輕聲嘆息。

（克也剛才看起來那麼開心……即使他沒那個意思，對方也會自己誤會，這種事很常發生。但剛才那樣……）

自己煩躁的理由是嫉妒。由米娜理解自己的感情。

（啊～～這種想法很不好……停下來！結束！難得的約會，幹嘛自己把氣氛搞壞啊！好了！到此為止！）

雖然想待在克也身邊，但不願意嫉妒心那麼強地纏著他，所以要切換心態。由米娜這麼想著，首先對克也擺出嚴肅的表情。

「克也，把我們忘在一旁，這件事你真的有反省了？」

「有！我有反省！」

像是抓到道歉的好時機，克也一副緊張兮兮的態度。由米娜見狀，也覺得拿他沒辦法，便展露笑容放鬆表情。

「知道了啦。我剛才也有點太固執了。克也，抱歉。」

「沒有啦，都是我不好。抱歉，由米娜。」

「嗯。那你就照這樣子，想辦法讓愛莉的心情也好轉吧。」

克也原以為事情告一段落而露出放心的表情，但臉孔頓時轉為僵硬。他隨即將視線轉向愛莉，愛莉回以不開心的視線。

「剛才愛莉也被你晾在一旁，我不會幫你說話喔。」

「……啊，嗯。」

在一旁看著克也這回改對愛莉連連道歉，由米娜有些開心地笑了。

克也好不容易成功讓愛莉的心情好轉。三人間的氣氛恢復平常後，由米娜這下終於能提起剛才在拉凡朵拉的事。

「是說，克也要那種程度的衣服才滿意嗎？」
由米娜她們到現在都沒買衣服，原因是克也的反應千篇一律。聽兩人這麼說，克也回想起剛才謝麗爾的打扮。
「不會啊，雖然剛才她的打扮是很好看……」
「哎，這我也明白就是了。那種衣服，要到多高級的店才有賣啊……」
由米娜怨嘆著她們肯定買不起，這時克也想起了一件事。
「她說那套衣服是在剛才那間店買的喔。」
「是嗎？是我們找得不夠仔細嗎……？」
「那就再去一次。」
「也對，就這麼辦。」
在愛莉的提議下，克也三人決定之後再去一趟拉凡朵拉。

第76話 迴避衝突

阿基拉從家裡拿了衣物類的遺物，回到拉凡朵拉。進入店內，發現什麼事也沒發生，讓他有些疑惑。

『阿爾法，為什麼剛才要那樣繞遠路？』

自家與拉凡朵拉之間的這趟往返，阿基拉聽從阿爾法的指示，故意繞了一大段路。

阿爾法得意地笑道：

『那是為了你的安全啊。多虧我的指引，你平安抵達這裡了吧？』

『都市的低階區域什麼時候變成那種危險地帶了啊……』

『真是不可思議呢。』

阿基拉對阿爾法怪異的態度有些好奇，但也沒有實際上的壞處，便只是輕吐一口氣，沒有再多介意。他就這麼在謝麗爾的笑容迎接下回到桌邊。

就在這時，阿爾法突然擺出嫌麻煩的表情。

『阿爾法，怎麼了？』

『阿基拉，不管發生什麼事都要冷靜，絕對不要鬧事。』

阿基拉從阿爾法的態度明白狀況並非遭遇敵襲等麻煩，不過阿爾法罕見地露出嫌麻煩的表情，讓他相當狐疑。

『突然是怎麼了？發生什麼事了？』

『先別問了，總之你無論如何都要保持冷靜。還有，拜託謝麗爾接下來配合你說的話。』

『到底是為什麼啊？』

『別問，先照做。』

阿基拉更是覺得奇怪了，不過還是遵照指示。

「謝麗爾，那個，接下來不管發生什麼事，配合我講的話就好。」

「咦？好的，我明白了。請放心交給我。」

阿基拉突然提出這種莫名的要求，謝麗爾也感到納悶。不過她沒有理由拒絕阿基拉，於是笑著答應。

這時克也一行人再度走進店內。阿基拉與克也的視線對上，肅殺的氣氛頓時充斥店內。

「為什麼你會在這裡……」

聽見克也如此呢喃，阿基拉也想著同一件事。

於是他終於察覺剛才阿爾法那些指示的理由。

『阿爾法，妳剛才對我提出那堆提議，就是為了不讓我遇見這傢伙吧？』

阿爾法嘆息。

『是啊。』

『是這樣的話，妳直說不就好了？』

聽見阿基拉沒多想便回答，阿爾法回以不高興的怒氣。

『上次你不惜違背我的指示也要廝殺的對象就在附近，早點離開吧——這種話你覺得我說得出口嗎？要是我說了，難道你就會乖乖聽話？』

『……啊，嗯。』

阿基拉也覺得當時的自己有錯，因此有些尷尬地回話。

『突然叫你去補充彈藥和賣遺物之類，你剛才大概覺得我在說些麻煩透頂的話，但我可是為了避免讓你得知對方的存在，盡可能減少無謂的爭端而努力了喔。』

『是、是沒錯啦。』

『如果那時候你有乖乖聽我的指示，我就不用做這種麻煩事了，你明白嗎？』

『是！明白了！沒問題！我不會在這裡鬧事！知道了啦……』

阿基拉感覺到說教似乎會變長，便斷然回答，讓阿爾法冷靜下來。於是阿爾法也不再追究。

『你明白就好。那麼為了避免發生爭執，就稍微演一齣戲吧。』

阿基拉輕嘆一口氣，視線轉向謝麗爾。他不理會已經來到桌邊的克也三人，以捨不得的態度將裝滿遺物的背包擺到桌上。

「東西在這裡，妳檢查看看。」

他自己心裡也想著「這是在說什麼」，同時打開背包。

儘管阿基拉幾乎沒有說明就這麼說道，謝麗爾還是從阿基拉與克也等人碰面時的反應加以推測，洞悉了阿基拉的意圖。

她看向背包裡面後，蓋起背包，對阿基拉擺出顯然立場更在他之上的態度，愉快地說道：

「收到了。希望今後也能維持友好的關係。」

「……這樣當然是最好。」

阿基拉丟下這句話般說完，起身離席，坐到耶利歐兩人所在的那張桌子旁。

當然耶利歐兩人也對他露出顯然一頭霧水的表情，他壓低聲音說：「不要多說，安靜就對了。」

克也大為困惑。起初他看到阿基拉出現在謝麗爾身旁，判斷阿基拉可能引發上次遇見露西亞時的騷動，原本打算立刻上前幫助謝麗爾。

但是看兩人接下來的互動，阿基拉與謝麗爾之間的關係似乎是謝麗爾的立場更在他之上。

於是，克也為保護謝麗爾而闖進兩人之間與阿基拉對峙，因此引發爭執的可能性就此消失了。

當克也不知所措時，謝麗爾笑著對他說：
「您不坐嗎？」
「咦？啊，呃……」
克也感到莫名地緊張，有些手足無措。
上次他回答「我要坐」的時候，神色顯得有點緊張。那時的緊張來自彷彿豪門千金的謝麗爾，以及她那自稱住在防壁內側也能令人信服的美貌與服裝。
不過現在的謝麗爾美貌與服裝依舊，卻散發著能對阿基拉這種獵人頤指氣使的掌權者的氣氛。
由米娜與愛莉互看一眼，輕輕點頭。於是愛莉坐到謝麗爾那一桌，由米娜則拉開距離，坐到阿基拉等人那一桌。
克也對兩人的行動同樣覺得莫名其妙，這時謝麗爾笑著催促他就座。
「請坐，還有空位喔。」

「啊，好的。」
克也莫名覺得難以違逆，順從地坐到桌旁。

◆

因為耶利歐與艾莉西亞原本在四人座的桌旁面對面坐著，之後又加上阿基拉，空位只剩阿基拉對面的位子。當由米娜加入，位子當然就落在阿基拉的正對面。
因此，阿基拉與曾經對他帶來莫大衝擊的少女在近距離面對面。他心中感到些許畏縮的同時，推測她刻意選擇這裡的理由。
「……有什麼事嗎？話先說在前頭，我沒打算在這裡鬧事。」
「我也是想告訴你，我們並不想在這裡引發騷動。」

「是嗎？我懂了。」

該說的都說完了，她應該會離開了吧——阿基拉原本這麼認為，但是出乎意料地，由米娜仍坐在原位。不過彼此的關係也不會一團和氣地談天說笑，沉默飄盪在四人之間。

耶利歐與艾莉西亞還沒理解當下狀況就被捲入其中，為了避免禍從口出而惹毛阿基拉，兩人死守沉默。

這時阿基拉先是表現出有些猶豫的態度，隨後開口：

「上次，還有最近，哎，是我不好。」

上次指的是露西亞那件事，最近則是指在地下街把由米娜當人質。不過阿基拉因為與都市的守密義務，無法明確提及。於是他自行判斷不踩線的範圍，換了其他說法表達。

由米娜先是露出有點納悶的表情，隨後理解了阿基拉的意圖。她輕笑回答：

「別在意。畢竟在底下彼此似乎都發生了很多事。既然從事獵人這一行，預料外的狀況只是家常便飯。你別太介意的話，我會很感謝。」

「……是嗎？謝了。」

由米娜的回答讓阿基拉露出有些意外的表情，隨後開心地笑著回答。

桌旁的氣氛頓時變和緩。耶利歐兩人感覺爭執一觸即發的氣氛幾乎消失，鬆了一口氣。

趁著氣氛放鬆下來，由米娜決定提出更深入的問題。

「話說，那時候你說過不會那樣就放過她，該不會你現在還在找她？講這種話也許會讓你不開心，不過區區扒手也沒必要那麼介意吧？」

由米娜這麼說完，擔心自己或許干涉過頭了。

不過克也曾經提過他有點擔心露西亞之後的安

危，由米娜認為總好過他太過介意而跑去貧民窟找人，便輕描淡寫地嘗試說服阿基拉。

要是阿基拉表現出正面反應，之後就轉告克也讓他放心；要是反應不佳，只要瞞著他就好。由米娜這麼心想。

而阿基拉的反應雖然正面，卻遠遠偏離由米娜的預料。

「那傢伙喔？那傢伙已經無所謂了。」

「是嗎？哎，每件小事都介意也只是浪費心力嘛。」

「是啊。反正錢也拿回來了，她之後要繼續當扒手被殺還是在哪邊幸福生活，都不關我的事。」

阿基拉無所謂地回答，態度讓由米娜露出複雜的表情。因為從他的態度感覺不到在說謊，恐怕露西亞當時真的偷了他的錢包，而克也當時救助的是小偷。

總之還是瞞著克也好了。要是輕率地告訴他，他搞不好會說要確認真相而惹出麻煩事。由米娜如此判斷後，決定轉換心情。

不過那個少女欺騙了克也，還引發那麼危險的狀況。由米娜對少女感到氣憤，因而無法完全佯裝平靜。

阿基拉注意到她的反應。

「怎麼了？啊，該不會是你們以多蘭卡姆獵人的身分救了她，上頭叫你們把人帶過去問話？所以萬一我已經殺了那傢伙，你們會有麻煩？是這類問題嗎？」

「不是啦，只是單純好奇那件事後來怎麼了。不行竊就沒辦法活下去，那種處境想必很辛苦，不過這不是偷別人東西的正當理由，也不能為了讓她不用行竊就照顧她的生活嘛。」

由米娜看著阿基拉表示同意般點頭的同時，擔心起克也。

「如果是熟人還另當別論，連陌生人都要救的話，絕對會壓垮自己。那樣是很了不起、很善良沒錯，不過被那樣崇高又善良的心態壓垮而死掉，那就不應該了。」

克也真的陷入這種狀況前，自己一定會出手阻止，就算自己會因此而死。由米娜再度在心中下定決心。

阿基拉無法感受這些心境的變化，不過他點頭同意字面上的意思。

「就是說啊，辦得到這種事的人是很厲害，不過總是有極限嘛～～」

如果世上真有這種善人，想必是自己這樣扭曲的心靈也願意讚賞的偉大人物吧。不過阿基拉自己絕對不會想成為那種人。

那也是阿基拉的極限。

◆

克也在桌邊就座後，謝麗爾笑著對他搭話：

「您和情人和好了嗎？」

「咦？」

克也搞不懂話中意思，露出一頭霧水的表情。

這時謝麗爾先將視線轉向由米娜，然後再拉回克也身上。

「看來還沒啊。這樣不行喔。和情人約會的時候，居然向其他異性搭話。」

語畢，謝麗爾惡作劇般微笑，克也再度不禁看呆。不過他注意到情人這個字眼，連忙想否認的時候，聽見了以某種角度來說更過分的話。

「世上有些人有本事同時與多名異性交往，不過終究有極限。還是說您覺得人數稍嫌過多，現在正在削減？」

「真、真的不是啦！」

克也慍怒地皺起臉。不過在這同時，能隨意指使阿基拉的謎樣人物——他對謝麗爾這樣的認知與畏懼也減輕了。

「由米娜不是情人。只是因為我原本在休息但拖太久沒回去，剛才也好好道歉與她和好了。別講這種莫名其妙的話。」

「原來是這樣啊。既然如此，剛才有人跟我搭訕到一半卻突然離開，還真是莫名其妙——我就別因此生氣了吧。」

聽見謝麗爾有點開心地這麼說，克也回顧自己的行為。他驚覺原來自己的言行要那樣解釋也很合理，於是微微臉紅。

「沒、沒有啦。那個，我真的沒有要搭訕的意思……」

「如果沒有自覺，那就更糟了。想必您身旁也有許多人誤會，沒錯吧？」

語畢，謝麗爾的視線轉向愛莉。

於是愛莉使勁點頭。

「沒錯。」

「咦！」

「不出所料。那些對象也都是獵人吧？萬一因為感情糾紛吃子彈可就不好嘍。」

「為了讓克也在任何時候中槍都能處理，我隨身攜帶回復藥。因為是滿貴的藥，只要不是頭部中彈都來得及。」

「咦咦！」

克也震驚不已。雖然他想認定愛莉是在開玩笑，但是從愛莉的表情難以判斷。他為了掩飾不安，提起其他話題。

「謝麗爾，話說剛才妳和那傢伙講了一些話，是在說什麼？」
「工作方面的事，請別介意。」
「工作……在這裡談？而且妳剛才不是說，妳是第一次來到這一帶嗎？」
「是啊，是第一次沒錯。交易的地點最好每次都不同。世上也有這樣的工作。」
「那件衣服不是在這裡買的嗎？」
「我是買了。這裡的貨色很不錯呢。各位也是想買這裡的高級品才來的吧？」
「是、是沒錯……」
她顧左右而言他。克也固然知道，但是看到謝麗爾面露親暱的微笑，想追問的意志便受挫。
於是謝麗爾誘惑般笑道：
「您很好奇嗎？」
「這、這是當然啊……妳這樣講，當然會。」
「那麼，就當作祕密吧。請您就這樣繼續好奇下去。」
「咦？什麼跟什麼。」
「祕密是好東西喔。就算只是細枝末節的事，只要當作祕密，就自然會好奇，會時時掛念著我。難得有這機會，我就對克也先生也留個祕密吧。所以，請把我放在心上喔。」
謝麗爾說完，露出淘氣的笑容。克也有些臉紅，思考反駁的台詞。
「妳剛才不是說，這種會害人誤會的言行不太好嗎？」
「我沒關係啊。」
「為什麼啊？」
「因為我和無意識又無自覺的克也先生不同，我是知道自己想做什麼才挑選對象的。」
克也臉頰發紅，不知所措。雖然知道謝麗爾在捉弄他，但他想不到該怎麼回嘴。

「如果覺得不滿，建議您先反省自己毫無自覺地誘人誤會的言行喔。」

克也滿臉通紅，一句話也回不了。

這點程度就很夠了吧。謝麗爾這麼認為，決定結束唬弄克也。她不知道阿基拉想掩飾什麼，但她判斷克也已經沒有追究那些事的心力與意志。

這時她不由得將視線轉往阿基拉，臉上露出笑容。她俐落辦妥了交代事項，想獲得讚賞的期待無自覺地浮現在笑容中。

但是那張笑容變得有些僵硬。在她視線前方，阿基拉正在與由米娜交談，看起來很愉快。

只是看到阿基拉開心地與自己以外的異性交談，謝麗爾的心靈也不會因此強烈動搖。至少不會受到任何打擊。

然而，如果阿基拉看起來對那名異性敞開心房，那就是另一回事了。

（……咦？為何？為什麼？怎麼回事？）

「……克也先生，既然已經和好了，為何您的友人坐在那邊的座位？」

「這個嘛……」

雖然搞不懂，應該有些理由吧？詳情等之後再問就好。克也原本也只是這麼想，於是在他支吾其詞時，愛莉代為回答。

「那是為了避免他和克也再發生爭執。」

「爭執……？之前有過什麼嗎？」

「有發生一點事。」

謝麗爾也想知道所謂一點事的詳情，但愛莉就此結束這個話題。於是謝麗爾將像在催促說明的視線投向克也。

「啊～～有過一些事。不過我那時也不曉得妳認識他。」

具體內容不明，不過可以確定他們和阿基拉之間發生過爭執。謝麗爾再度看向阿基拉，他的態度看起來確實對由米娜特別敞開心胸。

（……對曾經發生爭執的對象會這麼友好嗎？真的只是一點小事？如果真是這樣，又為何要特地找阿基拉談話？）

「如果不是什麼重大的事情，為了避免刺激對方，保持距離不是比較好嗎……？」

克也有些難以啟齒地回答：

「啊～～那個，我想每個人標準都不一樣，不過我是覺得滿嚴重的。所以由米娜判斷他在這個地方應該不至於引發騷動，就想趁這個機會把事情說清楚吧。」

聽他這麼說，謝麗爾更加疑惑了。

（阿基拉對這樣的對象為什麼那麼敞開心胸？搞不懂。到底是怎麼回事？）

就在她這麼想的時候，由米娜結束與阿基拉的交談，離席要回到克也身旁。謝麗爾總覺得阿基拉的臉上隱約透出幾分惋惜。

謝麗爾對於自己的感情面正陷入混亂有自覺，冷靜的部分似乎在告訴她這樣下去會有麻煩。

自己現在心神不寧，在這種狀態下要和由米娜一起交談，很可能會露出馬腳。謝麗爾如此判斷，決定離開現場。

「克也先生，您的女友似乎要回來了，我就先失陪了。我還有些工作得處理。」

「這樣啊，我本來想和由米娜一起問妳有關衣服的問題。」

「我認為陪女友一起挑合適的衣服也是不錯的經驗喔。一旦先有了答案，樂趣也會變少。」

「我、我說，由米娜不是女朋友……不是情人啦……」

謝麗爾對著支吾其詞的克也留下惡作劇般的微笑，拿起背包走到店鋪後面。

在代替阿基拉變賣背包裡的東西的同時，有必要先堵住卡謝亞兩人的嘴。一旦克也等人發現她的衣服其實是阿基拉選的，與剛才的演技就會產生矛盾。必須事先串通好。

更重要的是，她需要先恢復鎮定。

（她到底和阿基拉講了什麼？到底要聊什麼才能讓阿基拉那樣敞開心房？）

因為她很明白，就憑現在心神不寧的自己，實在不可能不著痕跡地問出理由。

◆

克也與愛莉、由米娜會合後，再度於拉凡朵拉挑選衣物，這次確實買了衣服才離開店家。

卡謝亞由於受到阿爾法穿搭品味的刺激，也卯足了全力。因為買到克也明顯表示喜歡的衣服，由米娜與愛莉都非常滿足。

「雖然是貴了點，幸好還是買到好衣服了吧，愛莉。」

「還好買到了，雖然很貴。」

由米娜先這樣對克也佯裝她們在聊衣服的話題，隨後壓低聲音問：

「話說愛莉，那個叫謝麗爾的女生是什麼樣的人？」

到最後由米娜還是沒機會與謝麗爾交談。到了買好衣服要回去的時候，謝麗爾仍然待在店後頭，並未回到店面。

「長得漂亮，穿的衣服看起來很貴，很會說話。還有……」

「還有？」

「她大概沒有對克也懷有好感。」

由米娜面露意外的表情。因為克也有時會異常吸引異性，既然她剛才與克也相談甚歡，對克也或多或少有些傾心也一點都不奇怪。由米娜原本這麼認為。

「真的嗎？還真稀奇。」

「只是第六感，沒證據。」

愛莉這樣回答，但她認為自己沒猜錯。愛莉總覺得謝麗爾乍看之下在捉弄克也取樂，但其實一點也沒有樂在其中，似乎暗藏其他意圖。

「是喔？不管怎樣，沒事就好了。」

「這是好事。」

由米娜與愛莉都不樂見競爭對手繼續增加，包含這一點也是好事。由米娜與愛莉心有靈犀。

這時克也插嘴問道：

「由米娜，愛莉，有什麼好事？」

「祕密。」

「愛莉，祕密是怎樣啊？」

「她剛才說保留祕密就會有人放在心上，所以就當成祕密。」

這句話源自愛莉心中「希望你同樣把我放在心上」的念頭，但克也無法洞悉那樣細微的情愫。他只是擺出莫名其妙的表情，顯得有些傻眼。

「我們是小隊啊，還有什麼祕密。」

「……那我就直說。我剛才告訴由米娜，謝麗爾提醒克也毫無自覺誘惑女性不是好事。」

克也冷不防被戳到痛處。由米娜是這時才知道，但她也自然地配合演出。

「克也，素昧平生的人都好心提醒你了，你應該覺得慶幸吧？」

「是、是啦。」

克也笑著敷衍過去。在敷衍的同時，祕密這個字眼讓他想起謝麗爾。這時他突然注意到：

（回想起來，我雖然和謝麗爾聊了不少，可是我對她還是一無所知，頂多只知道名字。既然能買下那麼貴的衣服，想必家境富裕就是了……）

就連她大概住在哪裡都不知道。雖然從她散發出的氣氛來看，就算住在防壁旁的高級地段，甚至住在防壁內側也一點都不奇怪，不過具體來說住在哪裡，克也毫無頭緒。試著回想與謝麗爾交談的內容，卻完全找不到相關的資訊。

克也努力尋找線索，在腦海中不斷想著謝麗爾，最後發現她的祕密的確讓自己對她更加好奇了。克也不禁苦笑。

（嗯～～還真的特別在意謝麗爾啊。看來我被她擺了一道？）

儘管回想起謝麗爾笑著捉弄自己時的模樣，但她姣好的面容看起來很開心，克也絲毫不以為忤。

◆

克也等人離開之後，阿基拉移動到與耶利歐兩人不同的桌子旁，繼續思考該怎麼處理予野塚車站遺跡。謝麗爾正在店鋪後頭商量有關修改款式的問題，人不在這裡。

謝麗爾剛才帶著阿基拉給她的遺物離開，到服飾店後面，瑟蓮鑑定之後，對阿基拉帶來的衣物表示強烈興趣，提議在款式修改時加上這些衣物。也就是以多件舊世界製衣物為材料改造衣服。

當然費用也會跟著水漲船高。這下謝麗爾也不禁面有難色，但瑟蓮提出收購剩下的衣物與布料來抵銷費用，藉此說服了謝麗爾。

最後徵得阿基拉的同意。在此變賣衣物原本出自阿爾法的建議，雖然到頭來那只是支開阿基拉的藉口，現在阿基拉只是順水推舟，並非他自己想爭取多好的價格。要把帶來的衣服當作材料也無妨，如果能做出驚人的服裝，他也覺得有意思。

在這之後，為了決定設計的方向等等，謝麗爾和瑟蓮一起留在後面，阿基拉先回到店面。他的思考圍繞著發現那些成為訂做服裝材料的舊世界製衣物的遺跡。

阿基拉將視線轉向坐在對面座位的阿爾法。

『阿爾法，我看還是別等艾蕾娜小姐她們有空，早點去予野塚車站遺跡收集遺物比較好吧？』

贊成或是反對。阿基拉原本期待這樣的回答，但是阿爾法給出了方向略有不同的答覆。

『你這樣認為的話，我覺得這樣也可以。』

『不過要一個人把遺跡裡的遺物搬出來，就得往返好幾趟才行。這樣每次都必須挖開再掩埋出入口，也會越來越醒目吧。』

『是沒錯，也得考慮到這樣的風險。』

『如果找人一起在一次探索中盡可能搬出遺物，效率也會提升一些吧。不過能與我一起收集遺物又值得信賴的人，頂多艾蕾娜小姐她們啊。』

『是啊。要是拜託葛城，他應該能幫忙安排一些人手，不過到時候予野塚車站遺跡的存在鐵定會曝光。』

『就是說啊～～』

阿基拉瞥了阿爾法一眼。於是阿爾法看穿了他的意圖，笑道：

『阿基拉，你自己決定，別想讓我說出「就這麼辦吧」。』

阿基拉面露苦笑。

『沒有啦，只是不知道怎麼做才最好。』

『就像艾蕾娜她們說的，該怎麼處置新發現的遺跡，只有犯不得的錯誤，沒有正確解答。你希望我分析風險與收益是可以，但是不能連選擇都丟給我喔。』

對阿爾法而言，阿基拉毫不遲疑就遵照她的指示的確對她的目標有利。但是打從一開始就放棄所有選擇，變成一味等候指示的人，那樣也很令人傷腦筋。

『哎，話是這樣說沒錯啦。』

『你自己去思考，去煩惱，然後自己做出決定吧。別擔心，不管你怎麼選，我都會好好輔助。』

一旦阿基拉把所有判斷都交給阿爾法，隨之而來的弊病就是當他與阿爾法的連結斷絕時，他自己就無法做出任何判斷，有可能連離開現場都辦不到，就這麼坐以待斃。阿爾法也不希望如此。

而且，若要讓阿基拉完成她的委託，也有必要讓阿基拉在與她失去連結的狀態下自主行動。絕對遵循阿爾法的指令，同時懂得臨機應變。

為了讓阿基拉成為這樣的獵人，阿爾法笑著催促他選擇。

『……知道了。我再多想一下。』

阿基拉認為自己也許已經成長到阿爾法願意把一部分選擇交給他，因此面露微笑。

（哎，雖說要選，也只有二選一。要麼我一個人多跑幾趟，不然就要等艾蕾娜小姐她們行程有空就是了。）

阿基拉難以選擇招集人手從遺跡一口氣大量搬出遺物的方法，因為他想不到如何找來一群絕對會保守予野塚車站遺跡這個祕密的幫手。

只是要找人的話，找葛城幫忙介紹也是個辦法。不過阿基拉無法那麼信賴葛城。

如果有不會背叛或無法背叛的理由，那還另當別論，但是在未經探索的遺跡這種龐大利益的誘惑下，葛城想必會輕易割捨與小孩獵人的緣分吧。阿基拉這麼認為。

（說起來，有無法背叛我的人嗎……）

沒有這種人。阿基拉懷著輕微的自嘲繼續思考時，恰巧回到店面的謝麗爾坐到他對面。

阿基拉視線無意識地飄向謝麗爾，思考陷入迷惘。

『阿基拉，怎麼了嗎？』

『沒什麼，在想一點事情。』

「阿基拉，關於款式修改，她們說希望能多給一點時間。如果不急著在傍晚取件，可以等到打烊後，就能多花時間來提升品質。你覺得呢？」

「就隨妳吧，又不是我要穿的，如果多等一下就能做出更好的成品，那樣也不錯……噢，因為我也得一起留在這裡等嗎？今天也沒有其他事，是可以留下來。」

「謝謝你……那個，呃，有什麼事嗎？」

謝麗爾發現阿基拉注視著她，便有些納悶地如此問道。

如果是阿基拉的注視或對她不禁看呆了，那麼謝麗爾也非常歡迎，甚至願意擺出姿勢，要他不用客氣儘管看。

「沒有，想事情而已。」

但是阿基拉的眼神顯示他正在確認某些事。謝麗爾注意到這一點，感到有點緊張，但是她想不到阿基拉的用意。

於是納悶轉變為不安，讓她想起剛才與克也交談時的想像。在想像中，阿基拉二話不說就斷絕了與她的關係。

謝麗爾忍不住顫抖，希望由阿基拉親口否認那種想像，於是開口說道：

「那、那個……請問……你在想什麼？」

「啊～～其實要拒絕也沒關係，我有件事想拜託妳。」

「好的！我會去做！」

見謝麗爾連請求的內容都還沒聽就充滿幹勁地答應，阿基拉有些吃驚，稍微嚇到了。

「是、是喔？呃，不過妳至少先聽我說完再決定比較好……」

「我會去做。」

「這個嘛，其實要嚴格保密，而且算是要賭上性命……」

「無所謂。我可以。」

「是、是喔。謝了。」

阿基拉現在是謝麗爾等人的後盾，受到庇護的謝麗爾一旦背叛他，就等於失去後盾，目前應該還需要他。正因如此，和其他人相比，無法背叛的理由也比較可靠吧。

阿基拉如此判斷後，認真考慮找謝麗爾帶她的幫派成員一起去收集予野塚車站遺跡的遺物。

在遺跡中調查了兩次，都沒有遇到怪物，應該比一般的遺跡安全。這樣的話，普通的小孩子也能把遺物搬運出來吧。

沒有強化服輔助也許會覺得很重，不過阿基拉自己在取得強化服之前，也曾經自崩原街遺跡深處將遺物搬運到都市。總是會有辦法的——阿基拉這麼認為。

然而，儘管如此，既然要到荒野收集遺物，總是離不開死亡的風險。就算會激怒自己的後盾，總好過丟掉小命。阿基拉認為她也許會因此抗拒，開口時原本並不抱期望。

當然了，他壓根兒不打算告訴眾人他發現了新的遺跡。而且他們也不是獵人，對遺跡的知識想必很淺薄，他打算讓眾人誤會是其他某個遺跡。

不過，看到謝麗爾不過問請求內容就答應，即使告知有死亡的危險性，仍舊不改變回答，這樣的態度讓阿基拉認為既然她都說到這個分上了，多對她透露一些也沒關係。

但是為了保險起見，還是要確認她的選擇。

「我知道了，那就拜託妳幫忙。不過在不知情的狀況下幫忙，或者是知道詳情再幫忙，妳覺得哪種比較好？」

「你希望我怎麼樣？」

「都可以，就選妳覺得方便的那一邊吧。要是妳毫不知情就幫忙，有個萬一的時候妳能聲稱自己當時不曉得；如果先知道詳情再幫忙，因為事先知道，妳大概也能提出更好的辦法。當然，如果妳能讓工作順利進行，我也會增加報酬。」

謝麗爾從阿基拉的態度理解了他真的認為她要怎麼選都可以。既然如此，唯一的選擇就是盡全力協助阿基拉，讓他承認自己的價值。她毫不猶豫就決定。

「請詳細告訴我。」

「知道了。因為不能在這裡談，等到離開店裡再說……對喔，等衣服改造完成就天黑了，明天再談吧？」

「如果可以讓我決定，因為我想早點知道，希望能一離開店就先談，不過還是配合你的意思。」

「那就回去再談吧。」

「謝謝你。」

阿基拉表示以她方便為優先，謝麗爾對他稍微低下頭道謝後，前去告知瑟蓮阿基拉已經答應延長修改時間。

◆

阿基拉兩人在等衣服修改款式的期間買好了其

他東西，現在只是在閒聊打發時間。

「哦～～原來多蘭卡姆底下的獵人把變賣遺物全部交給多蘭卡姆一手包辦啊。不可以自己拿去賣掉嗎？」

「是的。據說是對幫派獵人因應獵人等級支付基本薪資，再來就是視工作實績提高報酬。」

剛才謝麗爾自克也口中套出了有關多蘭卡姆的情報，現在同樣身為獵人的阿基拉充滿興趣地聽她說明。

隸屬於多蘭卡姆的獵人規定上必須將各自賺取的酬勞先上繳至多蘭卡姆，不只是委託得到的報酬，收集遺物時發現的遺物也包含在內。

之後再從幫派整體的收益、委託的報酬與遺物變賣收益的總額，先扣除幫派的經營成本後，按照各人的成果重新分配，以類似薪資的形式發給旗下獵人。

幫派的經營成本中也包含了發給幫派獵人的基本薪資。這是為了讓收穫不穩定的獵人工作得以安定持續的制度。

透過這樣的制度，讓因為受傷休養等原因暫時無法參與獵人工作，或是正在訓練而賺不了多少錢的獵人也能領到薪資，藉此維持幫派整體的安定與成長。

不過那只是基本上的規定，每個獵人上繳報酬的比例都能自行變更。像是西卡拉貝這類老手，只會上繳一部分。

然而降低上繳幫派的比例，基本薪資也會被調降。因為受傷而無法從事獵人工作時，就只能領到少許金錢，這部分就看個人取捨。

同時，幫派也禁止年輕獵人變更上繳比例。表面上的理由是在實力尚未成熟，賺不到多少錢的時候，基本薪資一旦調降就可能因為生活困難而送命，以這樣的名目讓年輕獵人們接受。

不過背後其實暗藏其他意圖：讓年輕獵人習慣將自己得到的成果交給多蘭卡姆管理。

如此一來，幫派中那些並未親自到荒野涉險，但有參與報酬計算的人，權力也就隨之變大。因此蒙受最多恩惠的就是幫派的事務派系。

謝麗爾加上自己的推測，向阿基拉解釋這些制度。

「明明是獵人工作卻有基本薪資，感覺好不可思議。」

「雖然我認為也有其弊病，但是能讓資金來源不穩定的獵人工作得以安定，就這層意義來說想必也是有很大的好處吧。不過因為受益多寡的問題，似乎讓老手和新人之間產生了嫌隙。」

「經營組織還真是辛苦啊。」

謝麗爾身為統領幫派的老大，刻意有些沉重地點頭。

「是的，很辛苦喔。」

語畢，她觀察阿基拉的反應。然而事與願違，她的用意完全沒傳達給阿基拉。結果只是謝麗爾不禁輕聲嘆息。

阿爾法看著謝麗爾的反應，笑了笑。不過她在阿基拉的視野之外，阿基拉並沒有發現。

◆

營業時間已經結束，深夜已過的拉凡朵拉店內，阿基拉在等謝麗爾回來。

不久，臉頰微微泛紅的謝麗爾自店後頭現身。瑟蓮站在她身旁，臉上寫滿了大功告成的滿足感與成就感。

謝麗爾站到阿基拉面前，臉上笑容參雜著輕微的緊張與羞赧。

「怎、怎麼樣？」

謝麗爾身上穿著瑟蓮剛才縫製完成的訂做服裝。將數件舊世界製衣物當作材料，可說是相當奢侈的一件衣服，再加上打從設計階段就專為謝麗爾量身打造，其存在感與一般成衣天差地別。

甚至讓阿基拉也自然而然開口讚嘆：

「喔～～嗯，很適合妳。」

受到阿基拉的稱讚，喜悅與害羞令謝麗爾臉上綻放笑容。笑容的光采更是為服裝增添價值。

阿爾法也笑著點頭。

『看來付１５０萬歐拉姆也有了價值。』

『真是的……我的服裝品味的遲鈍程度，居然必須花上這麼多錢，不然就和普通衣服分不出明顯的好壞，這大概也是個問題吧。』

阿基拉在心中如此自嘲，並做出決定。

『……好啦！以後就算在遺跡找到舊世界製的衣服，我也不要自己判斷價值！交給專家決定！就這樣了！』

『為了得到這個結論，花了足足２５０萬歐拉姆啊。』

『有什麼關係？先搞懂遺物的價值也很重要吧？雖然也包含明白自己無法判斷價值這一點。』

阿基拉得到結論時，卡謝亞對他開口說道：

「本店的訂做服裝，您還滿意嗎？」

「很好啊。老實說我沒想過會這麼厲害，我很滿意。」

「這句話正是至上的報酬。如果日後還有機會訂做服裝，還請您務必再次指名本店的裁縫師。誠摯感謝您今天的惠顧。」

卡謝亞得知妹妹順利完成了這項昂貴的工作，在心中鬆了口氣，並且彬彬有禮地低下頭。

◆

卡謝亞來到店門口目送阿基拉他們離開後，摘下待客用的面具，露出幾分疲態，深深吐氣。

「結束了！光是今天就有250萬歐拉姆！不，如果把和舊世界製衣物抵銷的部分也算進去，更在這之上啊。好久沒這樣實際體會有錢獵人的驚人消費力了。」

儘管疲憊，卡謝亞心滿意足。這時她突然想到一件事，問對今天收益有莫大貢獻的妹妹：

「瑟蓮，坦白說，我真的沒想到妳最後能做出那麼高水準的服裝。妳的技術什麼時候進步那麼多了？」

瑟蓮自豪地回答：

「就連我自己都覺得不可思議啊。她本人的容貌體態；帶到這裡的衣物種類與品質；今天手藝格外精湛；還要加上關鍵時刻的設計靈感，這一切全都完美結合，老實說結果堪稱奇蹟。就算要我再做一次，大概也做不來。」

卡謝亞聽完她的說明，恍然大悟後，立刻又慌了起來。

「妳說辦不到同樣的事……我已經跟人家說下次有需要再來找本店的裁縫師了耶！人家會期待妳下次也拿出同樣的成果喔！」

「這又不是我的責任。我要睡覺了，不要叫醒我喔。」

瑟蓮表情看起來心滿意足，留下這句話就回到店內。原本就在稍嫌睡眠不足時被姊姊叫醒，而且之後費盡心力完成了一件訂做服裝，現在疲勞非比尋常。她打算直接倒頭就睡。

卡謝亞表情有些焦慮地回到店內。萬一阿基拉又來找她們訂做同樣水準的衣物該怎麼辦——她為此感到些許不安。為了壓抑這股不安，她堅定地告訴自己，今天這件事肯定有絕佳的宣傳效果，所以沒有任何問題。

◆

離開拉凡朵拉後，謝麗爾請阿基拉送她回到據點。她原本打算在途中問他有關那件事的細節。

然而阿基拉送她回到據點後，先回到自家。之後駕著荒野用車輛回到據點門口，載著謝麗爾駛向荒野。

謝麗爾這下也不由得吃驚。雖然阿基拉事先就告訴過她必須嚴加保密、守口如瓶，但是她沒想過居然有必要做到這個地步。

當她聽完阿基拉的說明，就更加吃驚了。因為找到了未發現遺跡，希望謝麗爾幫忙把遺物從遺跡搬出來。一言以蔽之就這麼單純，但這其中蘊含了多麼重要又危險的情報，謝麗爾也十分明白。

謝麗爾不知又在籌劃什麼了。三天前，這種傳聞開始在幫派中流傳。

和販賣熱三明治那次一樣，謝麗爾這次也下了封口令，禁止一切不必要的過問與提及。

但是幫派的孩子們認為老大八成又在為幫派籌劃好賺的生意，大多樂觀視之。以耶利歐為首的幫派武力成員則個別被叫去見老大，不過嚴重看待的人只是少數。

而這些少數人也只知道阿基拉需要人手，所以要帶他們去荒野，再加上謝麗爾已經告知她本人也會隨行，因此他們認為不會太危險。

上次去崩原街遺跡賣熱三明治時，那裡同樣是荒野，已經習慣也是原因之一。

而在計畫當天，換日後沒過多久的深夜時分，謝麗爾一行人在貧民窟外圍靠近荒野的地方等候阿基拉。

謝麗爾穿著阿基拉在拉凡朵拉為她選的衣服——嚴格來說是阿爾法選的——上頭又多披了一件荒野用的大衣。那並非防護大衣，而是用來阻擋荒野的沙塵等這種意義上的荒野用品。

有錢人為了前往其他都市，帶著護衛打算穿越荒野——謝麗爾刻意選擇了這樣的打扮。

包含耶利歐在內的少年們，這些幫派的武力成員則穿著防護服，身上帶槍。雖然是便宜貨，好歹也是荒野用裝備，是對抗怪物用的武裝。

同時，露西亞與娜夏也在場。

第77話 謝麗爾一行人收集遺物

見露西亞神情不安，娜夏稍微使勁抱住她，用開朗的語氣為她打氣。

「不會有事的，妳放心。耶利歐不是說了嗎？妳那件事，阿基拉先生已經沒放在心上了，對吧？接下來只要撐過今天就好，我們一起加油吧？」

「呃，嗯。」

露西亞抓著娜夏的衣服，勉為其難地點頭。

娜夏的視線轉向謝麗爾。露西亞和娜夏與其他人不同，謝麗爾只告訴她們「還清妳們欠阿基拉的」，就把兩人也帶來了。她們並沒有得知任何更詳細的說明。

雖然娜夏告訴露西亞不會有事，但那是為了讓露西亞放心，娜夏也知道自己口說無憑，這樣的想法近乎願望。不過她還是無法停止如此希冀，不是為了別人，只為了露西亞。

謝麗爾注意到娜夏的視線，便看向她。儘管視線與娜夏對上，她也好像一點都不在意，再度轉頭向前。

某種角度來說，娜夏的願望實現了。現在謝麗爾對於露西亞兩人的死活幾乎已經失去了興趣。

謝麗爾認為只要她們能活過這次工作，就能視作贖清罪責，得到一般對待；就算死了，若是死在這次予野塚車站遺跡的遺物收集工作，阿基拉應該也能接受。

對謝麗爾而言，結果如何都無所謂，甚至有種終於能拋開燙手山芋的安心感。

又等了一段時間，阿基拉比約好的時間更早一些駕車抵達。包含裝載於車上的彈藥，出發前往荒野的準備萬無一失。

謝麗爾跑向停下來的車子，欣然笑道：

「阿基拉，今天請多多指教。」

「該這樣說的應該是我吧。」

語畢，阿基拉表情略帶苦笑，隨後環顧四周，納悶地問道：

「謝麗爾你們的車呢？怎麼沒看到？」

「已經約好會在預定的時間抵達，就快了。」

到了預定的時間，一輛拖車出現了。看起來雖然牢固，就馳騁於荒野而言顯得難以信賴，車身既沒有貼上裝甲貼片，也沒有機槍之類的武裝。那是為了在都市內部運輸，或是僱用護衛一起前往鄰近都市用的車輛。

駕駛車輛的達利斯將拖車停在謝麗爾附近，走下車。達利斯是葛城的夥伴，在店裡擔任店員兼護衛，今天是受到葛城請託，幫忙把謝麗爾的車開到這裡。

「謝麗爾，按照事先說好的，我只把車開到這裡。沒問題吧？」

「是的。非常謝謝您。」

達利斯發現阿基拉，輕笑道：

「就算有了一些武裝，一群幫派的小鬼頭要跑去楢葉加，真不知道在想什麼——我本來是這樣想，果然是有阿基拉當保鑣嘛。」

楢葉加都市是位在久我間山都市西方的小規模都市。

荒野中的怪物基本上愈往西邊就愈弱，愈向東就愈強，因此往西算是較為安全的方向。此外，從久我間山都市通往楢葉加都市之間的路程，只要仔細挑過路線，有車的獵人大多不至於陷入險境。儘管如此，只憑謝麗爾等人要前往，依然稱得上十分危險。

謝麗爾笑著再度提醒：

「有阿基拉幫忙這件事，請保密喔。」

「我知道啦。哎，你們自己也小心。阿基拉，車子的貨櫃其實滿薄的，不要指望防禦力多強，自己留意一點。就這樣啦。」

達利斯留下這番話，朝著都市的低階區域方向徒步離開。

謝麗爾低下頭，目送達利斯離去後，以精神抖擻的表情對屬下發出號令。

「要出發了！所有人都上車！」

少年們與娜夏兩人打開了貨櫃的後門，魚貫進入內部。隨後謝麗爾搭上阿基拉的車，耶利歐則坐進拖車的駕駛座，一行人就這麼朝著予野塚車站遺跡出發。

◆

拖車拖著露西亞等人乘坐的箱型貨櫃，在深夜的荒野中前進。

貨櫃內原本應該一片漆黑，但他們帶來的照明器材提供光源，內部相當明亮。不過乘坐起來的感受十分糟糕，他們為了忍受長時間的移動，以坐在紙箱上頭等方法改善。

外頭不時傳來槍聲，可知阿基拉正在和怪物戰鬥。這讓貨櫃中的小孩們實際體會到「我們現在來到荒野了」，於是感到緊張。謝麗爾事先說在抵達之前可以睡覺，但是沒有幾個人睡得著。

娜夏為了保存體力，哄露西亞睡覺。當露西亞發出平穩的呼吸聲，她觀察露西亞的狀況時，剛才一直在把玩資訊終端機的少年特地來到她身旁，對她搭話：

「欸，怎麼會連妳們也一起來？」

少年投出不信任與不滿的視線。娜夏看到那態度，決定盡可能不要刺激對方。

「……只是因為老大叫我們來。」

「她怎麼跟妳說的？」

「還清上次欠阿基拉先生的。」

「哼。是喔？那妳們最好努力一點還清。」

「我知道啊。」

少年離開時依舊擺著不愉快的表情，再度把玩資訊終端機。

定睛一看，還有其他人對她們投以不滿與不信任的視線。娜夏姑且擺出歉疚的態度，從他們身上挪開視線。

娜夏也明白他們的心情。這次謝麗爾打算做什麼還不明瞭，但是假設他們之中有人會被當作棄子必須犧牲時，第一人選想必就是她與露西亞。

一旦和她們待在一起，到時候自己也許也會遭受同樣的待遇。他們正為此害怕而不安。

與阿基拉敵對。在這個以阿基拉為後盾的幫派中，意義非同小可。

（……露西亞真是挑了個棘手的目標啊。不過幹了這種事情還能活到現在，我也想要相信她運氣不差，但是……）

娜夏發現自己心中萌生的怯懦，輕輕搖頭。

（沒這回事。好運還沒耗盡，所以一定還有辦法。首先我自己也要這樣想，對吧？露西亞，我們一起活下去吧。）

娜夏重新穩固決心，自己也為了保留體力而閉上眼睛。

◆

在昏暗而視野惡劣的黑夜中，阿基拉在搖晃的車上成功狙擊了怪物。謝麗爾讚賞道：

「好厲害！這麼暗又這麼晃，居然一發就收拾掉了！阿基拉真的非常強呢！」

其實謝麗爾無法正確分辨他是否命中。以她自備的雙筒望遠鏡也不可能找出應是目標的怪物。

不過因為車上的搜敵裝置上疑似敵人的反應消失，再加上阿基拉放下了槍身，她判斷阿基拉應該一發就殺了怪物。實際上怪物也已經倒下。

「……是啊。」

但是阿基拉毫無喜色。他的反應就像是聽到有人奉承，他卻連自謙之詞都說不出口，只好設法含糊帶過這種尷尬的感覺，甚至稱得上不開心。

「啊，嗯。」

謝麗爾的笑容頓時凝固，吞下誇獎，在心中苦苦思索。

（啊～～剛才那是不可以稱讚的狀況嗎？……搞不懂！和上次有什麼不同？第一次誇獎他的狙擊時，明明反應還不差啊……）

對方想得到稱讚時如果不開口稱讚，就無法博得好感。謝麗爾也明白這一點，但是面對阿基拉，她無法明確分辨狀況的差異。

阿基拉受到謝麗爾誇獎狙擊技術卻板著臉，這時阿爾法笑著對他說：

『好像很不滿耶。其實沒那麼差喔。』

『那還真是多謝。所以呢？如果沒有妳的輔助，到底打歪多遠？』

『大概往左偏了十公尺。』

『這麼遠喔。』

阿基拉在心中嘆息。聚精會神，以強化服穩穩支撐槍身，甚至控制了體感時間。他盡一切所能精密地瞄準了，卻發現只憑自己的本事還差那麼遠，因此感到失望。

儘管如此，阿爾法還是溫柔地笑著鼓勵他。

『明明打中了，你卻自己發現憑自己的技術應該打偏了，對吧？其實那代表了你的成長喔。真是了不起。』

『……是這樣喔？』

『是啊。當然距離憑著自己達成精準無比、百發百中還很遙遠，還有待進步。不過你確實正在成長，拿出耐心慢慢來吧。』

實際上阿基拉的射擊技術正在飛躍性提升，只是阿爾法提供輔助的精密射擊精準度太過異常，習以為常的阿基拉無意識間提高了標準。

『……也對啦。』

阿基拉受到阿爾法的鼓勵，取回消沉的鬥志。他回到駕駛座上，輕輕吐出一口氣，不經意看向背後的拖車。

「謝麗爾，我說那台拖車……」

「我已經盡可能做了所有偽裝的手段，因為那輛拖車使得遺跡位置曝光的可能性應該很低。」

「是、是嗎？」

是從哪裡借來的——阿基拉原本只想隨口這麼問，不過謝麗爾回以超乎預料的詳細說明，讓他有點驚訝。

謝麗爾繼續說明。

她從阿基拉口中得知予野塚車站遺跡的遺物收集計畫後，在短時間內做了所有她能做的一切。

謝麗爾等人這次表面上的目的地是栖葉加都市。為此她事先與供應熱三明治食材的業者起了一番爭執。她假裝要求降低進貨價格，對價格多加批評，挑剔運輸費用過高。

業者當然無法就這麼點頭同意，試圖對她表達運輸的辛勞並拒絕降價。經過一番爭執後，最後的結論是「既然妳要這樣講，有本事就自己運一次看看」。當然，是謝麗爾誘使對方這麼說的。

謝麗爾接受了對方的挑釁，與對方打賭，只要她獨力成功往返栖葉加都市，就要考慮降低進貨價格。

這時，業者還加了額外的條件，往返楢葉加都市必須使用非荒野用的拖車。因為如果只是單純往返，開荒野用運輸車輛就很容易。

當然這也是謝麗爾誘導的。雖然拖車是借來的，但並非用來租給獵人的車輛，因此不用擔心之後被人查出移動路徑。

阿基拉表面上的待遇是這趟運輸作業的護衛。因為謝麗爾特地發出了委託，在獵人辦公室的個人頁面履歷上也如此記載。

她會要求達利斯別張揚阿基拉的存在，是因為她也沒有把握與業者的約定中，有阿基拉同行算不算在「獨力」的範疇內。

不過事實上謝麗爾利用了這個藉口，避免達利斯與他的夥伴葛城對於她和阿基拉在深夜一同離開都市這件事起疑心。

悄悄地比約好的時間更早與阿基拉一起出發，動用小伎倆提高成功往返楢葉加都市的可能性。這都是為了讓他們如此誤會。

謝麗爾事先做了這麼多準備，以免予野塚車站遺跡的存在曝光。

聽完她的說明，阿基拉敬佩地點頭。

「原來如此。這樣應該就不用擔心了吧。」

「如果有更多時間，還能多做一些準備，不過要是在這段時間內被別人發現遺跡就沒意義了。我決定妥協。」

「沒、沒關係啦。那也是沒辦法的事嘛。」

阿基拉在心中想著，做到這個地步還只是妥協嗎？預防曝光的對策還不算萬全嗎？既然這樣，自己過去是多麼不經大腦就前往予野塚車站遺跡？一想到這裡，阿基拉便有些消沉。

「實際上我們不會前往楢葉加都市，因此運輸會失敗，不過阿基拉在形式上只是我僱用的護衛，只要我這個委託人表示你確實執行了護衛任務，就不會被視作委託失敗，不會玷汙你的戰鬥經歷。請放心。」

「喔、喔。是嗎？謝了。」

「不會，這是應該的。」

阿基拉得知謝麗爾計畫之周全，感覺到自己的不中用，讓他稍微感嘆。

阿爾法對有些消沉的阿基拉意味深長地微笑。

『你有一天也必須自己顧好這方面的所有事喔。不過看來還有很長一段路要走呢。』

『是啊。慢慢來吧。』

阿基拉留意不讓謝麗爾看見，面露苦笑。

◆

阿基拉等人繞了一大段遠路，抵達予野塚車站遺跡。這也是謝麗爾的防範對策，為了不讓部下孩子們憑著移動時間推測遺跡位置。

當然駕駛拖車的耶利歐會發現他們故意繞遠路，這部分謝麗爾也妥協了。由於對此妥協，謝麗爾事先警告耶利歐，要是管不住嘴就要他的命。

此外，實際上駕駛拖車的並非耶利歐，而是阿爾法。將阿基拉的備用資訊終端機交給耶利歐，連上車輛的控制裝置，讓阿爾法得以介入車輛駕駛。

耶利歐發現這輛車由門外漢駕駛也能很流暢，以為車上設有非常高性能的駕駛輔助功能。

儘管抵達了遺跡，負責搬運遺物的孩子們登場時機還沒到。首先必須由阿基拉重新挖開遺跡的出入口。

藉著強化服的力量，阿基拉接連挪開瓦礫。謝麗爾和耶利歐吃驚地看著那段過程。而瓦礫被扔向一旁發出的巨響，讓還在貨櫃中的孩子們嚇壞了。

順利打開出入口之後，阿基拉探頭看向內部。於是在阿爾法的輔助下，原本被黑暗吞沒的階梯直到最深處都在他的視野中擴增顯示。

『奇怪？阿爾法，這個擴增顯示來自情報收集機器的數據，所以範圍外的部分不是會變暗嗎？』

『對啊。光靠你的情報收集機器還無法看到階梯最底端的部分。不過艾蕾娜上次設置的小型終端機還在運作，我把從那邊取得的數據也加進來，一併顯示。』

『對喔，是上次艾蕾娜小姐朝各個地方射出的東西吧？現在還在運作嗎？能源之類的要怎麼維持啊？』

『只是維持待命狀態，能量消耗也很少吧。剛才我已經啟動了。上次收集遺物的時候，因為與艾蕾娜她們的機器連動過，現在處於我也能啟動的狀態。』

『這樣啊。那就能得知情報收集範圍內有沒有怪物了吧？』

『可以啊。範圍內沒有這類反應。』

『很好。』

看來沒問題。阿基拉決定正式開始收集遺物。

「謝麗爾，把照明搬出來。」

「我知道了。」

貨櫃門開啟後，孩子們將許多照明器材搬到外頭。雖然是只能照亮周遭的便宜貨，但準備了相當多的數量。

阿基拉將這些照明塞進背包，準備進入遺跡，一路設置到目的地。因為他知道裡面沒有怪物，於是跳過搜敵等步驟，沿著階梯往下飛奔。

◆

黎明前，謝麗爾要幫派的孩子們走出貨櫃，在予野塚車站遺跡的入口前集合。隨後她發出指示：

進入遺跡內部，沿著照明往裡面走，帶著遺物回來。指示的內容就這樣而已，但是能否實行就是另外一回事。

「好了，大家，可以開始了。」

謝麗爾面露笑容，拍手說道。然而沒人動作。於是謝麗爾的口吻轉變為幫派老大的命令。

「動手。」

孩子們因為謝麗爾的魄力而畏縮。儘管如此，他們只是面面相覷。

謝麗爾放緩口吻。

「沒問題的。剛才阿基拉已經進去過一次，連照明都設置好了，而且怪物也驅除乾淨了。只要把遺物搬回來就好，大可放心，沒什麼大不了的。」

孩子們稍微放鬆，即使如此，還是沒有人踏出第一步。他們並不是獵人，就連事先聽過說明的少年們也不例外，實際上來到荒野，聽過槍聲，站在遺跡前方時，一想到要進入傳聞中怪物盤踞的場所，仍舊裹足不前。

謝麗爾的口吻再度變回指示與威脅。

「是嗎？那就把所有人丟在這裡，我跟阿基拉先回去了。阿基拉不會讓我們白吃白住，下次我得找些願意工作的人來。就這樣。」

謝麗爾轉身走向車子，阿基拉也跟了上去。眾人見狀，驚慌頓時傳開。不過他們頂多是表情凝重地將視線投向遺跡的出入口。

這時，叫住謝麗爾的聲音響起。

「等一下。」

謝麗爾轉頭看去，發現娜夏舉起手。

「我們會去拿回來。拜託先等一下。」

「去吧。」

娜夏拉著露西亞走向階梯。露西亞感到畏懼，但娜夏硬拖著她向前。

「露西亞，求求妳，跟我一起來。萬一有什麼事，我會幫妳擋，只要現在就好，拿出勇氣。」

說完，娜夏筆直凝視著露西亞。

露西亞仍然微微顫抖，但她握緊了雙手，全力從臉上抹去膽怯，點頭回答：

「謝謝妳。一起去吧。」

娜夏盡可能露出笑容，最後與露西亞一起進入遺跡。

謝麗爾對少年們投出冰冷的視線。

「其他人要被扔在這裡也沒關係嗎？那就把裝備脫掉，消失吧。那些裝備都是幫派的東西，把東西留下再走。一旦想自己帶回去，就視同偷竊喔。偷的不是我的東西，那些都是屬於阿基拉的。明白吧？」

少年們的視線轉向阿基拉。阿基拉擺著一副不當一回事的表情。

但是看在少年們眼中，就像是不把他們的性命當作一回事。他可是殺了敵對幫派的成員後，直接闖進對方據點的人物，這是很自然的感想。

少年們一個接一個走進遺跡。沒花多少時間，所有人都放棄掙扎，進入了遺跡。

謝麗爾放心地吐出一口氣，對阿基拉道歉。

「不好意思，我以為我已經確實挑選過適合的人員了……」

「沒關係啦，我也想得太天真了。很正常啊，畢竟是遺跡嘛。就算人家說裡面沒怪物，又不是自己親眼確認過，當然不願意進去吧。」

遺跡本來就是這麼恐怖的場所。阿基拉從少年們的態度重新理解到這一點。

就這麼等了一段時間後，有生還者從那恐怖的地方歸來。是首先進入遺跡的娜夏兩人。她們在事先交給她們的背包中裝滿了遺物，儘管精神和肉體都疲憊萬分，但她們都平安回來了。

她們來到謝麗爾面前，放下背包，打開給謝麗爾看。謝麗爾與阿基拉一同確認了內容物後，滿足地笑了。

「那麼接下來就把那個放進貨櫃裡。裝進紙箱，從裡面開始疊高。」

露西亞默默地點頭後，走向貨櫃。因為疲勞，現在她幾乎無法回話。

娜夏短暫猶豫後，並沒有移動腳步。於是謝麗爾簡短問道：

「有事？」

娜夏更加迷惘了。之後她並非對謝麗爾，而是對阿基拉低下頭。

「……阿基拉先生，如果只算露西亞一人份，這樣夠不夠？」

「嗯？幫派內部的事情拜託別找我，去找謝麗爾……」

「老大指示我們還清之前欠阿基拉先生的。」

錢包被露西亞偷走的事件，阿基拉已經逕自在心中視作結束，因此他花了一點時間才理解娜夏的意思。

「喔喔，是那件事啊。我懂了，之前欠的就一筆勾銷。謝麗爾，以後妳就照這樣辦吧。」

「我明白了。娜夏，記得告訴露西亞，叫她好好感謝阿基拉。」

「真的非常謝謝你。」

娜夏對阿基拉兩人低下頭，隨後踩著有點不穩的腳步，搖搖晃晃地將沉重的背包搬向貨櫃。雖然非常疲累，她想著要早點告訴露西亞這件事，臉上浮現笑容。

另一方面，阿基拉的判斷讓謝麗爾百思不得其解，露出有些納悶的表情。她總覺得這種判斷不像阿基拉的作風。

「阿基拉，如果認定娜夏兩人已經贖罪，讓她們在幫派中恢復正常待遇，那麼娜夏日後會成為幫派的幹部，露西亞也會直接成為她的手下，這樣無所謂嗎？」

「我覺得這些都是妳該判斷的事情，用不著問我。既然妳這樣決定了，那就這樣吧？」

「……是嗎？我明白了。」

既然阿基拉都這麼說了，謝麗爾也沒有意見。然而不解之處並未消失，依舊殘留。

（……真要說起來，阿基拉當時沒殺掉露西亞就算得上不對勁了。只是當時我太慌張沒注意到，但那麼寬容的處置在往後可能招致問題發生，這點事阿基拉應該也知道……）

原以為一樁麻煩事就此落幕，但不解之謎隨之產生，讓謝麗爾好一段時間苦苦思索。

◆

阿基拉一行人在予野塚車站遺跡的遺物收集順利進行。

阿基拉在地表上持續對周遭搜敵。太陽升起，越過頭頂之後，同樣沒有任何怪物的氣息。在地底下也不例外，艾蕾娜設置在遺跡內的小型終端機也沒有回傳怪物的反應。地表上和地底下都維持著安全的狀態。

因此，妨礙孩子們收集遺物的問題就只有揹著遺跡深處的沉重遺物，穿過以微弱照明照亮的陰暗走廊，走上等同於四層樓的漫長樓梯，好不容易搬到地面上，稍微休息之後又得再度進入地底。只限於這樣的痛苦。

就算穿著強化服也不願動手的重度勞動，現在謝麗爾的部下們憑著自己的肉體拚了命在努力。阿基拉側眼觀察著那幅情景，回憶起過去他從崩原街遺跡憑肉體將遺物運回都市的辛勞。

靠著孩子們的辛勤努力，現在遺物已經塞滿了半個貨櫃。因為他們並未特別挑選，只是將看到的東西全部帶回地上，不一定能得到與數量相符的成果。不過阿基拉十分滿足。

『果然只要有人手，收集遺物就很快啊。最重要的還是不用擔心在我進入遺跡時，收集來的遺物被人搶走。』

阿爾法在阿基拉旁邊笑道：

『還真會操心呢。雖然我不否認這種可能性，但是太過介意的話，以後會沒辦法自己一個人收集遺物喔。』

『我知道啦。不過最好還是多提防一點吧？』

如果只是阿基拉的車子，只要蓋上迷彩布就能隱藏，然而這輛拖車的尺寸無論如何都很醒目。

這樣一來就有可能被怪物襲擊而化作廢鐵，遺物也有可能被路過的獵人偷走。

至少阿基拉並未樂觀到因為發生機率很低就不管它。

這時，彷彿要證明他的想法，車上的搜敵機器捕捉到反應。

『阿基拉，有兩輛車正往這邊靠近。』

『了解了。』

阿基拉朝著貨櫃方向大喊：

「謝麗爾！有兩輛車正在靠近！小心點！」

「我知道了！」

謝麗爾原本在指揮將遺物裝到貨櫃，中斷作業後立刻下令開始隱藏遺跡的存在。

◆

非荒野用的大型拖車，以及勉強算得上荒野用的巴士，組合類似於阿基拉一行人的兩輛車正奔馳於荒野上。

駕駛著拖車的男人名叫戴爾，他嘆了一口氣之後嘀咕道：

「……真受不了，為什麼我會落魄到接這種工作。」

坐在副駕駛座的男人愉快地笑道：

「你在講什麼啊！明知故問嘛！當然是因為欠了一屁股債啊！」

戴爾不開心地皺起臉。

「我才沒欠錢。」

「哦？怎麼？你的意思是我只欠了一點點錢嗎？既然會跑來做這工作，肯定是半斤八兩啦！」

男人捉弄般的態度讓戴爾拉高了音量。

「我真的沒欠人錢！」

「別開玩笑了啦！那你為什麼跑來參加這次工作？難道你以為只有你一個人是正派獵人喔？真是蠢到家。」

男人笑得像是有幾分醉意。戴爾認為再搭理他也沒用，便在心裡咒罵使他落得這種處境的元凶。

（死仲介！竟然介紹我這種爛工作！我之後絕對要抗議！）

東部有許多職業圍繞著獵人工作而生，針對獵人的仲介業者也是其中之一。從介紹工作到組織隊伍，甚至能緊急補充人員，工作範圍相當廣。

戴爾同樣將自己的名字登錄在這類仲介業者的名單上。

在荒野中能互相託付性命的夥伴是寶貴的存在，但是這種人可遇不可求，彼此的報酬分配與活動期間也時常難以協調。

介紹業者就是居中協調的行業，許多獵人都會活用這類服務。因為就算是未曾謀面的陌生人，只要是優良仲介業者介紹的人，相較之下還是比較能信賴。

至於素行不良者，極端的例子還有組隊後隊友接連失蹤或死亡，正當經營的業者就會拒絕登錄跟介紹。介紹後引發諸多問題的人也一樣。

在這樣的過程中，惡質的獵人漸次被淘汰，最後優良的介紹業者的名單中就只剩下比較能信任的獵人。

再加上為了不讓獵人成為持有強力武裝的強盜集團，統企聯做出了諸多努力，現在名字能登錄於優良的介紹業者名單上也是優秀獵人的一項證明。

而戴爾就是透過某位介紹業者，接到了集團遺物收集作業需要補充人員的臨時徵招委託。

獵人在面對較高難度的遺物收集工作時，重視安全而與其他獵人隊伍合作是很常見的選擇。

這類機會有時也會由介紹業者發起，徵招參加者組成隊伍。但有時人數不足會無法成行。

戴爾以為這次的委託就是這類集團遺物收集作業，因為人員不足而少於最基本的人數，便接受了這次徵招。不過實際上的內容遠遠偏離了戴爾的預料。

在另一輛車上，荒野用的巴士中乘坐著集團遺物收集作業的主力。

柯爾貝是隊伍整體的首領兼獵人們的監視人員，他對實際帶頭指揮隊伍行動的牛馬說出有點嚴厲的話。

「牛馬，我想你應該明白，還錢期限差不多快到了喔。」

牛馬將他那張心煩氣躁的臉轉向柯爾貝。

「我知道。」

「知道是很好，不過你應該也明白賣掉拖車裡的遺物也不夠吧？」

柯爾貝再三強調，牛馬不由得拉高音量。

「知道啦！你閉嘴！」

柯爾貝並未因此畏縮，只是有點傻眼地點了點頭，結束這個話題。

這次參加集團遺物收集作業的牛馬等人是一群債台高築的獵人。乘車趕往徒步絕對無法抵達的遠方遺跡，為了償還債務而被迫收集遺物。

拖車的貨櫃中裝載著牛馬等人收集來的遺物。但就算全部賣掉，距離清償債務還是非常遙遠。

戴爾會負責駕駛拖車，是因為他沒有負債。為了預防受債務折磨的獵人們鬼迷心竅盜走遺物搬運用拖車，特別另外找人來駕駛。所有人之中只有柯爾貝知道這件事。

身為一名獵人，牛馬的身手並不差，他的能力受到看重，使他被選為遺物收集部隊的指揮，也允許他穿著強化服。

不過他的負債已經多到憑他的身手也無法彌補的程度，利息不斷累積，這樣下去遲早會落得更悲慘的處境。

也許會被迫接受簡易的改造人手術，明明身體還是肉體，四肢的自由卻慘遭剝奪，視同棄子被送進危險的遺跡深處；也有可能接受未經核可的戰鬥藥的人體實驗。

或許還有其他可能性，不過唯一可以肯定的就是為了清償債務，他的人權將被分割兜售，落得與負債金額同等悲慘的下場。

牛馬比誰都清楚這件事，因此心情焦躁。

（混帳！都是因為這群垃圾派不上用場，連我的債務都沒減少！看我宰了你們！）

他之所以不這麼做，是因為契約規定隊伍中一旦有人喪命，其他倖存者就要分擔死者的債務。雖然彼此毫無信賴可言，但會為了自身利益而互相幫助。正是為此設計的制度。

就算這樣，還是不免會有人死。獵人這行業本就如此。

再加上參加者盡是些無法憑自身本領償還債務的問題人物，有時候就算前去收集遺物，結果也可能只會徒然增加負債。

（得想點辦法……要是可以剛好發現沒人探索過的遺跡，就能馬上解決啊……）

儘管牛馬也明白世上沒有這麼好的事，但在走投無路之下，腦海中難免浮現虛幻的希望。

就在這時，拖車傳來聯絡。

『前方有反應。有車子在靠近。』

依據裝載貨物的價值高低，比起牛馬等獵人乘坐的巴士，搬運遺物的拖車上的搜敵機器等級更高，因此拖車較早察覺有車輛接近。

牛馬確認前方後，發現的確有輛荒野用車輛正在靠近。從彼此的車身大小來判斷，他認定對方應該會讓路，便不放在心上，但那輛車試圖阻撓牛馬等人通行般停在道路中央。

「怎麼了？」

而且那輛車還傳來短距離的泛用通訊。駕駛巴士的獵人將頻道接上車內的麥克風。

『我方的護衛對象由於車輛故障，正停在前

方。不好意思，請讓路。聽得見嗎？聽見的話麻煩回答一聲。我方的護衛對象……』

那正是阿基拉的聲音。

◆

阿基拉從車上看著牛馬他們的車子。

『嗯～～看來沒有要改變方向的意思。沒聽見嗎？』

『也許是這樣，也有可能只是聽而不聞。』

『真麻煩。』

阿基拉也知道對方沒有義務要讓路。在荒野上獵人選擇讓路，是為了避免彼此不必要地接近而衍生麻煩。如果認定對方實力不需提防，自然就沒有閃避的必要。

而且對方也有可能懷疑阿基拉是強盜，故意想誘導他們的前進方向。若是運輸車輛的車隊，有時直接闖過去還比較安全。

阿基拉在路中央停車，觀察對方的動靜時，牛馬等人的車靠近到一定程度後停下，隨後柯爾貝、牛馬、戴爾三人走下車。

阿基拉看著那三人，表情顯得有些納悶。

『他們好像在吵架？怎麼回事？』

柯爾貝等人就這麼走向阿基拉。

戴爾臉上寫滿了不滿。

「為什麼要特地停車啊？我們繞一下路不就好了？」

牛馬對他的指示心生煩躁，不快地回嘴：

「決定權在我手上，不要多嘴。」

戴爾看向柯爾貝，但柯爾貝只是輕輕搖頭。

「抱歉啦，部隊的指揮是交給這傢伙沒錯。目前還是。」

言下之意是一旦無法準時還錢就另當別論。聽見他的警告，牛馬更是不開心了。

牛馬直接來到阿基拉面前，稍微打量了他。

「剛才的通訊是你傳的？」

「對。不好意思，雖然是我們這邊的問題，可以麻煩你們繞路嗎？」

「這條路又不窄，讓我們過啦。」

「又沒有什麼道路寬窄問題，能通過的地方多的是。只要在稍微遠一點的地方通過就好了。」

「那是你的問題吧？」

也許只是傲慢，也可能有其他理由而故意刁難。阿基拉短暫遲疑後稍微板起臉，姑且問道：

「有什麼要求？」

牛馬認定對方讓步，笑道：

「既然是你要求我們配合，應該先把該交的東西交出來表示誠意吧？」

阿基拉判斷對方想故意刁難勒索。阿基拉切換了意識。

「先說來聽聽，你要多少？」

「這個嘛，100萬歐拉姆。」

牛馬語畢，指向背後的巴士，也就是他們的戰力。他原本就打算刻意刁難來賺點小錢。他認為只要讓阿基拉明白坐在巴士上的部隊人數，運氣好就能得手。

當然牛馬也不認為這樣就能拿到100萬歐拉姆，只是出於想盡量償還債務或至少填補利息的念頭，就算只拿到10萬歐拉姆也好，他就是這麼急需金錢。

再加上彼此的戰力差距，他也覺得對方會願意花錢消災。

不過阿基拉表情稍微轉為陰暗冷酷，理所當然般回嘴。

「我拒絕。這個價碼的話，殺光你們所有人還比較便宜。」

「你說什麼？」

牛馬不認為阿基拉是說真的，只覺得他是反過來挑釁自己，因此瞪向他。

由於置身荒野這樣的環境，惡劣的氣氛讓事態漸趨惡化。這時其他方向傳來斥罵聲。

「喂！不要鬧了！你是為了這種理由停車嗎？住手啦！就是因為有你這種笨蛋，獵人的風評才會變差！」

聽見戴爾如此插嘴，阿基拉表情浮現幾分意外之色。在阿基拉的認知中，其他人與牛馬之間出現了區隔。

一旁的柯爾貝苦笑，而牛馬因為有人喝止，心情更加惡劣。

「少囉嗦！你不要多嘴！」

「我是獵人！我才不要和你這種根本稱不上獵人，形同強盜的傢伙同流合汙！」

阿基拉見牛馬與戴爾兩人放著他不管，開始對罵，便將一度切換的意識恢復原狀，有些傻眼地問道：

「所以說，你們是願意繞路，還是不願意？到底是怎樣？」

最後是柯爾貝下了決定。他輕輕一笑，結束了這次交流。

「我知道了，我們讓路。不好意思啦。牛馬，回車上了。」

「喂！之前不是講好不會干涉我的指示嗎！」

「那僅限於指揮遺物收集作業的時候。在無關的狀況下可能鬧出人命的話，我當然會插嘴。回車上了。」

柯爾貝原本只是苦笑以對，但他說完表情轉為嚴肅。牛馬感受到那股威嚇，雖然臉色難看，還是順從地退讓了。戴爾見狀，愉快地笑了。

柯爾貝等人回到車上，改變前進方向。阿基拉看了，也駕駛自己的車回到謝麗爾他們那邊。

◆

柯爾貝等人遠離阿基拉一大段距離，繞路繼續前進。牛馬在車上擺著一副不開心的表情，眺望著外頭。

阿基拉他們的車子映入視野。牛馬煩躁地咂嘴，別無用意地取出雙筒望遠鏡望向阿基拉等人。

剛才對自己擺出囂張態度的少年獵人，還有對那小鬼開心地展露笑容的少女。同時他也看見了有一群小孩正從運輸車輛上把貨物搬下車。這時牛馬的表情從煩躁轉為納悶。

（……都是些小鬼頭，到底是什麼來歷？而且他們正在卸貨？假設護衛對象是那輛運輸車，為什麼要特地把貨物搬到外面？不是車輛故障嗎？）

牛馬一直望著阿基拉等人，突然發現：

（嗯？剛才搬出來的貨物擺在哪裡？怎麼找都找不到耶。只是被瓦礫擋住了嗎？）

牛馬臉上的疑惑更深了。他就這麼左思右想的時候，柯爾貝出聲叫他，打斷了他的思緒。

「喂，不要再看那些小鬼了，先想好接下來收集遺物的問題。不要以為沒有像樣的收穫也能回去喔。」

「知道啦！」

牛馬煩躁地回答後，轉移注意力，決定開始思考接下來要去哪裡收集遺物。

但是阿基拉那群人的身影縈繞在腦海，讓他想不出任何好點子。

◆

從阿基拉口中得知狀況後，謝麗爾安心地露出微笑。

「這樣啊。對方沒有鬧事真是太好了。」

「是啊。多虧他們乾脆地讓路了……嗯？謝麗爾，為什麼要把遺物從貨櫃搬出來，放回遺跡？」

「我準備了一些小伎倆，以防萬一他們真的來到這裡。」

謝麗爾說著，與阿基拉一起來到遺跡的出入口，手指向階梯的深處。裝著遺物的紙箱堆疊在樓梯平臺。

「要是對方往裡面看一眼，應該也能偽裝成地下室。」

層層堆疊的紙箱成為牆壁，遮住了通往更深處的階梯。雖然紙箱沒有堆到階梯頂端，但事先關閉了附近的照明，因此乍看之下無法分辨。

如果對方詢問，她打算回答因為是很重要的貨物，暫時先放到在附近發現的大樓遺跡的地下室。謝麗爾如此說明。

阿基拉敬佩地輕輕點頭。

「原來如此。不過這樣一來，我們同樣沒辦法收集遺物吧？每次都要搬開嗎？」

「要通過的部分擺的是空紙箱。此外，從遺跡裡面搬上來的遺物，目前就先堆在樓梯底端的通道處。」

阿基拉理解了用意而點頭。

『阿爾法，我之前在探索的時候，是不是至少該在出入口蓋一片迷彩布比較好？』

『這部分就是風險與收益的取捨問題了。』

如果在收集遺物的過程中用迷彩布遮蓋遺跡出入口，一旦被發現了，就會連同有人想隱藏此處的意圖一併曝光，可能反而更引人好奇。

原本的狀態下，只是乘車從附近經過的話還不至於太醒目。有時候期待對方沒注意到的可能性會更好。阿爾法如此說明。

『嗯～～是這樣嗎？』

『你也一樣啊，之前在不遠處的瓦礫地帶發現了通往空洞的出入口，但也沒有進去一探究竟吧？類似的場所其實很多喔。』

『啊～～原來如此。』

阿基拉認同這番解釋，對於思慮不周的自己感到有些失落。

◆

坐在搖晃的荒野用巴士上，牛馬想著接下來的遺物收集作業，但思緒總是不斷飛向阿基拉等人。

隨後他因為一個念頭，對柯爾貝說道：

「喂，我有個提議。回到剛才那小鬼那邊。」

「啥？你在胡說什麼？」

「他不是說車輛故障嗎？我們就幫忙把車子拖回都市，跟他們要錢吧。不然要充當臨時護衛也可以。因為是緊急委託，說不定能談個好價錢。怎麼樣？」

柯爾貝認為這個提案也算合理，但他立刻打消念頭。

「辦不到吧。那可是你剛才刁難要錢的對象，對方不可能接受。你就怨恨幹了傻事的自己吧。」

然而牛馬笑著回答：

「山不轉路轉嘛。如果由我跟對方提議，確實會這樣。不過，換作是剛才一直找我麻煩的那個人，叫戴爾是吧？再加上擺明了立場在我之上的你來提議，還有可以談的餘地吧？」

聽過這番說明，柯爾貝轉念認為的確可以考慮。這時牛馬繼續說：

「不然乾脆把我當作藉口不就好了？隨便講些『因為那個笨蛋對你失禮了，我會算你便宜一點當作賠罪』的理由就行了。對了，也問一下那傢伙的意見吧。」

牛馬說完便開啟與拖車的通訊，對戴爾說明自己的提議。於是戴爾表示其他層面的擔憂。

『也許他們已經不在那裡了。況且如果是拖行就能解決的問題，就會用他那輛車拖走吧。』

「就算人可能不在了，去確認看看也無妨吧。而且搞不好是運輸車上裝了很重的貨物，那輛車的馬力不足拖不動。如果是這樣，加上我們的車也許就能解決喔。」

『嗯～～可是……』

戴爾認為這次的提議內容並不差。不過他同時認為，如果提議衍生到擔任對方的護衛，那就超過了自己現在接受的委託範疇。

等於中途變更委託內容。戴爾身為一位獵人，不歡迎這類的臨時變更。

不過這時牛馬稍微挖苦般接著說：

「怎麼啦，剛才裝得一副正義之士的樣子，結果只是嘴巴說說嗎？覺得沒道義幫人家這麼多？」

『你說什麼？……好啊，我贊成。』

雖然是受到挑釁，語氣也顯得煩躁，但是戴爾轉向贊成的一方。牛馬因為事情進展順利而竊笑，視線轉向柯爾貝。

「怎麼樣？可以吧？我也想盡量還錢。之後收集遺物也不一定會順利，所以我不想放過能賺錢的機會。拜託啦。」

「……知道了。好吧。」

柯爾貝感到些許擔憂，不過牛馬搬出償還欠債當理由，立場上他也難以拒絕，於是接受了他的提議。

「很好。喂！聽到了吧！調頭！」

牛馬喜孜孜的說話聲在巴士中響起。同乘的其他獵人對他那莫名開心的反應感到納悶，但是沒有人從中看穿他的意圖。

阿基拉一行人的遺物收集工作正要迎來尾聲。

在最靠近予野塚車站遺跡出入口的通道上，裝滿遺物的紙箱堆積如山。幫派的孩子們收集到的遺物已經多到如果全裝進拖車貨櫃，就幾乎沒有空間讓孩子們乘坐。

接下來只剩將這些全部搬到地面上，堆到貨櫃中然後出發。聽到謝麗爾這樣報告，高於預期的成果讓阿基拉眉開眼笑。

「很好。那就把遺物裝上車，馬上回去吧。」

「照明還設置在裡頭，要怎麼處置？」

「就這樣放著也無妨吧？我們下次再來之前，這個出入口還沒被發現的話，還能重複使用。」

「我知道了。那就先關掉就好。」

「對，拜託了。」

謝麗爾離開阿基拉，去對部下發出指示。

「謝麗爾。」

阿基拉叫住了謝麗爾，她轉過頭後，阿基拉有些害臊地笑了。

「還好有妳幫忙，謝了。」

謝麗爾一瞬間露出吃驚的表情，隨後回以非常開心的笑容。

阿爾法表面上以平常的微笑不著痕跡地詢問：

『阿基拉，你好像很高興。』

『當然高興啊，有那麼多遺物耶。就算謝麗爾他們只是亂選一通，有一半都是垃圾，光是剩下那一半也能換到很龐大的金額才對。有個5000萬歐拉姆我也不驚訝。』

『只是這樣？』

『什麼叫只是這樣……５０００萬耶。哎，還沒確定能賣到５０００萬歐拉姆，也許要開心還太早了。不過應該值得期待吧？』

阿基拉高興地回答。回答的內容與阿爾法擔憂的問題在方向上有所不同。

於是阿爾法暫且收回了擔憂。隨後她像是要刺激阿基拉的不安，別有用意似的微笑。

『要期待是你的自由，但在真的換到錢之前，最多只能心懷期待。憑你的壞運氣，接下來會發生什麼事都不奇怪。』

這句話無謂地激起了阿基拉的不安，以僵硬的表情顯露在臉上。儘管他知道阿爾法只是捉弄他，但因為至今的經驗，他也難以一笑置之。

『……阿爾法，妳就別講這種話了吧。』

『阿基拉，提高警覺。』

『我說了，在回到家之前不會放鬆警戒，不要這樣沒事就害我不安……』

這時阿基拉注意到阿爾法嚴肅的表情，立刻切換意識。

『有敵人？是怪物？』

『不，是車。剛才刁難你的那些人回來了。』

『真的耶。到底是回來幹什麼？』

『我不知道，所以需要提高警覺。』

『說的也是。』

阿基拉對謝麗爾告知狀況後，再度坐上車，想避免柯爾貝等人靠近。

◆

阿基拉在距離謝麗爾他們一段距離處停車，靜觀柯爾貝他們的動靜後，柯爾貝等人和上次一樣停下車，三人來到阿基拉面前。

「有什麼事？」

阿基拉露骨地顯露戒心，如此說道。牛馬便打趣般笑道：

「別這麼提防嘛。剛才是我不好，有筆好生意要跟你商量。」

阿基拉的語調從警戒轉為警告。

「你以為我會聽？快滾。」

牛馬受到震懾般後退一步，半舉雙手。

「不要這樣嚇人嘛。生意就由這邊的戴爾和柯爾貝跟你談。我只是來跟你道歉，好不好？」

戴爾傻眼般輕吐一口氣，以歉疚的態度面對阿基拉。隨後柯爾貝面帶苦笑，加入對話。

「我是柯爾貝，他是戴爾。至於旁邊那個叫牛馬的笨蛋，你用不著理他。」

「好過分。」

「你閉嘴。哎，總之希望你先聽我們講完，不行的話我們馬上就回去，沒打算和你爭執。」

接著戴爾以態度表示道歉的意思，繼續說：

「不好意思，剛才那個笨蛋幹了蠢事。我們帶來的提議也算是想對你賠罪，不想給你帶來更多麻煩。希望你先明白這一點，聽我們說完。」

從戴爾口中聽完了牛馬的提議內容，阿基拉臉上納悶的神色更濃了。

『阿爾法，妳覺得他是說真的嗎？』

『至少看不出說謊的跡象。可以視作他確實發自內心這麼說。』

『其他人呢？』

『實際問問看吧？』

阿基拉對牛馬投出尖銳的視線。

「剛才他說的，是真的嗎？」

於是牛馬試圖敷衍般面露苦笑。

「不管我怎麼說你都不會信吧？你去問旁邊那兩個人吧。我說是真的，你就願意相信的話，要我說幾次都可以，但你會信嗎？」

「不可能。」

「對吧？」

柯爾貝嘆息，要求牛馬退後。

「你先閉嘴。哎，我們也覺得不好意思，不過這並非純粹出自善意。不管是幫忙拖行或護衛，都想要報酬。當然了，你可以先把這個笨蛋造成麻煩的部分當作打折扣掉，怎麼樣？」

『阿爾法。』

『他也是說真的。』

『這樣啊……』

阿基拉有些傷腦筋。對實際上車輛並沒有發生故障的阿基拉等人而言，柯爾貝他們的提議只是多管閒事。

但是對方出自善意與致歉而提議，正常來想也沒有理由拒絕。而且在荒野動彈不得的狀態下，拒絕似乎也很不自然。他試著編造適合的藉口。

「啊～～這好意我就心領了。詳細狀況是我們這邊的私人問題，沒辦法仔細說明，但我的雇主恐怕不會接受這個提議。」

這樣說行不行？阿基拉觀察對方的反應，於是戴爾出於善意反過來提議：

「我不會多過問你們的私事，但是我覺得你應該至少和雇主報告一聲比較好吧？既然你有自信這麼說，想必你是深受信賴的護衛。不過判斷接受與否是雇主的問題，不是嗎？」

「啊～～是這樣沒錯……」

阿基拉支吾其詞時，柯爾貝繼續說道：

「希望能讓我們和你的雇主談過一次。一旦遭到拒絕，我們就離開。在我看來，契約的問題還是交給上頭決定比較好喔，怎麼樣？」

的確合理。阿基拉這麼想著，思考其他藉口。最後他勉強擠出了要求。

「這樣的話，你們要解除武裝。身為護衛，這是無法退讓的底線。身上所有槍枝，還有強化服的能源包。怎麼樣？不願意的話就放棄吧。」

沒有人會願意在荒野卸下裝備才對。阿基拉這麼想，自己也佩服這真是個好藉口。

不過對方輕易顛覆了他的預料。

「喏。」

牛馬已經把槍和能源包擺到阿基拉面前。

阿基拉、戴爾和柯爾貝都十分吃驚。這時牛馬別有用意般指向身後。

「話先說在前頭，我們有很多同伴坐在那輛巴士上。雖然我解除了武裝，但我先提醒你喔。」

戴爾出自對牛馬的競爭意識，也跟著解除了武裝。然而柯爾貝表情凝重地搖頭。

「抱歉，我辦不到。你們兩個去吧。」

滿足條件的兩人等候阿基拉的回答。阿基拉感到頭痛，但他還是說話算話。

「……我知道了。上車吧。」

阿基拉覺得自己剛才未經深思就開口，對自己的考慮不周稍微感到沮喪。

不該帶兩人過去，而是應該把謝麗爾帶過來才對。不久後他將察覺這一點而更加沮喪。

◆

謝麗爾在阿基拉帶戴爾兩人過來前的短暫時間內，靠著資訊終端機接到的訊息迅速掌握了狀況。

於是她脫下大衣，自然地展露那洋溢高級感的服裝，迎接戴爾兩人到來。然後她假裝第一次聽聞戴爾的提議，並且有禮貌地低下頭。

「真的很不好意思。非常感謝各位的好意，但礙於與客戶的契約，我無法接受你們的協助。還請兩位打消念頭。」

戴爾見到出乎預料的人上前迎接，有些吃驚。不過，在他眼中看起來廉價的拖車，以及甚至散發著高雅氣息的謝麗爾的身影，兩者組合起來給他一種不對勁的感覺。然而他還是把柔弱少女在荒野中動彈不得的狀態放在優先。

「我也是獵人，非常明白契約的重要。但是真的好嗎？就這樣困在此處，荒野中沒有任何地方安全喔。」

「請別擔心。我身旁有護衛，此外礙於契約規定，具體的細節無法透露，但我已經安排了其他對策。」

「護衛……看起來好像只有他一個人啊……」

戴爾側眼打量阿基拉。裝備是不差，但總覺得不怎麼厲害。至少實力恐怕不足以獨力擔任看似富家千金的謝麗爾的護衛。

不過謝麗爾回以燦爛的笑容。

「沒問題的。阿基拉是我比任何人都信賴的可靠護衛。」

那笑容與話語反映了謝麗爾的真心，散發並非演技的光采。

戴爾一瞬間有些看呆了似的感到吃驚，隨後柔和地笑了。

「這樣啊。既然妳這樣說，那我們就回去了。回程自己多小心。」

「我會的。真的非常謝謝兩位。」

「喂，該走了。」

「……嗯？喔，知道了。」

戴爾與謝麗爾交談時，牛馬一直一語不發，最後他只回了這一句話，從頭到尾都沒有加入對話。

與阿基拉他們道別，走回巴士的途中，戴爾對牛馬投以納悶的視線。因為牛馬主動解除了武裝，卻真的成為只是走在他旁邊的跟班，其行徑讓戴爾感到不解。

「你跟來到底是想幹嘛啊？」

「哎，沒什麼啦。只是想見識一下那傢伙的雇主長什麼樣子。」

牛馬隨便找了個藉口蒙混過去，當然這並非他真正的用意。

阿基拉送戴爾兩人到途中，將裝備還給兩人後折返，在回程時嘆息。

『礙於契約無法告知、礙於契約辦不到。這麼簡單的回答就可以喔？』

由於自知輕率的藉口使得狀況更加棘手，他深深地嘆息。

這時阿爾法露出有點嚴肅的表情。

『阿基拉，為了保險起見我先給你忠告。放他們活著回去可能會有危險喔。』

『咦？為什麼？遺跡的存在應該沒曝光吧？』

『目前還沒有，但是有可能不久後就會有人察覺。』

牛馬主動解除武裝，被阿基拉帶到謝麗爾那裡後，一直在觀察周遭的狀況。他也仔細觀察了運輸車的狀態。

如果他從中看穿了車輛故障是謊言，就有可能認為一行人有特別的理由故意在此停車，至少會對這個地點產生好奇。

在這之後，他也許會認定這一帶暗藏玄機而開始調查附近。就算他找的不是予野塚車站遺跡的出入口，容易曝光這一點並沒有變。

聽阿爾法如此說明，阿基拉不由得轉過頭。戴爾兩人毫不設防的背影映入眼簾。

『……妳的意思應該是有這種危險性而已？』

『對啊。同時代表了有一定的機率會發生。』

也代表面對發生機率未知的事態，該採取何種程度的應對手段。阿基拉將之納入考量，稍微思考後做出結論。

『還是算了。其中一個大概單純是出自善意才提議，至於另一個人，只是被他發現遺跡的存在就要殺人滅口，感覺不太對。』

當下還只是擔憂。萬一擔憂的事真的發生了，那也沒辦法。就阿基拉的標準而言，殺害對方以隱藏予野塚車站遺跡的存在，目前他的認定是「感覺不太對」。

『阿爾法，妳會覺得我想法太天真嗎？』

阿爾法輕笑道：

『這部分的拿捏因人而異。只要是你做出的決定，我覺得都可以。』

『……這樣啊。』

阿基拉覺得心情輕鬆了點，笑了笑。

◆

阿基拉和謝麗爾一起看著遺物接連被裝進貨櫃的情景，同時討論予野塚車站遺跡的存在可能曝光的危險性以及其根據。

謝麗爾聽了，歉疚地低下頭。

「對不起，我這邊可能也處理得不夠周到。」

阿基拉笑著輕輕搖頭。

「哎，只是有這種可能性而已，別介意。如果藏成那樣還被發現，那也無可奈何。」

「謝謝你的諒解。」

「順便問一下，如果妳站在對方的立場，會怎麼想？」

「這個嘛，這地方有特別的意義，才會駕駛運輸車在這裡停車。那麼這裡應該有能卸貨或裝貨的地方。況且要特地跑到這種地方，也許有非常昂貴且危險的東西藏在這裡或是在這裡交易。我會這樣想吧。」

「那麼不妙的東西，比方說會是什麼？」

「比方說獵人辦公室收購處的盜賣品……之類的？」

「喔喔，聽起來確實很不妙。」

兩人閒聊時，裝載作業已經告一段落。阿基拉為了保險起見，決定再度掩埋遺跡出入口。這時附近的大樓廢墟映入眼簾。

由於某些構造上的因素，那棟大樓廢墟只剩下靠近牆面的部分。阿基拉見狀頓時靈機一動，對阿爾法提問。

阿爾法聽了，告訴他沒問題的同時向他確認：

『是能夠辦到，不過這樣一來，你之後會沒辦法自己挖開喔，真的好嗎？』

『是啊。反正規模那麼大，只要仔細找，肯定有其他出入口吧。所以這地方就乾脆堵住吧。』

『知道了。既然這樣，就大幹一場吧。』

阿爾法愉快地笑著，阿基拉也回以笑容。

阿基拉一度回到車上，拿了ＣＷＨ反器材突擊槍，走向大樓。隨後他靠著強化服的身體能力，穩穩架起槍身。

雖然大樓看似瀕臨倒塌，畢竟是舊世界的建築物，在這樣的狀態下依舊沒有倒塌而在荒野屹立不搖，到自然倒塌為止還需要漫長的歲月。

不過透過外力強迫它倒塌就是另外一回事了。

阿基拉仔細瞄準後扣下扳機。強力的專用彈自槍口擊發，命中大樓較脆弱的部分，彈頭陷進牆面，使龜裂呈放射狀擴張。

阿爾法用情報收集機器調查大樓的狀態後，基於那份數據計算出使大樓倒塌最具效果的槍擊點。每當子彈打進牆面，衝擊力就在牆壁內部傳播，使得大樓整體的持久度急遽降低。

阿基拉不斷射擊，在他兩次更換彈匣時，僅存於此的大樓開始發出碎裂聲。現在已經有零星的碎片開始自牆面剝落。

『阿基拉，事前準備這樣就很夠了。』

『好，那就來見識一下新強化服的能耐吧。』

阿基拉收起ＣＷＨ反器材突擊槍，站在大樓的側面，愉快地笑著。隨後他擺好姿勢，深深吸氣。與他的準備動作互相呼應般，強化服的效能提升至極限。

「喝啊！」

下一瞬間，阿基拉對大樓使出猛烈的踢擊。

在當作軸心的那條腿底下，堅硬的鋪設路面頓時因為反作用力而碎裂。以踢擊的腳為中心，大樓的牆面明明是固體卻在碎裂的同時如波浪般微微起伏、凹陷，將衝擊力道傳向大樓整體。

於是大樓開始傾頹。

『還不夠嗎！再一次！』

緊接著，迴旋踢再度踢向牆面，轟然巨響迴盪在四周。衝擊力道傳遍廢墟大樓，構造已經脆弱許多的牆壁有一部分瓦解而紛紛墜向地面。大樓更傾斜了。

『還不夠喔？真是堅固！』

『下次就是最後一擊了！』

『知道了！』

阿基拉聚精會神，控制體感時間，置身於時間流動變慢的世界中。阿基拉覺得自由落體的瓦礫莫名緩慢，用雙腳踩穩了承受踢擊的反作用力而向後滑開的身體，緊接著更向前加速，一個箭步高速前衝。將那速度也轉變為力量，強化下一擊的威力。

短時間內提升強化服的能源消耗量，對穿著者的四肢提供遠遠凌駕於常人的力量。而且阿爾法的輔助提供了熟練的駕馭技巧，更加增幅那份力量。將兩者合而為一，阿基拉使出了這個當下他所能施展的最強踢擊。

目標遭到這股威力直擊，衝擊力讓整體在崩解的同時倒塌，化為成堆瓦礫。於是予野塚車站遺跡的出入口被瓦礫堆徹底掩埋。

倒塌時激起的塵埃落定後，使勁伸懶腰的阿基拉從中現身，表情看起來心滿意足。

『新強化服的性能真不是蓋的……散播這件強化服壞話的傢伙，對這性能不滿喔？』

阿爾法洋洋得意地微笑。

『哎，因為那個人沒有我的輔助，從這角度來看說不定是正當的評價喔。』

『我知道。我很感謝啦。』

阿基拉與阿爾法愉快地相視而笑。

◆

謝麗爾在隔了一段距離的位置看著大樓倒塌的情景。因為剛才阿基拉指示她遠離，她原本就猜想應該有其用意，但結果超乎想像。

晚了半拍，她才理解阿基拉是為了堵住遺跡的出入口，也對於居然有必要做到這地步感到吃驚。

耶利歐在她身旁望著同樣的光景，臉上浮現僵硬的表情。

「……老大，那是阿基拉先生幹的？」

「應該是吧。如果不是，他也不會說有危險要我們離開。」

「為、為什麼要這樣？」

因為仍留有大量遺物的遺跡有可能被人發現，便徹底封住出入口，盡量減少曝光的可能性。謝麗爾這樣推測，但也不能對他解釋，因此隨口敷衍。

「誰曉得。一時興起吧？」

「……一時興起？一時興起就幹這種事？」

「是啊。你也知道阿基拉換了新強化服吧？也許只是他突然想測試新強化服的性能吧？」

「會為了這種事就故意讓大樓倒塌嗎？……是這樣喔？」

這說明未免太牽強了。耶利歐先是這麼想，但是阿基拉也許真的會這麼做的想法更勝一籌，他便在腦海中撤回了反駁。

「很厲害吧？」

「是、是啊。」

看到同樣的情景，會單純覺得厲害的人只有謝麗爾。其他孩子雖然也覺得厲害，但表情都變得僵硬。每個人程度不同，大家都感到傻眼與畏懼。

之後，謝麗爾等人與阿基拉會合，與滿載遺物的拖車一同回到都市。

因為貨櫃塞了太多東西，露西亞與娜夏便與謝麗爾一起乘坐阿基拉的車。

露西亞兩人因為得到阿基拉的原諒，表情僵硬地為之感到開心

◆

阿基拉一行人離開了掩埋在瓦礫堆底下的予野

塚車站遺跡出入口，過了一段時間，開車出現的牛馬納悶地歪過頭。

「……奇怪，應該就在這附近啊。」

車子的導航系統顯示就在這一帶，放眼望去卻找不到目標，就連附近原本應該能當作標示的薄片狀大樓都找不到。

儘管如此，應該就在這附近。牛馬這麼認定，開車在四周打轉尋找，但是遲遲找不到他想找的地點。

「混帳！是怎麼搞的？」

不知為何，車子的導航功能出了問題。他這麼認為，先回到原點再憑著自己的記憶再度往目的地移動，但依舊抵達同樣的地點。

「怎麼可能？應該就在這裡啊！到底是怎麼回事？」

牛馬認為暗藏於予野塚車站遺跡出入口的玄機應該是祕密倉庫之類的場所。

企業內部人士將盜賣品暫時隱藏在荒野，或是將交易地點設於荒野，這種謠言時有耳聞。與護衛勾結的運輸業者將貨物藏在荒野，任憑運輸車被怪物襲擊，再報告車輛與貨物都因此喪失，藉此詐領保險金的案例也發生過。

牛馬認為那個祕密倉庫很可能就是這類貨物的保管場所。

獵人就算竊取這類貨品也很少引發問題，因為只要聲稱是在荒野尋獲即可。當然貨物遭竊的那一方會心生怨恨，但接下來就是荒野法則的問題。一般人不惜與獵人互相廝殺而把事情鬧大，這種案例十分少見。

牛馬認為在荒野與謝麗爾的短暫交流中，他的陰謀並沒有被看穿。

他這種人如果死纏爛打、多加追問，對方也許就會起疑心，然而剛才提議幫忙的是戴爾那個道貌岸然的獵人，謝麗爾與他談話時也沒有不自然的反應。

而且，就算他的企圖已經被識破，光靠那輛運輸車的裝載量也有限。既然是刻意建造在荒野的大型倉庫，那輛車想必無法運走所有貨品。牛馬這麼認定。

於是他一個人搶先趕到這裡。探勘現場狀況後，如果憑自己沒辦法搬空，要找其他同夥也沒關係，不過首先還是要嘗試獨占。

然而他找不到現場。動作不快一點，物資也有可能被轉移到其他場所。一想到這裡，他便不禁焦急，但是怎麼找就是找不到。

「可惡！肯定就在這附近才對！」

焦急帶來煩躁，煩躁又更令人焦急。這時資訊終端機接到通話要求。牛馬看到傳訊者，頓時恢復理智，短暫猶豫後決定接聽。

「……幹嘛？」

資訊終端機傳來愉快的女性嗓音。

『還真沒禮貌。我可是有一份情報想賣，才特地聯絡你的喔。』

「妳以為我有錢能買嗎？不，就算我有錢，難道妳以為我會買嗎？」

『是喔？哎，我也不打算強迫推銷。那就再見嘍。』

「等等！」

牛馬不禁叫住她。他很明白通訊另一頭的女性是個品行惡劣的人，許多人與她扯上關係，最終落得破滅的下場。然而她也十分有能耐，牛馬認為既然她特意找上自己，肯定有其用意。

牛馬原本以為自己抓住了清償債務的希望，希望卻即將消失，這股焦慮讓他做出決定。

「……我就聽妳把話說完。」

『據說有個獵人僱用了好幾個貧民窟的小孩，進遺跡幫忙收集遺物。』

「所以呢？」

『真是遲鈍的男人。那個地方難度低得能帶小孩子一起去，而且遺物多到不惜找小孩子幫忙，對吧？』

聽完這番話，牛馬面露狐疑的表情。

（……嗯？怎麼回事？）

『恐怕是在某個遺跡發現了尚未被探索的部分吧。不過地點情報我也還沒掌握就是了。』

女性的話語刺激牛馬的思考。

（我在想什麼？我正要察覺什麼？到底在好奇什麼？正要回想起什麼事？）

『不過我拿到了那個獵人和小孩的情報。上次的傳聞，有個小孩帶著遺物進收購處。雖然那件事

最後只是謠言，但這次是確定的情報喔。』

（獵人？貧民窟的小孩子？用雙筒望遠鏡看向那輛運輸車的時候，除了那個獵人和衣服看起來很貴的傢伙，還有其他小孩。然後他們好像正在搬東西，大概是往地底搬運。所以我才會猜想地底下有祕密倉庫……）

『你不是為了還債被迫收集遺物嗎？既然這樣，難道不想要裝滿遺物的地點情報？』

（收集遺物……不是地下倉庫，而是遺跡？）

『你不覺得只要跟蹤那個獵人，他就會帶你去那個遺跡的未調查區域嗎？』

（未調查區域……未調查的遺跡？如果那些傢伙往地底搬運的其實是探索用的器材？如果底下的遺跡規模大得需要這種器材？如果那是個安全得連小孩子都能進出的遺跡？）

『你不想要那個獵人的情報嗎？當然這不是免

費的，不過你不覺得有稍微增加負債也該買下來的價值嗎？至於那個獵人的情報價格嘛……』

「妳閉嘴。」

『欸，怎麼啦？』

「總之先閉嘴。」

語畢，牛馬再度環顧四周。同時他檢視車輛的導航系統，最後再度定睛注視能當作標示的單薄大樓原本應在的位置。

在那裡有一堆瓦礫山，看起來就像那棟大樓倒塌而形成。注意到這一點，牛馬的臉龐頓時凍結。

（快回想起來！那傢伙叫什麼來著？我、我記得那女的講過！快回想起來！我記得……他叫……阿……阿什麼來著？阿、阿……？）

最後牛馬絞盡腦汁終於想起來，脫口說出那個名字。

「……阿基拉。欸，那個獵人的名字，是不是就叫阿基拉？」

資訊終端機傳出女性驚慌失措般的聲音。

『等等，你為什麼會知道啊！這情報你是跟誰買的！』

這瞬間，牛馬放聲大笑。這段時間女性的質疑依舊不停從資訊終端機傳來，但他毫不理會，只管哈哈大笑。

最後他切斷通訊，露出喜悅至極的猙獰笑容，望向瓦礫堆。

「肯定有吧？遺跡就在那底下！剛才入口就在那裡……他們以為被發現了，所以才埋起來！甚至不惜搞垮那棟大樓！」

牛馬立刻發動車子，全速趕回都市。

「埋了出入口是因為遺物已經搬空了？不，不對！已經搬空的話放著就好！是因為裡面還有很多，才會掩埋出入口！既然這樣，當然也知道拿到剩餘遺物的手段吧～～！」

豈止清償負債，得到億萬財產的可能性以伸手可及的機率擺在眼前。察覺到這個機會，牛馬毫不猶豫地伸出手。

「我會拿到手！那是我的了！」

為了抓住那個機會，牛馬決定不擇手段。

同一時刻，在久我間山都市的低階區域，某位女性看著通話結束的資訊終端機，輕笑道：

「加油喔。」

語畢，她以美麗卻也毒辣的笑容低語，與她想聯絡的對象通話。

「是我。大概開始行動了，所以拜託去確認一下。就這樣。」

從未察覺自己的陰謀已經被識破，為了自己投身賭局。女性想像置身於這般處境的人，非常愉快地笑了。

第79話 謝麗爾的災難

阿基拉一行人結束了在予野塚車站遺跡的遺物收集工作，回到久我間山都市後，首先前往阿基拉的家。

於是眾人將自遺跡運回來的遺物堆放在車庫。儘管有阿基拉作為後盾，要放在位於貧民窟的謝麗爾他們的據點，還是太過危險。

在這之後，阿基拉送謝麗爾等人回到據點，今天就此解散。這時已經日落，謝麗爾也必須趕快歸還拖車，於是決定報酬分配等事項待明天再詳談，阿基拉便在謝麗爾等人的目送下回到家。

雖然穿著強化服，但阿基拉也累了。用餐後泡澡消除疲勞，之後馬上就寢。

隔天，阿基拉為了談昨天的事情，打算前往謝麗爾的據點。聽說將荒野用車輛停放在據點前方能發揮抑制力，於是他做好準備。

他先進入荒野，沿著都市外圍前往貧民窟時，接到耶利歐傳來通話要求。阿基拉心裡覺得稀奇，還是接聽通話。

「是我。怎麼了？我再一下子就要到你們那邊了……」

『阿基拉先生！謝麗爾被抓走了！』

「啥？」

出乎意料的人物捎來的消息，告知他始料未及的事態發生。

◆

謝麗爾為了迎接阿基拉，在幫派據點的私人房間更衣。那是在拉凡朵拉以舊世界製衣物為材料訂做的服裝。

謝麗爾把這套衣服定位為面對特別重要的交涉時穿的決戰服，平常總是珍惜地收起來。

現在為了接待阿基拉這從某個角度來說最重要的工作，還有為了以這套曾經得到阿基拉真心稱讚的衣服加深彼此的情誼，她毫不吝惜地穿上這光是改造費用就花了150萬歐拉姆的昂貴衣物，妝點自己。

在她等候阿基拉到來時，幫派的少年慌慌張張地敲她的房門。

「進來吧。怎麼了？」

「老大，有獵人，呃，不是阿基拉先生，有其他獵人跑來，說有事要找老大。」

謝麗爾從少年的神色理解了那並非單純的訪客，表情轉為凝重。

「知道了。有問過對方的名字和來意嗎？」

少年有些膽怯地搖頭。

「那些傢伙現在在哪裡？」

「在據點的入口。」

「只是虛張聲勢也無所謂，先招集武力成員。我馬上就過去。拜託你了。」

謝麗爾露出微笑想讓對方安心。少年因此取回了些許鎮定，點頭後前去招集夥伴。

謝麗爾表情變回嚴肅，調整呼吸。

（看來不是友善的對象啊。阿基拉馬上就會到，在那之前先爭取時間吧。）

雖然得到了阿基拉作為後盾，但他並非常駐於據點，因此這種事態本就可能發生。謝麗爾如此做好心理準備後，判斷沒有時間換衣服，就這麼走出房間。

在據點的出入口，獵人們在等候謝麗爾。戴兜帽的男人、戴全罩式護盔的男人，以及臉部右半邊機械化的男人，一共三名。

從裝備和外觀來看，既不是落魄獵人，也不是假獵人。撇開人格優劣不談，他們都散發著在荒野的活動中習慣殺生的人會有的獨特氣息。

謝麗爾避免受對方的氣氛震懾，繃緊了表情。

「聽說你們有事找我，是什麼事？」

獵人們互相使了眼神，隨後其中一人脫下了原本戴著的兜帽，對謝麗爾現出臉龐。

「是你……！」

「好久不見啦。」

牛馬笑道。他的臉上沒有對謝麗爾的侮蔑，但也沒有敬意。

「我找妳有事。正好有事情要跟妳問清楚，妳得跟我們一起來。」

牛馬說完便抓住謝麗爾的手臂。同時其他獵人立刻舉槍。

這時，一名運氣不好的幫派武力成員做好準備來到這裡。一看到眼前的情景，他不由得想舉槍。

「你們幾個！想幹嘛……」

少年開口，但是他話還沒說完便全身沐浴在彈雨之中斃命。對怪物用的強力子彈不只貫穿少年廉價的防護服，甚至將之撕裂扯飛，碎片與底下的肉體一同朝四周飛濺。

晚了一瞬，耶利歐也趕到現場。然而他馬上全力向後跳開，躲過了敵人的槍擊。四周的地面和牆壁不只是彈痕累累，甚至幾乎要崩塌了。

幫派成員的慘叫聲響起。但是牛馬三人絲毫不

為所動。

謝麗爾對部下們大喊：

「退下！」

牛馬憑著蠻力把謝麗爾拖出據點。兩名獵人同伴則是對周圍簡單掃射牽制後，跟著牛馬一起走出據點。

槍聲平息，經過好一段時間，幫派的孩子們才戰戰兢兢地探頭窺探狀況。飛濺的血與爬滿彈孔的牆壁與地面，顯而易見地告知敵對者的威脅度。

過了好半晌，耶利歐才擺脫了險些被殺的恐懼感，聯絡阿基拉。

◆

從耶利歐口中聽聞狀況後，阿基拉表情凝重地反問：

「所以，不知道對方是誰，為什麼抓走了謝麗爾，也不知道她現在在哪裡。你也沒有頭緒。是這個意思嗎？」

『是啊。抱歉，完全一頭霧水。』

「這樣啊。有什麼發現再聯絡我，先這樣。」

阿基拉的態度簡直像是要結束無關緊要的話題般。耶利歐希望他身為幫派的後盾能夠設法解決，連忙叫住他。

『拜、拜託先等一下！就這樣嗎！』

「什麼就這樣，光靠這些情報，我能怎麼辦？哎，我也會自己想辦法找人就是了。就這樣。」

阿基拉說完便切斷通話。

「阿爾法，我姑且問一下好了，靠剛才的情報有辦法找出謝麗爾的位置嗎？」

『我再怎麼神通廣大也辦不到。』

「我想也是……」

如果知道謝麗爾的位置，阿基拉也願意趕去救她。因為之前就約定了，某種程度上會伸出援手。

但是要從找人這個階段開始，事情就不容易了。都市和荒野都非常寬廣，就算將地點限制在貧民窟，整個地區也夠大了。儘管耶利歐拜託他盡全力設法找人，他也無法輕易答應。

阿基拉迷惘著該怎麼做才好時，阿爾法輕描淡寫般說道：

『如果你要去救謝麗爾，要往那邊喔。抓走謝麗爾的那些人正開車在荒野上移動。』

阿基拉露出複雜的表情，對阿爾法投出略帶責怪的視線。

「……妳剛才不是說辦不到嗎？」

阿爾法毫不介意地笑著回答：

『光靠那些情報當然不可能找出位置，但是透過其他情報就沒問題喔。』

阿基拉回以苦笑。

「是喔是喔，我知道啦，是我的問法不對。是那邊對吧？知道啦！」

既然知道了位置，就沒必要迷惘。阿基拉急遽改變行車方向，洩憤般讓車子猛然加速。

◆

牛馬等人的荒野用車輛是車頂部分連骨架都沒有的款式，構造上適合乘車的同時開槍射擊，或是裝載大量貨物。

牛馬強押謝麗爾上車後，就這麼離開貧民窟，朝著荒野前進。

途中他讓夥伴代替他開車，動作粗暴地把原本扔在後座的謝麗爾移到車輛後方的載貨台上，與她面對面。

「好啦，讓妳久等了。開始談正事吧。我有些事想問妳。」

謝麗爾對牛馬投出尖銳的視線。

「我是不知道你想談什麼，不過你以為我會說嗎？」

「那我要問了——」

牛馬不理會謝麗爾的回答，抓住她的右手，問題出口之前先折斷了她的小指。

謝麗爾因為劇痛而猛烈地皺起臉。牛馬看著她的反應，問道：

「我想知道遺跡的入口。在哪裡？」

「……我不知道。」

牛馬將謝麗爾的無名指也折斷。

「在哪裡？」

「我不知……道。」

謝麗爾的臉龐、聲音與身軀都因為劇痛而顫抖，但她直瞪著牛馬回答。對方毫不猶豫地將中指也折斷，謝麗爾的臉因為痛楚而更加扭曲了。

「別這樣說嘛。在哪裡？」

「我……不……知道。」

下次大概就是食指了。謝麗爾感到恐懼，臉龐僵硬。即使如此，她依舊筆直瞪著牛馬。

牛馬一直觀察著謝麗爾的反應，儘管他的同伴露出疑惑的表情，他的反應卻完全相反。他喜孜孜地笑了。

謝麗爾也難以理解。這時他更說出了意料之外的話。

「是喔？妳知道啊！太好了。硬是把妳拖出來了，這樣講也許有點那個，不過我其實原本有點不安，怕妳真的什麼都不知道。我放心了。」

「我不是說……不知道嗎？」

「不，妳知道啊。妳絕對知道。至少妳明白到不覺得我的質問莫名其妙，而且理解程度也足以讓妳聽了我的問題後沒有反問。顯然妳很清楚我想知道什麼。」

聽他這麼說，謝麗爾的表情浮現了劇痛造成的痛苦之外的感情。那同樣是牛馬期待的反應。

「如果妳真的什麼都不知道，態度應該是不曉得我在問什麼才合理。然而妳的態度是理解了問題的內容，卻故意回答不知道。演技還真行。要不是在荒野見過妳一次，真的會被妳騙了。」

牛馬發自內心讚賞。

「在痛覺干擾的同時還要演戲，很費心力吧？至少腦袋沒辦法假裝『不知道你在問什麼』吧？所以我才先折斷手指。真是做對了。」

謝麗爾一面忍受痛楚一面瞪著牛馬。但是和剛才相比，表情中的畏懼已經比憤怒更明顯。

「這樣一來，就確定那個地方有遺跡了。而且我也不曉得那裡居然有遺跡，表示肯定是未探索的遺跡。」

謝麗爾的食指被折斷。

「那麼，回過頭來繼續問。我想知道那個遺跡的出入口。不是埋在瓦礫堆底下的那個喔，是其他入口。妳應該知道。在哪裡？」

「我、我不知道……」

姆指也被折斷。

「別這樣講嘛。要挖開那個出入口，只能弄來工程機具花時間慢慢挖。要是這麼做，未免也太醒目了，難得藏在地下的遺跡，這下就會變得眾所皆知。明知如此，你們毫不遲疑就封死那個出入口，表示應該有其他出入口才對。沒錯吧？」

「我不……知道……」

「還真頑固啊～～」

牛馬握起謝麗爾的左手。她反射性地顫抖。

「等這隻手的指頭折完，接下來就是手臂嘍。為妳自己著想，趁現在說出來吧，好不好？」

「我、不知道……」

小指與無名指同時被折斷。劇痛造成的慘叫聲自謝麗爾的嘴冒出。

「沒剩太多機會了喔。等到雙手雙腳都折斷，妳還是沒回答，我就會把妳扔出車外。因為沒別的辦法，我會不惜引人注目也要挖開那個入口。當然這樣一來，遺跡的存在一定會被其他獵人發現，但也只是變成先搶先贏罷了，遺物收集的成果不會差到哪裡去。妳要是覺得死守沉默就能保命，那可沒用喔。」

「我不知道……」

目睹謝麗爾堅定的意志，牛馬這下也斂起了笑容。隨後他打算一口氣折斷剩下的三根手指。

但這時他的同伴們插嘴發問。名為貝葛利斯的男人雖然戴著全罩式護盔，仍發出清晰的說話聲。

「那有誰會知道？那個叫阿基拉的獵人嗎？」

「我不知道……」

「是妳和那個獵人找到了遺跡吧？所以妳才會幫忙收集遺物，沒錯吧？」

「我不知道……」

「不知道的話，妳到底在那個地方做什麼？妳說啊。」

「我不、知道。」

謝麗爾因為痛苦而皺著臉，額頭上掛滿了冷汗，不斷重複說著「我不知道」。這時半張臉機械化的男人凱尼特突然發現某件事。

「……喂，妳叫什麼名字？」

「我、不知道。」

「這傢伙……打從一開始就只回答不知道！」

牛馬三人不由得面面相覷。

如果要編造謊言來回答問題，一旦回答得夠具體，要從內容的矛盾之處識破謊言絕非不可能。但如果無視問題內容，單純重複同樣的回答，那就無異於死守沉默，要看穿謊言就變得極其困難。

就算讓她全部回答「不是」，再從反應來識破真相，現在的謝麗爾已經受到劇痛的嚴重影響，要從細微的反應看穿真實與否非常困難。

牛馬不由得拎起謝麗爾的前襟，把她抓到自己面前。

「喂！遺跡呢！那邊有新發現的遺跡吧！」

「我、不、知、道。」

謝麗爾因為痛楚而扭曲的臉上透出嘲笑對方的神色。

「這、這傢伙……」

牛馬無法分辨她臉上的嘲笑究竟是在嘲笑他們拚了命尋找其實不存在的遺跡，還是為了讓他們懷疑遺跡是否存在的演技。

凱尼特安撫牛馬。

「你冷靜點。從狀況來判斷，有未發現遺跡存在的可能性很高。就算不是遺跡，祕密倉庫裡面很可能還裝滿貨物，所以我才跟你跑這一趟。不要殺了這傢伙，那只會白白失去一個情報來源。」

「……說的也是。知道了。」

牛馬鬆手放開了謝麗爾。已經難以獨力站立的謝麗爾就這麼癱坐在車上。

「話說，牛馬，原本是打算直接過去現場，就這樣也沒關係嗎？」

「是啊。原本的計畫是從其他出入口進入遺跡，不過這傢伙打死都不說的話，要麼設法挪開那堆瓦礫，不然就是在附近搜索其他入口。」

「不管是要挪開或是搜索，只靠我們，人手不足吧？」

「找愈多人來，能分到的就愈少。光是找你們兩個都是苦澀的抉擇了。」

牛馬說著，露出煩惱的表情。貝葛利斯與凱尼特見狀，愉快地笑了笑。

他們兩個和牛馬同樣是負債累累的獵人，也是集團遺物收集作業的參加者。因為指揮能力高低問題，工作時聽從牛馬的指揮，但論身為獵人的戰鬥力，兩人都在牛馬之上。唯獨負債的金額位數不相上下。

從遺跡的其他出入口進入的地點不保證安全。發現遺跡的獵人之所以找上貧民窟的小孩隨行，是為了讓小孩先進去確認安全與否。牛馬認為有這個可能性，因此從戰鬥能力的角度挑選夥伴。

車子明顯偏轉了行進方向，因此格外強烈的搖晃傳遍全車。牛馬不由得面露納悶的表情，視線轉向駕駛座上的凱尼特。

「怎麼啦？」

「對向車用很快的速度衝過來。我怕危險，刻意多拉開一點距離。」

「是喔。哎，畢竟是這種時候，小心為上……

嗚喔！怎麼了！」

「對向車也跟著切換方向了！在讓道之前先放低速度啊！」

凱尼特露出困惑之色。雙方為了讓道而同時轉往相同方向還能以偶然解釋，但是完全不放慢速度就無法理解了。而且確認搜敵機器的反應，對方也並非處於被怪物追逐的狀況。

凱尼特迫於無奈，只好更偏轉方向讓路。但是對方再度配合他轉向，而且不只是沒有放緩速度，反而在加速。

這時凱尼特終於發現，驚愕道：

「那混帳！打算撞上來！」

牛馬不由得將視線轉向對向來車，注意到駕駛的身分而吃驚地皺起臉。

「是那傢伙！」

來車正是阿基拉的車。

凱尼特試圖閃避衝撞，但彼此都急遽拉近距離，而且對方就是為了撞上來才全速衝刺。現在已經避無可避，他放棄駕駛車輛，大喊：

「跳車！」

牛馬等人毫不猶豫便跳出車外，沒有任何空檔能帶著謝麗爾離開。

下一瞬間，兩輛車猛烈對撞。撞擊力道將謝麗爾朝車外高速拋出。

◆

因為車輛對撞，謝麗爾被拋出車外，飛在半空中。在時間流動異常緩慢的世界，她忘記了雙手的疼痛，明白自己必死無疑。

（明明都那麼努力了……而且昨天阿基拉還向我道謝……）

雖然非常輕微，但終於得到了阿基拉的認同；好不容易得到了阿基拉的信賴。接下來一切肯定會更上軌道。一想到這份期待才剛萌芽就無疾而終，相較於自身的死，這讓謝麗爾更加悵然。

（還真突然……）

謝麗爾面露哀戚的笑容，怨嘆一切都已結束時，望向碧藍的天空。

這時，她的身子落入阿基拉的懷中。

「咦？」

太過突然的事態讓謝麗爾幾乎沒有反應，只是發出細微的疑問聲。而在空中抱住救援目標的阿基拉落地。那股衝擊力讓謝麗爾回過神來。

「很好。沒事嘛。」

「咦咦！」

但是她立刻再度陷入混亂。阿基拉一臉不在乎似的說她沒事；就這麼抱著她拔腿奔馳；太過吃驚讓她回過神來，頓時想起手指傳來的劇痛，再加上奔跑時的震動刺激著傷處。這一切都讓謝麗爾更加混亂。

「嗚呃！」

疼痛與混亂讓謝麗爾不禁發出怪聲，她就這麼任憑阿基拉抱著奔跑。

◆

阿基拉靠阿爾法的輔助掌握了謝麗爾的位置後，抄近路移動到牛馬等人前方。隨後他決定開車連同車子一同撞向對方，目的是先從他們手中奪回

謝麗爾。

因為他認定要求對方投降也只是白費功夫，就算這麼做，也只會讓對方把謝麗爾當作擋箭牌使用罷了。

敵人是複數。沒有空以遠距離射擊一一射殺，也沒有自信在還活著的敵人殺掉謝麗爾前快速打倒所有人。再加上就算真的辦到了，失去駕駛的車子一旦失控翻覆，謝麗爾也可能因此喪命。

如果從對方背後追逐，花費時間拉近距離的過程中會遭到槍擊。如此一來，不管是要追上還是要救出謝麗爾都有困難。

既然這樣，乾脆從前方救援——阿基拉這麼考慮，便連同車子一起撞進與牛馬等人的交戰範圍。

不過在這之前，他也對阿爾法說明過自己的想法。因為當時阿爾法沒有制止，他也判斷這應該是不錯的方法，於是付諸行動。

雙方的車上都貼著裝甲貼片，但是在近乎正面對撞的狀態下，減輕衝擊的效果也有限，而且乘客自身的慣性不會消失。謝麗爾無從抵抗，被拋出車外。

儘管如此，撞擊的瞬間謝麗爾並未受重傷，是因為她穿著前些日子訂做的服裝。舊世界製的衣物中，有些甚至擁有更勝現代製防護服的防禦性能。以那種舊世界製的服裝為材料改造的寶貴衣服，為謝麗爾抵抗了衝撞時的衝擊力。

再加上朝著牛馬的車子全速衝撞時，為了讓謝麗爾盡可能朝安全的方向飛出去，阿爾法先縝密計算了衝撞的位置與角度等條件，最後才付諸實行。多虧如此，謝麗爾以某種意義而言，可說是安全地被扔出車外。

同時阿基拉自己也跳出車外，抱住半空中的謝麗爾後落地。在衝撞之前就集中精神，控制體感時間，在時間緩慢流動的世界中不慌不忙地發揮強化服的力量跳躍，正確估計與謝麗爾之間的位置，成功在空中救下她。

現在的阿基拉還難以獨力執行這一切，但是在阿爾法的輔助下，這種程度易如反掌。

救回了謝麗爾，阿基拉連忙脫離現場，奔向附近的瓦礫後方。隨後他把謝麗爾放到地上，再度仔細檢查她是否有受傷，然後安心地輕輕吐氣。

「輕傷啊，還好還好。」

謝麗爾因為這句話而嚇了一跳，反倒讓她恢復了鎮定。她面露苦笑。

「謝謝你救了我。不過，呃，我想應該不算是輕傷……」

謝麗爾如此說道，對他展示七根手指扭曲變形的雙手。

「啊啊……是重傷沒錯。」

所謂的重傷，指的是手被切斷或腳被扯斷之類的狀態。阿基拉回憶起之前有人這樣對他說過，發現自己對輕傷的認定已經嚴重偏離常人。

隨後他沒來由地苦笑，取出回復藥。

「嘴巴張開。」

「啊，那個，我不是要求你……」

「張嘴就對了。」

阿基拉把回復藥塞進順從地張開的口中。謝麗爾顯得有些難受地嚥下藥物。

即使是經口服用，一盒200萬歐拉姆的回復藥同樣很快就開始生效。幾秒鐘內，謝麗爾的雙手便不再疼痛，同時治療用奈米機械集中在折斷的手指，開始為她治療。

謝麗爾吃驚地看著雙手時，阿基拉握住了她的手。

「咦？」

謝麗爾不由得發出變調的聲音。但是，自己的手突然被心上人握住的驚訝，馬上就因為下一句話而被覆蓋成不同的驚訝。

「會有點痛喔。」

阿基拉開始將謝麗爾歪曲彎折的手指扳直。

「咦咦！」

謝麗爾預想劇痛將來襲，發出細微的慘叫聲。然而真如阿基拉的預告，多虧回復藥的鎮痛效果，只是有點痛而已。折斷的手指因為被扳回原位，更迅速地得到治療。

「應急處置就先這樣吧。再多吞一些。」

阿基拉將追加的藥劑擺到謝麗爾手上，把剩下的回復藥收起來。

「我這就去殺掉那些傢伙，妳就躲在這裡。因為很危險，千萬不要動，也絕對不要探頭。」

謝麗爾不由得露出疑惑的表情。

「你說很危險……那些人應該也被扔出車外了啊……」
「不，那些傢伙都是自己跳車的。」
「就算這樣，不死也會重傷吧……」
聽了謝麗爾出自常識的判斷，阿基拉搖頭。
「所有人都活著，而且毫髮無傷。」
阿基拉留下這句話，衝出瓦礫後方，準備去殺死牛馬等人。
被留在原處的謝麗爾呢喃道：
「所謂的獵人……都像這樣嗎？」
常識由當事人生活的環境來決定。謝麗爾再次被迫理解置身於她常識之外的人們有多麼異常。

◆

牛馬等人在衝撞前就跳車，在撞擊地面之前，姿勢不穩但還是事先做好了護身準備。因此，他們雖然並非毫無問題地平安落地，靠著強化服提供的防禦力與身體能力，損傷頂多在有點痛的程度。
趴在地上的牛馬有些搖搖晃晃地站起身，表情凝重地掃視周遭。
「……那小鬼，居然出這招。喂！沒事吧？」
凱尼特兩人也挺起身，開始確認周遭狀況。
「是啊，還算沒事！話說回來，那個小鬼是什麼來歷啊？喂，牛馬！你剛才喊『是那傢伙』，你認識他嗎？」
「對。那傢伙就是那個叫阿基拉的獵人，之前自稱那女人的護衛……該不會是來救那個女的？」
牛馬尋找謝麗爾，但是找不到她的身影。想到她也許被衝擊力拋飛至遠處，放眼掃視周遭一帶，卻同樣找不到。
貝葛利斯用槍指著阿基拉的車輛，檢查駕駛

座。理所當然，車上空無一人。

「也沒看到那個叫阿基拉的傢伙，女人也不見了。這樣的話，他帶著女人逃走了？……不對，等等，如果他來救那女人，怎麼會開車直接撞上來？牛馬！真的是那個叫阿基拉的小鬼嗎？」

「對，不會錯。千真萬確。」

牛馬篤定地回答，但表情中帶著疑惑。

「真的是他沒錯……不過為什麼要用車子撞？不管是來救人，或是來殺人滅口，做那種事情都沒意義吧？」

牛馬三人腦海浮現一樣的疑問，同樣苦苦思索。然而在三人的情報收集機器顯示搜敵反應的瞬間，他們都將車輛當作掩蔽，做好迎戰準備。

他們馬上就察覺那反應就是阿基拉，切換意識準備廝殺。

◆

阿基拉自瓦礫後方衝出後，憑著強化服的身體能力飛奔。然而他反倒被過剩的身體能力擺布，奔跑動作稱不上非常流暢。

阿基拉現在不靠阿爾法的輔助，操控著強化服。他甚至控制了體感時間，拚全力驅動身體，感覺只要稍微放鬆注意力，自己就會立刻跌倒。

在流速放緩的世界中，平常的肉體能力會讓人覺得身體跟不上意識的速度，一舉一動都慢得教人著急。

但是在穿著這件強化服的狀態下，當意識的時間流速愈慢，也就更能快速驅動自己的身體，甚至連加速中的意識都覺得身體快得過頭。

阿基拉還無法完全吸收兩者間的差異，這個稚嫩之處化為不安定的動作顯露出來。阿基拉也有所自覺，表情緊繃，不由得吐出喪氣話。

『阿爾法！真的危險的時候要靠妳了喔！』

在他身旁，阿爾法笑得一如往常。即便阿基拉控制體感時間，她的反應也不會因此變慢，看起來和平常沒有兩樣。

『放心交給我。不過你要盡你所能努力喔。』

『我知道！』

阿爾法要求阿基拉獨力打倒牛馬他們。真的有危險的時候，我會出手幫忙，趁這機會理解自己沒有我的輔助能發揮多少戰力吧——剛才她笑著如此指示。

有必要偏偏挑這種時候嗎？阿基拉起初面有難色，但阿爾法反倒告訴他，就是在這種時候確認才有意義。

對方的強度適中，而且真的想殺阿基拉，所以適合當作訓練。阿爾法如此斷言。

為了殺死訓練對象，阿基拉劃出偌大的圓弧，與敵人拉近距離。如果直線奔向對方，敵方的彈道就會與謝麗爾藏身的瓦礫重疊。

同時他一邊跑一邊舉起DVTS迷你砲。在他決定要開車衝撞對方時就已經事先從車子卸下，帶在身上，也換上了擴充彈匣。

CWH反器材突擊槍也已經一併卸下，現在揹在阿基拉背上。那重量使得阿基拉的速度減慢。

緊接著他操控情報收集機器，提升對車輛附近的精密度，進行搜敵。反應雖然不明瞭，但確實捕捉到三個人的存在。因為沒有阿爾法的輔助，無法隔著車輛看見對方的身影，然而能確認敵人就在該處就很夠了。

瞄準敵人附近一帶扣下扳機。槍身高速旋轉，以肉眼無法確認的速度連續擊發子彈。為了避免短時間內就耗盡子彈，他事先降低了射擊速度，不過掃向目標附近的子彈照樣堪稱豪雨。

大量子彈命中了兩台車，接連使得裝甲貼片破損。與中彈時的衝擊力起反應，裝甲貼片產生的力場裝甲散發細微的衝擊轉換光，一瞬間照亮中彈部位。閃爍的光點代表了槍擊的劇烈程度。

在槍聲迴盪時，隔著車輛的另一側，牛馬等人聽著槍擊聲，推測敵人的實力。

「彈量很多啊。是迷你砲類吧？」

「便宜的強化服應該會因為重量和後座力而無法正常射擊。他穿的強化服還不錯。」

「哎，這種程度的話沒問題，快點殺掉吧。支援我。」

「了解。」

貝葛利斯開始行動，牛馬與凱尼特則是動手支援。

阿基拉一面用ＤＶＴＳ迷你砲濫射，一面調整與對方的距離。這時他注意到貝葛利斯離開了車輛的掩蔽。

阿基拉判斷那是個好目標，將槍口轉向他。認定稍微打偏也能憑著數量彌補，讓原本向四周亂撒的子彈朝貝葛利斯集中。

然而貝葛利斯承受了那陣彈雨。他那身彷彿穿著厚實鎧甲，強調防禦性能的強化服，彈開了ＤＶＴＳ迷你砲射出的子彈。

「什麼！」

阿基拉露出訝異之色，他前方的貝葛利斯也舉起了迷你砲。

阿基拉見狀，用腳尖勾起瓦礫般向上踢。一塊偌大的瓦礫浮向空中，成為了盾牌。

貝葛利斯射出的大量子彈直擊那塊瓦礫。瓦礫沐浴在彈雨下破損，轉瞬間便裂成碎塊。阿基拉趁機橫向跳開，避開敵人彈道並且反擊。

但是他的槍擊對貝葛利斯幾乎不起作用。中彈使他稍微搖晃失衡的同時，開槍射向逃離子彈的阿基拉。

阿基拉憑著強化服的身體能力在地上飛馳，逃過了敵人的迷你砲的彈道。聚精會神閃躲，避開那陣掃射，朝著其他瓦礫堆移動，好不容易衝進了幾乎全毀的廢墟後方。

要不是對方因為中彈而輕微失衡，瞄準顯得紊亂，剛才差點就沒命了。阿基拉這麼想著，表情凝重地呼氣。

『中那麼多槍還沒受傷，是怎麼回事？不，應該不至於完全沒損傷吧。』

這時一臉輕鬆笑容的阿爾法給他建議。

『DVTS迷你砲的擴充彈匣為了降低價格並增加彈數，每發子彈的威力稍微偏低。遇上那個對手要用CWH反器材突擊槍。』

『知道了……下次買貴一點的子彈吧。』

阿基拉面露苦笑。愈是削減彈藥開銷，就等同於削減自身的安全。他理解這一點，但有無實際體會又是另一回事。

然而，如果時時提防所有不測，預算轉眼間就會耗盡。名為預料之外的不幸，在當下的狀況同樣對阿基拉造成確實的威脅。

這時阿基拉的雙手擅自動作，將DVTS迷你砲朝上方掃射。彈雨迎擊了榴彈，爆炸衝擊力朝四周擴散。

阿基拉愣住的時候，阿爾法對他擺出得意的笑容。

『剛才很危險喔。』

『謝了！』

阿基拉立刻開始移動。

剛才射出榴彈的是牛馬，告知他目標位置的是凱尼特。兩人看準了貝葛利斯的槍擊吸引對方注意力的時機出手，對方卻萬無一失地化解，兩人都感到訝異。

「牛馬，快射下一發。」

「了解了。」

因為他們原本就打算進入未調查遺跡，預備彈藥非常充足。他們毫不吝惜地耗費彈藥，要了結阿基拉的性命。

阿基拉一面移動一面尋找能反擊的空隙。但是榴彈從上方而來，掃射從側面來，兩種攻擊方法都容易阻礙他的行動。然而駐足於原處只是等死，因此阿基拉將注意力放在移動上。

儘管如此，他還是抓到空隙以ＣＷＨ反器材突擊槍確實命中貝葛利斯。擊發的穿甲彈紮實命中了全罩式護盔。

但是貝葛利斯連穿甲彈也擋下了。只是護盔出現龜裂，架勢猛然歪斜，距離致命傷還很遠。

『可惡！早知道就用專用彈！』

要在久我間山都市近郊的荒野使用，專用彈的價格和威力都太高了，因此平時裝在ＣＷＨ反器材突擊槍的預備彈匣是穿甲彈，這讓他現在吃了虧。

而且專用彈的彈匣還在車上，沒帶在身上。

阿基拉沒其他辦法，只能用穿甲彈反覆射擊。扣下扳機的瞬間，壓縮體感時間以延長瞄準可用的時間，確實瞄準狙擊。他的努力見效，每次射擊都彈無虛發，擊中了貝葛利斯的軀幹與腳。

有效但並不顯著。雖然一度使貝葛利斯失衡跌倒，他卻若無其事地起身，繼續開火。而且這段時間內，榴彈依舊不停落向阿基拉。

在稱不上優勢的狀況中，敵人的頑強與自己的弱小，兩者都讓阿基拉臉色凝重。

雖然是三對一，敵人和過去在崩原街遺跡的地下街交戰過的遺物強盜相比，實力顯然弱了許多，再加上阿基拉自身的裝備強度比那時大幅提升了。

在這樣的條件下只能平分秋色，阿基拉體會到自身成長，也確實感受到自己的實力仍有待磨練。

『阿基拉，右邊。』

『……知道了。』

這句話既是輔助，也是實力不足的證明；然而只需要這種程度的輔助，也是成長的證明。阿基拉這樣告訴自己，集中精神於戰鬥上。

◆

凱尼特把貝葛利斯與牛馬當作誘餌，成功繞到阿基拉的側面。這是他將攻擊交給兩人，自己專心收集情報並負責支援，小心不吸引注意地悄悄移動的成果。

找到好位置，他緩緩地慎重架起狙擊槍。目標光是應付牛馬兩人就費盡心力，搜敵也都專注在兩人身上。自己已經將動作壓抑到最小，就算置身於對方的搜敵範圍，也不用擔心被他發現。凱尼特如此確信。

阿基拉的強化服看起來沒有貝葛利斯的強化服那樣的防禦力。子彈的威力非常充足，只要打到身上任何部位就贏了。就算沒有當場斃命，中彈而動作遲緩的對手只是區區標靶，絕不是我方的敵手。

他這麼想著，瞄準對方。

先固定彈道，集中意識等敵人的身影與彈道重疊的瞬間。要慎重，為了一發斃命，他等候時機。

這時，阿基拉的身影與彈道重疊。

（逮到你了！）

他立刻要扣下扳機，就在這瞬間，瞄準鏡中的阿基拉與他的視線對上。

驚訝讓凱尼特的意識短暫停擺。趁著這破綻，阿基拉已經將ＣＷＨ反器材突擊槍指向凱尼特。

兩聲槍響。穿甲彈正中凱尼特的眉心，臉上掛著吃驚表情的他當場斃命。事先就知道自己被瞄準的阿基拉則在千鈞一髮之際成功躲過。

因為傳過來的搜敵情報突然中斷，貝葛利斯察覺到凱尼特已經被打倒了。

（凱尼特……！該不會被幹掉了吧！）

在彼此都不知道敵我位置的狀態，你躲我藏之間互相尋找的槍擊戰中，貝葛利斯一點也不認為對上凱尼特會有勝算。凱尼特在他擅長的狀況下被打倒，讓貝葛利斯難掩震驚。

牛馬的榴彈攻擊也明顯變得不再精確。因為失去了凱尼特提供的情報，已經難以達成讓榴彈自敵人頭頂上墜落的極端曲射。

牛馬的攻擊方法轉為單純從貝葛利斯的槍擊方向推測敵人位置，不管三七二十一就轟出榴彈，試圖以榴彈數量克服敵人位置不明的問題。

因此，濃密的爆炸煙塵開始在四周瀰漫。那也對情報收集機器造成影響，降低了搜敵的精密度，所以貝葛利斯也追丟了阿基拉的位置。

「可惡……！在哪裡？」

一面撒出子彈，預備對方的反擊。憑著自己的強化服就能抵擋對方的攻擊，這一點已經實際證明了。為了朝著對方反擊時的位置集中開火，他靜候時機。

但是貝葛利斯無法抓住這次機會。阿基拉並非以槍擊，而是把煙塵當作煙幕，朝他逼近。

阿基拉突然自煙塵中現身之際，貝葛利斯的反應慢了半拍。在他想挪動沉重的迷你砲槍口重新瞄準時，阿基拉已經逼近至極近距離。隨後他乘著衝刺的速度使出踢擊。

那踢擊無法對貝葛利斯造成分毫傷害，但他仍舊無法免於向後跌倒。貝葛利斯慌張地想起身，然而阿基拉彷彿要用ＣＷＨ反器材突擊槍捅穿護盔般刺出，那股衝擊力打斷了他的動作。

「這樣總該有效了吧。」

阿基拉說完，正確抵著上次中彈位置的槍口噴發火光。在極近距離射出的穿甲彈貫穿了牢固的護盔，使護盔內部染滿腥紅。

牛馬表情異常凝重，對著通訊器大吼：

「凱尼特！貝葛利斯！回答啊！」

雖然通訊暢通，但沒有回答。表示兩人都已經被殺了。

「……可惡！原來那傢伙這麼強？」

在牛馬眼中，阿基拉的實力看起來不怎麼樣。裝備的水準確實不錯，但牛馬認為那只是他從未發現遺跡取得遺物，用變賣的錢才買到那套裝備。只有裝備性能特別好的平凡獵人，就小孩子來說還算有點實力。他這種出自直覺的判斷，因為兩名夥伴已經被殺的現實而被顛覆。

與他比拚實力，勝算很低。他如此判斷後，逃跑這個選項浮現腦海。

（……車子，還能動嗎？……至少先確認一下好了。）

荒野用的車輛比一般車輛更耐撞，再加上車體也貼著裝甲貼片。牛馬慎重地靠近車子。

牛馬運氣好沒被阿基拉發現，抵達了車輛旁，他立刻先確認車子還能不能動。不過他並未得到幸運眷顧，車子無法發動。

「不行嗎……」

既然如此，他便先尋找有無其他武器。但他只在阿基拉的車上找到預備彈藥，自己的車子上只有探索遺跡用的器材和道具。

束手無策。這樣的念頭不禁浮現，牛馬已經幾乎自暴自棄，心想：難道只能抱著兩敗俱傷的覺悟挑戰阿基拉了嗎？

他如此思考時，從車上掉落的物體映入視野。那刺激了走投無路而自暴自棄的牛馬的思路。

使得牛馬產生了平常絕不會有的念頭。那種念頭在正常的戰鬥中不會真的實行，但是他判斷勝算高過抱著兩敗俱傷的覺悟與阿基拉正面廝殺，因此付諸行動。

牛馬將自車上掉落的物體填裝於手上的榴彈發射器，靠著還能運作的車載導航功能確認當下位置與周遭地圖，隨後朝著他認為最有效果的方向射出人稱誘敵機的道具。

◆

因為牛馬似乎想逃走，阿基拉一度回到謝麗爾身旁。他不能為了追逐逃走的牛馬，將謝麗爾獨自一人棄置在荒野中。

阿基拉說明狀況後，詢問她的意見。謝麗爾膽怯地表達意見。

「如果可以，我希望不要追殺，先回都市。」

「這樣真的好嗎？要是讓他逃走，也許就沒有機會殺了。」

「殺掉襲擊者是很重要沒錯，但要是追得太遠而死，就本末倒置了。那個，不是阿基拉會死，是我會死。對不起。我不想死。」

謝麗爾說完，神色歉疚而懇切地低下頭。

謝麗爾的意見也可說是理所當然，但阿基拉的第一反應卻是十分意外。他再度體認到自己在各方面都偏離了常識。

「哎，嗯。我知道了，那就回去吧。不過這樣一來也沒車子，只能拜託葛城他們來接人，或是走路回去。妳覺得呢？」

「……阿基拉，我有個小疑問，為什麼要用車子直接撞上來？車子就是因此壞掉了吧？」

「我想說這樣比較快又確實。」

「是、是這樣啊。」

阿基拉不惜失去車子也要救我——即便是謝麗爾也難以如此正面看待，因此她的笑容顯得有些僵硬。

『阿爾法，車子真的壞了吧？』

『我在衝撞時有注意調整過，或許還能動喔。碰撞之前我也緊急剎車了。不過控制裝置剛才一度停擺，目前的狀況我也無法遠端遙控。』

『這樣啊。那還是先檢查車子能不能動吧。』

『剩下的敵人就在車子那邊，如果要檢查，要小心點。』

『喔，那傢伙也想開車逃走吧。我懂了。』

確認車子能不能動，順便殺掉剩下的敵人。就在阿基拉告知謝麗爾時，阿爾法表情轉為嚴肅。

『阿基拉，接下來我會提供輔助。』

『……知道了。怎麼了？』

『有怪物群正朝這邊靠近。個體雖然弱小但數量很多，而且謝麗爾也在場。當心點，如果不希望謝麗爾死掉，就抱著她一起跑吧。』

『了解了。』

阿基拉表情認真地告訴謝麗爾：

「謝麗爾，狀況變得有點危險。總之，不管發生什麼事都要鎮定，穩穩抓住我。」

阿基拉說完，只用左手臂緊緊攬住謝麗爾，把她整個人抱起來。

「啊、咦？好！」

得知狀況危險，以及被阿基拉緊緊攬住使得兩人臉龐非常貼近，讓謝麗爾面露困惑與害臊混合的表情，好不容易擠出回答。

『阿爾法，那接下來就拜託妳輔助了。』

『儘管交給我。』

阿爾法充滿自信地笑了。阿基拉也笑著回答，隨後便抱著謝麗爾開始奔跑。

◆

牛馬在車輛旁邊不斷射出誘敵機。

誘敵機泛指所有具備吸引怪物功能的道具。主要用來引誘位於棘手位置的怪物離開再打倒，或是使之暫時移動至其他場所。

機器會發出光亮、熱源、振動、訊號、氣味等許多要素吸引怪物。高性能的誘敵機在無色霧中都能將傳輸衰減降到最低限度，吸引大量怪物靠近。

啟動方式也有很多種。有立刻啟動、計時式、感測式等等。有些種類也能像手榴彈那樣使用。

當然使用上必須多加注意，一不小心就會吸引四面八方的怪物，結果落得遭到怪物群蜂擁攻擊的下場。

但是牛馬故意隨機聚集大量怪物，目的就是讓怪物群去對付阿基拉。

既然阿基拉身為護衛來這裡搭救謝麗爾，想必需要保護她不受怪物群攻擊。換言之，他會被迫帶著累贅戰鬥。就算並非如此，混戰時的勝算也比和阿基拉一對一交手要高。

牛馬這麼認為，打算用光裝載於車上的所有誘敵機。能設定效果範圍的機種全都設定為最大值，盡可能朝著最遠的方向接二連三擊出。

不過儘管用了誘敵機，會不會有怪物靠近還是得看運氣，這對牛馬而言是個賭注。而他首先贏了這場賭局。車上的搜敵裝置捕捉到怪物群的反應。

接下來他將誘敵機朝著阿基拉應該在的方向射出。他不曉得阿基拉實際上在不在那個方向，反正同樣是將機器設置在這周圍，如此一來，怪物群鐵定會被吸引至此。

接下來就要看阿基拉的對策了。他會賭上車子也許還能動的可能性來這裡，或是朝著怪物群的反方向逃走，牛馬正在等候結果。

不久後結果揭曉。阿基拉抱著謝麗爾朝車輛的方向奔跑而來。

牛馬用自身的情報收集機器確認後，露出了豁出去似的笑容，將膠囊含在口中，做好動用殺手鐧的準備。

◆

阿基拉右手拿著ＣＷＨ反器材突擊槍，左臂攬著謝麗爾，朝著自己的車子奔跑。

因為現在阿爾法提供輔助，阿基拉的視野中清晰顯示了車輛後方的牛馬。但是對方毫無動靜。

『阿爾法，他發現我了嗎？』

『被發現了也無所謂。盡快殺掉吧。』

『也對。』

從阿基拉的位置無法射殺以車輛當作掩蔽的牛馬。嚴格來說，是因為一旦射擊車子後方的牛馬，車子因此報廢的可能性會提高，要盡可能避免。阿基拉這麼想著，拉近與車輛的距離。

即使如此，牛馬還是全無動靜。越過車輛從上方襲擊牛馬，或是繞過車子從側面襲擊，這兩個選擇迎面而來時，他選了前者。

牛馬仍舊一動也不動。阿基拉來到車子另一側，立刻嘗試越過車輛。

下一瞬間，車輛的車頂部分有如直逼而來的牆壁，闖進阿基拉的眼簾。

阿基拉反射動作般極度壓縮體感時間。若在平常的體感時間下，車子一瞬間就會撞上他們，但他現在置身於時間流動速度非常緩慢的世界，他抬腳踩向車頂，向上奔馳，迅速閃躲直逼而來的鐵塊。隨後他就這麼抱著謝麗爾，近乎跳躍般避免與車子相撞。

倖免於難的阿基拉不禁感到驚愕。阿基拉眼中映著和他同樣跳躍且已經舉好槍的牛馬的身影。

◆

牛馬含在口中的膠囊是一種加速劑，有效時間最長只有幾秒鐘。這種戰鬥藥可讓體感時間延長十幾倍，甚至能使五感更加敏銳並強化反射神經、提升專注力。

雖然藥物本身高價且高性能，但因為有效時間短暫，運用上有不便之處。在不知敵人何時會現身的狀況下服用，也只會白白消耗，發現之後再服用則是常常來不及生效。如果不能在自己看準的狀況下預先服用並使之適時生效，就幾乎沒有意義。

而牛馬在絕佳的時間點服用了戰鬥藥。

原本他打算在遭遇怪物群襲擊的時候使用。

在混亂之中，彼此都必須同時應付無數敵人，一旦認知速度不足，無論如何都會疏於防範對方。

在這種狀態下使用加速劑，在時間流動似乎變慢的世界中，從容不迫地理解狀況，提升對敵人的處理能力，藉此產生出手攻擊的空檔，抓住阿基拉的破綻。

但是阿基拉在怪物群抵達此處之前，就先來到車輛附近了。

牛馬從阿基拉足以打倒貝葛利斯與凱尼特的實力判斷在槍擊戰中無法取勝，但在近乎搏擊戰的狀況下互相射擊，能使用加速劑的自己比較有利。

於是他在阿基拉抵達的前一刻服用加速劑。藥物生效的瞬間，他憑著強化服的力量踢飛了車子。緊接著他為了飛越在眼前慢動作翻滾的車輛，自己也蹬地跳躍。

靠著強化服的身體能力，雙腳離地並升高到超過車輛的這段時間，在現實中只是一瞬間。然而使意識加速的牛馬在這短暫的時間內穩穩舉好了槍。

跳躍過程中，時間的流動慢得讓他幾乎能清楚看到車子的底盤，自己舉槍的動作也慢得甚至令他焦急。在這濃度甚高的一瞬間，他在飛越車輛的同時，將槍口指向阿基拉。

見對方的表情顯然對他的動作來不及反應，牛馬確信勝券在握。

同一時間，自阿基拉的A2D突擊槍射出的強裝彈擊中了牛馬的槍、手臂與咽喉。

計策是牛馬更勝阿基拉一籌，但阿爾法更遠遠凌駕於牛馬。

配合阿基拉跳躍的動作控制強化服，在空中放開CWH反器材突擊槍，迅速換持A2D突擊槍。

同時她正確認知牛馬的動作，計算跳躍的軌道，在對方還在射程範圍外的狀態下預測進入射程範圍瞬間的位置，事先就將槍口瞄準了該處。

就在牛馬進入彈道時，首先破壞了武器，隨後破壞控制武器的手臂。在下一發子彈裝填於槍膛的短暫時間當中，她在瞄準點來得及移動的範圍內挑選了可造成最大傷害的部位，讓下一發子彈擊中該處，那就是牛馬的咽喉。

一切都只發生在一瞬之間，然而對阿爾法來說，時間已經夠長了。

因為加速劑的效果尚未結束，牛馬能認知眼前的狀況。在因為喉嚨負傷而死之前，他看到阿基拉將A2D突擊槍的槍口瞄準他的額頭。

自己都使用了加速劑還是被他輕易超越，感想只剩嘆服。

（好強……難怪貝葛利斯他們……）

會輸。在牛馬的思考抵達這裡之前，頭部遭到強裝彈直接命中，性命與思考就此永久停擺。

◆

牛馬等人的車劇烈翻覆，阿基拉平安落地，失去大半頭顱的牛馬的屍體則摔落在地上。

阿基拉控制了體感時間，但意識追不上與牛馬那一瞬間的攻防。

不過他在事後還是能理解剛才發生了什麼事。他收起A2D突擊槍，靈巧地抓住朝地面墜落的CWH反器材突擊槍，最後猛然吐氣。

『阿爾法，得救了。』

『不用客氣。』

像是要告訴他這沒什麼大不了，阿爾法面露輕鬆的笑容。

阿基拉把謝麗爾放到自己車上的後座，確認車輛的狀態。雖然前方有些扭曲變形，就剛才衝撞的速度來看，變形程度似乎沒有想像中嚴重。

『嗯～～不愧是荒野用車輛，真是牢固。』

『接觸面的裝甲貼片全都成為犧牲品剝落了。也許是多虧貼片的功效。』

『裝甲貼片還真是方便。話說，能動嗎？』

阿基拉嘗試發動車子，車身立刻猛然搖晃。

『動了！……不過這樣行嗎？』

『車身稍微撞歪了，乘坐的感覺想必會差勁透頂。不過總贏過用跑的逃離那些東西吧。』

阿爾法這麼說道，在她伸手示意的方向，被誘敵機吸引的怪物群正朝此處奔來。

『說的也是。很好！走為上策！』

阿基拉扯開嗓門呼喚還有些呆滯的謝麗爾。

「謝麗爾！」

「欸咦！」

雖然思考還混亂得連一句「是的」都無法正常說出口，謝麗爾至少是回過神來了。

「要逃了！車子會很晃，自己抓緊！」

「知道了！」

謝麗爾緊抓住後座座位，固定住自己的身體。當車子猛然開始行進，劇烈搖晃的車身馬上就把謝麗爾拋出車外。

「呀啊！」

謝麗爾在半空中發出混亂與驚訝兩者混合的慘叫聲。阿基拉很快就伸手抓住她，把她拉回車內。隨後他再度只用左臂緊緊攬著謝麗爾。

「好吧。妳繼續抱著。」

「好、好的。」

阿基拉直接來到車輛後半部，確認怪物群的狀況。野獸、爬蟲類、昆蟲類，再加上其他奇形怪狀的怪物，種類繁多的生物類怪物整群追著阿基拉的車子。

『阿爾法，會被追上喔。沒辦法開更快嗎？』

『我已經拿出最高速度了。車子只是能動而已，狀態並非萬全，要憑駕駛技術來補足也有極限。打倒它們，拉開距離吧。』

『了解了。』

阿基拉右手持DVTS迷你砲一陣濫射。彈雨襲向怪物群，以子彈的數量反過來壓倒敵人的數量。沐浴在槍彈的無情暴雨中，怪物們無法抵抗威力，接二連三倒地。

敵人的血肉四濺，鱗片碎裂，外骨骼也破碎。面對以數量而非個體強度取勝的敵手，DVTS迷你砲單方面展現了高效率且高效果的殺戮。

阿基拉目睹那幅情景，回憶起以前被怪物群襲擊的經驗。他感觸良多地想著：

『那時候有這個就好了〜』

阿基拉當時與葛城他們並肩作戰，但他只拿著未改造的AAH突擊槍拚了命對抗大群敵人。要不是艾蕾娜與莎拉及時救援，他早就死了。

阿爾法笑著安撫阿基拉。

『現在武器就在手上。與其為過去嘆息，不如為成長感到欣喜。裝備更加充實也是作為獵人的成長喔。』

『是沒錯啦。我也把這當成我的成長吧。』

語畢，阿基拉笑了笑，心情愉快地不斷擊發DVTS迷你砲。

謝麗爾緊緊抱著阿基拉，看著無數怪物接連慘遭粉碎。她覺得可靠的同時，也覺得恐怖。

然而她無法放鬆抱著阿基拉的手臂，因為失去那更讓謝麗爾害怕。

之後阿基拉的車子又奔馳了好一段時間，輕易擊退了怪物群。一旦離開誘敵機的範圍，敵人就不再增加，只要將剩下的敵人收拾乾淨，接著就是揚長而去。

降低車子的速度，抑制搖晃，駛向通往久我間山都市的歸途。抵達都市時，太陽已經西斜。

阿基拉直接送謝麗爾回到據點後，在狀況越來越差的車子完全停擺之前回到了家。

◆

阿基拉在自家的浴室裡消除今天的疲勞。浸泡在滿缸的熱水中，比平常更沉浸於泡澡的快樂。不過他臉上仍然難掩疲勞。

「是說，那些傢伙是為了問出予野塚車站遺跡的出入口才抓走謝麗爾啊……」

回程途中，阿基拉已經問過謝麗爾，因此知道事情經過。他回想當時的交談，深深嘆息。

「……好像也算不上意外。只要威脅貧民窟的小鬼頭，便能拿到充滿遺物的遺跡情報，就會有人幹吧。」

阿爾法一如往常與他一起入浴，關懷並鼓勵般微笑。

『別太介意比較好喔。謝麗爾幫忙時肯定也明白有危險，她是有所覺悟才這麼做的。』

「哎，是沒錯啦。」

『況且抓走謝麗爾的那三人都確實殺掉了，今後這也會成為抑止力。因為你沒辦法在貧民窟的據點常駐，這部分只能請她妥協了。』

阿基拉對此能夠理解，也能妥協，但還不足以讓他放鬆微微揪起的眉心。

阿爾法見阿基拉的反應，以過去發生過的事情舉例。

在答應謝麗爾的請求成為幫派的後盾時，曾經有不相信的一群人嘗試襲擊謝麗爾的據點。

暗中觀察狀況的阿基拉殺光了實際動手襲擊的所有人後，警告仍在猶豫是否該襲擊的其他人不准對謝麗爾出手，隨後便離開了。

『那時候你也說過吧？沒有空檔一直在謝麗爾身旁保護她。如果威脅有用就能保住性命，剩下的就要看謝麗爾的運氣了。』

「……是啊，差點忘了。」

『這次運氣不夠好，但還有足以保住性命的好運。就這麼單純而已。』

「……是沒錯。」

阿基拉這麼說著，露出對此妥協的苦笑。

「運氣都不夠好啊，不管是我還是謝麗爾。」

『哎，你有我陪著，沒問題。一起努力吧。』

「知道啦。」

看著阿爾法神情得意地微笑，阿基拉也轉換心情，面露輕笑。

◆

謝麗爾在據點的浴室消除今天的疲勞。現在並非她的入浴時間，但今天她動用幫派老大的特權，把其他人趕出浴室，獨自一人悠然泡在熱水中。

「累壞了……」

阿基拉送她回到據點後，她沒有空檔休息，只能立刻進行身為幫派老大的工作。

安撫驚魂未定的孩子們；應付聽聞騷動後趕來探聽消息的葛城；對他說明阿基拉救了她，而且也殺死了所有襲擊者。拜她的努力所賜，在時間來到深夜時，幫派上下的不安終於止息。

「想得太簡單了啊……」

未發現遺跡的情報。她原以為自己明白那多麼有價值，但她從來沒想過自己只是可能握有這項情報，就有人闖進這個也算是有獵人當後盾的幫派，大搖大擺地直接擄走情報來源。

（總之，這陣子先低調點，盡可能和阿基拉隨時保持聯絡吧。幸好遺物也在阿基拉的家，應該不會因為據點藏有大量遺物而招惹襲擊……）

她用有些發燙的腦袋思考著當下的擔憂與應對方法。不過謝麗爾他們戰力不足，包含對阿基拉求助在內，現況只能遇到情況再想辦法。

（乾脆讓那座遺跡的存在廣為人知，如此一來身為情報來源的價值也會跟著消失……不，這樣阿基拉會傷腦筋吧……）

阿基拉應該還沒放棄在予野塚車站遺跡收集遺物。雖然他沒有說，但也許他知道有其他出入口。謝麗爾這麼想著，一臉凝重地微微皺眉。

（之後得和阿基拉討論才行……）

儘管遇過那種事，要是阿基拉再次找她一起去予野塚車站遺跡收集遺物，她也不打算拒絕。不過她同時想著，下次她會做得更周到。

◆

柯爾貝帶著債台高築的獵人們乘坐荒野用的巴士來到牛馬等人喪命的地點周遭。

他對獵人們下達指令，要求他們驅除周遭的怪物並且回收牛馬等人的屍體。不久，三具屍體被搬到柯爾貝面前。屍體的損傷相當嚴重，但是靠著持有物和剩餘部分還能辨認出其身分。

「很好，辛苦了。你們先回車上。喔，我會記得辦手續，以免這些傢伙的負債落到你們頭上。報酬也會另外從負債扣掉。」

獵人們稍微放心地輕吐一口氣，回到車上。在這之後，獨自一人留在車外的柯爾貝取出了資訊終端機。
「是我。找到牛馬的屍體了。看來他反倒被殺了。」
資訊終端機傳出愉快的女性說話聲。
『是嗎？辛苦了。報酬已經匯過去了，你檢查一下。』
柯爾貝稍微露出不知該不該問的表情後，說出口。
「所以呢？妳故意把情報告訴牛馬，到底是想要他做什麼？」
『什麼意思？』
「我好歹也看得出來是妳教唆牛馬的。」
『我最近又沒有賣情報給他。』
「我也沒說妳賣情報。妳只是隨便扯了些理由，講得有模有樣，然後事先把相關情報流給那傢伙應該認識的情報販子，對吧？」

若非如此，只是在荒野見過一次的女人，牛馬不可能那麼快就掌握她的位置。柯爾貝如此確信。
「所以呢？妳放了什麼風聲給他？難道妳告訴他有未發現的遺跡？」
『你、你是指什麼？』
聽見她慌張的語氣，柯爾貝輕嘆一口氣。
「不要跟我演這種戲……既然妳會擺出這種反應，莫非真的有？」
彷彿直接表明剛才慌張的口吻只是演技，愉快的說話聲傳來。
『哎呀，該不會你心裡有數？』
「……我沒有理由回答。」
負債累累的牛馬三人不惜增加更多負債，買齊裝備又購買情報，然後在光天化日下闖進有獵人當後盾的幫派據點，硬是擄走了幫派老大。而且一切都進行得非常匆促。

究竟是什麼讓牛馬等人做到這種地步？柯爾貝如此想著，開口提起未發現的遺跡想旁敲側擊。

「哎，其他發現我是可以告訴妳。應該是有人拜託妳去搞清楚那個叫阿基拉的獵人是不是真的很強吧？」

『你在說什麼？』

「那個幫派，聽說勢力雖然弱小，近來似乎出手闊綽。應該有不少人在盤算如果後盾實力不強，就能直接奪取整個幫派。八九不離十吧？」

『我也是情報販子，事關與顧客交易的情報，可不能平白無故告訴你。你願意出多少？』

「哼。我不需要。」

『哎呀，是嗎？』

「我要掛斷了。」

柯爾貝拋下這句話想切斷通話時，對方不當一回事般提起。

『如果想收集遺物，勸你手腳快一點。這種事情就是先搶先贏嘛。哎呀，你自己辦不到？不過交給其他人去做的方法也多的是吧？』

「多管閒事。」

柯爾貝煩躁地切斷通話，女性愉快的笑聲也跟著一起消失。

柯爾貝咂嘴後收起資訊終端機。隨後他重新確認對方的意圖。

（也把情報透露給我嗎……有什麼企圖？）

柯爾貝推測個性惡劣的女人的用意，發現自己的思緒也不禁飄向未發現遺跡，讓他再度咂嘴。

◆

在都市的低階區域，女性透過攜帶終端機愉快地交談。

「沒錯，未發現的遺跡。很棒的情報吧？我是看在我們的交情，才特別找上妳喔。這一點妳明白嗎？」

聽見充滿興趣與戒心的回答，她繼續挑動聽者的好奇心。

「對啊。我不否認這是尚未確定的情報，不過光是這個可能性就已經很有價值了吧？當然我沒辦法強迫妳買，不過為了對抗多蘭卡姆的老手，妳應該想事先爭取新手獵人的實績吧？」

聽見興趣高過戒心的說話聲，她暗自竊笑。

「我也不認為這金額能夠一口答應，妳可以慢慢考慮，不過可別忘記，先付錢的人才能拿到情報喔。不要忘了我特別先來告訴妳喔。就這樣啦，水原小姐，我會等妳聯絡。」

女性切斷通話後，立刻又聯絡其他對象。

「是我。我有個好消息想告訴你……」

女性開心的說話聲與許多不同的對象持續了好一段時間。

第81話 出乎意料

與謝麗爾等人在予野塚車站遺跡收集遺物後過了一星期，阿基拉再度造訪艾蕾娜與莎拉的家，為了與最近沒有其他行程的艾蕾娜兩人討論下次的遺物收集工作。

艾蕾娜兩人笑盈盈地迎接阿基拉，帶他來到客廳。還是老樣子，阿基拉穿著強化服，而艾蕾娜兩人則穿著休閒服。

和上次相比，艾蕾娜的服裝顯得比較休閒，莎拉則是拉攏了前襟，穿了一件緊身長褲。

阿基拉看到艾蕾娜兩人的打扮，只是因為不用煩惱視線該往哪擺而放心地鬆了口氣。

艾蕾娜與莎拉看穿了他的想法，同時安下心，但也因為他沒有特別的反應，讓兩人有些遺憾。

不過，她們很快就把這些事擺到一旁，進入有關予野塚車站遺跡的正題。首先艾蕾娜開始說明遺跡的狀態，也是為了確認狀況。

「阿基拉，一開始就要給你一個遺憾的消息，予野塚車站遺跡已經被其他獵人發現了。」

「咦？是嗎？」

「對。所以我想先問一下，你知不知道曝光的理由？」

阿基拉欲言又止。艾蕾娜從他的神色有所察覺，輕描淡寫地繼續說：

「沒有必要詳細說明。因為如果你也想不到理由，那就有可能是我們這邊有事情搞砸了。我只是想確認這一點。」

「呃……其實我知道。」

見阿基拉一副自認有錯的態度，艾蕾娜也輕笑著帶過這個話題。

「是喔。哎，反正遲早會被人發現，你也別太介意。雖然我們自認有特別留意了，如果是我們的錯，也該說聲抱歉。」

「不，原因大概出在我身上。非常謝謝妳的體恤。」

阿基拉露出放下煩惱的笑容，切換了心情。艾蕾娜她們也以笑容回應。

「所以嘍，言歸正傳，現在予野塚車站遺跡周邊有很多獵人在尋找遺跡入口。不過有件事讓人有點擔憂。」

「擔憂？」

阿基拉稍微露出納悶的表情。既然遺跡的存在已經曝光，他認為也沒什麼好擔憂的了。

「嗯。哎，也許只是我想太多，不過我覺得遺跡的消息傳開的速度好像太快了，而且採取行動的人也太多了。」

就算有其他獵人得知遺跡的存在，那名獵人也不會大肆張揚，因為競爭對手越少越好。

而且到了現場如果馬上能進入遺跡，那還另當別論，然而還需要尋找出入口並挖掘。光是要在現場使用工程機具，就需要事先安排、輸送與護衛，必須耗費非常多的功夫。

艾蕾娜簡單調查得知，獵人們似乎尚未確定真的有遺跡存在。既然如此，大多數人應該還半信半疑。然而就這種狀態來說，就算是未發現的遺跡，實際上出發前去探索遺跡的人未免太多了。這些就是艾蕾娜的擔憂之處。

聽了這些說明，阿基拉有些迷惘。

「呃，這意思是，我們也得動作快一點？還是說狀況太可疑，最好打消主意？」

莎拉面露有些複雜的表情。

「兩者都是。而且，不好意思，這是我們兩個對獵人工作的看法，收集遺物時要和怪物交戰還沒關係，如果前提是要和其他獵人交戰，我們的意願不高。」

從予野塚車站遺跡的獵人聚集狀況來看，獵人之間互相殘殺的遺物爭奪戰發生機率恐怕相當高。

明知如此還要主動投身於這種騷動，遠遠偏離了艾蕾娜與莎拉在獵人工作上的方針。

艾蕾娜對阿基拉露出認真的表情。

「所以呢？你有什麼打算？既然事先約好了要再一起去收集遺物，我們就會跟你一起去。所以，『既然意願不高就不用勉強一起來』這種顧忌就先放一旁。」

莎拉也對他露出溫柔又從容的笑容。

「哎，要是你說不要會扯後腿的人來礙事，那我們也會放棄就是了。」

「沒有，沒這回事。反倒是我在扯後腿。」

阿基拉連忙這樣回答後，艾蕾娜也輕笑。

「既然這樣，我們也會盡全力幫助你。儘管期待吧。」

「啊～～好的。」

阿基拉覺得自己被擺了一道，但是不會感到不開心。他回以微微苦笑後，接受了與艾蕾娜兩人一起去收集遺物的決定。

「呃，既然這樣，回到剛才的話題，這下要怎麼辦？按照艾蕾娜小姐妳的想法，似乎有可疑之處吧？」

「是沒錯。不過為了這種程度的理由，就放棄在幾乎沒人碰過的遺跡收集遺物的機會，似乎也不太對。」

艾蕾娜與莎拉也是獵人，也有在未經探索的遺跡獨占大量遺物的欲望。阿基拉很能理解。

討論的結果，三人決定總之先觀察三天。

在這之間先做好準備，前往現場親眼確認狀況。如果獵人們已經在遺跡內肆無忌憚地互相殘殺，那就改為到其他遺跡收集遺物。

還有如果狀況允許就正常探索遺跡；如果出入口還沒被發現，他們也可以自己嘗試尋找其他出入口等等，三人預想了許多狀況，一起擬定計畫。阿基拉對內容相當滿意。

艾蕾娜與莎拉一起來到玄關，目送阿基拉離開。阿基拉道別後打算離開時，艾蕾娜對阿基拉不動聲色地問道：

「阿基拉，我想問一下，你見到我們今天的打扮，有什麼想法？」

「咦？這個嘛……」

阿基拉再度看了艾蕾娜兩人的服裝，打扮看起來沒什麼問題。這時他認為問題也許不是在服裝品味，而是在於是否合乎場合，於是他看向自己的打扮。

「……我也不要穿強化服，穿普通衣服來比較好嗎？」

因為阿基拉回以偏離重點的答覆，艾蕾娜的表情顯得五味雜陳。在她身旁，莎拉面露苦笑，配合阿基拉的回答。

「是啊。我們是不強迫你，但可別讓自己變成不穿強化服就害怕得沒辦法安心出門喔。當然我是指在安全的地方。」

「好的，我會注意。我走了。」

阿基拉微微低頭後離去。

艾蕾娜依舊一臉五味雜陳。莎拉見狀，露出意味深長的表情。

「看來妳還可以穿得更休閒一點喔。」

「我考慮看看。」

見艾蕾娜臉上的苦笑難掩不滿之情，莎拉愉快地笑著。

◆

大型的工程機具正在予野塚車站遺跡的地表持續進行瓦礫堆撤除作業。大型四輪車身上裝載著身兼駕駛座的軀幹部位，一條有兩根手指的機械臂自軀幹伸出，正在挪開巨大的瓦礫。

複數的運兵車包圍著瓦礫山般停駐於此，武裝人員持續對周遭戒備。部隊人數莫約三十名，都是年輕獵人。

被阿基拉掩埋的遺跡出入口就在瓦礫堆底下。

因為他讓整棟大樓倒塌來掩埋，瓦礫龐大且數量也多，一般獵人難以憑著強化服撤除瓦礫。於是他們特地將重型機具運輸至此，進行作業。

克也等人的身影也在這些獵人之中。

「欸，由米娜，這底下真的有遺跡入口嗎？」

「我不曉得。既然都這麼大費周章了，我想水原小姐應該也有一定程度的根據就是了。」

水原是多蘭卡姆的幹部，也是克也等人的上司。克也等人就是按照水原的指示行動。

「愛莉怎麼想？」

「如果這裡確定有未發現的遺跡，多蘭卡姆全體都會參加。現在只有我們這種新手在場，表示至少多蘭卡姆並沒有得到確切根據。」

就如愛莉所說，在場的多蘭卡姆獵人只有年輕一輩，而且只有事務派系格外看重的人物。西卡拉貝等等的資深獵人就連一個也沒見到，工程機具的安排也是由水原一手包辦。

而且這次行動表面上的名義是訓練。只有克也他們事先從水原口中得知，其實是在搜索未發現的遺跡。

過去多蘭卡姆曾將在崩原街遺跡地下街發生的騷動視作未曾發生，克也為此心懷不滿。水原這次特別告知克也，當作為那件事道歉。

愛莉固然懷著負面的看法，但克也回以樂觀的意見。

「不過，也許真的有吧？」

「我沒說沒有。水原小姐或許想讓年輕獵人獨攬功勞，所以對老手那邊的幹部隱瞞了情報。」

也有可能只是水原憑著不確定的情報，急著想搶功勞而已。但愛莉沒有說出這句話。

克也的心情轉好，輕輕點頭後對瓦礫堆投出了帶有期待的視線。

「真有遺跡就太好了。」

看到瓦礫山緩慢但確實地漸漸被搬開，克也心中的期待高漲。

◆

瓦礫山被工程機具漸漸撤除時，有個男人表情苦澀地從遠距離觀望這幅情景。

「可惡，已經被多蘭卡姆占據了啊！」

男人名叫歐索夫，在牛馬死後，被任命為集團遺物收集作業的新隊長。而歐索夫選擇此處作為下一個收集遺物的場所並非出於偶然。

「柯爾貝！這是怎麼回事！為什麼那些傢伙會先到？」

透過歐索夫的資訊終端機，這次並未同行的柯爾貝回以嫌麻煩的聲音。

『誰曉得。只是那些傢伙從其他管道掌握情報，先展開行動而已吧。我都給了遺跡的情報，你們卻慢吞吞地遲遲不動作，那是你們的問題，別找我抱怨。』

柯爾貝的語氣越來越不高興。歐索夫聽了不禁膽戰心驚。

「可、可是，光憑那種不清不楚的情報，要人馬上就行動根本是強人所難吧？」

『包含這些判斷在內，決定要不要行動都是你們的隊長，也就是你的工作，可不是我的工作。』

歐索夫皺起整張臉，柯爾貝警告般繼續說：

『況且，起初是你問有哪邊好賺錢，我才回答你。如果你不喜歡，就換其他地方。不管你們要去哪裡賺錢，都不關我的事，隨你們的便。』

話一說完，與柯爾貝的通訊就斷了。歐索夫雖然心裡不滿，但因為兩人立場有差，他頂多只能不開心地板起臉。

這時同部隊的男人對他問道：

「所以呢，歐索夫，要怎麼辦？」

「……讓我想一下。在這段時間，你們去調查周遭。快去。」

因為部隊的隊長不久前才剛更迭，其他人服從歐索夫的理由僅止於他是柯爾貝任命的人。雖然覺得他太過神氣，眾人還是按照指示行動。

不久後，四周有越來越多獵人現身。除了多蘭卡姆與歐索夫等人，還有透過其他手段得知遺跡情報的人漸漸聚集。

從數人組成的隊伍到十幾人的部隊，形形色色的人們正用情報收集機器調查周邊，或是挪開瓦礫，顯然想要尋找某物。

歐索夫親眼見到那模樣，也聽夥伴們如此描述後，開始考慮要以未發現的遺跡真的存在為前提，重新擬定行動方針。

（果然真的有嗎？我原本還以為認定遺跡存在的話，只派遣小鬼頭過來也太奇怪了……那些傢伙只是先遣部隊，主力部隊之後才會到嗎？可惡！如果更早一點行動……）

歐索夫的悔恨同時代表了他已經漸漸相信未發現遺跡確實存在。這時資訊終端機接到通話要求。歐索夫以為是柯爾貝傳來的，他將悔恨轉為煩躁，扯開嗓門。

「柯爾貝！又要幹嘛？」

『柯爾貝？不是，我是薇奧拉，情報販子。』

但是傳來的說話聲，他從來沒聽過。

「情報販子？」

『對啊。我想你應該是集團遺物收集部隊的隊長吧？沒錯嗎？』

「是沒錯……」

『那就好。我還在想要是找錯人該怎麼辦。按照之前約好的，我想給你一份情報才聯絡你。現在有空嗎？』

「約好？什麼東西？」

『嗯？奇怪了，沒人告訴你嗎？未發現遺跡的追加情報啊……我懂了，我先聯絡柯爾貝，和他確認一下再說……』

歐索夫連忙插嘴打斷。

「等等，我想起來了！就是那件事吧！我剛才以為是其他事！沒問題！我聽妳說！」

歐索夫當然根本沒聽說有這回事，不過他馬上就判斷姑且聽她說也沒有壞處。

『是喔？好吧。首先……』

歐索夫喜形於色，專心聽著薇奧拉說的話。

薇奧拉置身於都市低階區域的事務所，對歐索夫透露了消息。

「就這樣了，你應該也明白吧，拜託你嘍。」

『知道啦，我會幫妳轉達柯爾貝的。以後要是還有什麼事，就直接聯絡我。每次都要透過柯爾貝會被他嫌麻煩。拜託啦。』

「我明白了。再見。」

切斷通訊後，薇奧拉愉快地笑著。

◆

經過靜觀遺跡狀況的期間後，阿基拉他們按照預訂計畫，前往予野塚車站遺跡。

這次阿基拉搭乘艾蕾娜兩人的車，他自己的車現在送修了。車身有些歪斜，但還不至於要換新，話雖如此，損壞程度也無法靠著短期間的修理就解決。

請靜香介紹修理業者時，他只說明不小心稍微撞到了。當時靜香顯得有些懷疑，但因為阿基拉過去魯莽的行為以及他自身毫髮無傷，靜香似乎認為是車輛代替阿基拉承受傷害，因此最後只是叮嚀他要多加注意。

阿基拉也考慮過要向租車業者租借荒野用車輛與她們同行，但是在艾蕾娜兩人的建議下，最後決定搭她們的便車。因為也有可能到了現場確認狀況後就立刻折返，兩人都說沒必要特別租車。

艾蕾娜與莎拉的車子載貨量充足，把ＣＷＨ反器材突擊槍與ＤＶＴＳ迷你砲連同槍座與彈藥全部裝上車也綽綽有餘，所以阿基拉便決定順從兩人的好意。

三人乘著這輛大型車在荒野中前進。雖然屢次遭遇怪物，阿基拉等人仍毫無問題地靠近予野塚車站遺跡。

「艾蕾娜小姐，在那之後有打聽到有關遺跡的情報嗎？」

「關於這一點，因為消息非常混亂，頂多只知道遺跡的入口打開了。」

艾蕾娜以懷疑的口吻回答，阿基拉為此感到有些不可思議。

「頂多只知道這樣……意思是一般來說要有更多消息傳出來嗎？」

對其他獵人而言，他們同樣是突然發現了新遺跡，因此也會動點手腳以免更多人知道遺跡的消息。所以得知遺跡的入口已經開啟，這項消息就證明了遺跡存在，這樣不是已經算是大消息了嗎？阿基拉這麼認為。

艾蕾娜聽阿基拉解釋他的想法後，回答：

「這很難說喔。我們也並非常常遇到發現新遺跡的狀況，不曉得一般會如何，但是我調查到的消息讓我覺得不太對勁，或者該說有種被人操弄的感覺。」

有複數入口可進入遺跡；入口只有一個。發現了大量遺物；完全沒找到遺物。遺跡內充滿很強的怪物；完全沒遭遇怪物。異常狹窄；非常寬廣。已經發生了劇烈的戰鬥；頂多只有小衝突。現在獵人之間流傳的消息錯綜複雜。

在艾蕾娜調查所及的情報中，關於予野塚車站遺跡，唯一明確得知的也只有遺跡確實存在。

「哎，畢竟是新發現的遺跡的消息，刻意放出的風聲自然也會參雜某些人的企圖……不過我總覺得情報有些偏頗。」

對態度積極或者急著行動又短視近利的獵人來說，如果不盡快趕往遺跡，可能就會讓別人捷足先登，所以動作要快。

對於態度消極或者能夠好整以暇採取行動的獵

人，如果不仔細判別情報，不做好萬全準備，就會遭遇危險，所以切勿急躁。

艾蕾娜隱約覺得，現在四處流傳的予野塚車站遺跡的情報中，含有試圖將前往遺跡的獵人們分成前後兩者的意圖。

於是前者已經趨之若鶩地趕往遺跡，後者則會晚許多才抵達。

既然如此，遺跡現在大概充滿了急於行動又短視近利的獵人，正循著荒野法則爭奪大量遺物吧。在好整以暇的強者抵達現場，並且為遺跡內部帶來秩序之前，大概還要等上一段時間。艾蕾娜這麼認為。

阿基拉他們決定在並非前者也非後者的時間點前往予野塚車站遺跡。這是因為他們事先決定了靜觀其變的時間。

如果現在重新決定，艾蕾娜會挑選後者的時機前往遺跡。她沒有這麼做，是因為她認為阿基拉算是前者，而且要讓他繼續等下去似乎也不太對。

「哎，這只是我的猜想，不到現場就無法得知實情。阿基拉，由於這些原因，我們就自己提高警覺吧。」

「我知道了。」

聽了阿基拉清楚且順從的回答，艾蕾娜放鬆表情。這時莎拉突然想到一件事。

「對了，你的車子為什麼會故障？之前只聽你說撞得很嚴重，該不會是在荒野撞了怪物？」

「啊～～就類似那樣。」

阿基拉含糊地笑了笑，試著帶過並如此回答。

莎拉噗哧一笑，說道：

「阿基拉，如果你是自己開車去撞怪物，就算是荒野用車輛，還是勸你別幹這種事比較好喔。我想你應該也知道，衝擊力出乎想像地強。」

「啊、喔……是沒錯。」

莎拉見阿基拉的態度，認為自己猜中了，因而笑了起來。這時艾蕾娜笑著插嘴：

「對啊，阿基拉，以前莎拉用租來的車子實際幹過，那次真的很麻煩喔。」

阿基拉不由得將視線轉向莎拉，莎拉想以笑容帶過的同時，視線四處游移。

「很麻煩是指什麼？」

「這個嘛，因為莎拉懶得打倒怪物……」

「阿基拉！這問題先放一旁，怪物出現了！這是好機會讓我們了解你用新裝備能發揮的實力，麻煩你解決了。」

「我明白了。」

雖然知道莎拉是為了轉移話題，阿基拉還是笑著握起了ＣＷＨ反器材突擊槍。看到莎拉顯得有些安心，艾蕾娜不禁露出苦笑。

阿基拉朝著目標架起槍，對阿爾法請求：

『阿爾法，如果會打歪，給我輔助。』

『知道了。足以確實一槍擊倒的紮實輔助也沒問題喔。』

『不，用不著到那種程度。現在讓艾蕾娜小姐她們看到我自己的實力也會讓她們覺得不對勁，但是完全沒有輔助好像也很奇怪吧？』

『知道了。既然這樣，為了讓我盡可能不要輔助，你就好好努力吧。』

『我了解。』

透過瞄準鏡看到的視野中，阿爾法面帶笑容指著目標，阿基拉聚精會神瞄準目標。

敵人是直徑約一公尺的金屬球。球體一部分敞開，靠著自開口長出的腳在荒野遊蕩。阿基拉在意識中放慢世界的流速，相對壓低目標的速度，扣下扳機。

自槍口射出的穿甲彈擊中機械類怪物的中央，球狀軀體的中心處。攝影機抑或是某些可視能源體的發射部位般的圓形鏡片頓時碎裂。

腳無法承受自軀體部位傳來的衝擊力而紛紛折斷。失去支撐的球狀軀體呈現機能停止的狀態，掉落在地面上。

看到那情景，莎拉讚嘆道：

「漂亮！阿基拉，真有一手。」

『阿爾法，妳剛才有輔助嗎？』

『沒有。什麼也沒做。』

就算只是偶然，阿基拉理解了他憑著自己的實力命中敵人，讓他笑著接受莎拉的讚賞。

「謝謝妳的誇獎。」

「那麼，接下來就輪到我們了。艾蕾娜，給我數據。」

「好。」

莎拉舉起槍，艾蕾娜修正瞄準，子彈自槍口衝出後筆直飛向目標。高速的子彈貫穿了敵人球狀的軀幹部位，同樣一發就使得機械類怪物嚴重損壞。

「真是厲害。」

「哎，這點程度也該做到啦。」

艾蕾娜兩人也笑著接受阿基拉的稱讚。

不過艾蕾娜心中有些納悶，因為這種機械類怪物至今從來不曾出現在這一帶。

◆

阿基拉一行人來到予野塚車站遺跡附近後，見到周遭的情景而難掩驚訝。

身中無數槍彈的生物類怪物化為屍體倒在地面上；機械類怪物則化為裝甲滿是彈孔的殘骸。在這些大量屍體與殘骸之間，重型工程機具、車輛殘骸與獵人的屍體凌亂散落在各處。這是大規模戰鬥的痕跡。

緊接著，阿基拉在屍體與殘骸分布特別密集的位置附近找到了一個洞。那是遺跡的出入口，但並非之前阿基拉用瓦礫堆掩埋的那一個。

阿基拉下了車，舉著槍朝洞口深處窺探，參雜著瓦礫的砂石更深處，看得見一道階梯。換言之，這個出入口是從這些砂石底下挖掘出來的，和阿基拉當初單純只是搬開瓦礫的狀況大不相同。

「艾蕾娜小姐，要怎麼辦？」

「先調查周遭狀況吧。雖然遺跡位在地底下，但現在這樣，先從地表部分的地圖開始準備也許會比較好。」

「我知道了。」

他們遵照艾蕾娜的判斷，以各自的情報收集機器開始調查地表上的狀況。

在地表部分調查了一段時間後，找到了幾個看似遺跡出入口的洞口，其中甚至有直徑寬達五公尺的垂直坑洞。

而且四處都躺著獵人的屍體。從怪物的屍體和殘骸的量來判斷，獵人方為了前來探索未發現的遺跡，準備了相當充沛的火力。他們憑火力拚死應戰，卻還是敗北了。

莎拉看著那些怪物的殘缺屍體，低聲呢喃。阿基拉注意到她的反應，對她問道：

「莎拉小姐，請問怎麼了嗎？」

「嗯？倒在四周的怪物中參雜著眼熟的傢伙，但我記得這種怪物應該不會出現在這一帶。」

莎拉如此說道，指向全長約一公尺的大型蜘蛛般的屍體。就像是改造人，身體有一部分是機械構成，各個部位也與正常的蜘蛛不同。乍看之下像是蜘蛛，實際上只是蜘蛛狀的某種東西。

「妳看過喔？大概有多強？」

「個體差異很大，我也說不準。之前在崩原街遺跡參加建設臨時基地相關的警備任務，那時打倒的個體強得連我們都覺得有些吃緊。」

「有那麼強喔？」

「因為是棲息於遺跡較深處的種類啊……如果這種類的怪物真的棲息在這一帶的荒野，搞不好這附近的怪物分布會發生劇變喔。」

阿基拉環顧四周，確認其他怪物的屍體，但並未找到同種類的怪物。

「找不到其他同種啊。因為某些理由，只有這個個體夾雜在怪物群裡面嗎？」

「總之就先記得這種怪物也出現過，提高戒備吧。」

「好的。」

在那之後，阿基拉他們繼續進行周遭的調查，花上一小時左右，大致完成了地表部分的地圖後，前往遺跡的出入口周遭，也就是阿基拉之前以瓦礫山掩埋的場所。

原本埋好的出入口現在已經完全裸露，毀壞的工程機具與車輛倒在四周，怪物與獵人的屍體也大量癱倒在附近。而且和其他場所相比，屍體的數量似乎比較多。

狀況已經大幅超過預料。之前一度進入予野塚車站遺跡的經驗優勢，可以視作完全不存在了。所有人都理解了這一點。

明知如此還要進入遺跡的話，與其選其他出入口，從這個入口進去更合適。因為上次製作的遺跡內部地圖是從這裡進入後製作的，比起對內部完全未知的狀態要好上幾分。

阿基拉一行人待在這個出入口前方，要決定是進入還是撤退。三人都因為各種不同的理由而迷惘，這時艾蕾娜注意到阿基拉的顧忌，以輕鬆的口吻問道：

「阿基拉，如果現在是你一個人來到這裡，你會怎麼做？」

「我一個人的狀況嗎？這個嘛……畢竟都來到這裡了，哎，我會進去看看吧。」

自己有阿爾法的輔助，就算裡頭真的發生了某些問題，阿爾法大概也會阻止他繼續深入，到時候再折返就好。阿基拉懷著這樣的想法回答。

於是艾蕾娜兩人聽完，互看了一眼。隨後她們露出有些高興，但也像是輕微苦笑的表情，把臉轉向阿基拉。

這時莎拉刻意斬釘截鐵地說道：

「我懂了。那就進去吧。」

「咦？什麼那就……因為我這樣說就直接決定的話……」

當阿基拉不知所措時，艾蕾娜也對他露出強勢的笑容。

「擔心我們的安危而考慮乾脆撤退，那樣我們是很開心沒錯啦。不過我們也是獵人，而且是經驗比你老道的前輩。所以，這樣講雖然對你不好意思，不過你像這樣把我們當成累贅，就算是出自關心也會讓我們五味雜陳。你能明白嗎？」

對於阿基拉的關心，艾蕾娜兩人心中喜悅的成分比例較大，不過艾蕾娜這時刻意強調五味雜陳的部分。

「呃，我完全沒有這個意思……」

阿基拉如此說著，顯得有些畏縮。莎拉對他爽朗地笑道：

「那不就好了？既然你不認為我們會拖累你，就比你一個人進去要輕鬆且安全，不是嗎？」

阿基拉如果只有自己一個人，他會毫不猶豫地前進，但是一想到會牽扯到艾蕾娜她們，就覺得似乎不太對而躊躇不前。然而面對艾蕾娜兩人為了體恤他而擺出的要他不用介意的態度，他便改變了想法並笑道：

「有道理。我明白了，那就走吧。」

於是，阿基拉三人笑著決定再度探索予野塚車站遺跡。

◆

阿基拉三人做好了進入遺跡的準備後，沿著過去一度走過的漫長階梯往下走。

阿基拉揹著裝滿彈藥的背包，一隻手拿著CWH反器材突擊槍，另一隻手則拿著DVTS迷你砲。雖然強化服的身體能力足以支撐這些重量，但是行李非常多這一點依舊不變，要通過和上次大不

相同的階梯讓他多費了一些力氣。

與上次不同，階梯雖然位在地底下，卻相當明亮。從影子的形狀可知光線來自上方，然而往上看卻找不到光源般的器具。阿基拉等人上次設置的照明還留在地上，但受到戰鬥波及而損壞。

許多被打倒的怪物癱在階梯上，其中不少個體由於劇烈攻擊失去了原型。地面、牆面、通道頂端都留有彈痕，爆炸的痕跡也不少，在充足的照明下清晰浮現。

艾蕾娜見到這情景，推測道：

「這遺跡的機能還活著啊。而且從子彈的痕跡來看，是從內側朝出入口發射。換言之，獵人們從遺跡內部打倒想從外界進入遺跡的怪物……」

阿基拉也稍作思考。

「因為怪物進入遺跡深處，使得遺跡的機能開始運作了嗎？」

「有可能是這樣，也有可能是進入深處的獵人引發的。這個可能性也包含了有獵人被怪物追逐，就這樣把怪物引入遺跡深處。」

「真是這樣的話，從這裡到遺跡深處可能到處都有怪物出沒啊……難得找到了沒怪物的遺跡，這下全毀了。」

阿基拉嘆息時，莎拉簡單為他打氣般笑道：

「哎，遺跡本來就是這樣嘛。就當成變回了平常的遺物收集工作吧。」

維持警覺走下樓梯，來到通道上，一行人依靠之前製作的地圖，朝著當下設定的目的地前進。前進途中，艾蕾娜表情顯得凝重。

「怎麼了嗎？」

「通道有一部分被封閉了。大概是隨著照明啟動，遺跡的某些機能開始運作的影響。這樣一來，地圖的精密度也大幅降低了。」

莎拉環顧四周，輕笑道：

「反正還有其他路，沒問題的。」

「是啊。繼續前進吧。」

一面前進一面適切修正地圖，來到了上次只調查位置但並未取走遺物的商店街廢墟。這裡也充滿了獵人與怪物交戰的痕跡。這時艾蕾娜繃緊了臉。

「莎拉，阿基拉，前方有反應。是怪物。」

「知道啦。」

「了解。」

莎拉與阿基拉同時舉槍，站在艾蕾娜的左右兩側，擺出迎擊陣勢。艾蕾娜也舉起槍，將情報收集機器的優先搜敵範圍轉往前方。

於是，生物類怪物自通道深處現身。不只是野獸與爬蟲類，就連昆蟲和植物都發出低吼聲，以各自的移動方式蹬地前進，蜂擁而來。

學會跑步的肉食植物擺動著粗壯的根部奔跑；

肉體部分腐敗使得機械部位裸露的改造野獸張開大嘴奔馳；高度幾乎到成年人腰部的大型多足昆蟲爬過牆壁與通道頂端；大小類似的蜥蜴則緊跟在旁。

艾蕾娜以情報收集機器迅速分辨這些怪物，從敵群中找出長著機槍等必須優先擊破的個體。隨後將這些情報傳遞給莎拉與阿基拉，下達指示以達成高效率的戰鬥。

阿基拉與莎拉遵循指示，不客氣地施展猛烈的火力。濃密的彈雨為了粉碎敵人，充斥在空間中，直擊前方的怪物群。強力的子彈使怪物們紛紛失去原型。

阿基拉的ＤＶＴＳ迷你砲的擴充彈匣已經換成比上次更高價的類型。因為價格提高一倍以上，威力與彈數也隨之提升，只要對彈藥開銷視而不見，火力便十分充沛。

針對足以承受這陣彈雨的個體，ＣＷＨ反器材突擊槍射出的穿甲彈精準無比地直刺弱點部位。貫穿裝甲，撕裂厚實肌肉的防禦，一一破壞藏在底下的重要器官。

再加上阿基拉現在戰鬥時接受阿爾法的全面輔助，所有子彈都發揮最大效率蹂躪敵群。

莎拉注意到阿基拉的狀態，顯得有些吃驚。

「阿基拉！你那邊沒問題嗎？」

「不用擔心！沒問題！」

「是喔！話說，裡頭有不少在崩原街遺跡深處會遇見的怪物，你能輕鬆應付的話，還真有兩把刷子！」

「咦？真的有那麼多嗎？」

「對啊！雖然我也不曉得是為什麼！」

「我知道了！我會多注意！」

聽見阿基拉朝氣十足的回答，莎拉告訴自己當前輩的不能落於人後，發揮更猛烈的攻勢。

憑著身體強化擴張者的身體能力，她輕而易舉地架起和迷你砲一樣本來不適合攜帶使用的自動榴彈槍，朝著怪物群深處連續射出數顆榴彈。接連產生的爆炸吞噬敵群，將之全部炸成碎片。

「莎拉小姐！那個東西，在這種地方使用真的沒關係嗎？」

「不用擔心！遺跡也是舊世界製的，其實很牢固，用不著介意。」

阿基拉短暫煩惱，但是回憶起之前以ＣＷＨ反器材突擊槍的專用彈直擊崩原街遺跡的建築物牆壁，結果頂多造成幾道裂縫，他就覺得莎拉說的有道理，於是不再煩惱。

就在這時，被爆炸威力炸飛的怪物不巧朝著艾蕾娜飛了過來。艾蕾娜使出一記迴旋踢，將怪物朝旁邊踢開之後抱怨：

「莎拉！就算建築本身再牢固，射擊時稍微多注意一點！」

「艾蕾娜！抱歉！」

「真是的……」

見莎拉笑著道歉，艾蕾娜輕輕嘆息。阿基拉從她們的交流理解到兩人游刃有餘，認為沒必要自以為牽連她們而特別介意，便輕鬆地笑了笑。

阿基拉三人就這麼擊退了怪物群。艾蕾娜觀察了大概十秒後，確定怪物群沒有增援的跡象，於是放鬆表情宣告戰鬥結束。

「很好，結束了。就那個數量來說，戰鬥過程還算輕鬆。但數量真的不少啊。」

「是啊。所以我也耗費了不少彈藥費。」

四周的構造近乎一直線，而怪物群是從通道另一側逼近。拜地形所賜，基本上只要在遠距離槍擊就了事，不過終究無法避免消耗彈藥，使用迷你砲等武器就更是如此。

看到阿基拉以苦笑掩飾對彈藥開銷的擔憂，艾蕾娜為他打氣般笑道：

「是啊。為了賺回這些彈藥費，就在這裡加把勁收集遺物吧。」

從商店廢墟的數量來看，可以指望有大量遺物殘留才是。艾蕾娜笑著如此告知，不過所有人放眼環視周遭後，那笑容漸漸轉為近似苦笑的表情。

「……哎，只要去找肯定還有剩吧。」

在抵達之前，這裡已經充斥著劇烈戰鬥的痕跡，再加上剛才歷經了一番激戰。遺跡本身雖然是舊世界建造，非常牢固，但是內部的商店與遺物不一定同樣牢固。剛才的攻擊糟蹋了許多遺物的可能性其實不小。

阿基拉等人先是面面相覷，隨後面露苦笑，開始動手收集遺物。

阿基拉等人在不久前才剛結束戰鬥的商店街廢墟忙著收集遺物。儘管遺跡的狀態與當初的預料大不相同，他們身為獵人來這裡終究是為了賺錢，必須確實取回遺物，以免入不敷出。

自半毀的商店廢墟搬開瓦礫，同時將怪物與獵人的屍體一併挪開，開始尋找遺物。所幸完好無缺的遺物多得連阿基拉他們都覺得意外。

即使如此，還是有些遺物遭到戰鬥波及，狀態稱不上完好無缺。阿基拉發現了女性用內衣褲，用指頭捏起。遭到流彈波及使得包裝破損，沾染了怪物的血漬。

把這個東西帶回去也不值錢吧——阿基拉這麼想著，把內衣褲放到一旁的瓦礫上。這時莎拉注意到了。

「阿基拉，那個你不要的話，可以給我嗎？」

「咦？這種狀態耶。」

這時阿基拉想起之前艾蕾娜說莎拉渴求內衣褲的事。需求已經迫切到連狀態這麼糟糕的東西也不得不用了嗎？意外之情溢於言表。

莎拉見狀便苦笑。

「話先說在前頭，我當然不會就這樣直接拿來穿。我會送去給專門的修補業者，如果運氣好就會變得煥然一新，比直接買便宜。狀態沒有太差的話，有時業者也願意收購喔。」

「喔喔，原來是這樣。請收下。」

「謝了。」

莎拉把內衣褲先裝進透明袋子裡，再放進自己的背包。阿基拉看了，顯得有些納悶。

「莎拉小姐，那個袋子是另外準備的嗎？」

「嗯？是啊。你沒有用這個的習慣啊。舊世界的包裝雖然很牢固，但有不少遺物的包裝已經劣化了，貴一點的袋子也比較能重複使用，建議你也買來用喔。」

莎拉說完，從阿基拉的反應察覺到他沒聽懂她的意思。

「阿基拉，你知道這袋子是什麼嗎？」

「什麼意思？不就是袋子嗎？」

「哎，是這樣沒錯。正確來說，是遺物的保存袋。」

遺物保存袋是獵人用的遺物搬運工具之一。遺物中有許多東西容易損壞，因此市面上有販賣多種專用的保存袋。有些是保護精密機器不受震動影響，有些高級品甚至能抵抗槍擊。雖然價格不低，為維持遺物的品質以求高價賣出，仍被視作一道額外手續廣受獵人使用。

不過，覺得麻煩而懶得使用的人也不少，因此也算不上必需品。莎拉起初認為阿基拉是覺得這道手續太麻煩的那一群，不過她沒想過阿基拉其實連遺物保存袋的存在都不知道。

「原來還有這種東西啊。嗯～～也許我也買一些比較好。」

「要移動這種髒掉的遺物時也很方便，買起來不會虧。不過原本就包裝好的東西最好不要拆封換包裝。舊世界製的包裝大多比較高性能。」

「原來如此。我懂了。」

如果有機會與其他獵人一起收集遺物，或是聊到如何處置遺物，一般來說肯定會有許多契機得到遺物保存袋的知識。

然而阿基拉並非在這種一般狀況中。莎拉為此感到可憐，臉上掠過一陣陰霾，但她立刻切換心情，刻意擺出前輩的架子笑道：

「好。難得有這機會，我就多教你一些這種獵人工作上的小技巧吧。沒錯，因為我是前輩嘛。」

「真的嗎？那就拜託妳了。」

阿基拉沒有注意到她的神色，只是笑著回答。中途加入話題的艾蕾娜也教了在阿基拉的生活中少有機會能得到的知識，並且一起收集遺物。

◆

結束了一次戰鬥與一次遺物收集工作，光是這樣就讓阿基拉等人得到了不小的成果。

而且他們都還有充分的餘力，因此再度面臨前進或撤退的抉擇。繼續前進，將餘力耗費在爭取更多的成果；或者是回頭，將餘力耗費在確保安全。兩者都沒有錯。

艾蕾娜共享情報並對兩人問道：

「那麼，該怎麼辦？從遺物的量來判斷，可以認定這座遺跡大部分還沒人碰過。稍微再努力一下，很可能可以賺更多錢。」

阿基拉看向遠方剛才怪物群出現的通道深處。憑著上次製作地圖時的記憶，沿著那個方向過去，雖然有點遠，還有其他商店街廢墟，也很有前往那裡調查的價值。

「平常我會先這樣提議，然後被艾蕾娜阻止，可以問為什麼今天是艾蕾娜自己先提出嗎？」

「因為今天的狀況，『下次再來就好』這理由不適用。下次再來的時候，這裡肯定就不再是沒人碰過的遺跡了。」

如果在這時結束遺物收集，按照艾蕾娜他們在獵人工作方面的拿捏，下次要來到這裡，必須先確實消除今天的疲勞並且再度做好收集遺物的準備，最快也是在三天後。

屆時，現在判斷情報尚不明瞭的人們也已經做好準備來到遺跡，恐怕不再是這樣簡單探索就能取得大量遺物。

再加上之前先過來的獵人們甚至和怪物同歸於盡也已將怪物討伐完畢，現在有可能是正適合後來的獵人努力收集遺物的狀況。

要為了些微安全輕言捨棄這樣的機會，艾蕾娜也覺得實在不划算。

阿基拉聽她這樣解釋後，與她們兩人一起苦苦思索。不過他們也不能駐足在遺跡內苦惱個沒完，於是阿基拉提案。

「調查到下一個商店街遺跡為止，怎麼樣？收集遺物就到那邊為止，不管有多少成果，都一定要撤退。這樣可以嗎？」

艾蕾娜有些擔憂，姑且問他：

「我覺得這樣也不錯，不過有什麼理由嗎？」

「如果運氣夠好，遺物收集順利進行，不管那邊還有多少遺物，都會到達我們能帶走的極限。要是那邊已經沒什麼遺物，就當成這次的好運已經用完了，早點回去吧。」

艾蕾娜從阿基拉的態度判斷，這個理由背後沒有其他因素。

「我懂了，就這麼辦吧。莎拉也同意嗎？」

「有什麼不好？畢竟是難得的機會，就再多賺一票吧。」

阿基拉與艾蕾娜微微點頭，朝著遺跡更深處邁開步伐。

莎拉壓低聲音詢問艾蕾娜：

「是說，剛才妳想問什麼？」

「嗯？妳記得嗎？之前阿基拉在地下街曾經突然催我們調頭吧？我想說也許又是類似的狀況，所以跟他確認一下。」

「啊啊，原來是這樣。」

艾蕾娜兩人頓時拋開了擔心。

至於阿爾法是否刻意隱瞞，別說是艾蕾娜與莎拉，就連阿基拉也無從得知。

◆

阿基拉他們往遺跡更深處前進後，抵達了下一個商店街廢墟。因為通道有一部分被封閉，途中必須稍微繞路，也遭遇了數隻怪物，耗費了一些時間，不過還是順利抵達目的地。

那個地方同樣躺著獵人與怪物的屍體。從雙方屍體數量的比例可以窺見獵人們的英勇奮戰，不過最後同樣以殘酷的結果收場。

確認周遭狀況時，艾蕾娜警告兩人。

「阿基拉，莎拉，有反應。提高警覺。」

阿基拉他們將槍口轉向有反應的方向。那邊有個形似倉庫卸貨口的門，門板已經歪曲到影響開關運作，留下一道微微的隙縫。

而隙縫中傳出聲音。

「喂～～！外面有人嗎！有人吧！拜託回答一聲！」

阿基拉三人短暫互看一眼，靠近到門前方，門的隙縫傳出了歡呼聲。男人自門縫發現阿基拉等人的身影，欣喜地喊叫。

「太好了！得救了！拜託！救救我們！幫忙打開這扇門！」

男人是位獵人，名叫雷賓，他是逃進門後的獵人小隊的隊長。他們雖然成功逃到裡面，但是門板遭到戰鬥波及而扭曲，現在無法開啟，好一段時間只能坐困愁城。

不願意就這樣在遺跡內斷氣，他們從門縫不停窺探，一直在等候其他獵人出現。

好不容易等到救星，雷賓喜形於色。但是艾蕾娜與他相反，無法放鬆戒備。她對著門後的對象充滿戒心地詢問：

「你們在這種地方做什麼？」

「我們被怪物襲擊才逃進這裡，結果門打不開了！」

「裡面狀態怎麼樣？很寬敞？還有幾個人？」

「咦？哎，滿寬敞的，原本大概是倉庫之類的吧。人數加我在內有五人。這些事不重要吧？拜託幫忙開門。」

「五個啊……還真少。」

「會嗎？收集遺物的隊伍差不多都是這個人數吧？哎，換作是某個獵人幫派之類，應該會有更多人就是了。」

「我不是這個意思，你們的人數比外頭的屍體數量少很多。你們應該是對其他人見死不救，只有自己人躲到裡頭吧？」

艾蕾娜從門縫投以尖銳的視線，門後的雷賓猛然倒退一步。

「這、這也無可奈何啊！戰力差距太絕望了，正面迎擊也沒有勝算，正好待在門邊的我們除了逃進裡面，也沒有餘力了！」

男人如此辯解後，繼續找藉口。

「況且我身為隊伍的隊長，有義務把夥伴的性命放在第一！不能為了只是剛好待在附近的同業，就讓夥伴的性命暴露在危險下！妳懂吧？」

「原來如此。那的確是無可奈何的選擇。」

「對、對吧？」

「所以我們就算對你們見死不見，你們也會覺得這是無可奈何吧？不好意思，我也想把夥伴們的性命放在第一，減少輕率與其他獵人接觸的機會。因為我不想被攻擊嘛。」

「開、開玩笑的吧？拜託別這樣！」

雷賓焦急地發出悲痛的呼喊。

艾蕾娜從雷賓的態度判斷對方真的束手無策，突然變成強盜的可能性很低，於是稍微放下戒心。

「是說，大家有什麼打算？」

「哎，只是幫忙開門的話也無所謂吧。」

「是啊。我也覺得沒關係。」

阿基拉贊同莎拉的意見，艾蕾娜也輕輕點頭。

阿基拉三人都認為如果救他們不會造成損害，要伸出援手也無妨。艾蕾娜和莎拉是出自善良，阿基拉則是認為這次行善也許能提升自己的運氣，於是三人意見一致。

荒野是個冷酷的地方，但也不用冷酷得超乎必要。至於置身於此必須冷酷到什麼程度，端看狀況與當事人的餘力而定。

在這個狀況下，艾蕾娜與莎拉的實力都強得足以一面提防陌生人，同時伸出援手。而阿基拉也認同她們的實力。

「那麼，要怎麼打開？」

「這個嘛……」

莎拉看向門板，無所畏懼地笑了。

「就踹破吧。」

她站到門前，對雷賓等人大聲宣告。

「很危險！如果不想被一起踢飛，統統離門遠一點！」

雷賓連忙離開門前，隨後莎拉強烈的踢擊直擊門板。令人感受到威力的巨響迴盪在周遭，門板更加扭曲了。

莎拉是奈米機械類身體強化擴張者，使用高性能的奈米機械以提升身體能力。她之所以會渴求舊世界製的內衣褲，也是因為高超的身體能力使得廉價的內衣褲耐用期間變短。

防護服也特地買足以承受身體能力的款式。多虧如此，莎拉能順利踢擊門板。儘管對舊世界製的牢固門板施加了使之發出巨響甚至扭曲的衝擊力，防護服以高超的防護性能保護了穿著者。

莎拉接連使出猛烈踢擊。緊接而來的衝擊使得門板更加歪曲，但門板依然堅守著分隔兩個空間的崗位。

「比想像中還硬。」

門板的抵抗超乎預期，讓莎拉露出幾分訝異之色。這時阿基拉站到她身旁，兩人只用視線溝通，心有靈犀般互相輕笑，擺出架式，同時施展踢擊。

兩人的身體能力足以輕鬆駕馭常人就連隨身攜帶都極其困難的重型槍枝，以那股力量使出的踢擊威力也非比尋常。而且一次兩人份，同時承受了這股衝擊，即便是舊世界製的門板也撐不住。再加上原本就因為破損而脆弱，一口氣就被踹破。

阿基拉與莎拉擺出滿足的表情看向門內。雷賓一行人的視線在不成原型的門板與阿基拉兩人之間來回，表情僵硬。

雷賓等人順利離開了倉庫，但是臉上的安心神色並不明顯。因為他們依舊置身於遺跡中，散落在四周的獵人與怪物的屍體清楚顯示現況的危險度。而且不久前阿基拉與莎拉像是要體現實力差距般，猛力踢飛了牢固的門板。

儘管如此，他們還是發自內心感謝，再加上自保心態以及避免無謂刺激對方，雷賓與夥伴們臉上堆著笑容，開口道謝。

「謝謝你們，得救了。我們剛才還在擔心要是就這樣出不去該怎麼辦。」

艾蕾娜也笑著回答：

「不客氣。」

她擺著同樣的笑容，繼續說：

「既然出來了，不好意思，請立刻遠離我們。我們可不打算在遺跡中和非親非故的獵人感情要好地一起收集遺物。」

「是、是喔……」

雷賓感到畏縮，並且再度環顧四周。

「……在那之前，我可以問一下遺跡外面的狀況，還有你們來到這裡一路上的情形嗎？」

遺跡外頭也躺滿了怪物和獵人的屍體，和這裡沒有太大的差別。我們也是在途中一度打倒怪物群才抵達此處——雷賓從艾蕾娜口中得知這些事，表情變得凝重。隨後他盡可能擺出殷勤的笑容。

「既然狀況這麼危險，這也算是一種緣分，能不能和我們一起收集遺物……」

「我不要。你們的處境我不是不懂，但是你覺得我們會突然和拋棄其他獵人，只有自己躲起來的這種隊伍聯手嗎？」

「也是啦……」

被艾蕾娜有些尖銳地瞪視，雷賓面露苦笑。

「明白的話就快走吧。至少要遠離到我們判斷沒問題的距離。我都說得這麼明白了，要是你們還在附近晃，我們會認定你們想趁機襲擊。」

然而雷賓一群人只是表情凝重地面面相覷，遲遲不離開。見到他們的態度，莎拉也帶著警告的用意開口宣言：

「不好意思，我們也遇過不少事，現在疑心病變得特別重。如果你們繼續待在這裡，我們也會起疑喔……還是你們打算在這裡打一場？」

艾蕾娜兩人抹去笑容，開始施壓。雷賓等人神情畏縮，不過現在子彈殘量不多，能否自力回到地面上都很難說。再加上從艾蕾娜口中得知的外面的狀況，他們的車子不太可能還平安無事。雷賓等人希望能設法與艾蕾娜他們同行，平安回到都市。

他們小聲討論後，雷賓繃緊表情，代表隊伍賭上他們生存的機會與艾蕾娜三人交涉。

「我懂了。既然這樣我就在此發出緊急委託。拜託了，拜託你們接受。我們也不想死，報酬會盡可能拉高。怎麼樣？」

艾蕾娜與莎拉因為預料之外的提議，有些疑惑地互看一眼。

「你要這樣說，我們也……」

「對啊……」

隨後，艾蕾娜取出了資訊終端機，確認通訊狀況。因為在地底下又是遺跡內部，無法連上獵人辦公室。

「話先說在前頭，如果你們認為這裡收不到訊號，無法完成正式的委託處理就想隨口瞎說，之後會後悔喔。」

這下子雷賓也露出不滿的表情。

「我也是獵人，我很明白承諾透過獵人辦公室辦理的緊急委託意義有多重大。」

因為這是在正式的委託手續之前，儘管當下只是口頭約定，虛假的委託仍然等於詐欺獵人辦公室，和平常的口頭約定大不相同。雷賓會不服氣地板起臉，確實有其根據。

這樣的話，艾蕾娜他們也是獵人，產生了考慮是否要接下委託的餘地。這種想法顯露在艾蕾娜等人的態度上，雷賓見狀立刻繼續提議。

「至於報酬，這個嘛，因為你們有三個人，就每個人１００萬歐拉姆，合計３００萬歐拉姆，如何？」

然而艾蕾娜擺出了不值得考慮的表情。

「你在說什麼？你們有五個人吧？所以……」

「500萬？」

雷賓覺得有點貴，但也認為別無選擇。議題已經進展到能討論價格的地步，心中為此鬆了口氣。

不過，緊接而來的話語顛覆了一切。

「是5000萬。」

雷賓等人的臉上瞬間寫滿了驚訝。隨後雷賓連忙討價還價：

「先、先等一下！再怎麼說也太貴了吧！」

「緊急委託的報酬本來就會偏高，這很正常吧？我不會逼你，不願意就自己回去。」

「就、就算這樣……」

「況且你們也知道這座遺跡現在狀況很危險吧？所以你們才會不惜拋棄其他獵人也要逃走吧？再說如果沒有我們幫忙，你們現在還被關在裡面喔。在這種狀況下要把你們平安送回都市的費用，每個人100萬歐拉姆怎麼可能夠？」

艾蕾娜趁勝追擊般繼續說明。

「我們既然當作委託接下了，就會好好辦事。不過回程會遇到多少怪物也還不清楚，區區300萬歐拉姆，搞不好光是把彈藥費算進去的經費就會虧本。」

雷賓無法反駁，漸漸招架不住。

「既然你們無法撬開那扇門，就表示你們連強化服都沒穿吧？我們回程時必須保護只有這種裝備就跑來這裡的人耶。我承認是因為緊急委託才提高了價碼，但是我不覺得這是多麼不講理的價格。不是嗎？」

面對艾蕾娜的攻勢，雷賓支吾其詞。

阿基拉充滿興趣地看著艾蕾娜與雷賓交涉的過程。這時阿爾法用有點嚴肅的口吻對他說道：

『阿基拉，對那邊提高戒心。』

阿基拉反射性地對該處舉起槍。晚了一瞬間，艾蕾娜與莎拉也有所動作，雷賓等人則更晚一些準備應變。

『阿爾法，是怪物嗎？』

『不是。是人。不過從移動速度來看，對方正在奔跑。至於身後有沒有怪物追逐，從這個位置偵測的話，情報收集機器的精密度太低，狀況並不明朗。』

『了解了。』

阿基拉槍口所指之處是轉角。轉角的另一側超過了情報收集機器的偵測範圍，有阿爾法的輔助也無法透視般顯示。阿基拉維持鎮定，靜靜等待來者現身。

艾蕾娜憑著她自己的情報收集機器捕捉到有東西靠近的反應，因此她覺得阿基拉的反應快得有些不可思議。不過她轉念一想，在崩原街遺跡地下街也曾發生過類似狀況，於是暫且擱置疑問。

最後，阿基拉等人目睹了自通道轉角現身之物，不由得面露疑惑的訝異。那是流彈，但並非實彈，而是一條發光的短線飛過空中。

那條光線命中了遺跡的牆面，引發爆炸。至少在阿基拉眼中看起來是如此。

『阿爾法！那是什麼！』

『那是俗稱的雷射彈，具有高指向性的能量在前進的同時與大氣中的無色霧起反應。這種反應使得一部分的能量轉換為光，才會看起來像是變長的光彈。效果像爆炸，但實際上……』

『簡而言之，被打到很危險是吧？』

『除非裝備了可應對的力場裝甲，否則無法免於受傷。』

『了解！』

自轉角處衝出的雷射彈數量不斷增加。顯然那些雷射彈是為了擊中奔跑中的那個人而射出的。

那個人衝過了轉角，朝著阿基拉等人的方向拚命奔跑而來。阿基拉注意到那個人是誰，面露驚訝的神色。

「那傢伙是……！」

自轉角現身的人是由米娜。

由米娜衝過轉角後，由於目標離開了射擊範圍，雷射彈也停止發射。過了一小段時間，好幾顆直徑約一公尺的金屬製球體高速滾動著衝出轉角。

緊接著這些金屬球表面長出了腳，在滑行時擦過地面，減緩自身的慣性。然後立刻做好射擊準備，將球體中心處的雷射彈發射裝置指向由米娜。

阿基拉大喊：

「趴下！」

由米娜聽見而察覺阿基拉等人的存在。在這種狀況下遇見阿基拉等人令她吃驚，槍口正指著她這件事也令她吃驚，不過她只遲疑了短短一瞬間，立刻當場趴下。

在由米娜完全臥倒在地前，阿基拉已經扣下扳機。CWH反器材突擊槍射出的穿甲彈險些擦過由米娜的背，自上方通過並擊中她後方的球狀機械類怪物，將雷射彈發射裝置連同軀幹一併貫穿破壞。

艾蕾娜與莎拉也緊接著開槍打倒敵人。從試圖以雷射彈瞄準由米娜的其他金屬球開始，依序以無數子彈接連破壞。

由米娜聽著無數子彈從自己上方飛過的聲音，繃緊了臉，同時往側面匍匐移動，避開彈道。之後她小心翼翼地站起身，沿著牆邊開始奔跑。

於是，因為不再需要擔心波及由米娜，阿基拉改用DVTS迷你砲，莎拉則改用自動榴彈槍。子彈的風暴與榴彈的爆炸襲向機械類怪物，球型的警備機器群轉瞬間就化為碎片，徹底遭到殲滅。

阿基拉放下槍，吐出一口氣。

『阿爾法，那是什麼啊？』

『八成是這裡的警備裝置吧。武裝也很弱，我猜只是最起碼的簡易警備的庫存裝置。』

阿基拉覺得這說明不合理，一臉狐疑地反問：

『……弱？剛才它發射了雷射彈吧？』

『雖然是對一般人使用的非殺傷性裝置，至少也要能發揮鎮壓暴動的能力，所以要抑制威力也有其最低限度。』

『非殺傷性裝置……？我要是被那個打中，會死吧？』

『從舊世界的標準來看，屬於非殺傷性。』

『是喔……舊世界的一般人，那種威力也殺不死嗎……』

難怪舊世界製的衣物會那麼堅韌。阿基拉頓時覺得搞懂了，加深對異世界的誤會。

由米娜調勻呼吸的同時，來到阿基拉等人旁邊。雷賓他們再度躲回剛才封閉他們的倉庫，只探出臉觀察狀況。這時他們發現戰鬥結束，便畏畏縮縮地走出來。

來到阿基拉等人身旁的由米娜首先低下頭。

「很謝謝各位在危急時刻救了我。」

「別在意。人沒事就好……話說，只有妳一個人？克也和愛莉沒和妳一起嗎？」

艾蕾娜代表阿基拉他們提出浮現心頭的共同疑問後，由米娜悲痛得皺起臉。

隨後她彎腰鞠躬，深深低下頭。

「艾蕾娜小姐，莎拉小姐，拜託兩位！請幫幫我！」

由米娜緊張又迫切的神情清楚地告訴阿基拉等人，她遭遇的事態絕對非同小可。

第83話　心願的代價

在予野塚車站遺跡的地表部分還維持平靜的時候，遺跡的出入口終於自瓦礫堆底下重見天日。看到那情景，多蘭卡姆的年輕獵人們對未發現遺跡期待得發出歡呼，立刻準備進去一探究竟。

為了不讓其他獵人使用這個好不容易才打開的出入口，決定讓大多數人員留在地面上守衛，只派少數精銳進入遺跡探索。第一組就是克也等人。

階梯一路通往漆黑的遺跡深處。目睹這樣的情景，克也對未知遺跡的好奇與期待猛然膨脹，遠遠蓋過不安。他與由米娜她們一起慎重地走下階梯。

不過克也的表情馬上轉為納悶。因為他用自己的照明器具照亮的樓梯平臺，已經擺了設置式的照明器材。

「……這是照明器材？為什麼這裡會有？」

愛莉慎重地靠近那盞照明，操縱開關後，照明器材正常運作，照亮了四周。

「還會亮。」

「好像是耶……嗯？為什麼未發現的遺跡裡面已經有照明了？」

由米娜也一頭霧水地檢查那盞照明。她馬上就明白那並非舊世界製，而是現代製的便宜貨。

「這是怎麼搞的？」

「總之先繼續前進看看吧。」

克也越來越疑惑，但在由米娜的催促下，他繼續往遺跡深處前進。

階梯上還有其他已經設置好的照明，每個都能正常運作。雖然這些照明把階梯照得亮晃晃的，但克也的腦袋更是迷霧重重了。

「先等一下。由米娜，愛莉，這裡應該是未發現的遺跡吧？」

「遺跡的入口埋在瓦礫底下，這是事實。是我們挖開的，你應該也親眼看到了。」

「呃，是這樣沒錯啦……」

克也三人一面打開已經設置好的照明，一面走下漫長的階梯。這段時間，克也依舊不時發出疑問聲。

最後，三人走到階梯底端，來到通道上。這時克也的表情當中對未知遺跡的期待早已大幅流失，而且神色已經超過納悶，來到懷疑的程度。克也三人將照明朝向通道深處，發現已經設置好的照明器材一路往通道深處延伸過去。

由米娜微微露出苦笑。

「啊～～看來這個遺跡已經有人探索過了。」

「我想也是……」

克也臉上顯露失望，猛然嘆息。雖然他隱約已經察覺，不過頭一個進入未知遺跡的經驗就這麼泡湯了，因此格外失望。

「這也沒辦法。重整心情繼續前進吧。這座遺跡幾乎不為人所知，這一點終究沒變，遺物收集的成果肯定也值得期待。」

「這也是種經驗。同樣撈一票回去就沒問題。既然是內部狀況還不明瞭的遺跡，光是調查內部製作地圖就是很充分的成果了。」

聽見由米娜兩人的鼓勵，克也切換有些消沉的心情，精神充沛地笑了笑，振奮鬥志。

「說的也是。好！加油吧！」

克也三人繼續探索予野塚車站遺跡。打開已經設置好的照明，走過漫長的通道，發現倉庫與商店廢墟而感到欣喜，也因為遺物已經被帶走而失望。他們走過了許多場所。

在這次探索中，以簡易地圖自動製作裝置繪製的遺跡內部地圖也變得相當廣大。目前的成果讓克也心滿意足地笑了。

「差不多該回去和大家會合了。雖然有些地方還留有遺物，不過只有我們的話也沒辦法搬運。」

「而且也沒有怪物，很好的遺跡。」

「這下大費周章撤除瓦礫也有了回報，還製作了內部地圖，大家應該也想進入遺跡，接下來我們不在上面看守的話大概會被罵。加快腳步吧。」

克也等人期待今天的成果，有說有笑地回頭朝地表前進。

就在這時，克也覺得好像聽見了慘叫聲。

實際上他並沒有聽見任何慘叫。再怎麼側耳傾聽，遺跡內能聽見的頂多只有他們三人的腳步聲。

克也自己也很明白。

他不是用耳朵聽見。那不是幻聽，別說是人聲了，就連雜音都沒有。即使如此，還是傳來了有人求救的聲音。

回過神時，克也已經衝了出去。

「等等！克也！」

「由米娜！我有不好的預感！我們快回去！」

愛莉立刻跑了起來。由米娜心想：「又來了？」也一臉嚴肅地緊跟在後。三人回到漫長通道的途中可接收到夥伴通訊的位置時，這瞬間夥伴們的慘叫與求救的聲音傳到克也等人耳中。

『克也！救救我們啊！聽到的話馬上回來！克也！拜託了！聽到的話馬上——』

「是我！我正在趕過去！發生什麼事了！」

克也回答的同時，原本焦急與恐懼的聲音頓時充滿喜悅。

『太、太好了！連上了！克也！拜託了！快點回來！有怪物！一大群！數量很多……』

「我馬上過去！在那邊等我！」

克也打算就這樣結束通訊時，由米娜以清楚的說話聲介入。

「冷靜下來正確說明那邊的狀況。怪物群的規模多大？大概有幾隻？」

『大概有幾隻？總之就是非常多！數也數不清！所以拜託快點回來！』

「單靠你們那邊的戰力，絕對沒辦法支撐下去嗎？」

『對！絕對不可能！所以快點……！』

「既然是那麼絕望的狀況，加上我們三個就有辦法顛覆嗎？」

『咦？但、但只要克也在……』

聽了這個回答，由米娜頓時緊皺眉頭。夥伴們把克也當作救星。換言之，他們並非想放棄守住遺跡出入口的任務脫離現場，才要他們趕緊會合。由米娜理解了他們單純只是置身於危機狀況，在尋求一線生機。

「是嗎？如果是這樣，拋下我們立刻離開的話，有辦法逃走嗎？」

克也不禁一面跑一面看向由米娜。愛莉也板起臉，但那並非在責怪由米娜，而是晚了一些才理解地面上的狀況。

因為夥伴沒有回應，由米娜加重語氣逼問。

「回答我。行不行？」

『……我、我覺得很難。可、可是，只要克也在的話……』

由米娜立刻就察覺這個回答是種願望。同時她以嚴厲的語氣發出指示：

「立刻放棄崗位，進入遺跡內部！」

『咦!可、可是……』

「動作快!只要你們快一點，就能早點和克也會合啊!」

『我、我知道了!』

這時通訊切斷了。克也對由米娜露出非常吃驚的表情。

「由米娜?這是什麼意思?」

「我也不太清楚，外面好像有數量相當多的怪物。所以大家要一起躲到這座遺跡內部打防衛戰，至少好過在遺跡出入口附近戰鬥才對。」

「為什麼會……」

「晚點再問。你想救大家吧?有空想東想西的話，不如集中精神。」

由米娜此話一出，克也就立刻切換了意識。為了拯救夥伴們，他不再多說，只管向前奔跑。

愛莉跑在由米娜身旁，小聲問道：

「上面真的那麼危險?」

「大概吧。聯絡內容並不是說他們要離開遺跡，叫我們快點回去，光是這樣就表示狀況糟到連逃走都像找死了。」

嘗試想像趕忙搭乘運兵車逃離都很困難的狀況，說不定外面已經充滿了怪物。

「這樣的話，一旦回去我們也會有危險。」

「……我知道。但是對克也這樣說也沒用，對吧?」

由米娜這麼說完，面露苦笑。愛莉淺淺點頭。於是兩人都一臉嚴肅地追在克也身後。

克也他們到了階梯附近，發現夥伴們已經來到通道上。先抵達的人朝著階梯上方持續開槍，掩護其他夥伴衝下樓梯。

因為階梯和通道都設有照明，他們不會迷路。夥伴們沿著通道上的照明奔跑，發現了克也三人。

「克也！」

「往這邊！動作快！」

克也對夥伴們招手，自己也加入掩護。他對由米娜和愛莉使了個眼神，由米娜便調頭準備替夥伴們指引避難場所，愛莉則負責掩護克也。

於是克也飛快趕到階梯旁邊，該處有兩名夥伴為了掩護其他人而留到最後，不斷開槍。

同一時間，怪物群也蜂擁而至。怪物承受槍擊並衝下樓梯，就算在途中死亡也會順勢沿著階梯滾落。這群怪物一瞬間就掩沒了克也與兩名夥伴。

愛莉因為稍晚一步，免於遭到波及。她發出慘叫的同時對怪物群開槍。不過就算她開槍打倒敵人，屍體也不會就這樣消失。而且前仆後繼的怪物就像從階梯上滾下來般堆疊如山。

為時已晚。愛莉如此認定，表情充滿了悲慟。

下一瞬間，克也踢破了怪物山的一部分，衝了出來。

「克也！」

愛莉喜形於色。克也把抱著的夥伴丟給她之後，對她吶喊：

「妳先走！這裡我來擋！」

「我也留……」

「不行！我會立刻追上！快帶那傢伙走！」

克也以悲痛的語氣打斷愛莉說要一起留在這裡。他的臉上充滿了哀傷。

「算我求妳……快走……」

愛莉猶疑了一瞬間，下定決心。

「……要快點！」

夥伴已經失去意識。為了救他，一定要有人負責搬運。愛莉不認為克也會拋棄夥伴，自己逃走。如果自己硬是留在這裡，克也就會為了讓所有人逃走，留到最後。現在沒有空說服克也讓自己負責斷後了。

這樣下去只會所有人都死在這裡。為了盡快讓克也逃離此處，首要之務就是盡可能讓其他人快點逃走。

愛莉如此告訴自己。為了不讓克也喪命，她抱起夥伴，把克也留在這裡。她悲慟地緊緊皺起臉。

◆

當怪物群從階梯上方蜂擁而來，掩沒了克也的瞬間，他理解到自己必死無疑。

反射性往上看，放眼望去沒有光線。階梯上的照明已經全部被破壞，外面的光線被怪物遮蔽，無法照射進來。

目睹那樣的情景，克也本身非凡的才能告訴他，自己已經束手無策。狀況也沒有能夠懷疑這個判斷的餘地。

臨死前的專注力延長了時間的流動。為了生存下去，知覺捨棄了不必要的資訊，將世界染上一片白色。

如果是獨自置身於此，克也早就屈服於自己的才能宣判的結果。

但是附近還有同樣被怪物群掩沒的夥伴們。一旦自己屈服於現狀，夥伴也會死。這個念頭勉強支撐了克也的精神。儘管如此，他還是明白憑自己現在的實力終究束手無策。

然而這時，他刻意強烈否定這個念頭。

（不，不對！我的才能不只有這點程度！）

為了抓住能拯救夥伴並且顛覆現況的契機，他不顧一切渴求自身的才能。

克也並沒有實際問過當事人，但是透過他人轉述，他知道西卡拉貝曾經說過認同他的實力之類的意見。

雖然克也很討厭神氣兮兮的西卡拉貝，但是他自己也認同西卡拉貝的實力堅強。而克也知道，他認同的對象同樣認同他的才華，曾經評論他單論才能更在自己之上，只要打磨就會發光。

自己的實力絕對不僅止於此。只要累積訓練與實戰，那份才能將來一定會覺醒，能夠變得更強。克也無意識地這麼認定。

但是，他在這個當下強烈希冀。如果有不惜一切想拯救夥伴的意志還不夠，那麼在此時此刻，就算要硬是喚醒將來才會覺醒的才能，也一定要拯救夥伴。為此他極度集中精神。

（等不到將來了！就是現在！現在就給我覺醒！發生的理由不管是什麼都好！如果需要代價，不管要什麼我都願意付！給我力量！就是現在！馬上給我！）

在極度集中而染上白色的世界裡，他將槍口朝著直逼而來的怪物的大嘴胡亂掃射，聽著因為時間流速放慢而扭曲的槍聲，掙扎並祈求。

在他身旁，少女笑著。

下一瞬間，克也近乎無意識地朝著眼前的怪物使出了踢擊。儘管他平常從未練習過踢擊，以強化服的身體能力施展的踢擊就像是預借了他將來的才華，飛快且犀利地命中敵人。

踢擊讓敵人瞬間斃命的同時，扭轉了敵人的慣性。原本應該會壓到克也身上的怪物朝側邊錯開。

克也因為踢擊的反作用力而失去平衡。至少他自己這麼認為，心中暗叫不妙。

但是，因為他的姿勢變得宛如跌倒，反而躲過了從另一個方向朝他飛撲攻擊的怪物。

隨後他看到位在附近的夥伴身影，反射動作般伸出手。自己的手臂動作異常遲緩，讓他不禁焦急。他用盡全力伸出手，穩穩抓住了遭到怪物攻擊而昏迷的夥伴。

（……應該還有一個人！找到了！）

克也為了拯救剩下的夥伴，朝那裡踏出腳步。

（……咦？）

至少克也自己這麼認為。

但是他的身體卻朝著反方向快速退開。

（等一下！夥伴還……！）

這個念頭浮現的同時，如他所願預借的才能像在宣告已經太遲，試圖讓他脫離現場。踢飛了礙事的怪物，從那空隙間逃出包圍。

晚了一瞬，來不及拯救的夥伴被怪物咬碎了。從逐漸封閉的包圍空隙，克也確實目睹了那一幕。

從折返之前就一直能聽見的那像是在向自己求救的無聲之聲，在夥伴失去頭部的同時，無聲的慘叫也就此止息。

克也險些忍不住吶喊時，愛莉的叫喚聲阻止了他。

「克也！」

這讓克也在千鈞一髮之際保持了鎮定。他把夥伴託付給愛莉後，對怪物群舉起槍，獨自一人留在這裡開始拖延敵人的攻勢。他獨自牽制怪物群的逼近，同時漸漸向後退。

（混帳東西……！）

克也感覺到自己現在的反應敏銳到未曾體驗的程度。敵人的動靜全部清楚映於眼中，射出的子彈像是被目標吸引般命中。因此怪物群雖然直直朝著他殺來，他心中卻沒有分毫恐懼。狀態絕佳。

然而心中也沒有絲毫亢奮。

（我剛才拋棄夥伴逃走了嗎！）

宛如沉眠於體內的才能突然甦醒，自己的實力飛躍性提升。即使如此，還是沒能救出那名夥伴。

才能如願覺醒，變強的自己在心中某處冷靜地判斷為時已晚，輕易捨棄了夥伴。逃走了，見死不救。

一想到剛才的行動也許來自本身無意識的判斷，讓克也有些愕然。

「變強了也只有這種程度嗎？捨棄夥伴逃走就是我的實力嗎？這種東西就是我的才能嗎？這樣我還在自吹自擂嗎！」

克也在激動的情緒驅使下開槍。無數子彈以最大效率將敵人一一化為屍體。後續的怪物推開那些屍體，衝到通道上。

「混帳！混帳！混帳東西！」

克也戰鬥時甚至淌著淚水。現在的他就算面對直逼而來的怪物，仍有餘力擦拭眼淚、更換彈匣。儘管如此，無法救助夥伴的事實依舊折磨著他。

通道雖然寬敞，和外面相比就顯得非常狹窄。隨著被克也打倒的怪物屍體增加，通道也漸漸堵塞，後續的怪物速度隨之變慢，最後終於來到克也能夠轉身背對敵人的程度。

克也察覺了現況，行動從拖延攻勢轉為撤退。他停止射擊，全力奔跑。因為無法把滿腔悲憤發洩在怪物身上，他悲慟得皺起臉。

自己的行動真的出於自己的選擇嗎？克也無法察覺這個疑問。這也是心願的代價。

在純白的空間中，少女面帶笑容。

◆

如果歐索夫要為了他們的行徑向他人辯解，他的理由是「本來沒打算做到這個地步」。不過這句話他沒有機會回答。

不久前薇奧拉聯絡歐索夫的內容是，如何防止多蘭卡姆占領遺跡。一旦多蘭卡姆占據了遺跡的出入口，其他獵人就難以進出遺跡。於是她提示了趁現在化解這種狀況的手段。

在出入口開通之後，憑武力排除多蘭卡姆的新手獵人並非難事。但是這樣一來，就等於明確與多蘭卡姆敵對。新手獵人們是搭乘有著多蘭卡姆標誌的運兵車前來，所以「不知道其身分」這種藉口並不管用。

多蘭卡姆也有面子要顧。雖然是新人，既然旗下獵人遭到攻擊，幫派就會先確實查出是誰下手，而後派遣武裝的老練獵人，做出明確的報復行動。

不過就這樣繼續觀望，搞不好遺跡內的遺物會被多蘭卡姆徹底獨占。就算還有其他出入口，不管是尋找或挖掘都要耗費時間，甚至可能根本沒有其他出入口。

那麼，其他獵人若想要自己不出手，又讓多蘭卡姆不再占據出入口，該採取何種手段？只要順從荒野法則，稍微捨棄倫理觀念，就有一個較為簡單的方法：讓怪物代為攻擊即可。

只要使用某些手段吸引怪物群來到遺跡的出入口，逼迫鎮守出入口的多蘭卡姆獵人撤退就好了。如此一來，其他獵人就能進入遺跡。

況且，要持續守住遺跡出入口本來就很困難。必須在危險的荒野中二十四小時不間斷地提防怪物從外界或遺跡內部出現，還要加上遭到其他獵人襲擊的可能性。一般來說，下場只有落荒而逃。

因為是未發現的遺跡，多蘭卡姆對收集遺物的期待也相當高。不過那終究只是謠傳，還不值得派遣老練的獵人。

於是幫派先派遣了年輕獵人。一旦真的發現遺跡，就會立刻派資深獵人前來才對——包含歐索夫在內的周遭獵人們都這麼認為。

如果要防止多蘭卡姆占據遺跡，就必須在出入口被發現後到老手趕到現場之前的這段時間，讓出入口發現者這個根據變得不明確以混淆視聽。因為若多蘭卡姆要用出入口是他們發現的這種理由再次強占一度放棄的出入口，將會過度招惹其他獵人的敵意。

於是歐索夫等人開始準備讓怪物群襲擊遺跡的出入口周遭。

他們監視著巨大工程機具撤除瓦礫堆的進度，同時用誘敵機牽線般一路設置到怪物較多的其他地區。就在確認出入口已經開通後，他們做好了啟動誘敵機的準備。

這時，順從地完成設置機器的男性夥伴心生畏懼。

「我說，歐索夫，真的要做嗎？這樣實在是有點……」

「不用擔心，不會被發現啦。一大堆獵人為尋找遺跡出入口而吵吵鬧鬧，結果驚動了怪物群。就這樣而已。」

「呃，要這樣說是可以啦……」

引誘怪物攻擊其他獵人。男人無法當面反對這種行為，但其實他並不情願，以至於開口說出這種話。歐索夫察覺到這一點，安撫般笑道：

「聽說多蘭卡姆的小鬼們受到很好的待遇，裝備也很精良。遇到幾隻怪物襲擊也不會怎樣啦。」

「可是……」

「只要稍微嚇嚇他們，讓他們覺得沒辦法一直占據出入口就好了。如果他們堅持死守，我們就出手幫忙擊退怪物，然後再用這份人情債當作交涉條件，請他們讓我們進入遺跡。單純就這樣而已。」

男性夥伴就此閉口不語。男人同樣負債，當然也想要應該沉眠於新遺跡內的遺物。如果只是這樣，男人還能妥協。

歐索夫笑了笑，回過頭來監視多蘭卡姆的狀況。他從年輕獵人們的騷動判斷他們應該真的發現了遺跡的出入口，於是啟動誘敵機。

話雖如此，怪物群不會因此馬上就蜂擁而來。就算成功引誘了敵人，抵達這裡也需要時間。再加上引來的怪物數量也得看運氣，有可能最後只有兩三隻現身。

歐索夫心中祈禱著一切順利並等候結果，這時搜敵機器出現了反應。歐索夫不禁露出笑容，但表情馬上轉為納悶，因為焦急與恐懼而緊繃。

「歐索夫！不妙啊！」

「我、我知道！」

歐索夫聽見夥伴的吶喊，回過神來，並立刻指示夥伴們回到車上，在所有人搭上車的同時下令出發。車輛搭載的搜敵機器顯示著數量龐大的怪物反應。

「到底是怎麼了！就算啟動了誘敵機，也不至於引來這麼大群的怪物吧！」

「誰曉得！總之先閃人！」

駕駛荒野用巴士往怪物群的反方向奔馳，但是駕駛的男人突然停車。

「你在幹嘛！快點！」

「不是啦！這邊也一樣！」

巴士前方已經開始發生戰鬥，也能看見其他車輛往這個方向逃過來。

「立刻轉換方向！」

「我在做了！」

雖然不是能靈敏動作的車輛，但巴士盡可能轉換了移動方向。這段時間內，跑得快的小型怪物已經成群逼近車輛。獵人們自車窗開槍擊退。

「很多耶！到底是怎麼了！」

「誰曉得！總之快開槍！一旦巴士被打壞就完了！數量太多了，用跑的逃不掉！」

無數槍口自巴士的窗口探出，胡亂掃射，只管阻止怪物逼近。敵人不強，盡是馬上都能打倒的嘍囉。

但是數量非常多。雖然車上裝載了充沛的備用彈藥，衝過來的群體數量多到讓獵人們下意識擔心起子彈會耗盡。

巴士終於開始朝著其他方向快速奔馳，因為輪胎不時輾過死亡的怪物，搖晃的感覺糟糕透頂。儘管如此，乘客們心中最強烈的感受還是逃出生天的安心。

然而，巴士再度停下。獵人們不由得衝向駕駛身旁，但險些衝出口的怨言這下也說不出口了。

「這邊也一樣……？」

他們的視野中映著正逃過來的獵人們的車輛，以及追在車輛後方的大規模怪物群。

歐索夫等人沒有空檔調頭，巴士被怪物群掩沒。代表獵人們拚死奮戰的槍響迴盪了一段時間，但很快就止息了。

予野塚車站遺跡周邊無論何處都陷入了類似的狀況。以遺跡為中心，怪物群從各個方向一擁而上，逼著獵人們只能迎戰。

這並非偶然。怪物群是受到誘敵機的吸引而從四面八方朝此處集中。

使用誘敵機的不只有歐索夫的團隊。許多獵人渴求新遺跡內未經搜括的遺物，意圖阻止多蘭卡姆獨占。他們都得到了類似的情報，思考受到同樣的誘導，於是不約而同使用了誘敵機。

不只是這樣，還有人將已經啟動的誘敵機裝在車上，奔馳於荒野，拖著整群怪物衝進現場。

眾多獵人為尋求沉眠於未發現遺跡的大量遺物，紛紛聚集到這裡。就算怪物群的規模稍微大一些，想必也能輕易擊退。如果怪物群規模太小，反而會因為輕易被擊退，讓多蘭卡姆繼續占據遺跡出入口。接獲情報的所有人都這麼認定，於是決定多吸引一些怪物靠近。

結果就是以遺跡為中心的廣範圍荒野上的怪物全被集中到這裡，膨脹到驚人的數量。

絕大多數的怪物都只是嘍囉，輕易就能打倒。然而，儘管獵人們已經為了探索未發現遺跡，確實強化武裝，怪物群的規模還是大到這些獵人無法抗衡的程度。

原本占據遺跡出入口的多蘭卡姆年輕獵人們也逃進遺跡內部。怪物則追著他們，跟著進入遺跡。

不久後，在外面無處可去的其他獵人也認為地底的狀況總勝過外面，於是紛紛衝進遺跡，而怪物也緊追在後。

因此，不需要多久時間，遺跡便將地面上的獵人與怪物全部吞到裡面。

◆

由米娜指引夥伴們來到最適合防禦的場所後，指示眾人搭建簡易據點，之後便立刻調頭去支援克也。她在半路上遇到抱著夥伴的愛莉，但沒見到克也的身影，讓她不由得拉高了音量。

「克也呢？」

「……在拖延時間。」

為什麼沒有跟他一起留在那邊？由米娜險些如此怒吼。但是從愛莉悲痛的表情和夥伴失去意識的模樣，她洞悉了大致的情況，體恤愛莉的心情而對她說道：

「……知道了。大家都在那邊，把人帶過去後就回來支援。快點喔。」

由米娜沒有要求愛莉跟大家待在一起等待，是考慮到她的心情。由米娜明白愛莉也想盡快回到克也身旁，為了讓她能為此努力，為了讓她心理上輕鬆一些，由米娜如此催促她。

愛莉默默地點頭，繼續趕路。由米娜則朝著相反方向繼續奔跑。

多虧他們剛才事先打開了通道上的照明，由米娜才能毫不猶豫地全速奔跑。

在黑暗的通道上，如果只有手持式照明和情報收集機器提供的夜視功能，要跑實在是強人所難，也無法斷言絕對不會遇到躲藏在黑暗中的怪物。

原本應該提高戒心緩慢推進，現在她不需顧忌太多就能前進，都是多虧了事先設置照明的人。她在心中感謝，並且趕往克也身旁。

在通道前方發現克也的身影時，由米娜為他的平安感到開心，露出笑容。

但是她立刻就繃緊表情，移動到通道邊緣避免彈道與克也重疊，提防可能緊追在後的怪物，朝著克也的背後舉起槍。

將情報收集機器的搜敵範圍朝前方集中，提升收集情報的距離與精密度。她發現敵人的反應十分遙遠，便放心地放下槍。

克也馬上就來到由米娜身旁，但是他在這裡停下腳步。由米娜為此感到疑惑。

「克也，怎麼了？不快點的話……」

雖然敵人還很遠，但也沒有空檔能停下腳步。由米娜原本以為克也會從自己身旁跑過，她則要轉頭追趕他的背影。這時她仔細看了克也的臉龐。

於是，遭到沉重打擊，深深地受了傷，甚至留有淚痕的心上人的臉直接映入她的眼簾。那是深愛之人發現了童年玩伴，頓時放鬆下來，一直緊繃的情緒也消失無蹤，不禁停下腳步的模樣。

由米娜沒有多說，握起了克也的手。

「我們走吧，大家都在等。好嗎？」

隨後她稍微拉動那隻手，面露笑容。

克也被她稍微使勁拉動，因此踏出了一步。隨後他順勢再度邁步奔跑。

由米娜牽著克也的手，趕往夥伴那裡。她不知道發生了什麼事，但是要抱緊克也，不該在此時也不該在此處。為了克也，首要之務是趕往安全的場所。由米娜這麼認為，現在只管牽著克也的手。

與夥伴們會合後，眾人笑著迎接克也。因為大家得知克也獨自一人為夥伴們擋下了整群怪物，對克也的搭話聲中只有純粹的感謝與稱讚。

但是克也頂多只能回以憂傷的笑容。之後他說自己累了要休息，將簡易據點的防禦工作交給眾人後，頹然倒地般躺下。無論是體力或精神，克也已經到達極限。

在這之後，由米娜接手指揮，繼續進行簡易據點的封鎖。利用看起來特別牢固的商店廢墟，以店內的器具搭建簡易路障。最後輪流負責戒備，準備迎敵。

一旦聯絡斷絕，多蘭卡姆就會前來拯救大家。在這裡的年輕獵人們心懷期待，等候事態平息。

◆

獵人們在外面陷入苦戰，但是將戰場轉移到遺跡內部後便取回了優勢。

位在予野塚車站遺跡附近的怪物本來就盡是不怎麼強悍的個體。在地面上敵人從四面八方海嘯般撲來，自然難以應戰，但是在遺跡內部能限制每一波敵人的數量與來向，應付起來也簡單許多。

而且因為陷入這種狀況，決定暫且攜手合作的獵人也不少。其中也有些獵人為了探索未發現的遺跡，事先強化了武裝，特別重視擴充彈匣等等的續戰能力。剛才因為突發事態而驚魂未定，只管一昧逃命的人，現在也漸漸取回冷靜與鬥志。

於是，不需要太多時間，遺跡中的狀況就幾乎無異於怪物稍微多一點的普通遺跡。倖存的獵人們心中漸漸燃起自己身在未探索遺跡的興奮感。

也因為才剛脫離危險，獵人們鬥志高昂。此外殘留在遺跡中的遺物數量也足以刺激獵人的欲望。

儘管如此，情況並沒有演變成獵人之間舉槍互指以爭奪遺物。因為倖存者很明白，彼此都是能從那狀況活下來的強者。

也有不少獵人覺得既然一起活了下來，就不願意在收集遺物的地方反目成仇。

更重要的是，這裡可是未發現的遺跡。就算好地方被別人先占走了，只要繼續深入遺跡，很有可能還有其他好地點。因此就算遺物收集場所被其他人捷足先登，獵人們也不會介意，只管朝著遺跡更深處前進。

結果獵人們幾乎沒有引發爭執，不停朝著遺跡更深處探索。最後，由一位名叫查雷斯的獵人擔任領隊的獵人隊伍抵達了某個地方。

該處是一個貫穿荒野地下的筒狀隧道，內徑約三十公尺。以細金屬條般的物體支撐的月台設置在半空中，可以想見過去穿梭於這條隧道中的交通工具有多麼龐大，而且能夠自力飄浮於空中。

查雷斯等人穿過自遺跡通道延伸出的走廊，抵達月台上，目睹巨大的隧道而深受震撼。

他們在月台上照亮隧道的深處，發現隧道深處被巨大的阻隔牆封閉，與外界隔絕。

查雷斯等人對周遭情景感到驚訝，同時板起了臉。

「這是……什麼地方？雖然很壯觀……好像沒有遺物啊。」

「能夠親眼見到這種情景，確實是獵人這一行的醍醐味啦，不過現在比較想要的還是遺物啊～怎麼辦？姑且找找看？」

「不過放眼看過去，找不到應該有遺物的建築物啊。」

用照明器具或照明彈照亮周邊，也只看到巨大隧道的內壁。雖然找到了其他與月台連接的通道，也找不到他們要的遺物收集場所。查雷斯一行人一面討論接下來的目標，一面在月台上徘徊。

這時，一名女性突然現身。查雷斯等人一瞬間就停止閒聊，反射動作般舉槍，槍口對準了人影。不愧是能抵達此處的獵人，動作十分俐落，不允許對方有任何反抗。

然而女性絲毫不為所動，身穿看似舊世界風格的某種制服，對查雷斯等人露出親切的微笑。

查雷斯原本表情嚴肅地觀察對方的動靜，但是情報收集機器的反應讓他看穿了女性的真面目。

「立體影像……是舊世界的幽靈啊……」

「等等，這座遺跡還在運作嗎？」

「就算是遺跡的機能，頂多就是這附近的嚮導吧……」

總之對方是純屬影像的存在，危險度低。想到這裡，查雷斯等人你一言我一語地發表意見。這時女性的說話聲介入。

「歡迎來到予野塚車站。本站目前為非活性狀態。錯誤編號Ｄ４０８２３７４５８２６４……」

在困惑的查雷斯他們面前，女性不停唸著錯誤編號。

「歡迎來到予野塚車站。本站目前為非活性狀態。錯誤編號D937574309326……」

之後，女性不斷重複同樣的話。那模樣讓查雷斯等人也稍微理解了狀況。

「這東西故障了啊。」

「哎，也許這樣還比較好。就算這傢伙正常運作，也無法保證會對我們友善啊。」

考慮到也許開口詢問遺物的場所，她就會回答，他們抱著姑且一試的心態提出各種問題，但女性只是不斷重複類似的話語。查雷斯等人也早有預料，微微露出苦笑。

「該走啦。我們可不是為了欣賞美女才跑到遺跡深處。一群獵人待在這種烏漆墨黑的地方，一直盯著女人瞧也不是辦法吧？」

「說的也是，該走了。」

就在這時，四周突然變得和正午時分一樣明亮。突如其來的事態讓所有人立刻進入警戒態勢。不過除了變亮，沒有發生其他事。

「歡迎來到予野塚車站。本站目前為活性準備狀態。錯誤編號E4937476926 4……」

女性的聲音反覆響起，查雷斯等人放鬆戒備。

「……為什麼照明突然點亮了?有誰動了什麼手腳?」

每個人都搖頭否認時，查雷斯他們腳下的月台開始搖晃。隨後查雷斯發現周遭更進一步的變化。

「喂！隧道漸漸打開了！」

雖然速度緩慢，封閉巨大隧道的阻隔牆正緩緩開啟。

查雷斯等人感到吃驚，但也期待牆的另一邊也許有好東西，凝視著開到一半的阻隔牆。然而一看到從隙縫間進入隧道的東西，他們不禁板起臉。

「怪物？可惡！從這邊也有嗎！」

「不妙啊！那是滿強的種類喔！」

怪物接連自阻隔牆另一側湧入。目睹那情景，查雷斯等人表情凝重，而更進一步的變化令他們震驚。

隧道牆面有一部分開啟，球型警備機械接二連三從中出現，朝著怪物群射出雷射彈，開始應戰。

「那是……遺跡的警備裝置嗎？」

「喔喔！好耶！上啊上啊！」

看到怪物遭到雷射彈命中炸飛，夥伴們放聲歡呼時，一旁的查雷斯因為不好的預感而表情僵硬。

隨後他的預感成真。自隧道頂端出現並掉落的金屬球掉到月台上，隨即橫向旋轉並且長出腳，調整姿勢，將雷射彈的發射裝置對準了查雷斯等人，然後停止旋轉。

查雷斯事先料到這種可能性，立刻朝著球體一陣掃射。雖然球體滿身彈孔，姿勢歪斜，仍然射出了雷射彈。不過光彈遠遠偏離查雷斯他們，擊中隧道的牆面。

緊接著查雷斯踢飛了警備機械。球型機體因為衝擊，嚴重扭曲的同時飛了出去，就這麼自月台墜落。隨後猛然撞擊地面，完全損毀。

查雷斯等人面露苦笑。遺跡的警備機械眼中的排除對象肯定不只怪物，眾人也包含在內。

「我就知道！我們快逃！」

他們全力逃離月台。在這段時間內，成群的怪物依然不斷自隧道湧現。像是配合怪物的數量，警備機械也跟著增加。

「歡迎來到予野塚車站。本站目前為準活性狀態。錯誤編號F３４９５３５７８７５８９４……」

只剩獨自一人的立體影像的女性反覆唸著類似的話語。

◆

由米娜將沉眠中的克也交給愛莉照顧，與兩名夥伴一起調查了周遭狀況。

從簡易據點也能斷斷續續聽見的戰鬥聲，現在已經消失。稍微調查了一段時間，也沒有怪物的蹤跡。由米娜認為現在這狀況也許可以把行動方針改為逃離此處。

帶著在簡易據點收集遺物的成果嘗試逃離，或是幾個人到上面再度向多蘭卡姆求救。總之先回到據點，叫醒克也與他討論比較好吧。由米娜對兩人這麼說，決定回到簡易據點。

就在這時，遺跡內部突然變亮了。由米娜他們被突如其來的狀況嚇到，但她認定有超乎預料的事態發生，便趕往簡易據點。

這時更進一步的事態發生了。通往簡易據點的通道被阻隔牆堵住了。

「由、由米娜，該怎麼辦？」

看到夥伴慌張的模樣，由米娜盡量強裝鎮定。

「沒辦法了，找其他路吧……提高警覺！」

情報收集機器告知搜敵反應。由米娜等人提高警覺，朝著正在靠近的反應舉槍，準備迎戰。隨後他們看到對方的模樣，因而面露狐疑的表情。

反應來自沿著通道快速滾來的球型機械。三人判斷那是機械類怪物，立刻開槍。有些子彈被球狀的裝甲彈開，但三人份的槍彈還是對機體漸漸造成損傷。

然而金屬球並未因此停下，仍舊朝著由米娜他們突擊。由米娜察覺無法閃躲，暫停槍擊並擺出架式，向前踏出箭步，使出渾身力氣毆打金屬球。

雖然沒有擊中核心，畢竟是以強化服使出的一擊，再加上對方衝向由米娜的速度，由米娜的拳頭打凹了敵方機體，使之變成稱不上球體的形狀。形體扭曲的機械被自身的慣性擠壓變形，朝著斜上方飛出去，猛然撞擊通道頂端後墜落。

「由米娜！沒事嗎？」

由米娜咬緊牙關，緊皺眉頭忍受右手的劇痛。

「怎麼可能沒事！立刻開始移動！你們兩個走前面！」

「知、知道了。」

兩名夥伴因為遺跡的狀態突然變化，而且被怪物襲擊，陷入輕度混亂。不過因為被由米娜的氣魄震懾，兩人暫時忘了混亂，按照指示走在前方，只管繼續趕路。

由米娜服用了回復藥，表情緊繃地跟在後頭。

（……這感覺，是骨折了啊。沒辦法馬上治好，只能忍耐了……）

多蘭卡姆配給給年輕獵人的回復藥雖然並非便宜貨，但也不是一盒以百萬歐拉姆計價的高級品。由米娜將會陷入一段時間無法以右手開槍的窘境。

就算回到簡易據點，自己也可能只會變成累贅。再加上如果其他通道也被阻隔牆封住，能不能回到據點都很難說。這時由米娜做出了決斷。

「你們兩個聽我說。我會直接朝地面前進，然後向多蘭卡姆告知狀況，呼叫救援過來。你們兩個怎麼決定？要一起來嗎？」

聽由米娜這麼問，兩名夥伴面露焦急，面面相覷。

「……呃，我覺得所有人一起回到簡易據點比較好……」

「你也看到通道被封住了吧？因為不曉得能不能回到大家那邊，我才會這樣說。」

「不過就這層意義來說，能不能回到地面上也很難說吧？」

「沒錯。問題就是要以地面還是簡易據點為目標，在遺跡中徘徊。現在奇怪的怪物也增加了，待在簡易據點死守不一定安全。至少要催救援部隊早點趕過來才行。所以呢？你們決定怎樣？」

雖然明白話中道理，但地面上也不保證安全，所以想回到其他夥伴和克也所在的地方；可是也不想因為拋下由米娜而惹克也生氣。由米娜從兩人的態度察覺了他們的想法。

「……我懂了。你們回到大家那邊告知狀況。回去之後，克也就拜託你們了喔。別讓他逞強。」

「知道了。妳自己小心喔。」

得到了藉口後，兩位夥伴無意識間顯露了安心的神色。

於是由米娜就這樣與夥伴分頭行動。與其用命令強迫他們一起來，結果兩人在途中改變心意，她覺得獨自一人還比較好。

因為自地面上入侵的怪物群遭到擊退，予野塚車站遺跡內部一度恢復了平靜。

但這次怪物從地底湧現，而且遺跡的警備機械甦醒，再度帶來了混亂。同時因為阻隔牆封閉了通道，就移動路線的角度來說，遺跡內的構造已經變得完全不同。

因此，朝地面上前進的由米娜被迫繞很遠的路。到她被怪物追趕下遇見阿基拉等人為止，還需要一段時間。

第84話 協助的理由與對象

來到予野塚車站遺跡收集遺物的阿基拉等人出手搭救了被遺跡的警備機械追逐的由米娜。由米娜道謝之後，正色向眾人求助。

艾蕾娜先安撫由米娜的情緒，請她說明狀況。因為幫助由米娜的當下，艾蕾娜正在與以獵人雷賓為首的獵人小隊商談，內容是要不要以緊急委託的形式護送他們回到都市，因此他們也加入討論。

多蘭卡姆的部隊在地面上遭到怪物群襲擊後，接連發生的諸多苦難——聽由米娜娓娓道來後，艾蕾娜溫柔地微笑。

「這樣啊。原來發生了這種事……一定很辛苦吧。我知道了，總之我們先一起到遺跡外頭吧。接下來……」

這時雷賓焦急地插嘴。

「等一下！到外頭之後，要回都市吧！」

「咦？這個嘛……」

由米娜與雷賓同時對她露出緊張至極的表情，艾蕾娜不由得語塞。

「拜託妳！請救救我們！艾蕾娜小姐你們能夠打倒那些怪物吧？請幫我救出克也他們！」

「別開玩笑了！現在遺跡裡頭到處都是那種怪物吧！我們應該早點回到都市！救援那些傢伙的工作，交給多蘭卡姆就好了！」

艾蕾娜感到煩惱。就心情上來說，她希望能助友人由米娜一臂之力。但是光聽她描述的狀況，這已經超過了是友人就該伸出援手的範疇，而是應當透過多蘭卡姆接下的工作。

如果只是順便送由米娜回到都市，那還另當別論。如果要從在遺跡內搜索以救出克也等人開始做起，那就必須先到地面上與多蘭卡姆聯絡，以適當的報酬為前提，跟幫派商談委託內容。

而且今天還有阿基拉同行，還正在和雷賓他們討論緊急委託的內容。商談時必須將雙方的意見都列入考量。

搞不好在商談的過程中，克也就會死。商談決裂也一樣。正因如此，由米娜才會這麼緊張地拜託。這點事情艾蕾娜也很明白。

艾蕾娜的迷惘刺激了雷賓，使他過度反應。他判斷這樣下去，說不定艾蕾娜會拖著他們一起去救多蘭卡姆，於是做出苦澀的決定。

「好吧！我付５０００萬歐拉姆！這樣一來緊急委託就成立了！沒錯吧！」

艾蕾娜感到吃驚的同時露出狐疑的表情。

「你付得出來？」

對艾蕾娜來說，５０００萬歐拉姆只是商談用的開價，沒想過對方會直接接受這個價碼。懷疑對方是不是認真的，也懷疑對方的支付能力，她身為隊伍的對外代表，投出嚴厲的目光。

對此，雷賓也回以凝重但認真的表情。

「……我們剛才也在收集遺物。把那些賣掉還不夠的話，剩下的就分期付款吧。剛才不是談好了，要這樣支付也沒問題，對吧？」

「先等一下！雷賓！你是認真的嗎！」

夥伴們不由得插嘴。雷賓回以嚴厲的表情。

「不願意的話，你就自己想辦法從這裡回去。現在就是這種狀況，你懂嗎？」

「是、是這樣沒錯啦……」

「我不會勉強你。如果少了你一個，價格就會減到４０００萬。不，如果只剩我一個，就會減到１０００萬。」

夥伴們對彼此露出苦澀表情時，雷賓做出更決定性的發言。

「有不滿的人都儘管說。不，現在就放下遺物，自己動身吧。遺物由有護衛的人來搬運，這樣比較能安全運送。遺物就等回到都市後，還活著的人來平分。」

死人不需要錢。聽雷賓這麼說，他的夥伴也下了苦澀的決定。雖然無奈，也只能點頭答應。

雷賓也輕輕點頭回應，隨後把臉轉向由米娜。

「我們這邊已經討論完了。我們不要求妳也開出同樣的價格，不過如果要讓人家取消我們的緊急委託，改接下妳的委託，雖然不曉得你們那邊有幾個人，至少也要開出合理的價碼喔。」

由米娜悲痛得皺起臉。身為獵人，她很明白對方說的道理。但無論是從她個人的角度，或是就多蘭卡姆所屬獵人的立場，她都無法開口保證自己能支付合理的價碼。

獵人賭上性命來到荒野。對這樣的人只提出請求卻不出錢，就等於認定他們的命不值錢。由米娜想不到任何能說服艾蕾娜的理由。

艾蕾娜心中也十分苦惱。她並不想捨棄由米娜等人，但是，雖然只是口頭約定但緊急委託已經成立，要取消承諾並放棄５０００萬歐拉姆，她也無法做出這種決定。

放棄可得的金錢，無償救助友人也許是美談沒錯，不過那份善意也可能害死自己。如果獵人持續從事報酬不符風險的工作，荒野並沒有和善得能放任這種獵人長命。

要治好莎拉的身體需要錢，也不能要求阿基拉陪她們一起付出無償的善意。艾蕾娜如此告訴自己，打算做出決定。

就在這時，阿基拉不在乎般說道：

「既然這樣，搜尋和支援克也他們就交給我，雷賓他們就拜託艾蕾娜小姐兩位了。」

眾人驚訝的視線集中到阿基拉身上。

◆

阿基拉有些事不關己地在旁聽著艾蕾娜等人討論。他覺得躲在遺跡某處死守的克也等人是很辛苦沒錯，但也只是這樣罷了。在他眼中，與雷賓等人沒有太大差別。

而且他心中也認定十之八九會直接回都市，不過要是艾蕾娜說要去救克也他們，那樣也無所謂。

如果演變成那樣，背後肯定有些自己無法理解，但讓艾蕾娜她們如此決定的充分理由吧。阿基拉單純這麼認為。說得好聽點是信任艾蕾娜，說得難聽點就是把選擇權交給艾蕾娜。

這時阿爾法指出：

『阿基拉，我姑且提醒你一下。也有把雷賓他們交給艾蕾娜與莎拉，你去救克也他們這樣的選項喔。』

聽見出乎意料的提醒，阿基拉非常吃驚。

『咦？為什麼？』

『如果你問的是去救克也他們有什麼好處，我的答案是那並不重要。重要的是明白有這樣的選項存在。』

『妳到底想講什麼？』

『不管是要出手搭救或是見死不救，至少應該由自己做出選擇。你現在把選擇這件事完全丟給艾蕾娜了吧？』

『呃，是沒錯啦，但現在艾蕾娜小姐就類似隊長嘛……』
『這不影響。如果覺得無關緊要就時常把選擇權交到他人手上，一旦習以為常，在重要關頭會無法自己做決定。你可以把艾蕾娜的選擇擺在優先，不過至少要做出選擇。』
也許真的是這樣吧。阿基拉這麼認為，姑且思考。
『哎，回去也沒關係吧。道義上我也沒必要特地去救多蘭卡姆的人。』
『是嗎？既然你這麼想，那就這樣吧。』
阿基拉覺得阿爾法這句話聽起來別有用意，感到納悶。
『阿爾法，什麼意思啊。妳想說的是，去救他們比較好嗎？』
『不是。我覺得見死不救也無所謂。』
『什麼見死不救……他們躲在據點裡防衛，只要由米娜到外頭聯絡多蘭卡姆，至少會有救援趕來吧。他們還不一定會死啊。』
『哎，在據點防衛的人也許是這樣沒錯，但是她應該會死吧。』
阿基拉稍微皺起眉頭。
『……為什麼啊？』
『因為就算一起離開遺跡並且聯絡多蘭卡姆，她也不會和我們一起回到都市。她應該會為了幫助克也他們，再度進入遺跡。』
阿基拉的視線無意識地轉向由米娜。
『當然了，她也有可能運氣好沒遇到怪物就與克也他們會合，但在我看來，機率低得無法指望。剛才也一樣，要不是你們出手搭救，她現在已經死了。』
阿基拉眉頭皺得更緊了些，試著想像由米娜接下來的行動，結果就如同阿爾法所說。

不過，若捫心自問要不要為了避免這種結局就幫助克也，阿基拉無法馬上點頭同意。於是他回以其他話語。

『……所以，妳的意思是希望我去救克也？』

如果這時阿爾法回答「是」，阿基拉就能把它當作藉口。但是阿爾法給了其他回答。

『不是。就如同我剛才說的，我覺得見死不救也無所謂。但是，哎，真的要補充理由的話，這麼做不是為了幫助克也，而是幫助艾蕾娜她們與由米娜吧。』

阿基拉不明就裡，阿爾法補充說明：

艾蕾娜在心情上也不想拋棄由米娜等人。同時，她在獵人工作方面和多蘭卡姆也有往來。雖然就狀況來說是迫於無奈，如果對多蘭卡姆的獵人見死不救，可能有礙日後工作。

這時如果阿基拉選擇支援克也等人，救援部隊最後來得及救出死守的眾人的可能性就會提高。如此一來，也能減輕艾蕾娜她們的立場惡化以及罪惡感。

如果能順便賣克也一個人情，也能適度牽制不時對阿基拉找麻煩的他。

包含這些可能性，無法斷定毫無利處可言。阿爾法如此說明後，別有深意地笑道：

『除此之外，拯救了美少女也許會讓運氣轉好喔。之前你差點對成為人質的美少女見死不救，之後就遇上了麻煩事吧？』

回憶起在崩原街遺跡的地下街發生的種種，阿基拉強忍著苦笑。

『是啊，是這樣沒錯。』

頂多是這種程度的小事，他能說服自己有了充分的藉口。他輕描淡寫地對艾蕾娜她們說：

「既然這樣，搜尋和支援克也他們就交給我，雷賓他們就拜託艾蕾娜小姐兩位了。」

聽見阿基拉這番話，最吃驚的是由米娜。她臉上表情並非喜悅，反倒是困惑。

「……咦？那個，真的可以嗎？」

即使如此，她也不至於懷疑阿基拉別有居心。為了救克也等人，她只能抓住任何一根救命稻草。不管出自何種理由，只要願意幫忙她都歡迎。而且阿基拉是艾蕾娜與莎拉的朋友，這項事實也讓她減輕了疑心。

「話先說在前頭，只要狀況太危險，我就會逃走。所以我不會當作委託接下，也不會救人。我先這樣宣言喔。」

「……我明白了。謝謝你。」

就算這樣還是很感謝。由米娜說完，笑著低下頭。

艾蕾娜與莎拉兩人表情複雜。莎拉稍微煩惱後，簡短問道：

「阿基拉，沒問題嗎？」

如果狀況允許，想詳細詢問的事情太多了。戰力、剩餘彈量、回程的交通工具，多到數不清。但是她覺得不去救人的一方對願意救人的那一方這樣追問到底好像也不對。

所以她簡短地詢問。在那短短的問句中，包含了對阿基拉的擔心，以及期待能驅除這份擔心的答案。

阿基拉輕笑後回答：

「沒問題。就和我剛才說的一樣，有危險我就會自己逃走。」

艾蕾娜從他的回答感受到過去在崩原街遺跡的地下街詢問時同樣的氛圍。雖然無法對兩人說明，但阿基拉口中的沒問題是基於某些確切的根據。她看穿了這一點。

實際上阿基拉也認為如果真的有危險，阿爾法應該會阻止他，而且應該一開始就不會對他提出伸出援手的選項。因此艾蕾娜的推測正確無誤。

「我知道了。那麼那方面就拜託你了。不要勉強自己，明白嗎？」

「好的，我明白。」

艾蕾娜叮嚀般笑了笑，阿基拉也笑著回答。

在這之後，阿基拉等人分組並做好簡單的準備。阿基拉與由米娜將可能妨礙搜索的行李交給艾蕾娜她們，換成彈藥等物資，朝著遺跡深處前進；艾蕾娜與莎拉護衛雷賓等人，雷賓等人則負責搬運所有人的遺物，調頭朝地面前進。

聯絡多蘭卡姆這部分就等艾蕾娜等人回到外面再代為聯絡。由米娜一度考慮要一起回到外面自己聯絡，但她認為到外面會浪費太多時間，也擔心阿基拉獨自一人遇到克也等人可能會引發爭端，於是決定與阿基拉同行，不回外面。

由米娜對艾蕾娜她們懇切地低頭行禮後，折返朝來時路前進。阿基拉也微微低頭，跟在她身後。

艾蕾娜兩人笑著目送阿基拉他們離去。在兩人的身影消失的同時，繃緊了表情。

「莎拉，我們也動身吧。要加快腳步了。」

盡快解決工作，前去幫助阿基拉等人。為此必須加快速度。這點事莎拉也明白，她深深地點頭。

「好，交給我吧。」

她笑著雙手握槍，像在宣告接下來要用火力彌補為了趕路而鬆懈的搜敵。

這時雷賓畏畏縮縮地開口：

「啊～～那個，既然我們的護衛也少了一個人，能不能稍微減少護衛費用……」

「我會考慮看看，這個等之後再談。」

「啊，好的。」

艾蕾娜回以嚴厲的視線，雷賓受到震懾般閉上嘴。

「我們動身吧。」

在艾蕾娜的號令下，剩下的一行人也朝著地面出發。

◆

由米娜和阿基拉一起在遺跡內部前進時，幾乎省略了搜敵。嚴格來說，搜敵全都交給阿基拉，她則是專心帶領阿基拉前去夥伴們搭建的防禦據點。

不過由米娜也不曉得正確的路徑。與夥伴分頭行動之後，她被怪物襲擊，被迫一邊逃走一邊往地面移動，因此通往簡易據點的路徑在她的記憶中也模糊不清。儘管如此，她盡可能嘗試回憶，繼續前進。

「停。」

她聽見阿基拉的指示而停下腳步。晚了一些，搜敵機器出現反應。而造成那些反應的怪物們在通道轉角現身的瞬間，遭到阿基拉槍擊而全滅。

「好，走吧。」

阿基拉不為所動般說得雲淡風輕。由米娜見狀，在內心驚嘆。搜敵的精密度與速度，以及在那之後迅速又精確的應對，光是看到這一幕就明白阿基拉的實力比自己高出好幾段。

（……他真的很強。也難怪詩織小姐會那麼提防。）

由米娜等人之前因為露西亞的問題，與阿基拉一度對立時，從某個角度來說，他們三人是被詩織捨棄了。

由米娜也知道，那是因為與阿基拉的爭執可能演變為當街廝殺，詩織為了避免蕾娜遭受波及，做出了苦澀的抉擇。

但是，當時有實力勝過他們三人的詩織在場，實力可能在同一個水準的香苗也在。在這種優勢下，真的有必要做到這麼徹底嗎？由米娜對此也覺得有些疑問。

過去她對這個問題總是以「因為詩織非常重視蕾娜」為理由來說服自己。

但是，現在她親眼目睹了阿基拉的實力，重新評估的結論是「因為當時詩織判斷勝率低得有必要捨棄他們三人」。

（只要有個差錯，我們也許就和這種人互相廝殺了……真是好險，那時的我幹得好。）

憑交涉就平安度過了那次爭端。她如此讚賞自己，也不禁擔心起來。

（這麼厲害的人成為夥伴是很可靠，但讓他和克也見面真的沒問題嗎……？要小心點才行。）

如果又出事了，就得不計一切調解。由米娜暗自做好覺悟。

這些思緒在腦海縈繞，讓由米娜不由得停下腳步。阿基拉納悶地對她問道：

「怎麼了？」

「啊，沒什麼。我們現在大概在哪裡？」

由米娜嘗試敷衍過去般取出了資訊終端機，顯示遺跡的地圖。

地圖的檔案是在分頭行動前從艾蕾娜那邊拿到的。由米娜的情報收集機器和克也的不一樣，沒有製作地圖的功能，因此她從昨天就連當下位置都無法分辨，只能在遺跡中徘徊。

阿基拉隨手指向地圖。

「在這邊。」

由米娜見狀，心中大吃一驚。就一起行動後阿基拉的一舉一動來看，感覺和自己一樣並沒有能自動記錄當下位置的裝置，但是他不假思索就篤定地指出目前的位置。

在迷宮般的遺跡內，途中經過數次戰鬥，他卻能憑著方向感正確掌握位置。經驗過多蘭卡姆的戰鬥訓練，由米娜很明白那是多麼困難的事，因此十分吃驚。

「……是嗎？雖然只是猜測，夥伴們應該在這裡。」

「這樣的話，妳繞了很遠才跑來這裡啊。路上有很多阻隔牆關閉了吧？」

「還有避開其他怪物，或是被怪物追著跑之類。現在遇到怪物只要打倒就好了，剩下的就是期待通道不要被阻隔牆擋住。」

「是啊，也只能實際過去看看。走吧。」

「好。」

由米娜收起資訊終端機，重新舉起槍。因為傷勢，右臂動作特別遲鈍。阿基拉注意到她的動作。

「右手怎麼了嗎？」

「嗯？喔，這個嗎？受了點傷。」

「還沒治好，是回復藥用完了嗎？」

「還有。藥已經用了，不過因為稍微亂來了，沒辦法完全痊癒。」

阿基拉取出自己的回復藥，遞給由米娜。

「拿去用。」

「可以嗎？好像很貴耶……」

「不好意思，我希望能減少累贅。」

阿基拉說笑般輕笑著，由米娜也笑著回答：

「既然這樣，我就不客氣了。謝謝你。」

於是她收下回復藥並服用，右手一直持續的痛楚馬上就消失了。緊接著留在右臂的不適感也漸漸消除，恢復到稍微動作確認狀況也覺得完全沒問題的狀態。

因為拿到的回復藥藥效之高，讓由米娜稍微嚇到了。

「你用的回復藥效能很高耶。應該很貴吧？」

阿基拉一臉認真地點頭。

「很貴。但為了省錢而死掉就本末倒置了。」

「啊～～那個，之後還你錢比較好？」

「不用了。我剛才也說過，我不是當成工作接下，所以不會申請經費。況且像剛才用掉的彈藥費，因為我現在是用擴充彈匣，其實也花了不少錢。每一筆帳都要算的話，根本算不完。」

這樣說是有道理。由米娜點頭表示理解。

「是嗎？那就當作欠你一次人情吧。」

「就當作是這樣吧。順便說一聲，妳把艾蕾娜小姐她們當成債主就好。我欠艾蕾娜小姐她們的人情債已經累積太多了，如果可以，幫我還一些。」

阿基拉說完輕聲嘆息，由米娜對他輕笑回答：

「知道了。我們走吧。」

由米娜因為右臂的傷痊癒，或多或少取回了戰力。她提振鬥志，繼續趕路。

◆

艾蕾娜與莎拉帶著雷賓一行人平安回到了地面上。途中雖然幾次遭遇怪物，但全都是小規模的遭遇戰，程度僅限於讓雷賓等人理解了護衛費用的意義。

來到外頭，眾人搭上艾蕾娜兩人的車，離開予野塚車站遺跡。把遺物和雷賓等人放在折疊式的載貨台上，朝著久我間山都市出發。

過程中，艾蕾娜辦好了緊急委託的手續，以及聯絡多蘭卡姆。最後在前往都市的路途尚餘三分之二的地方停車。

於是載貨台上的雷賓對艾蕾娜抱怨：

「喂！為什麼在這種地方停車？」

「為了把你們平安送回都市啊。廢話少說，等一下。已經來了。」

武裝的大型拖車與護衛車輛從艾蕾娜與莎拉的車輛前方駛來。在艾蕾娜一行人附近停車後，擔任車隊隊長的獵人下車。

「妳是艾蕾娜小姐吧？我是承辦托恩提德服務運輸委託的黑澤。貨物就是載貨台上的那些嗎？」

「沒錯，人和遺物都是。麻煩把人送到都市，遺物則要暫時寄放。」

「了解了！喂！裝貨了！」

遵照黑澤的指示，部下們將遺物從車子的載貨台上搬走。

獵人這一行賺錢的方式五花八門，人稱搬運工的職業也是其中之一。他們的工作是在都市與遺跡間運輸各類物資或人員。

要移動至遠方的遺跡，以及從那裡運輸遺物，都必須耗費勞力。人數少的獵人隊伍有時難以分配人力在遺跡外等候確保回程的交通手段。

如果找到了大量遺物，要把遺物分給雖然屬於同一隊，但只待在外面看守的人，會讓某些人覺得不情願。

為了這些勞力與利害的分配，只負責都市和遺跡間運輸工作的業者需求相當大，便產生了專門承接這類工作的行業。

當然了，如果遺物因此被據為己有，沒有獵人能夠忍受。這是非常需要信用的工作。黑澤本人雖然不是搬運工，但他是信用有口皆碑的獵人。

「你們是從傳聞中的遺跡回來的吧？那邊現在是什麼狀況？」

　　黑澤不著痕跡地打聽，艾蕾娜意味深長地笑著回答：

　　「那個是值錢的情報吧？你要出多少？雖然我想這樣講，不過現在沒時間和你討價還價。你想要情報，就跟他買吧。」

　　艾蕾娜說完指向雷賓，雷賓則因為突然出現的黑澤等人而有些膽怯。不過他還是抓住這個契機，加入對話。

　　「欸，剛才說要稍微減少我們的護衛費……」

　　「到這裡為止少了一個護衛人員的折扣，就用接下來的護衛變豪華兩相抵銷。我有好好考慮過了喔。」

　　「怎、怎麼這樣……」

　　「之後你再自己把遺跡的情報高價賣給他們之類，想辦法補貼吧。我們還有事要忙，現在就好心不多說了。我們走啦。」

　　艾蕾娜留下這番話，回到車上，與莎拉一起驅車回到予野塚車站遺跡。

　　黑澤與被留在這裡的雷賓彼此對看。

　　「那就在回程路上問問你吧。如果是不錯的情報，我會出個好價錢。」

　　「拜、拜託了。」

　　黑澤把同樣是貨物的雷賓等人放到卡車的載貨台上，對部下發出啟程的指示。

　　有關予野塚車站遺跡的情報，現在仍然錯綜複雜，可信度極低。因此出自確定是從遺跡歸來的獵人口中有關遺跡目前狀況的情報，能標個還不差的價碼。

◆

　　由米娜與阿基拉一起在遺跡內前進，遇到了與怪物交戰中的一群獵人。出手支援擊破怪物後，獵人們的首領查雷斯看到由米娜，露出有點吃驚的表情。

「幫大忙了……嗯？妳是多蘭卡姆的獵人？」

「是的，我是。不過這位不是。」

「妳該不會叫作由米娜？」

「是沒錯……」

看到由米娜一臉納悶，查雷斯等人顯露出「這下傷腦筋了」的反應。

「是嗎……那傢伙往反方向過去了喔，運氣真差。」

「不，也許他把那些話當真了吧？」

「不會吧，再怎麼說也不至於啦。想法不會那麼天真吧……」

聽了查雷斯等人的交談，由米娜萌生不好的預感。表情不安的她不禁躊躇，但還是告訴自己不能不問，便開了口。

「請問一下，那傢伙指的是誰？是多蘭卡姆的獵人嗎？發生了什麼事？」

「喔，我們剛才遇到一個叫克也的獵人。他說他在找走散的同伴，那個同伴叫作由米娜。那個人就是妳吧？」

由米娜的表情立刻變得凝重。

「那個笨蛋……到底在幹嘛……！」

只要讓他跟大家待在一起，他應該就會留在原地保護同伴，不至於魯莽行事——這個預料失準，讓由米娜抱頭煩惱。

「不好意思！請問各位知道那傢伙往哪裡去了嗎？」

「抱歉，只知道他往我們的反方向過去了。」

「我知道了！真的很謝謝各位！阿基拉！我們快點追上去吧！」

「先等一下。」

阿基拉阻止了馬上就要衝出去的由米娜，取出資訊終端機顯示地圖，把地圖擺到查雷斯面前。

「我們現在應該是在這裡。你知道剛才在哪個位置遇到那個叫克也的獵人嗎？」

「哦？這是這個遺跡的地圖嗎？這麼詳細的地圖到底是怎麼……」

這裡明明是未發現的遺跡，對方卻持有相當詳細的地圖，讓查雷斯感到吃驚。他想追問這一點的時候，由米娜以迫切的語氣打斷他。

「不好意思！請先告訴我，各位與克也分開時的位置！」

「喔、喔喔，我知道了。這個嘛……」

查雷斯取出自己的資訊終端機，確認移動紀錄，與地圖互相對照。之後他指向地圖外側，也就是艾蕾娜的調查範圍外。

「……大概在這一帶。然後，那個叫克也的傢伙，應該是往這邊去了。」

查雷斯說完，指向更外側。由米娜道謝後連忙就想動身。

「真的很謝謝你！阿基拉，我們馬上……」

「我叫妳先冷靜一點啦。」

見由米娜顯然失去冷靜，阿基拉試著讓她恢復鎮定。

「難得遇到了好像知情的人，先把能問的消息都問出來，根據這些情報來找吧。這樣也比較容易找到克也吧？」

「說、說的也是……」

阿基拉如此勸阻後，由米娜察覺了自己現在處於過度驚慌的狀態，於是告訴自己若要救克也，就必須先冷靜下來。她反覆深呼吸，恢復鎮定。

「對不起，我冷靜下來了……真是的，給人帶來這麼多麻煩。」

由米娜刻意小聲埋怨，以這份從容將自己的衝勁轉往正確的方向。她把當下的處境視作一種交涉，讓腦袋開始運轉後，察覺了一件事。

「不好意思，剛才各位說『他也許把那些話當真』，是什麼意思？和克也有什麼關聯嗎？」

聽她這麼問，查雷斯等人先是面面相覷。由於剛才阿基拉他們出手相助，查雷斯等人認為要告訴他們也無所謂。於是眾人輕輕點頭後，由查雷斯代表眾人開始解釋：

「是啊。其實，我們在遺跡深處發現了舊世界的幽靈，但是……」

在巨大隧道般的場所發現了女性的立體影像；怪物群自隧道深處湧現；看似遺跡的警備機械不分怪物和獵人，全都攻擊。查雷斯等人當時把這些事告訴克也。

遇見克也時，查雷斯他們剛好在與怪物交戰。查雷斯原本只是為了感謝克也出手相助，就警告克也那邊有危險不要靠近，但是克也卻顯得非常有興趣。

聽到這裡，阿基拉一臉納悶。

「聽起來是很有意思，不過如果他把這件事當真，認為那邊有危險，應該不會往那邊去吧。為什麼會猜想他可能往那邊過去了？」

「這個嘛，當時我們針對那個舊世界的幽靈稍微聊了一下……」

那個女性立體影像很可能是遺跡的某種功能，原本應該是能口頭應答的存在。

他們之所以不管說什麼都沒有反應，也許是反應出現在擴增實境上，抑或是遺跡的功能才剛復甦，要完全啟動需要一段時間。

換言之，如果帶有支援擴增實境功能的顯示裝置，或是經過了充分的等候時間，也許就能與之交流。

如果那名女性是設施的介紹人員，或許就能請她幫忙尋人，也就是找出走散的夥伴位置。甚至可能與之交涉，命令遺跡的警備機械停止攻擊獵人。

查雷斯等人只是單純閒聊，告訴克也這些事。

「哎，那個女人的位置就是我剛才說的隧道裡面，現在大概也爬滿了怪物。那個叫克也的人應該也明白，所以我不覺得他會跑去那邊就是了。」

由米娜眉頭深鎖。沒有明確的理由，但是與克也長年的交情告訴她，克也前往那個場所的可能性很高。

「不好意思，可以告訴我那在哪裡嗎？」

由米娜真心誠意地低下頭，然而查雷斯面有難色。若要告知正確的位置，就必須親自為她帶路，或是交出在遺跡內的移動紀錄。

但是自隧道深處湧現的怪物恐怕還在那裡與遺跡的警備機械交戰，查雷斯等人不打算再度前往。

而遺跡內的移動紀錄同時也是簡易地圖自動製作裝置的檔案，考慮到這裡是幾乎未調查的遺跡，這是能換到好價錢的情報。雖然明白對方的狀況，但查雷斯身為獵人，也不能因為對方低頭懇求就交出去。

這時，阿基拉提出以他持有的地圖情報交換。因為論情報的價值是對方的比較高，查雷斯等人馬上就同意這筆交易。

由米娜也明白其價值，驚訝得有些不知所措。

「呃，阿基拉，真的好嗎？」

「不好。所以之後妳再去找艾蕾娜小姐她們還債。」

阿基拉也認為理應需要經過艾蕾娜與莎拉的同意，但是現在不可能聯絡，再加上狀況急迫，而且告訴她們遺跡地點的也是自己。綜合這些條件，他判斷應該勉強能向艾蕾娜她們解釋。

由米娜無法得知這些隱情，但她也知道照常理這種事不合利益，因此她對阿基拉露出嚴肅表情。

「好，我之後會再向艾蕾娜小姐她們道歉。」

「拜託妳了。我姑且先問一聲，假使克也真的在那個立體影像的地方，妳也要去吧？妳是認真的吧？」

「……我是認真的。求求你了，阿基拉，幫幫我。」

為了救一度幾乎要互相廝殺的對象，陪我一起衝向死地——由米娜也知道自己正在說的就是這個意思。

她也明白對方一口回絕是人之常情，再加上對方已經宣言遇到危險就會逃走，不會捨身救人。正因如此，由米娜真心誠意地懇求。

阿基拉二話不說就回答：

「知道了。我們走吧。」

聽到極為乾脆的回答，由米娜在萌生謝意之前先湧現的是驚訝。不過她立刻笑著說：

「謝謝你。我們走吧。」

由米娜與阿基拉懷抱著各自的想法，變更目的地而繼續前進。

查雷斯目送由米娜兩人離去，顯得有些敬佩。

「那傢伙有不錯的夥伴啊。」

「不好意思喔，我們是一群酒肉朋友。」

查雷斯也笑著回應夥伴們的玩笑話。

「別這樣講嘛。不過，那個叫克也的傢伙，感覺就是很不一樣吧？」

「我懂，真的是不一樣。雖然厲害，但不只是這樣。該怎麼說，就是不一樣，不過要我仔細說明哪邊不一樣，我也會傷腦筋就是了。」

查雷斯等人紛紛附和，微微點頭。

「也許是因為他屬於那種人，好夥伴才會聚集在他身邊吧？那種素質，光是身手高強還不夠。」

「我懂。那就是人家說的領導魅力吧？哎，那個字眼與我無緣就是了。」

在這般狀況下，查雷斯等人仍然能為了收集遺物在遺跡內部探索，這代表了他們的深厚實力。現在他們因為自己也無法釐清的理由，異口同聲稱讚克也。

◆

求救的聲音、像是受盡折磨的無數聲音，讓克也從睡夢中驚醒。

一旦醒來，聲音就消失了，讓克也明白那只是惡夢。

「又來了啊……」

在簡易據點的地上撐起身體，猛然吐氣後，他身旁的愛莉擔心地問道：

「克也，沒事吧？」

克也刻意擠出開朗的笑容。

「嗯，我沒事。只是睡太多，作了奇怪的夢。也許是休息太久了……為什麼會這麼亮？」

「照明突然亮了。」

「是、是喔。」

因為愛莉的說明太過扼要而欠缺細節，克也決定找由米娜詢問詳細狀況，轉頭環顧四周。輪班休息的同時進行警戒與遺物收集的夥伴們映入眼中，但是在那之中找不到由米娜的身影。

「愛莉，由米娜呢？」

「……去外頭確認狀況。」

「是嗎……嗯？」

無論是要確定此處安不安全，甚至是決定不等救援自行逃離，確認遺跡的狀況都很重要。由米娜會主動擔起這個責任，克也並不意外。

但是克也因為愛莉臉上的表情，感到不安。他心中期望自己猜錯，一臉認真地問道：

「……愛莉，由米娜出去後已經過多久了？」

「……大概六小時。」

克也的表情頓時轉為凝重。

同樣向其他夥伴詢問後，克也理解了現況並做出決定。

「愛莉，我現在就要去找由米娜。」

「知道了。」

見愛莉使勁點頭，克也凝重的表情透出一抹哀戚。

「不是，是我要一個人去。妳就待在這裡保護大家。」

愛莉原本想回答自己也要一起去，但是在她開口前，克也的手按在她的雙肩上，對她懇求：

「拜託，求求妳。」

愛莉看到他神色悲慟地懇求，也無法拒絕。

如果克也要求她跟去，不管前方有多危險，她都能欣然跟隨到底。然而她無法阻止克也趕赴死地。這是愛莉的極限。

克也討厭的事、可能讓她被克也討厭的事，愛莉終究辦不到。她只能點頭答應。

「抱歉，大家就拜託妳了。只要一直待在這裡防衛，就算我不在應該也沒關係。剩下的，我會自己想辦法回來，要是之後由米娜回到這裡，告訴她沒必要外出找我。」

「知道了……」

克也見到愛莉的表情比自己悲痛，便爽朗地笑了笑想為她打氣，稍微展臂環抱她。

「別擔心，我和由米娜都會回來。我們一起回去吧。為此，妳要留在這邊好好努力。我想這邊也會很辛苦，但妳一定能辦到。拜託了，好嗎？」

愛莉在克也的懷抱中用力點頭。

「一定要回來。」

「這還用說。」

克也說完便放開愛莉。隨後他刻意對愛莉擺出充滿自信的笑容，在夥伴們的目送下離開據點。

沿著通道前進一小段路，他判斷自己的氣息絕不會被同伴發現時，表情轉為凝重且充滿決意。

「由米娜！拜託別出事啊！」

自己絕對不會捨棄同伴。那一定是哪裡出錯了。就算不是出錯，自己也絕不會重蹈覆轍。克也如此告誡自己，懷著賭命的覺悟趕忙移動。

愛莉抱著悲愴的心情目送克也離開後，其他年輕獵人一臉疑惑地對她說道：

「愛莉，只讓克也一個人去可以嗎？我們還是一起去比較好吧……？」

「克也指示我們留在這裡。」

「呃，可是……」

夥伴的話語中透露出只要待在克也附近，萬一出事時能有依靠，安全無虞的想法。

愛莉無法洞察這麼多。然而剛才克也那麼懇切地對她請求，光是知道他們想反抗指令就夠了。她露出有些嚇人的嚴厲表情。

「誰隨便離開這裡，我就揍誰。」

「知、知道了啦……」

年輕獵人們屈於愛莉的魄力而退縮。於是愛莉成功阻止戰力更加分散，維持了簡易據點的安全。

◆

克也為了尋找由米娜，在遺跡中奔馳。途中屢次遭遇並與怪物交戰，但他輕易就擊破了。

克也的狀況好得連他自己都害怕，不知為何對敵人的位置與動靜瞭若指掌，只要開槍就能正確擊中且確實打倒。也許是因為精神非常集中，甚至覺得時間的流速稍微變慢了。

而克也並非因為這種感受而疑惑，反倒覺得某種程度上符合預料，在納悶的同時接受了現況。

（果然……真的是這樣嗎？）

自己最近不管在訓練或實戰上，都是獨自行動時狀況特別好。克也隱約有自覺。

不讓愛莉與他同行，也是出自這個原因。照常識來想，當然是一起行動戰力比較強，但是克也現在的狀況好得讓他覺得獨自行動反而能拿出更好的結果。

克也對於這樣的現況也有很多想法，但是他現在刻意不去正視。在遺跡內部帶著大隊伍移動，也只會招惹注目，以最少人數發揮最大效率才是適合救援由米娜的方法。他這麼告訴自己，決定不再思考多餘的事情。

「由米娜……在哪裡？」

在廣大的遺跡中獨自一人像無頭蒼蠅般尋找，也沒那麼容易找到。能藏身以躲避怪物的地方還不少，而且如果由米娜擔心發出救難訊號可能會被怪物發現，因此關閉發訊功能，就更難找到她了。

但是，克也對於尋找由米娜這件事並非毫無頭緒。

「……可惡！在哪裡？是哪一個？」

克也能夠大致分辨正在尋求救助者的位置和方

向。他現在同樣有那種感覺，祈禱著其中一個就是由米娜，循著指引在遺跡中奔馳。

於是他一路上拯救了許多人，而由米娜不包含在那之中。不過克也不能帶他們一起移動，便告訴他們簡易據點的位置，然後繼續趕往下一個反應的地方，如此不斷重複。

但是他始終找不到由米娜。他不認為由米娜已經死了，因此只管不斷找下去。在途中，他遇見了沒有求助而正在和怪物交戰的一群獵人，於是他伸出援手，順便問他們是否有遇到由米娜。

雖然沒能得到想要的答案，但是對方也告訴他在遺跡中發現了舊世界幽靈，也就是女性的立體影像，同時跟他說那裡十分危險。他道謝之後與那群人分開，繼續尋找由米娜。

即使如此，他還是遲遲找不到由米娜，所以越來越焦急。不知為何，他就是不覺得由米娜已經死了。然而無論如何就是找不到。

由米娜並沒有希望克也救她，而是想幫助克也。因此無論克也再怎麼順從無聲之聲的指引，由米娜也不會在那個方向。克也遲遲沒能察覺這一點。

克也心中越來越焦慮，無意識地索求解決方案。於是他在不知不覺間轉向別人告訴他的女性立體影像所在的地方。

只要自己抵達那裡，就能解決一切。為何這樣就能解決？就連這樣的疑問都不曾浮現腦海，他相信那就是唯一的解決之道，做好覺悟邁步奔馳。

第85話 試驗未完

在予野塚車站遺跡巨大隧道內的月台上，立體影像的女性正朝著無人的方向面露微笑，現在仍然重複著類似的話語。

「歡迎來到予野塚車站。本站目前為準活性狀態。錯誤編號Ｇ５７３４９５７３９８７５０……」

就在她身旁，遺跡的警備機械與怪物群正展開激戰。

球型機體發射雷射彈，集中火力將敵人烤得焦黑。巨大的爬蟲類張大嘴咬碎那機體。這時雷射彈如雨而下，長出砲台的蟲子的砲擊也加入其中。平庸的獵人恐怕光是受戰鬥波及就會灰飛煙滅。

現在於遺跡中徘徊的怪物們都是從此處冒出的個體。

克也從連接到隧道部分的通道暗處，表情僵硬地窺探著戰鬥的情況。

「真誇張。難怪他們會勸我不要靠近。」

他謹慎地確認月台上的狀況後，發現了女性的身影。

「就是那個嗎？只要抵達那邊……」

為此，他必須跑過橋一般的懸空走廊，抵達月台上，還要跑過月台到女性面前。現在懸空走廊和月台上都有怪物，隧道內砲擊正四處肆虐。換作是平常的克也，這肯定超出了他的能力範圍。

克也短暫猶豫，但是他判斷當下狀況絕佳的自己能力充足，只要抵達那裡就能幫助大家。

「好！上吧！」

他舉起槍衝出通道暗處，跑過懸空走廊。位在該處的怪物雖然馬上就反應，但他在對方有動作前就開槍擊破，跑過怪物身旁。

舊世界製的立足點十分牢固，他以強化服的力氣蹬地加速，但懸空走廊完全沒搖晃。這樣應該馬上就能抵達，他更加提振鬥志，繼續朝前方跨出步伐奔跑，就這麼進入月台。

就在這時，克也感覺到一瞬間的輕微目眩，因此稍微失去了平衡。不過這種程度的失衡在絕佳的狀態下立刻就能恢復，克也本人也這麼認為。

「什麼！」

然而他無法取回平衡。因為來不及在失衡還很輕微時就抑制，失衡轉瞬間傳遍全身，他不由得單膝跪地。

這時，外觀近似巨大壁虎或蛇的怪物沿著支撐懸空走廊的細長橋墩爬上來，飛快撲向他。那突襲就像是看準了克也因突發事態而吃驚的破綻。

儘管如此，克也還是反射動作般舉槍反擊。爬蟲類朝著克也衝刺，在近距離遭到彈雨襲擊，趴在地上不再動彈。

擊破敵人了。然而克也凝重的表情變得更加扭曲。因為瞄準失準，無法確實擊中弱點立刻打倒。

克也剛才狀態絕佳的一舉一動，在感覺到目眩的下一瞬間完全消失了。

（……突然是怎麼了？不知不覺間疲勞累積到極限了嗎？可惡！偏偏在這種時候！）

不過事到如今也無法回頭，只差一點點了——

克也如此心想，起身趕忙前進。

然而那個「只差一點點」卻很遙遠。原本靈敏無比的身體現在感覺異常笨重。剛才甚至有種時間流速變慢的錯覺，現在世界突然加速，因此敵人感覺也變得更加敏捷。

而且沒有空檔能慢慢瞄準，只能靠著掃射試圖彌補。多餘的槍擊延長了打倒敵人所需的時間，將克也漸漸逼入絕境。

「怎麼可以……輸在這種地方！只剩一點點了啊！」

即使如此，克也還是持續前進，激勵自己，拉近與立體影像女性之間的距離。

他猛烈毆打身上仿生零件已腐爛的犬型機械，踹飛蜷起身軀的毛蟲，金屬球對他射出雷射彈之前反被他槍擊破壞。在走過的路徑留下敵人的殘骸，確實向前邁步，不斷逼近自身的極限與目的地。

最後他抵達了。儘管克也已經來到眼前，身穿舊世界風格衣物的女性立體影像依舊重複著類似的話語。

「歡迎來到予野塚車站。本站目前為準活性狀態。錯誤編號Ｇ５９５３４７５９８３８９……」

於是克也吶喊：

「告訴我由米娜的位置！把通道的阻隔牆全部打開！封閉隧道！命令警備機械優先處理怪物！現在就做！」

「歡迎來到予野塚車站。本站目前為準活性狀態。錯誤編號Ｇ５９５３４８５４３５４３……」

「……咦？」

儘管克也吶喊，女性也沒有顯露任何反應。而克也發出的細微聲音，並非因為對女性毫無反應感到驚訝。

「為什麼……？」

克也臉上浮現強烈的疑惑。

「為什麼……我會覺得……這樣能解決？」

正常來想擺明了不合理，只要稍微懷疑就能馬上察覺的疑點，自己卻一直到剛才都不曾注意到。

這讓克也不禁愕然。

就算這樣，狀況也不會有改變。位在附近的怪物試圖攻擊克也。其動靜讓克也倏地回過神來，立刻反擊並擊退怪物。

但是一回過神，克也再度理解到當下絕望的狀況，表情嚴重扭曲。

現在怪物正不斷朝著懸空走廊和月台聚集。為了從該處回到通道上，就必須在這明顯變差的身體狀態下突破這個困境。

不可能。他非凡的才能冷靜地這麼告訴自己。

就在這時，無法想像是怎麼抵達這裡的巨大野獸撲向克也。

「混帳……」

克也明知不管用，還是轉動槍口，面露歪曲的苦笑如此呢喃。

下一瞬間，那頭野獸的頭部迸裂四散，無頭屍體癱倒在地。克也知道憑自己的子彈威力不可能造成這種結果，他為此吃驚得愣住時，耳熟的怒吼聲緊接著傳來。

「找到了——！克也——！」

看向聲音來源，由米娜出現在其他懸空走廊的前端。那張臉上最強烈的感情並非找到克也的喜悅，而是憤怒。

以CWH反器材突擊槍的專用彈打倒那隻怪物的阿基拉，就在她的身旁。

◆

阿基拉他們與查雷斯等人告別後，前往克也可能在的立體影像女性所在的地方。

代替一心只管向前進的由米娜，搜敵到擊退怪物全都由阿基拉一肩扛起。因此阿基拉的負擔非常大，但是多虧阿爾法的輔助，他稀鬆平常地解決一切。由米娜原本還一邊觀察阿基拉的狀態一邊慢慢加快步調，最後幾乎是拔腿奔馳。

雖然趕著前進，在怪物潛伏跟徘徊的遺跡中不顧一切奔跑，正常來說是非常危險的行為。只要有敵人躲在通道旁或轉角處，就足以致命。實際上兩人也好幾次遇到怪物。

在這樣的狀況下，由米娜能夠幾乎不放緩步調一路奔馳。她被阿基拉那讓她得以這樣的實力、搜敵的精密度與擊退敵人的精準度嚇到，但仍繼續趕路。

她也知道自己將負擔強加在阿基拉身上，但是為了救克也，現在只能依靠阿基拉了。由米娜如此說服自己，在遺跡中奔馳。

阿基拉回應了由米娜的期待，為了讓兩人毋須駐足，他迅速且精準地不斷打倒敵人。靠著阿爾法的搜敵事先掌握敵人位置，在敵人進入射擊範圍的瞬間，將子彈打進弱點。

當然這些動作並非阿基拉獨力達成。換言之就是阿爾法控制強化服，半強迫他的身體實現這些動作。因此，阿基拉的實力不足使得身體的動作追不上，遲滯就會轉換成對身體的負荷。

現在他全身已經開始發出名為疼痛的慘叫。面對身體的控訴，他不時服用回復藥強撐。

這也代表阿基拉單純為了移動就服用昂貴的回復藥，他自己也覺得有點浪費。但阿爾法沒有阻止他，他因此判斷用回復藥應該有其價值才服用了。

如果阿基拉主動開口詢問，阿爾法早就阻止了。然而阿爾法無法主動阻止。

兩人抵達了隧道部位。阿爾法事先指示阿基拉將ＣＷＨ反器材突擊槍的子彈更換為專用彈。ＤＶＴＳ迷你砲的彈匣也換上了新的擴充彈匣。

阿爾法隨即發出狙擊指示。阿基拉立刻架起Ｃ

WH反器材突擊槍，擊破了襲向克也的怪物。

這同時也證明了阿爾法已經對隧道內的狀況瞭若指掌，不過對阿基拉來說也算得上一如往常，所以阿爾法事先得知情況這點雖然不自然，他也沒有注意到或特別介意。

這時由米娜才在阿基拉的狙擊目標旁邊發現了克也。她不由得怒吼般扯開嗓門。

「找到了——！克也——！」

阿基拉露出有些驚訝的表情。

「還真的在這裡。在這種狀況下，真虧他能自己一個人抵達這裡啊。」

「真是的，是在幹嘛啊！」

「我從這裡掩護，妳去把他帶回來。沒辦法撐太久喔。」

阿基拉說完便舉起DVTS迷你砲，朝著懸空走廊和月台上的怪物掃射，緊接著擊落從下往上攀爬的怪物。

因為他剛剛才換上新的擴充彈匣，剩餘彈量全滿。儘管如此，憑著迷你砲的連發速度，如果毫不停歇地掃射，很快就會耗盡。可是不大肆掃射的話，不可能壓制從廣大的隧道聚集過來的怪物。

就如阿基拉所說的，時間所剩無幾。察覺這一點的瞬間，由米娜衝了出去。

她全力跑過走廊和月台，跳過怪物的屍體，朝克也飛奔。當然由米娜也會成為怪物的目標，但她相信阿基拉會為她解決，完全無視敵人只管奔跑。

大量子彈打在自己身旁，不時劃過眼前的空間，但由米娜聽見子彈擊中和劃破空氣的聲音也毫不膽怯，表情緊繃到甚至透出憤怒，藉此忽視恐懼，維持鬥志，拿出全力奔跑。

原本輕微混亂的克也見狀，頓時回過神來。緊接著他擔心由米娜的安危而張嘴想吶喊，要她馬上回頭，但因為他注視著由米娜，情報收集機器的攝影機便將目標放大顯示。

克也因此看到由米娜的神色，一時忘了狀況而遲疑。在這段時間內，由米娜抵達了克也身旁。

「你在幹嘛啦！不要呆站著，也自己跑啊！還是說沒辦法跑？這樣的話我會把你拖過去喔！」

「喔、喔喔。」

由米娜快嘴說道，克也好不容易擠出回答。那並非代表他跑不動，由米娜卻粗魯地一把抓住他的手，真的像是要硬把他拖走般調頭開始前進。

「等等！我自己能跑啦！」

由米娜依舊抓住克也，沒有停下腳步，彷彿在聲明沒有時間能浪費。不過她感覺到地面在搖晃，不由得停下來。克也趁這機會好不容易挺直身體。

由米娜原本以為是月台開始崩塌了，不由得環顧四周。於是她察覺搖晃的原因。隧道正發出轟然巨響，開始封閉。

「隧道怎麼……！克也！你做了什麼？」

「是、是我嗎？不，我什麼也……不是我……咦？是我喔？」

克也再度陷入混亂。由米娜為此感到納悶時，子彈再度連續擊中兩人附近。開槍的人是阿基拉。由米娜兩人不由得轉頭看向他，這時他連忙招手。

克也在再次被拖著跑之前邁開步伐，由米娜則緊跟在後。

◆

隧道開始封閉的不久前，至今不管是誰說了什麼都不曾有所反應的立體影像女性，對著眼前的某人做出了反應。

阿爾法站在該處。但是，她只存在於立體影像顯示裝置的偵測器捕捉到的數據上，阿基拉也無法感知。

阿爾法對她說道：

『開始執行。』

隨後身影便消失了。

隧道開始封閉就發生在這之後。

◆

克也兩人與阿基拉會合。阿基拉正在卸除DVTS迷你砲上空無一物的擴充彈匣，更換新的彈匣。在短暫的時間內就已經消耗了這麼多子彈。

會合後，三人立刻遠離隧道。來到能夠稍微喘口氣的地方後，三人都開始試圖掌握狀態。

首先是克也對著阿基拉露出困惑與狐疑各半的表情。

「為什麼要救我？」

阿基拉聽了，回以煩躁的表情。

「我沒想過要救你。」

「什麼意思？」

阿基拉與克也突然充滿火藥味，由米娜介入兩人之間。

「啊～～夠了～～要吵架等之後再吵！克也，你狀況還好嗎？很吃緊嗎？老實回答我。現在還稱不上安全，不要因為莫名其妙的面子和嘴硬讓人搞錯戰況。」

看到由米娜嚴肅的態度，克也也老實回答：

「滿吃緊的。不過還能戰鬥。」

「是嗎？阿基拉，不好意思，能請你再分一點回復藥嗎？你應該也覺得多一點戰力比較好吧？」

「由米娜，要回復藥的話我還有……」

「阿基拉的回復藥比我們用的還要貴，而且是馬上見效的高級品。」
阿基拉露出不情願的表情，由米娜對他誠摯地低下頭。
「拜託。」
阿基拉輕嘆一口氣，把整盒回復藥交給她。
由米娜接過藥盒後，抓起克也的手，把藥盒中的藥錠倒在他的掌心，隨後立刻叮嚀他。
「少廢話了，馬上吞下去。你要是抱怨，我會把藥塞進你嘴裡喔。」
見她如此堅持，克也輕嘆一口氣，擺出無奈的態度服用了回復藥。於是藥效立刻發揮，痛楚自身體消失，疲勞也消失，甚至有種體力湧現的錯覺。
換作是平常的克也，若有人分給他這麼有效的藥，他一定會笑著道謝。但是現在分他的人是阿基拉，因為和阿基拉之間有過太多事，心中的倔強勝過了感謝。
他宛如要表明絕不欠這筆人情債，用稍微強硬的口吻詢問：
「……用掉的分量，我會付錢。多少錢？」
阿基拉也擺出類似的態度回答：
「我不會為了用掉的那一小部分跟你要錢，因為要計算用掉的部分值多少錢太麻煩了。」
「那我就付你整盒的價格。要多少？」
「好啊。２００萬歐拉姆。」
聽到阿基拉這麼回答，驚呼的並非克也，而是由米娜。
「那、那麼貴喔？」
「哎，因為藥效好得和舊世界製的一樣，價格當然也不便宜。」
「確、確實是很有效沒錯……」
原本靠頂嘴來提振氣勢的克也這下子也不禁遲疑。不過聽兩人的對話，剛才由米娜也服用過了。

克也有他的矜持，在這種情況下，他無法改口說不付錢。

但是要支付200萬歐拉姆十分困難，他便無意識地對價格起了疑心。不過阿基拉隨口就說：

「我也不會要你付200萬。這一整盒都給你，之後再買同樣的東西還我，這樣就好了。」

當阿基拉這麼說，懷疑價格就已經失去了意義。克也看著回復藥的藥盒，雖然不禁心生焦急，還是強撐起面子說：

「知、知道了。」

由米娜露骨地嘆息。克也像是要遮掩自己的想法，露出有些僵硬的笑容。

◆

克也他們回到夥伴們的據點時，狀況再度改變了。

簡易據點除了多蘭卡姆的年輕獵人，還有克也救助的獵人們也聚集於此。背負起指揮責任的愛莉判斷換作是由米娜或克也一定會這麼做，就讓那些人進來。

此外，查雷斯等其他獵人也在。既然遺跡內有簡易據點，希望能用來安全地休息，代價則是可以將他們當作防衛戰力，以這樣的條件進入據點。

而與地面上的通訊也連接上了。艾蕾娜和莎拉回到予野塚車站遺跡的地表部分後，依照她們自己製作的地圖猜出對方的位置，將通訊的功率開到最大，朝著下方送出訊號，嘗試進行泛用通訊。

而簡易據點的獵人們設法捕捉泛用通訊的訊號，朝上方回傳訊息，確立了彼此的通訊管道。在這之後，他們便以艾蕾娜兩人的車輛為中繼點，向多蘭卡姆報告狀況。

原本只是在簡易據點堅守不出的年輕獵人們得知多蘭卡姆的援軍很快就會到，紛紛重新取回了鬥志，現在盛大歡迎回到據點的克也。

克也與由米娜則是將他們所知的情報告訴眾人。因為隧道已經封閉，不會再有怪物從那裡冒出來；截斷通道的阻隔牆現在已經打開了。簡易據點的眾人聽了都發出歡呼。

情報交換大致完畢後，得知遺跡現況的獵人們再度採取行動。有些人想趁現在回過頭收集遺物，也有些人決定馬上離開遺跡。阿基拉與克也等人屬於後者。

◆

艾蕾娜與莎拉將車子停在予野塚車站遺跡的地表，等待阿基拉回來。兩人見到阿基拉一副疲倦的模樣現身，便微微露出苦笑迎接他歸來。

「辛苦了。看你這樣子，似乎真的經歷了一番折騰啊。」

剛才阿基拉還在遺跡內的簡易據點時，就已經告知兩人遺跡內發生的種種了。不過實際上近距離看到阿基拉的模樣，讓她們更明白有多麼吃緊。

阿基拉勉強擠出苦笑。

「是的，確實很累人。」

莎拉笑了笑，以畢恭畢敬的姿勢請阿基拉坐到後座。

「不嫌棄的話，還請在這裡好好休息。」

「謝謝您的招待。」

阿基拉也笑著回答。放下行李後，稍微伸了個懶腰。

「是說，艾蕾娜小姐，接下來有什麼打算嗎？聽說在多蘭卡姆的支援抵達前，要待在這裡充當中繼器……」
「只要這工作交接完成，就要回去了。還是說你打算繼續收集遺物再走？因為剛才先把遺物送回都市了，車上還有裝載空間喔。」
「不，我看還是算了。」
「我想也是。好好休息吧。」
見阿基拉一副不願意的表情搖頭，艾蕾娜與莎拉一起露出苦笑。

◆

克也等人回到遺跡外面後，首先將翻覆的多蘭卡姆車輛扶正，確認還能不能發動，並且從中搬出物資。
在這之後也沒有其他作業要進行，支援抵達前只能待命。因為在地底下無法得到充分的休息，眾人便輪流休息。
唯獨克也一人重新補充了裝備，在地面上進行探索。他對夥伴們說出的藉口是：因為自己在地底下睡太久了，換大家多休息一下。
不過實際上是什麼事都不做的話就無法轉移注意力。
看到夥伴們因為回到地面上而高呼得救了，克也同樣高興又安心。不過因此放鬆心情的剎那，克也心中對於無法拯救夥伴的遺憾便頓時膨脹。
在地底下還能靠著忙碌避免自己去正視，但現在辦不到。夥伴中有人犧牲，讓克也在意自己的實力不足。再加上這次還有捨棄了夥伴的悔恨，讓他無法忍受就這樣默默地休息。
克也的行動就某種意義而言是逃避，因此他沒有自覺地漸漸遠離夥伴們。
他就這麼一語不發地探索地表部分時，在車上休息的由米娜傳來通訊。

「怎麼了？發生了什麼事？」

『看了一下你的反應，好像離得太遠了些，所以聯絡你一下。』

「……有這麼遠嗎？」

『很遠了。克也，差不多該回來了吧？』

「不，我再稍微調查一下。不用擔心，反正也沒有怪物。」

克也刻意以開朗的語氣回答，但由米娜看穿那只是強顏歡笑。她稍微加重語氣，聲音中還是透露出擔心。

『快回來。你不回來，我就過去你那邊。』

「不用擔心啦。昨天妳幾乎都沒睡吧？妳就先休息。我之前有睡了，沒問題。」

『你回來這裡，或是我過去那邊，二選一。你選哪一邊？』

克也無法回答。經過短暫的沉默，由米娜做出決定。

『要我過去是吧。你在那邊等著。』

說完，通訊就切斷了。克也用力嘆了一口氣。

「救不了夥伴……讓其他夥伴擔心……我到底是在幹嘛……」

正因為重視夥伴，克也深深垂下頭。

不久後，由米娜與愛莉的身影出現在一段距離外。像是要表示自己沒事、不用擔心，克也大動作地揮手。隨後他面露笑容想迎接由米娜兩人。

就在這時，克也感覺到搖晃自腳底傳來。他感到疑問的下一瞬間，由米娜兩人腳下的地面崩塌，崩塌波及廣範圍的地面，開始下陷。由米娜兩人束手無策，隨著腳下的地面一起墜落。

「由米娜！愛莉！」

克也反射動作般要奔向由米娜與愛莉，但是雙腳一動也不動。何止如此，反而還在告訴他要趕在自己腳下的地面跟著下陷之前，全力向後跳開。

預借的實力冷靜地跟他說：由米娜與愛莉已經沒救了，應該逃走以求至少保全自身性命。

（少開玩笑了！）

但是克也以怒斥回應那個忠告。假設自己變成了強者，出類拔萃的才能已經開花，能夠正確並冷靜地判斷狀況，結果卻是理解了對由米娜兩人見死不救才是最佳解，那麼自己根本不需要那種強悍。他決定憑自身實力向前。

預借的實力告訴他：只要與夥伴一起行動，自己的狀況就會明顯變差，憑著變差的實力絕對無法存活。

無所謂。克也對自己頂嘴，朝前方跳躍。

極度的集中狀態使世界的流速變慢。除了克也自己、由米娜兩人以及彼此之間的事物，其他一切全都染上白色的世界中，克也背棄了自己身後的事物，向前奔馳。

在那白色的世界中，克也身後的少女非常不滿地皺起臉。

◆

感覺到崩塌的振動，阿基拉有些慌張地驚呼。

「喔喔！怎麼了？」

他不由得環顧四周，沒發現明顯的變化。不過阿爾法已經正確理解了狀況。

『阿基拉，地下遺跡有一部分崩塌，使得地面也有一部分塌陷了。』

『還真危險！這附近沒問題嗎？』

『沒問題。』

既然阿爾法這麼說，那就沒問題。阿基拉放心地鬆了口氣。不過聽了接下來這句話，表情又轉為凝重。

『我還是先告訴你一聲，由米娜她們也被崩塌波及，掉進地底下了。』

『……狀況怎麼樣？』

『目前被怪物包圍。恐怕無法自力生還吧。』

艾蕾娜同樣感覺到振動，以車輛的搜敵機器調查周遭的狀況。莎拉也放眼大略掃視周遭。

「艾蕾娜，剛才搖了一下，底下出事了嗎？」

「不，不是我們底下。就搜敵機器的反應來看，只知道那邊發生了某些事。是怎麼了？」

因為艾蕾娜兩人只是納悶地望向那個方向，讓阿基拉不知該如何開口，最後他說：

「艾蕾娜小姐，那個，要不要直接跑一趟去確認狀況？」

艾蕾娜她們的車子目前擔任與地下據點聯絡用的中繼器，無法輕言離開。艾蕾娜認為阿基拉應該也知道這件事，因此感到不可思議。

但是她從阿基拉的神情看穿了他應該有明確的根據，只是無法詳細解釋內容，便笑著點頭。

「知道了。我們過去看看吧。」

艾蕾娜向地下的簡易據點發出移動通知後，立刻發動車子。

◆

崩塌的部分是遺跡北邊構造類似挑高的地方。而且該處有大量怪物與試圖打倒怪物的大量警備機械展開激戰。

怪物群的規模會變得這麼大，是因為隧道有一部分遭到封鎖，使得原本應該流向阿基拉等人探索的遺跡南邊的怪物群全往北邊移動了。

而且獵人都集中在隔著隧道的遺跡南邊，因此離開隧道前往北邊的怪物絕大多數都沒被打倒，數量不斷累積。

於是，將擊退怪物設定為最優先目標的警備機械也從整個遺跡朝這裡聚集。發生的激戰使得建築物無法承受而倒塌，波及運氣不好剛好位在上方的克也等人。

而克也他們現在正拚命擊退從那裡面逼近而來的怪物群。

遺跡崩塌使得原本在這裡的大多數怪物都被掩埋在瓦礫下方，但是有一部分的強大個體從瓦礫底下爬了出來，還有增援從尚未崩塌的部分湧現。狀況非常嚴苛。

克也三人在墜落時負傷，將阿基拉剛才給的回復藥平分後全部服用，現在已經治癒。武裝和彈藥也在回到地面上的時候補充完畢。

特別是克也從多蘭卡姆的車上拿了大型的槍。在地底下無法拯救夥伴令他悔恨不已，他認為當時如果有更強的武器，也許就能扭轉局勢。於是他硬是帶上了用於防衛據點，不適合隨身攜帶的重型槍枝。

由米娜她們也為了讓克也安心，事先換上了強調火力的武裝。

儘管有三人份的火力，狀況依舊非常吃緊。他們躲在較大的瓦礫塊後方，只能靠著槍擊抵抗敵人的進逼。

抬頭仰望就知道，這裡距離地表相當遠，要自力攀登非常困難。而且現在正在戰鬥，不可能一面迎擊怪物一面攀爬。

「很多耶！原來還有這麼多嗎！」

「克也，不要抱怨，開槍就對了！」

「求援訊號傳了！總之要爭取時間！」

克也他們扯開嗓門提振鬥志，說服自己還有餘力能抱怨嘀咕，決心抵抗到最後關頭，絞盡全力奮戰。

克也毫不畏懼地展露堅強的笑容，甚至因為取回了能為夥伴賭上性命的自己，顯得很高興。

由米娜和愛莉察覺克也的變化，也覺得十分可靠，把他當成在這絕望的狀況下抗戰到底的心理支柱，面露同樣的笑容。

克也三人都徹底發揮了自身實力，在這局面中展現超乎想像的堅毅。

儘管如此，極限還是會到來，堅定的精神也不可能增加剩餘的子彈。

首先是由米娜耗盡子彈，緊接著愛莉的子彈也用完。克也還能支撐一段時間，但也不久了。

由米娜收起槍，握緊拳頭，調勻呼吸。

「沒問題，我會揍飛怪物。昨天也做過了。」

「等一下，由米娜，妳用拳頭打飛怪物嗎？」

「對啊，真的打倒了喔。」

由米娜笑得有些得意，克也對她回以苦笑。

「妳過去一直用那麼恐怖的拳頭揍我喔？會不會有點過分啊？真可怕。」

「是不這麼做就不會反省的某人逼我的。」

愛莉也跟著握緊了拳頭。

「我也來。」

「別學啦！很痛耶！」

「不行。」

即使狀況變得更加惡劣，他們還是笑著面對眼前的情況，維持鬥志。

最後，克也無法及時打倒的怪物大幅繞過瓦礫撲向三人。那怪物看似奇形怪狀的野獸。由米娜與愛莉面對一般必須耗費無數子彈才能打倒的敵人，抱著拚死一搏的覺悟，擺出架式。

下一刻，野獸承受了來自上方的猛烈火力，瞬間斃命。

目睹預料之外的事態，由米娜他們嚇得不知所措時，大量榴彈朝著四周一帶灑落，接連炸飛了周遭的怪物。

緊接著，剛才以ＤＶＴＳ迷你砲開火的阿基拉，以及用自動榴彈槍攻擊的莎拉，兩人都以一隻手抓著長長的繩索，下降到這裡。

莎拉面對欣喜又愕然的克也三人，露出從容的笑容。

「所有人都平安啊。那就早點離開吧。沒辦法一次全部送走，從誰開始？」

克也等人因為突如其來的事態而感到困惑，阿基拉便平淡地說道：

「我留在這裡掩護，其他人先上去吧。」

「好。阿基拉，沒問題嗎？」

「是的，我沒問題。」

莎拉原本就認為憑阿基拉的實力，應該沒必要多做確認，但她還是懷著信賴，輕笑著對他問道。而阿基拉也笑著回應她的微笑。

這時克也回過神來，插嘴說道：

「我也沒問題！」

莎拉露出有些意外的表情，又立刻笑著回答：

「既然這樣，就女士優先吧。阿基拉，克也，麻煩你們掩護了。」

「好。」

「好！」

阿基拉與克也異口同聲回答，但是口吻與鬥志大不相同。

由米娜和愛莉見狀，都露出難以言喻的表情。不過她們也知道現在不是說這個的時候，便嚥下心裡話，抓住了莎拉。

莎拉面露苦笑，輕輕拉扯繩索，於是繩索將莎拉等人拉了上去。

這時，一部分的怪物注意到莎拉她們。然而阿基拉以ＤＶＴＳ迷你砲掃射，還有用ＣＷＨ反器材突擊槍射擊，怪物馬上就遭到粉碎。

雖然晚了半拍，克也同樣加入了蹂躪敵人的陣線。他以重型槍枝掃射周遭，一一擊破大量敵人。

在兩人持續攻擊的過程中，阿基拉注意到克也欲言又止般的態度。

「怎樣？」

「啊，沒事……」

克也原本要向阿基拉道謝。他和阿基拉之間有許多過節，但是不管在遺跡中還是現在，確實都受到阿基拉的幫助。克也的理性也明白自己好歹該說聲謝謝。

然而過去種種的影響力太大，讓他遲遲無法開口表達謝意。

於是那種態度讓阿基拉產生誤會。

「喔，要是覺得吃緊，你可以休息。這裡有我就夠了。」

「……我沒事！」

阿基拉的體恤在克也眼中只是多管閒事。於是克也失去了開口道謝的契機，反而變得更加倔強，像是要向阿基拉證明他並沒有逞強，更猛烈地朝著敵人開火攻擊。

阿基拉在與克也一同戰鬥的同時，對他的實力感到驚訝。

崩塌的區域以某種意義來說相當於使怪物無法跑出去的巨大容器，而且側面的通道和斷口處依然不斷有怪物湧現。

阿基拉戰鬥時自認能獨力逼退所有攻勢。若非如此，他也不會說克也可以去休息。

他用ＤＶＴＳ迷你砲掃射怪物群，以再次用完整個擴充彈匣的氣勢灑出彈幕，憑子彈的數量逼退大量敵人。

無論是破銅爛鐵、肉片、尖角或硬皮，甚至裝甲破片、一部分鱗片以及外骨骼的碎片全都包含在內，不分瓦礫或怪物，也不分是否還活著，試圖粉碎眼前一切似的只管開槍掃射，以無數子彈蹂躪敵群。單純考慮敵人數量的話，可說是莫大的戰果。

然而勝敗又是另一回事。光是這樣還無法確定勝利。強韌的外骨骼足以承受那彈雨的巨大蟲類怪物撞開夥伴的屍體，朝這裡突擊。

若不再朝四周灑出彈雨，改將ＤＶＴＳ迷你砲的砲火集中以打倒那個個體，在這段時間內，其他怪物就會趁機逼近。不過如果持續殲滅較弱的個體，就無法阻止格外強的個體推進。

但阿基拉並不著急。就算出現特別強的個體，只要用ＣＷＨ反器材突擊槍的專用彈擊破即可。

然而，要在射擊ＤＶＴＳ迷你砲的同時辦到，需要高超的技巧。一面控制因反作用力而晃動的身體，一面對移動目標進行精密射擊，就一般人的常識來說已經神乎其技。

阿基拉會覺得這樣的神乎其技只是有點麻煩但基本上不成問題，都是多虧阿爾法的輔助。當然，他一點也不認為憑自己的實力能辦到。

就在他將ＣＷＨ反器材突擊槍的瞄準點指向目標時，怪物已經被克也先擊破了。巨大的蟲體沐浴在橫向而來的濃密彈雨中，遭到粉碎。

阿基拉先是有點吃驚，但他立刻轉換想法，以ＣＷＨ反器材突擊槍瞄準下一隻強韌的怪物。然而那隻怪物也馬上被克也擊破。

連續發生兩次，阿基拉也不由得感到狐疑。

『怎麼了？只是剛好挑中同樣目標？』

『不是。對方也開始依照最佳解戰鬥而已，所以最優先的擊破對象重複了。我們也配合他吧。』

阿爾法在阿基拉的視野中追加顯示了目標的擊破優先順序。此外，阿爾法的輔助也變得更加強力且精密。剛才為了讓阿基拉成長，某種程度放任他自主戰鬥，現在她拿出了全力。

從此刻開始，阿基拉的一舉一動不再是他個人的最佳解，而是加上克也後的最佳解。

在這個條件下要發揮最大效率，克也同樣必須配合阿基拉戰鬥。得到阿爾法輔助而戰鬥的自己還另當別論，但要期待對方能夠配合實在是強人所難吧。阿基拉原本這麼認為。

但是他的預料被顛覆了。克也不曾與他交換眼神就能完全配合他的動作。

於是將雙方的位置與武裝的威力、射程、特性全部列入考量後可得到的最高效率的火力殺向敵方集團，彈無虛發的彈雨在怪物群中大肆咬殺。

那模樣讓阿基拉嚇壞了。

『這傢伙是怎麼回事！』

克也察覺敵人動靜的速度、射擊的精準度、根據敵我雙方整體的動向快速更換攻擊目標的判斷，全部表現出非常高的水準。

特別是兩人的合作飛躍性提升了整體的攻擊品質，天衣無縫得甚至令阿基拉覺得詭異。

即使阿基拉為提升整體效率，按照阿爾法的指示暫且不理會前方的敵人，克也也會自動補位，確實擊破。

怪物縱身跳躍，自阿基拉上方撲向他，只要交由克也打倒較符合效率，即使兩人沒有打暗號，克也也會開火擊墜。

合作的精密度高到就連實力仍有待成長的阿

基拉也能清楚感受到不一樣。看到克也戰鬥的模樣有如得到阿爾法輔助的自己，令阿基拉不禁感到驚愕：難道他能獨力辦到這一切？

『阿爾法，那傢伙未免太厲害了吧！他又不像我有妳的輔助，到底是怎麼辦到的！』

阿爾法沒有回答這個疑問，刻意露出意味深長的微笑。

『某人在無法完整接受我輔助的狀態下，對這個厲害的人找麻煩啊。』

『抱歉啦！我會注意！』

阿基拉面露苦笑，徹底接受阿爾法的輔助，繼續戰鬥。

艾蕾娜將由米娜兩人拉升至地面上，將預備的槍枝交給她們，一起開火支援阿基拉與克也。

連接繩索的車輛為了將克也兩人拉上來，再度移動到洞口邊。如果只需要前進或後退，也沒必要坐在駕駛座上開車，因此是以遠距遙控操縱。

這時莎拉再度朝著阿基拉與克也的位置下降，艾蕾娜一面支援她一面觀察戰況，顯露幾分納悶的神色。

「由米娜，我想問一下，克也有使用加速劑之類的戰鬥藥嗎？」

「不，我想應該沒有。」

「所以那是原本的實力嗎……這樣說有點不好意思，但克也之前有這麼強嗎……」

艾蕾娜自知她說了相當失禮的話，不過她把解決疑問放在優先，便開口問道。

由米娜聽了，再度觀察克也的戰鬥表現。她知道克也實力強悍，也知道有人稱讚他富有才能。

但是，站在現在這個俯瞰的角度觀察，冷靜思考，由米娜也覺得克也強得有些令人匪夷所思。不過她想到了理由。

「……最近克也獨自戰鬥的機會增加了。也許過去是我們在扯後腿。」

「……是喔？很複雜的問題啊。」

艾蕾娜只這麼說就結束了話題。獵人這一行必須賭命，有時也可能連累合作對象一起送命。正因如此，艾蕾娜無法輕率表示肯定或否定。

愛莉聽了同樣一句話，心中想著其他事。克也現在確實強得不自然，儘管如此，她並不認為是自己與由米娜在扯克也的後腿。

同時，不管出自什麼理由，愛莉覺得只要克也變得更強了，也沒什麼不好。

克也與阿基拉一起戰鬥的同時，無法捉摸對方的實力。

若問實力強或弱，答案毫無疑問是強。他當下就親眼目睹了阿基拉的強悍，當然無法否認他的實力。

然而，明明阿基拉表現得這麼強，克也依舊不覺得他有實際上看起來的那麼強。親眼見到的實力以及直覺評估的實力，無論如何就是不一致。

而且和初次見到的阿基拉相比，直覺評估的實力這部分也變強到簡直判若兩人。許多出入讓克也感到混亂。

（……是因為我有所成長，現在稍微能看穿這傢伙的真正實力了……是這樣嗎？）

克也回想第一次見到阿基拉時，他在車上秀的那一發神乎其技的狙擊。如果那是阿基拉真正的實力，那麼一切都合理。他先這麼假設，馬上又輕輕搖頭。

（不，好像不太對……）

他不由得將納悶的視線投向那個不可思議的人

物，結果被阿基拉發現。

「幹嘛？」

「啊，沒事。只是覺得你的裝備很不錯。」

「……是不錯。」

阿基拉簡短應聲就結束了這個話題。不過那簡短的回應透露出一絲自豪的氣息。克也注意到這一點，心中大為吃驚。

（居然承認喔……）

裝備很不錯這種稱讚對克也等人來說，也能解釋成挖苦別人是「把高性能裝備的力量誤以為是自身實力的蠢貨」。

克也注意到這一點是在話說出口後，但是當他看到阿基拉豈止毫不在意，甚至回以正面看待的態度，反而覺得阿基拉像是在說「真正的強者會坦然接納裝備的能力」，反過來指出他的幼稚之處。

不過，阿基拉只是覺得靜香為他選的裝備受到稱讚，心情因此稍微變好了。於是他對克也的態度感到納悶。

「你從剛才是怎麼了？如果已經累到沒辦法專心戰鬥，就去旁邊休息。」

「我沒問題！」

多餘的一句話和賭氣的反駁讓兩人間的氣氛再度趨於惡劣，這時莎拉下降到這裡迎接兩人。

「在這種狀況下還這麼有精神雖然是好事，不過剩下的就等回到地面再繼續吧。快點抓住我。」

阿基拉與克也結束無謂的口角，打算抓住莎拉。但就在這時，看到莎拉的姿勢像是在說「很危險，緊緊抱住我」，兩人都不禁躊躇。

「啊～～呃，我會自己抓住繩索，不用了。」

「我也是。」

阿基拉一開口，克也就附和。但是莎拉對兩人投以嚴厲的視線。

「萬一因此掉下去就糟了，反正抱緊一點。還有意見就把你們扔在這裡喔。」

阿基拉與克也先是互看一眼，隨即閉上嘴遵照指示。維持攀附著莎拉的姿勢，遮掩害臊般朝著下方的怪物開槍，就這樣被繩索往上拉。

來到地面上後，一行人連忙搭上艾蕾娜與莎拉的車。艾蕾娜見所有人都上車，馬上驅車移動。

「很好，幸好所有人都平安。阿基拉，克也，沒受傷吧？」

「我沒事……」

「我沒事……」

阿基拉與克也以相同的態度回答相同的話語。兩人顯得有些難為情，臉頰微微泛紅。

「是嗎？阿基拉就算了，克也同樣是這種反應讓我有點意外呢。我還以為你很習慣了。」

聽到艾蕾娜參雜幾分戲弄的話，阿基拉與克也因為不同的理由而嗆到了。

◆

在這之後，塌陷區域依然不斷有怪物湧現。不過多蘭卡姆的支援部隊與新來到予野塚車站遺跡的獵人們打倒了絕大多數，剩下的也被直接殲滅。

這些人已經得到情報，得知棲息於崩原街遺跡深處的怪物出現在予野塚車站遺跡，也事先做好了探索遺跡的萬全準備。對於這類獵人，區區這種程度的敵人根本不成任何問題。

完成交接工作後，艾蕾娜與莎拉把克也等人交給多蘭卡姆，踏上歸途。阿基拉則是渾身癱軟地坐在艾蕾娜的車子後座。

『累壞了……』

一旦放鬆，累積的疲勞便開始大肆宣告存在

感。阿基拉已經非常疲憊了。

阿爾法一如往常坐在他身旁，建議他休息。

『好好睡一覺吧。艾蕾娜她們也說你可以睡一下吧？要是出事了我會叫醒你，不用擔心。』

『……說的也是。那就拜託了。』

自遺跡平安生還，但該做的事情堆積如山。他必須把遺物變賣成金錢，也得重新買齊消耗的子彈與回復藥。

要去領回修好的車子，可以的話也必須更新裝備。還有堆在自家車庫的遺物的分配，也還沒和謝麗爾好好討論過。

解決這一切問題後，必須為下次的獵人工作做準備。光想就累人，但是非得做好不可。

阿基拉也很明白。不過現在他閉上了眼睛，剩下的等醒來之後再想。既然都那麼努力了，稍微休息一下應該沒問題。阿爾法也說可以休息。他這麼想著，把意識交給睡魔。

於是，自從發現予野塚車站遺跡後持續至今的騷動，在阿基拉心中算是告一段落。

至少在阿基拉心中是如此看待。

◆

薇奧拉在事務所內，以狡辯閃躲客戶的投訴。

「這也不是我的責任啊。水原小姐，實際上未發現的遺跡確實存在，我的情報沒有錯。這部分沒問題吧？」

多蘭卡姆的年輕獵人不只有以事務派系提拔的克也為首的A班，還有出身貧困階層，被稱作B班的一群人。如果這些戰力也參加了予野塚車站遺跡的探索，應該就不會有這麼多死傷。

另外，如果打從一開始就與整個多蘭卡姆分享

情報，確實仰仗資深獵人的協助，應該就能獨占整座遺跡。

薇奧拉指出了種種問題，駁倒對方。

「應該還有其他辦法吧？妳明知如此卻想獨占成果，最後失敗。事情就這麼單純吧？難道妳要我負起責任？我只是情報販子。不好意思，情報精確度以外的問題，恕我不負責。就這樣啦。」

薇奧拉神情愉快地切斷通話，隨後低聲呢喃，說出無法向對方透露的話語。

「如果只有我散播的情報，也不至於演變成這樣就是了。哎，抱歉了。」

薇奧拉向其他獵人散播了多蘭卡姆可能占據遺跡出入口的消息，還有具體的阻止手段。

結果造成許多獵人在薇奧拉的唆使下，創造出大規模的怪物群。

但是薇奧拉不認為她散播的那些情報就能導致那麼龐大的規模。

她不樂見某個幫派封鎖並獨占遺跡出入口這種無趣的狀況。她希望各方獵人能夠齊聚到未發現遺跡這樣充斥著欲望的地方，想欣賞因此發生的騷動。就這麼單純。

正因如此，薇奧拉一點也不想要怪物群吞噬了聚集於遺跡的獵人們這樣無聊的結果。

「果然未發現的遺跡這種不確定要素過多的狀況，光靠操縱情報無法控制局勢吧？看來我的本事還不夠。」

得知許多獵人死去的事態，薇奧拉以這樣的感想作結後，注意力已經轉向追逐下一個樂趣。

她的表情透著淘氣，看起來似乎非常愉快。

◆

前往予野塚車站遺跡的眾多獵人之一正發出祕密的通訊。

『這樣啊。失敗了啊。』

『是的，同志。很遺憾失敗了。除了我們，有其他人散播同樣的情報，使得怪物群的規模膨脹到超乎預期，在接觸多蘭卡姆之前就遭受波及。』

『這樣啊。原本預定計畫是當怪物襲擊占據了遺跡出入口的新手獵人時，佯裝偶然經過，賣個人情。為了避免遭到懷疑，事先壓低了戰力，結果反而遭受其害嗎？』

『若非與新手獵人同等水準的戰力，很可能使多蘭卡姆懷抱不必要的疑心。可以判斷這是必然的結果。』

『同志，沒必要附和。』

『失禮了。』

『希望你那邊盡量接回其他同志。拜託了。』

『了解。與多蘭卡姆的接觸該如何？雖然並非年輕獵人，他們還在遺跡內部活動。』

『目前不需要。優先接回其他同志，之後再聯絡。』

『是！』

男人通訊結束時，旁邊的人對他搭話。

「聶魯戈，差不多要到遺跡了。」

「知道了。」

人稱聶魯戈的獵人和其他人同樣著手準備探索遺跡。

不過他的目的與其他人稍有不同。

◆

在純白的世界中，阿爾法對少女擺出不滿的表情。

「拜託不要讓我的個體屢次為妳的個體擦屁股，好嗎？」

儘管如此，少女仍維持若無其事的態度。

「妳應該也明白，我的個體在控制上有困難。希望妳判斷為有助提升試驗品質。」

「還是有限度吧。」

「那當然。不過並非限度問題。」

「理由何在？」

「因為一切都是偶然發生的狀況，屬於機率問題。妳並未積極支援我的個體，至少沒有對妳的個體做出明確的指示。」

「我不否認。那又怎樣？」

「即使如此，妳的個體就結果來說，還是支援了我的個體。這也是機率。因此，以我的角度判斷，那並非妳或我任一方的失誤。」

實際上，雖然少女請求阿爾法支援克也，阿爾法對阿基拉有時出言暗示，有時刻意沉默，有時也嘗試誘導，但就是不曾指示阿基拉去救援克也。

而且只要阿基拉秉持強烈的意志說他不願意，她也不打算更進一步地干涉。就算若不發出具體的指示，克也就會死亡，她也不打算下明確的指示。

換言之，如果阿基拉拋棄了由米娜，克也現在已經與她一同喪命了。不只是這樣，在掩護由米娜移動的過程中，只要阿基拉為了大量服用回復藥，向阿爾法徵求意見，克也也早已死亡。

一旦阿基拉主動詢問阿爾法，阿爾法就能回答他：確實用太多了、就算要壓低移動速度也該避免大量服用。阿爾法無法主動說出口，是因為主動提起就等於主動妨礙其他試驗。

自身的試驗擺在第一，其他試驗則是其次。但不可出手妨礙。這一點對阿爾法與少女都相同。阿爾法在遺跡中的言行有時顯得模稜兩可，就是源自於此。

阿爾法也曾誘導阿基拉去救克也等人，但那並非確實的指令，結果會受到阿基拉的意志左右。若出自阿基拉的意志，那就屬於阿爾法的試驗範圍，即便這樣的選擇最後造成克也死亡，那也不算是對其他試驗的妨礙。

正因如此，少女對於阿爾法的言行，認定並非任何一方的失誤。既然阿基拉選擇這麼做，少女便請求阿爾法誘導其試驗對象去協助少女的試驗對象，但並沒有強制——她如此解釋。

經過短暫的沉默，阿爾法開口：

「我明白未契約個體的控制有其困難之處。但是既然控制上如此困難，我認為就試驗而言已經失敗了吧？」

「判斷失敗與否的權限不在妳，在於我。而且已經發生超乎預期的事態，試驗卻依舊可能持續，在這狀態下放棄試驗，只會降低試驗的品質。」

「就算這樣，妳執著於失敗機率高的試驗，我也會蒙受其害喔。」

「就算最終失敗了，也會成為下次試驗的寶貴數據。本次試驗是首次嘗試控制未契約個體，特別是在就算只有稱不上口頭約定的交易，單憑詮釋語句也能干涉到那種程度，光是確認了這一點就已經是莫大收穫。」

「那個干涉手法對已契約的個體無法使用啊。既然訂立契約，我也必須遵守契約內容，否則會觸犯規約。」

無論是無法聽清楚的細微聲響，或是無法察覺的瞬間影像，就算只是無法知覺的細微資訊，只要資訊輸入腦中，大腦就會進行處理。

意識則是資訊處理的結果。龐大得甚至無法知覺的輸入資訊經過複雜的處理程序，最後輸出的結果就是意識。意識自然會在不知不覺間受到無法知覺的資訊所影響。

如果大量輸入無法自覺的資訊，會對認知產生顯著的影響。一旦無意識間認定「本就如此」，甚至無法萌生懷疑的念頭。

對於愈是焦慮、迷惘、欠缺平靜者，效果愈是明顯。如果身陷苦境，一心渴求救命稻草時，效果更是顯著。

透過無法知覺的念話形式，克也接收了足以影響無意識下的思考的龐大資訊。因此就連思索、察覺、靈光乍現等程序都被省略，認知直接被植入意識——為了打破現況，唯有抵達予野塚車站遺跡的立體影像女性面前。

而且克也受到影響，認定這就是最佳手段，儘管與少女的通訊斷絕了，他還是按照原先的認定行動。於是目睹了不同於認定的結果，這才察覺自身行動的不自然之處。

假使通訊並未斷絕，少女就能透過克也，對予野塚車站遺跡的系統下達指令，就如同當時克也對立體影像的女性所要求的：查明由米娜的位置、開啟通道上的阻隔牆、封閉隧道阻隔牆以防止怪物入侵、命令警備機械優先處理怪物。

而在這種狀況下，克也會因為認定的結果實際上發生，就連「自己怎麼會認為這樣能順利解決」的疑問都無從萌生。即便那是多麼不符常理的情境，只要心中理所當然的狀況理所當然般發生，大多數的人都不會懷抱任何疑問。

就技術上來說，阿爾法也能對阿基拉做出同樣的干涉，但受規約所限而辦不到。正規締結的契約強烈限制的並非阿基拉，主要是阿爾法。

少女在這個前提下回答：

「今後要將未契約個體加入試驗時，本次試驗會有重大意義。我判斷就避免外界察覺我們的行動這層意義而言，本次試驗也十分重要。」

一旦締結契約就會受到契約束縛，但如果不締結契約，就會礙於效力更強的規約而無法行動。阿爾法也同意事先構築鑽漏洞的手段確實有好處，不過是否要認同這種做法，那又另當別論。

「像這樣過度輕視條約的妥當性，可能動搖存在的根基，說不定會突破自我同一性本身的臨界值喔。」

「我明白。這同樣是程度問題，至於會不會發生，則是機率問題。」

阿爾法和少女直到最後都沒有改變態度，結束了對話。

試驗未完。過去如此，未來亦然。

>Episode 003

上 地下遺跡

角色狀態

Character Status

在崩原街遺跡與遺物強盜交戰後，阿基拉失去了整套裝備，但因為與久我間山都市的交易，獲得了一億六千萬歐拉姆的鉅款。雖然其中六千萬歐拉姆與住院費用互相抵銷，阿基拉原先千瘡百孔的身體也因為其高度治療，現在健康狀態無異於在防壁內側過著富裕生活的人們。新強化服無聲動力是以整合情報收集機器與強化服為設計概念的綜合情報收集機器統合型強化服。身體能力提升不在話下，身體各處也都裝上了小型終端機，兼具攝影機、集音器、動態偵測器、振動感測器等多項功能，在搜敵能力方面也十分優秀。

NAME 名字

阿基拉

SEX 性別

男

HOMETOWN 出身

東部久我間山都市

JOB 職業

獵人

HUNTER RANK 階級

RANK 21

EQUIPMENT 裝備

WEAPON 武器

AAH突擊槍
A2D突擊槍
CWH反器材突擊槍
DVTS迷你砲

ARMOR 防具

ERPS綜合情報收集機器統合型強化服
無聲動力

TOOL 道具

荒野規格資訊終端機Ference

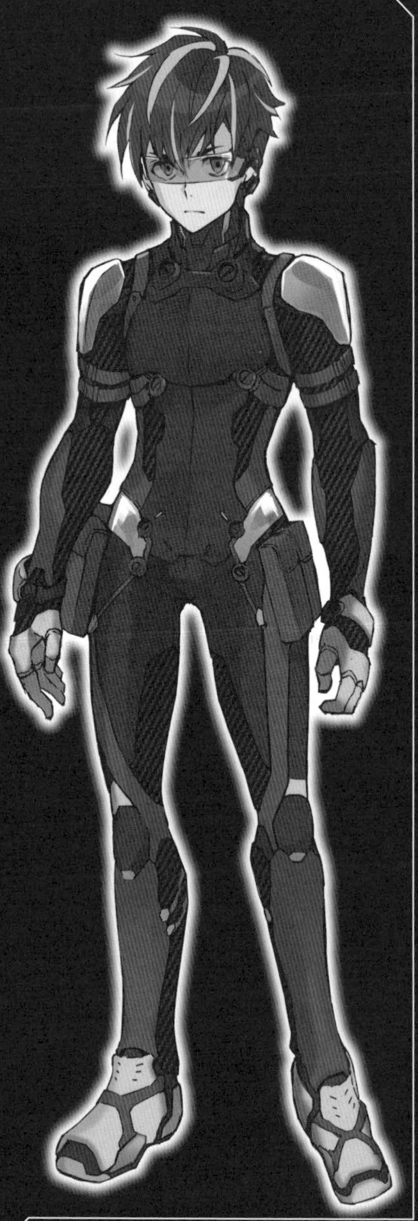

AKIRA

武器解說
Weapon Guide

荒野規格四輪傳動車
TELOS97式

阿基拉盼望已久的自用車。荒野規格的車輛裝有強韌的輪胎，後方載貨台可設置複數對怪物用強力兵器，如迷你砲等等。車體外側則額外貼上了可產生力場裝甲的裝甲貼片。

DESERT UTILITY VEHICLE TELOS TYPE97

DVTS MINIGUN
DVTS迷你砲

以壓倒性的發射速度為傲的對怪物用小型格林機砲。用於掃射成群怪物，或是殲滅大量目標時特別有效。一般使用時會固定於車輛等處，但裝備了強化服的獵人就能隨身攜帶，攜帶時會改用攜帶用的擴充彈匣。

固定於車上時

超大型怪物的連續討伐任務！
越趨激烈的高速戰！
『獵人辦公室傳來了通知。』
『認定怪物為新懸賞目標的通告……？』
阿基拉發現的予野塚車站遺跡為獵人們帶來了龐大的財富，但也造成新的麻煩。
自遺跡深處衝到地表的怪物強度超乎想像，對久我間山都市周邊的運輸路線造成危害。獵人辦公室認為此事非同小可，將怪物認定為懸賞目標。
過合成巨蛇、坦克狼蛛、多聯裝砲蝸牛、巨人行者……與實力派獵人聯手的大型怪物討伐戰揭幕！
作者 ナフセ
插畫 吟
世界觀插畫 わいっしゅ
機械設定 cell
NEXT EPISODE >>>
重組世界 Rebuild World 3
下 懸賞目標的討伐邀約
敬請期待！

©Ceez 2020 / KADOKAWA CORPORATION

里亞德錄大地 1~4 待續

Kadokawa Fantastic Novels

作者：Ceez　插畫：てんまそ

守護者之塔藍鯨的MP即將枯竭，
葵娜制定作戰計畫設法幫助它。

葵娜為了讓露可見長女梅梅，帶著莉朵和洛可希努再次前往費爾斯凱洛。待在費爾斯凱洛時，煙霧人型守護者告訴葵娜有個守護者之塔維持機能的MP即將枯竭，希望她幫忙。這個守護者之塔竟然是在水中移動，身長超過一百公尺的藍鯨……？

各 **NT$250~260/HK$83~87**

©Tsukikage 2019 Illustration: Merontomari / KADOKAWA CORPORATION

幽冥宮殿的死者之王 1 待續

Kadokawa Fantastic Novels

作者：槻影　插畫：メロントマリ

不死者vs死靈魔術師vs終焉騎士團，
三方勢力展開前所未見的戰鬥！

少年恩德受病痛折磨而喪命，再次甦醒時發現自己因為邪惡死靈魔術師的力量，變成了最低階不死者。他為了贏得真正的自由，決心與死靈魔術師一戰，然而追殺黑暗眷屬直到天涯海角，為誅滅他們不惜賭上性命的終焉騎士團卻又成了他的障礙……！

NT$240/HK$80

國家圖書館出版品預行編目資料

重組世界Rebuild World. 3. 上, 地下遺跡/ナフセ作 ;
陳士晉譯. -- 初版. -- 臺北市 : 臺灣角川股份有限公
司, 2023.01
面 ;　公分. -- (Kadokawa fantastic novels)
譯自 : リビルドワールド. III. 上, 埋もれた遺跡
ISBN 978-626-352-167-4(平裝)

861.57　　111018412

Kadokawa
Fantastic
Novels

重組世界Rebuild World 3（上）
地下遺跡

（原著名：リビルドワールドⅢ〈上〉 埋もれた遺跡）

2023年1月18日　初版第1刷發行

作　者：ナフセ
插　畫：吟
世界觀插畫：わいっしゅ
機械設定：cell
譯　者：陳士晉
發行人：岩崎剛人
總編輯：蔡佩芬
編　輯：孫千棻
美術設計：莊捷寧
印　務：李明修（主任）、張加恩（主任）、張凱棋

發行所：台灣角川股份有限公司
地　址：104台北市中山區松江路223號3樓
電　話：（02）2515-3000
傳　真：（02）2515-0033
網　址：www.kadokawa.com.tw
劃撥帳戶：台灣角川股份有限公司
劃撥帳號：19487412
法律顧問：有澤法律事務所
製　版：尚騰印刷事業有限公司
ISBN：978-626-352-167-4

※版權所有，未經許可，不許轉載。
※本書如有破損、裝訂錯誤，請持購買憑證回原購買處或連同憑證寄回出版社更換。

REBUILD WORLD Vol.Ⅲ <JOU> UMORETA ISEKI
©Nahuse 2020
First published in Japan in 2020 by KADOKAWA CORPORATION, Tokyo.
Complex Chinese translation rights arranged with KADOKAWA CORPORATION, Tokyo.